namenlose Angst

KJ Weiss

namenlose Angst

Copyright: KJ Weiss 2017

Covergestaltung: Ralf B. Franke

Foto: Shamain/123rf.com

Herstellung und Verlag: BoD - Books on Demand, Norderstedt

ISBN: 9783746030067

1

Dieses Mal schaffe ich es, er war lange genug abgelenkt – und er weiß nicht, in welche Richtung ich geflohen bin! Statt den direkten Weg zur Straße habe ich den Umweg über die Treppe genommen, damit wird er nicht rechnen.

Die Dunkelheit ist vollkommen, in der Schwärze der Nacht kann ich die Stufen nur ertasten. Trotzdem versuche ich, so leise und doch so schnell wie möglich vorwärtszukommen. Gleich müsste ich sie hinter mich gebracht haben, viele können es nicht mehr sein.

Mein Fuß berührt ebenen Boden. Ich atme erleichtert auf. Jetzt den kurzen Weg hinab und ich habe die Straße erreicht. Vor lauter Aufregung kommt mein Atem viel zu laut und hastig. Ich muss mich bemühen, weiterhin leise und vorsichtig zu sein. Die Rettung ist nah, bald bin ich in Sicherheit.

Der Mond schiebt sich hinter den Wolken hervor und es wird heller, ich kann die Umrisse der mich umgebenden Büsche erkennen. Ich vergesse alle Vorsicht und renne los. Ein paar Meter noch und du bist da, hämmert es in meinem Kopf. Geschafft, fast geschafft!

Das letzte große Gehölz liegt vor mir. In dem Moment, da ich es erreiche, springt er wie ein Kastenteufel dahinter hervor und lacht sein hämisches Lachen, bevor er mich packt und zu Boden zwingt. Ich spüre seinen keuchenden Atem in meinem Nacken. „Kompliment, beinahe wärest du entkommen."

Ich ertrinke in purer Hoffnungslosigkeit, es ist wie ein Albtraum, aus dem ich nie erwachen werde.

Ich schreckte mit wild klopfendem Herzen hoch und schnappte wimmernd nach Luft. Ein eiserner Ring hatte sich um meine Brust gezogen, mir war schlecht und schwindelig, das Rauschen in meinen Ohren dröhnte derart laut, dass ich zuerst die abgehackten, schluchzenden Laute, die mich an ein winselndes Tier erinnerten, das vor der zu erwartenden Strafe zurückschreckt, gar nicht zuordnen konnte - bis ich merkte, dass ich es war, der sie ausstieß.

Ganz langsam kam ich zu mir, sah das helle Licht auf dem Tischchen, das die Nacht über brennen musste, sah mein gewohntes Kinderzimmer und das geschlossene Fenster, erkannte, dass es der immer wiederkehrende Traum war, der mich hatte erwachen lassen. Alles war gut, ich befand mich in der Sicherheit meines Elternhauses.

Trotzdem lauschte ich angestrengt in die Stille, registrierte jedes Knacken des Holzes, horchte auf Geräusche, die mir verrieten, dass *er* wiedergekommen war, um mich zu holen.

Eine gefühlte Ewigkeit später hatte ich mich so weit beruhigt, dass ich die Bettdecke zurückschlagen und meine immer noch zitternden Füße auf den Boden stellen konnte. Ich wusste, dass ich mich nicht eher entspannen würde, bis ich nicht alle Zimmer abgegangen war und mich selbst davon überzeugte, dass sich kein Fremder Einlass verschafft hatte.

Trotz der Wärme im Zimmer griff ich nach dem Bademantel, der auf dem Boden neben dem Bett lag, und warf ihn mir über. Ich war nassgeschwitzt und fror – vor Aufregung und Angst gleichermaßen.

Nachdem ich in den Schrank und unter das Bett geschaut und das fest verschlossene Fenster kontrolliert hatte, löste ich den Türriegel und trat zögernd in den Flur. Auch hier brannten Lichter, die den Gang so weit erhellten, dass ich jeden Winkel von meinem Standpunkt aus überblicken konnte. Die Türen zum Bad, zur Küche und zum Wohnzimmer, selbst die zum Schlafraum meiner Eltern standen offen. Ich tastete mich behutsam von Zimmer zu Zimmer und lugte vorsichtig hinein. Die schwere Stablampe, die ich benutzte, um jeden Winkel auszuleuchten, war gleichzeitig meine Waffe, die ich gedachte, ohne zu zögern zu benutzen, sollte ich auf *ihn* treffen. Ich würde so lange auf *ihn* einschlagen, bis *er* sich nicht mehr rührte - nie mehr.

2

„Ich weiß, dass es albern ist." Ich starrte missmutig auf meine inei-
nander verkrampften Hände hinunter. Meine Psychologin hatte sich
noch gar nicht geäußert, doch ich wusste, was sie sagen wollte. „Ich
kann einfach nicht anders", versuchte ich, ihr zuvorzukommen.
„Natürlich weiß ich, dass ich in Sicherheit bin, dass dieser Albtraum
hinter mir liegt und sich nicht wiederholen wird." Wovon ich immer
noch keineswegs überzeugt war. Aber dieses Geständnis würde sie
nur wieder dazu veranlassen, an genau dieser Stelle einzuhaken. Und
ich wollte lieber über diese anderen Ängste sprechen. „Ich brauche
dieses Ritual, um mich zu beruhigen. Sonst kann ich nicht wieder
einschlafen."

„Was ist mit den Schlaftabletten, die Ihr Hausarzt Ihnen verschrie-
ben hat?"

Ich schüttelte energisch den Kopf. „Ich will sie nicht auf Dauer
nehmen. Es muss einen anderen Weg geben, endlich zur Ruhe zu
kommen." Schlaftabletten machten irgendwann abhängig, das wusste jedes Kind. Und ich wollte mir nicht zu alldem, was ich zu tragen
hatte, noch ein weiteres Päckchen aufschnüren.

„Sie müssen sich Zeit lassen. Es ist Ihre Art, das Geschehene zu
verarbeiten. Das geht nicht von heute auf morgen."

Ich schnaubte laut. Diesen Spruch gab sie mir jede Woche mit auf
den Weg.

„Die Psyche hat Schwierigkeiten, dass Erlebte zu verkraften. Das ist
bei dem, was Ihnen passiert ist, völlig normal", versuchte sie, mir
deutlich zu machen. „Ein Trauma lässt sich leider nicht so einfach
behandeln wie eine organische Krankheit."

„Es ist fast ein halbes Jahr seitdem vergangen", erinnerte ich sie.
„Finden Sie nicht, dass ich langsam mal Fortschritte erwarten könnte?" Das war unfair. Sie tat wirklich ihr Bestes, mir zu helfen. Wenn
sich einer zusammenreißen musste, dann war ich das. „Ich habe
meine Arbeit, die ich liebte, verloren, kann immer noch nicht mit

meinen zwei Freundinnen zusammentreffen und mein Lebensgefährte hat sich vor vier Monaten von mir getrennt", zählte ich auf. „Ich bin nicht in der Lage, allein zu wohnen, sondern nerve jeden Tag meine Eltern, die mit der Situation genauso überfordert sind wie ich. Das kann auf Dauer so nicht weitergehen."

„Haben Sie über meinen Vorschlag nachgedacht, sich in stationäre Behandlung zu begeben?"

Sie verstand einfach nicht. Was sollte ein solcher Aufenthalt bringen? Ich war nicht psychisch krank! „*Er* ist nie gefasst worden", erinnerte ich sie. „Solange *er* sich nicht hinter ausbruchsicheren Mauern befindet, komme ich nicht zur Ruhe."

„Sie dürfen nicht zulassen, dass er diesen Raum in Ihrem Leben einnimmt."

Das war leichter gesagt als getan. „Und wie stelle ich das an?"

Sie unterdrückte ein Seufzen und betrachtete nun ebenfalls ihre sorgfältig manikürten Hände. Irgendwie tat sie mir in diesem Moment sogar leid. Es war mit Sicherheit nicht einfach, mit mir umzugehen. „Zuerst einmal sollten Sie abends eine der Schlaftabletten einnehmen. Wenn Sie ungestört durch die Nacht kommen, legt sich auch Ihre allgemeine Nervosität und Sie haben mehr Kraft, sich auf den Tag einzulassen." Sie blickte auf und ihre blauen Augen fixierten mich geradezu. „Es geht nur Schrittchen für Schrittchen voran und es wird weiterhin Rückschläge geben. Es ist ein langer Prozess, darüber habe ich Sie von Anfang an nicht im Unklaren gelassen."

„Ich will mein altes Leben zurück!" Ich hörte mich bestimmt an wie ein trotziges Kind. Doch das war mir egal. Ich meinte, was ich sagte. Es konnte einfach nicht sein, dass diese eine Woche mein gesamtes Leben zerstört hatte.

„Daran arbeiten wir", nickte sie.

Eine Welle von Hass durchflutete mich, Hass auf dieses helle, sonnige Zimmer mit dem überaus bequemen Patientenstuhl, der eher einem Sessel glich, Hass auf die farbenfrohen Blumenbilder an den Wänden und die hellgelbe Tapete, die ein Gefühl von Geborgenheit vermitteln sollte, und ja, auch Hass auf meine wunderschöne Therapeutin in ihrem makellosen gutsitzenden Kostüm, mit ihren ebenmäßigen Gesichtszügen, die eine von einem teuren Frisör gebändigte goldene Haarflut umrahmte, diese perfekte Frau, die stets kühl und gefasst wirkte und niemals überschwängliche Emotionen zuließ. Was sollten diese blöden Sitzungen mir bringen? Ich war genauso weit wie zu Beginn der Behandlung.

„Sie wollen immer noch nicht über das Erlebte sprechen, nehme ich an", riss mich ihre Stimme zurück in die Gegenwart.

Ich schüttelte stumm den Kopf. Allein der Gedanke daran ließ in mir Übelkeit hochwallen. Das, was *er* mir angetan hatte, ließ sich nicht in Worte fassen, zumindest nicht vor ihr – eigentlich vor keinem. Ich verstand ja selbst nicht, wie *er* es angestellt hatte, mich dermaßen in Angst und Schrecken zu versetzen, dass ich zu einem zitternden elenden Bündel geworden war, kaum fähig, einen klaren Satz zu formulieren. Dieses Gefühl der eigenen Ohnmacht, das konnte ich keinem vermitteln, genauso wenig wie die Gewissheit, dass es noch nicht vorbei war. *Er* hatte mir gedroht, dass *er* mich finden, dass ich *ihm* nie entkommen würde, solange *er* und ich lebten. Und ich war mir sicher, dass *er* nicht aufgegeben hatte, sondern versuchte, alles daranzusetzen, mich wieder in *seine* Gewalt zu bekommen. Ich war das einzige Opfer, das es geschafft hatte, *ihm* zu entkommen. Diesen Umstand konnte *er* mir in *seiner* Großherrlichkeit nicht verzeihen. Nein, *er* hatte mich garantiert nicht aufgegeben.

„Vielleicht wäre es sinnvoll, wenn Sie die Ereignisse schriftlich festhalten." Meine Therapeutin sah mich auffordernd an.

War das als Frage gemeint gewesen? Alles in mir schaltete sofort auf Abwehr. Mir reichten die immer wiederkehrenden Albträume, da musste ich mich nicht noch tagsüber mit dem überstandenen Grauen auseinandersetzen. „*Er* ist völlig irre. *Er* hat vor mir schon zehn Frauen umgebracht, allerdings konnte *ihm* nur ein Mord nachgewiesen werden. *Er* hat vor mir mit *seinen* Taten geprahlt, hat mir in allen Einzelheiten erzählt, wie *er* sie tötete." Ich schüttelte mich unwillkürlich und verdrängte die Erinnerung. „Wie kann so jemand unbegleiteten Ausgang bekommen?"

Dieses Mal unterdrückte die Therapeutin ihren Seufzer nicht. „Frau Caspary, darüber haben wir bereits mehrfach gesprochen. Der Täter ist hochgradig gestört, dabei jedoch überdurchschnittlich intelligent. Ihm ist es gelungen, die ihn behandelnden Therapeuten und Ärzte zu täuschen. Außerdem war er ein mustergültiger Patient, der scheinbar gute Fortschritte machte, sonst hätte man ihn niemals ohne Aufsicht nach draußen gelassen."

„Und die wussten nur von einem Mord", ergänzte ich bitter. Dabei hätte man meiner Meinung nach durchaus erkennen können, dass *er* total verrückt war. Dieses irre Glitzern in *seinen* Augen, die Häme in *seiner* Stimme, so benahm sich kein normaler Mensch.

„Könnten Sie sich denn vorstellen, Ihre Erlebnisse aufzuschreiben?"

Nun war es eindeutig eine Frage. Aber sie gab mir keine Gelegenheit zu einer Antwort, sondern fuhr fort: „Sie bestimmen selbst, was und wie viel Sie jeden Tag zu Papier bringen. Es bleibt Ihnen überlassen, ob, wann und wem Sie es zeigen. Es soll in erster Linie Ihnen helfen, mit dem Geschehenen abzuschließen, indem Sie es aus einer sicheren Position heraus noch einmal durchleben. Verstehen Sie? Jetzt haben Sie die Gewissheit, dass es gut ausgeht. Das Erlebte wird nicht durch die Angst, die Sie gespürt haben, verzerrt."

Sie hatte keine Ahnung! Natürlich war mir klar, dass ich damals unter Schock ... Nein, eher hatte ich eine Woche lang unter Strom gestanden, gleichermaßen im Griff der Angst, des Entsetzens und meines starken Überlebenswillens. Sie konnte sich in keinster Weise vorstellen, wie das gewesen war!

„Es wäre ein Ansatz, der es eventuell wert wäre, weiterverfolgt zu werden. Denken Sie zumindest einmal darüber nach."

Ich nickte. Das war der einfachste Weg. Denn eine Diskussion über diesen Vorschlag war zwecklos. Sie hatte eingesehen, dass sie auf dem bisherigen Weg nicht vorankam, und suchte nun nach einem anderen, der vielleicht bessere Erfolge brachte. Ich bestand ja nicht zum ersten Mal darauf, endlich vorwärtskommen zu wollen.

Ja, im Prinzip lag es an mir. Sie bemühte sich wirklich. Nur hatte ich nicht das Gefühl, dass irgendetwas, weder die Gespräche noch die Tipps, die sie mir mitgab, mich weiterbrachten. An manchen Tagen war es, als läge dieser Einschnitt, der mein Leben derart verändert hatte, erst wenige Stunden zurück. Dann wieder schaffte ich es einigermaßen, zumindest tagsüber meine Ängste zu überwinden, wurde dafür jedoch nachts von den schlimmsten Albträumen heimgesucht. Es war alles so unbefriedigend!

Klar, sie wollte mir unbedingt helfen und ich wollte unbedingt gesunden. Dass die beste Hilfe *seine* Festnahme war, darüber herrschte wohl Einigkeit.

3

„Und? Wie ist es gelaufen?" Meine Mutter wartete mit ihrer Frage wie immer, bis wir im Treppenhaus waren.

Obwohl sich die Praxis im dritten Stock befand, nahmen wir wie gewöhnlich nicht den Aufzug. Ich hasste diese engen Räume, fühlte mich in ihnen den Mitfahrenden ausgeliefert, konnte mich ehrlich gesagt nicht überwinden, dessen Schwelle zu übertreten. „Wie immer. Sie weiß langsam nicht mehr, was sie mit mir machen soll." Ihr gegenüber war ich ehrlich. Ich wusste zu schätzen, was sie alles für mich tat. In meinen Eltern hatte ich den einzigen Halt gefunden, der mich noch aufrecht hielt. Ohne sie hätte ich wahrscheinlich diese Zeit nicht überstanden.

„Gehst du trotzdem weiter zu ihr?" Das war das Schöne an meiner Mutter. Sie nahm alles, wie es kam, eine sehr gesunde Einstellung, ohne die sie mich bestimmt nicht dermaßen hätte unterstützen und ertragen können.

„Ich überlege ernsthaft, ob ich die Therapie abbrechen soll. Ich habe das Gefühl, ich komme nicht voran."

„Meinst du, es hätte Sinn, jemand anderen auszuprobieren?"

Genau dasselbe hatte ich mich auch gefragt. „Ich weiß es nicht. Vielleicht sollte ich erst mal versuchen, ihren neuen Vorschlag umzusetzen." Ich zögerte. „Sie hat gemeint, es würde Sinn machen, das, was passiert ist, aufzuschreiben", sagte ich dann doch.

„Hm."

Wir hatten den Ausgang erreicht und wandten uns zu dem danebenliegenden Parkplatz. Automatisch wanderten meine Augen über die vorbeihastende Menge, genauso automatisch, wie ich im Treppenhaus auf jedes Geräusch geachtet hatte. Mochte meine Therapeutin es paranoid nennen, für mich war es überlebenswichtig, mich jederzeit zu vergewissern, dass *er* nicht in der Nähe lauerte.

„Ist das nicht ein bisschen zu heftig für dich?" Meine Mutter entriegelte das Auto und nahm, statt mich direkt anzusehen, auf dem Fahrersitz Platz.

Ich schlüpfte neben sie und schnallte mich an, bevor ich antwortete: „Ich bin noch unschlüssig, ob ich mir das antun soll. Andererseits, vielleicht hören dann diese ewigen Albträume auf. In einem hat sie recht, tagsüber verdränge ich jeden Gedanken an diese Zeit und lasse die Erinnerung nicht zu. Da bleibt es wohl nicht aus, dass sie nachts überhandnehmen."

„Es wäre eventuell eine Möglichkeit, es besser zu verarbeiten." Das war das Höchste, das meine Mutter dazu sagen würde. Es blieb mir überlassen, die richtige Entscheidung zu treffen.

Den Rest der zwanzigminütigen Fahrt legten wir schweigend zurück. Sie konzentrierte sich auf den Verkehr und ich auf etwaige Verfolger. Erst nachdem sich die Haustür hinter uns geschlossen und mein Vater, der im Wohnzimmer saß, uns begrüßt hatte, fiel die Anspannung von mir ab. Wie an jedem anderen Tag ging ich schnurstracks in mein Zimmer und schloss hinter mir die Tür.

Es war von einem Außenstehenden relativ leicht zu sagen: Setz dich mit deinem Martyrium auseinander. Vor allem, wenn derjenige nicht wusste, was geschehen war, beziehungsweise die Art und Weise nicht verstand, wie der Druck aufgebaut worden war. Das konnte keiner nachvollziehen, der nicht etwas Ähnliches durchgemacht hatte.

Ein einziges Mal hatte ich bisher versucht, über all das, was geschehen war, zu sprechen. Ich hatte geglaubt, es meinem Freund Mark, der mich die Wochen danach so tapfer begleitet hatte, erzählen zu müssen. Wir waren nicht über den Anfang hinausgekommen. Schon die Schilderung meines ersten Tages in Gefangenschaft löste eine so deutliche Abwehr in ihm aus, dass ich verstummte.

Ja, er hielt zu mir, ertrug meine nächtlichen Schreie und meine Weinkrämpfe tagsüber, verstand, dass ich selbst von ihm nicht berührt werden wollte und mich in der Wohnung verbarrikadierte, als wäre es eine Festung. Doch wurde seine Geduld mir gegenüber auf eine zu harte Probe gestellt. Irgendwann fand er zu einem normalen Leben zurück und verlangte, dass ich es ebenso machte. Nicht mit Worten, nein, ich merkte es an seinem Verhalten, dem Verdrehen seiner Augen, wenn ich mich weigerte, mit ihm einkaufen oder spazieren zu gehen, seinem zunehmenden Unverständnis, dass ich weiterhin nicht fähig war, mich zusammenzureißen, wie er es nannte, und in den alten Trott zurückzufinden. Daran zerbrach unsere Beziehung schließlich.

Nein, ich floh aus ihr. Ich konnte seine Ungeduld und sein aufkommendes Desinteresse nicht ertragen. Ich hatte das Gefühl, er dachte, ich suhle mich in Selbstmitleid und lasse mich gehen, statt aktiv an einer Besserung meines Zustandes zu arbeiten. Zudem fühlte ich mich selbst mit ihm zusammen nicht sicher. Es war traurig, es mir selbst einzugestehen, aber er war nicht der Mann, mit dem ich den Rest meines Lebens zusammenbleiben und Kinder bekommen, mit dem ich alt werden wollte. Erst in dieser Extremsituation hatte ich den wahren Mark kennengelernt - und ihn als unfähig, jemand anderen zu lieben, enttarnt. Das war der Grund, warum ich ihn verlassen hatte.

Wenn ich ehrlich war, musste ich zugeben, dass von Anfang an alles in meinem Inneren danach geschrien hatte, zu meinen Eltern zurückzukehren, mich in meinem langjährigen Zuhause zu verkriechen, bis ich die Sicherheit wiedererlangte, mich der Welt erneut zu stellen.

Ich ließ mich auf das Bett fallen und dachte nach. Sollte ich die Idee der Therapeutin aufgreifen? Das würde allerdings bedeuten, dass ich mich hundertprozentig darauf einlasse und all das wieder hervorholen musste, was ich mühsam verdrängt hatte. Wollte ich das wirklich?

Ich lag noch so, als meine Mutter zum Essen rief. Bisher war ich zu keinem Entschluss gekommen.

Selbst meinem Vater fiel auf, dass ich noch schweigsamer als sonst war. „Ist irgendetwas passiert?", fragte er, nachdem ich den letzten Schluck Tee getrunken hatte. Er kannte mich gut genug, um einschätzen zu können, dass irgendetwas vorgefallen sein musste. Sein Beschützerinstinkt, der in letzter Zeit wieder zugenommen hatte, gab ihm eindeutige Meldung.

„Die Therapeutin meint, es wäre gut, wenn ich in einer Art Tagebuch die Ereignisse niederschreibe." Ich sah nicht auf, sondern malte mit den Fingern Kreise auf die Tischdecke.

„Was soll das denn bringen?" Er reagierte genauso, wie ich es mir vorgestellt hatte. Seitdem es passiert war, hätte er mich am liebsten in ein Glashaus gesteckt, mit ihm als Wächter davor.

„Vielleicht macht es doch Sinn", sagte meine Mutter langsam. Sie war von beiden eindeutig die Unerschütterliche. „Vielleicht kannst du so endlich einen Schlussstrich ziehen."

„Darum bemüht sie sich seit Wochen!" Ich brauchte nicht zu antworten, das tat mein Vater schon für mich.

„Es ist etwas anderes, sich dem, was geschehen ist, bewusst zu stellen, als zu versuchen, es zu vergessen", belehrte sie ihn. „Außerdem kommen dabei vielleicht Dinge hoch, die helfen könnten, den Kerl zu fassen."

„Oder aber deiner Tochter geht es dadurch noch schlechter", hielt mein Vater dagegen.

„Wie meinst du das?", fragte ich sie, ohne auf seine Meckerei einzugehen.

„Damals bei deiner Vernehmung warst du schwer traumatisiert, von deinen diversen Verletzungen ganz zu schweigen." Sie hielt mit ihrer Arbeit, den Tisch abzuräumen, inne und setzte sich mir gegenüber. „Natürlich hast du nach bestem Wissen ausgesagt. Nur, vielleicht gibt es einige Dinge, die du damals als unwichtig angesehen hast oder die dir schlicht und ergreifend entfallen waren. Wenn du es für möglich hältst, dich zurückzuerinnern, ohne dabei Schaden zu nehmen, dann tu es. Lass jeden einzelnen Tag Revue passieren, versuche, jede Kleinigkeit in deinem Gedächtnis aufzuspüren. Das ist in meinen Augen der einzige Weg, ihn vielleicht zu schnappen."

Eine ganze Menge Vielleichts. Trotzdem hatte sie mich mit diesen Worten gepackt. Allein die Hoffnung, es in der Hand zu haben, mein Martyrium zu beenden, ließ mein Herz schneller schlagen.

4

Entgegen meiner Gewohnheit hatte ich am Abend eine Schlaftablette genommen und fühlte mich am nächsten Morgen zwar müde, jedoch wesentlich klarer im Kopf. Ich aß sogar zwei Scheiben Brot statt einer.

„Es ist nicht nur die Tablette“, meinte meine Mutter. „Es ist genauso die Entscheidung, die du getroffen hast. Sie gibt dir das Gefühl, die Dinge selbst in die Hand nehmen zu können. Du wirst vom Opfer zum Jäger.“

Schön ausgedrückt, vermutlich dachte sie wirklich so. Sollte ich ihr sagen, dass ich mich keinen Deut besser fühlte? Die Angst vor der Welt draußen und besonders vor *ihm* war unverändert stark. Und so richtig überzeugt, dass ich es machen wollte, war ich immer noch nicht. Darüber würde ich mit ihr lieber nicht sprechen. Sonst hätte sie bestimmt versucht, mich zu überreden, die Sache in Angriff zu nehmen. Sie war eine starke Frau, viel stärker als ich. Sie konnte nicht verstehen, dass ich davor zurückschreckte, mich diesem Albtraum ein zweites Mal zu stellen.

„Wir treffen uns heute Abend mit den Frischs. Sollen sie zu uns kommen oder …?“

„Nein, geht ihr ruhig aus“, sagte ich rasch.

Zu Anfang hatten sie mich nicht allein lassen wollen und ich war genauso erpicht darauf gewesen, sie in meiner Nähe zu wissen. Mittlerweile fühlte ich mich leidlich sicher, zumindest rechnete ich nicht damit, dass *er* mich in der Wohnung angreifen würde. Direkt zu meinem Einzug hatte mein Vater die Rollläden gesichert, dass man sie nicht von außen ohne Lärm hochschieben konnte, die Fenster wurden mit abschließbaren Griffen versehen und das Türschloss mit einem Panzerriegel verstärkt. Selbst an meinem Zimmer hatte er einen Riegel angebracht, den ich jeden Abend vorlegte. Trotz dieses Wissens übernahm nachts nach den Albträumen die Angst die Führung. Ohne einen Rundgang durch die Räume war ich nicht in der Lage, wieder einzuschlafen.

„Hast du schon angefangen zu schreiben?", fragte mein Vater, während er mich wie jeden Morgen zur Arbeit brachte, von der mich meine Mutter gegen vier wieder abholen würde.

Nach außen hin war mein Leben einigermaßen geregelt, im Inneren sah es weiterhin schlimm aus.

„Nein, ich beginne heute Abend oder morgen früh. Das Wochenende ist dafür bestens geeignet." Selbst bei ihm klang es, als wäre es bereits beschlossene Sache. Deshalb scheute ich mich, meine innere Zerrissenheit zu zeigen.

„Du musst das nicht machen." Mein Vater warf mir einen schnellen Seitenblick zu. „Nicht, wenn es dich zu sehr belastet."

„Ich weiß." Der Liebe, er sorgte sich dermaßen um mich. Allein deswegen musste ich langsam sehen, dass ich wieder auf die Beine kam. „Ich will es wenigstens versuchen. Und wenn wir diese Blätter anschließend nur zu den Psychologen in der Forensik schicken", sagte ich meinem Impuls nachgebend.

Darauf würde er garantiert anspringen. Seine Wut auf diese war nach wie vor groß. Er hatte damals dafür gesorgt, dass die Reporter den Fall aufgriffen und ausführlich darüber berichteten, nachdem nicht einer von den Klinikmitarbeitern mir eine persönliche Entschuldigung zukommen ließ. Der Aufschrei in der Öffentlichkeit war gewaltig gewesen. Ein Untersuchungsausschuss wurde eingesetzt, der einige Mängel feststellte und umgehend Maßnahmen ergriff, damit so etwas nicht ein zweites Mal geschehen konnte, wie man vollmundig verkündete.

Ich hatte daran meine Zweifel. Es lag in den Genen und in der Seele versteckt, ob und inwieweit man gewalttätig wurde. Das zu erkennen war selbst für geschultes Personal ein Unding. Keiner von denen, die ähnlich dachten und handelten, würde seine Gedanken freimütig äußern. Es war unmöglich, jede Gefahr zu bannen.

„Nein, ein Durchschlag geht an die Polizei und einen schicken wir später direkt an den Richter", erwiderte er prompt. „Die werden ihn garantiert in eine andere Einrichtung stecken, in eine, aus der er nie wieder herauskommt."

Erst einmal müssen sie *ihn* finden! Ich tätschelte seinen Arm, bevor ich ausstieg. „Siehst du, es macht auf jeden Fall Sinn, etwas zu unternehmen. Ich schaffe das schon."

So, ihn hatte ich beruhigt, mich selbst jedoch nicht. Immer noch sträubte sich alles in mir gegen diesen Versuch. Trotzdem würde ich ihn durchführen. Mittlerweile sah ich keine andere Chance, mein Leben zu verändern. Ich musste es wagen, um zu gewinnen.

Ich arbeitete bei der Stadt. Vor der Entführung war ich im Meldeamt eingesetzt, was mir viel Spaß gemacht hatte. Die unterschiedlichen Menschen, mit denen ich zu tun hatte, der stete Andrang – dort kam nie Langweile auf und man erlebte die tollsten Dinge. Nach der langen Krankschreibung war allen klar, dass ich diesen Posten nicht mehr besetzen konnte. Zu extrem blieben meine Probleme im Umgang mit anderen. Noch heute fiel es mir schwer, meinem Gegenüber direkt in die Augen zu sehen, ich hielt größtmöglichen Abstand und hasste es, berührt zu werden.

Die ersten tastenden Schritte zurück ins Leben waren durch Panikattacken geprägt. Es verging kein Tag, an dem ich nicht mindestens einmal *sein* Gesicht entdeckte. Mal saß *er* im Auto neben uns, mal sah ich *ihn* nachmittags vor dem Gebäude oder in der Straße vor unserem Haus, wenn ich aus dem Fenster schaute. Hätte ich weiterhin in einem Raum mit Publikumsverkehr arbeiten müssen, wäre ich wahrscheinlich spätestens nach einer Stunde schreiend aufgesprungen und hätte Hals über Kopf den Raum verlassen.

Meine Vorgesetzten waren verständnisvoll und ich wurde auf einen anderen Posten versetzt, in einen kleinen Raum, in dem ich zusammen mit einer älteren Kollegin Rechnungen prüfte, eine öde, aber durchaus befriedigende Arbeit, mit der ich mich arrangieren konnte. Judith, meine Zimmergenossin, war Anfang fünfzig und durch den regen Klatsch, den man in einem derartigen Umfeld nie vermeiden konnte, vorgewarnt. Sie hatte mich zurückhaltend begrüßt und mich anfangs ziemlich links liegen gelassen, was mir nur recht war, ich wollte in Ruhe meinen Dienst tun, um dabei das, was sonst jeden Gedanken in meinem Kopf beherrschte, für diesen Zeitraum zu vergessen.

Erst seit ein, zwei Wochen hatten wir begonnen, uns ein wenig auszutauschen. Ich wusste, dass sie geschieden war und zwei erwachsene Töchter hatte, die nicht mehr zu Hause wohnten, dafür jedoch ein neuer Mann in ihr Leben getreten war, fast zehn Jahre älter als sie, der sich als der eine fürs ganze Leben entpuppte. Ihre Augen leuchteten richtig, wenn sie von ihm sprach. Ich wiederum hatte ihr erzählt, dass ich wieder bei meinen Eltern wohnte, da die Beziehung zu meinem Freund an dieser Geschichte – ich sagte nie direkt, was passiert war, sondern umschrieb es vage – scheiterte und ich immer noch stark mit den Nachwirkungen zu kämpfen hätte.

Das Gute an ihr war, dass sie nie neugierig nachfragte, sondern sich mit dem zufriedengab, was ich freiwillig erzählte. Und ich konnte mir bei ihr sicher sein, dass sie das wenige, das sie wusste, nicht weitererzählte. Eigentlich hatte ich schon in dem Moment Zutrauen zu ihr gefasst, als sie ohne nachzufragen, die Aufgabe, das Telefon zu bedienen, übernahm. Sie hatte einfach gemerkt, dass ich mich wenn irgendwie möglich davor drückte, und war auch später nie darauf zurückgekommen. Sie tat, als wäre es völlig normal, dass sie sämtliche Gespräche führte.

„Guten Morgen." Judith saß bereits an ihrem Platz und nickte mir lächelnd zu.

„Hallo." Ich setzte mich ihr gegenüber und schaltete meinen Computer an.

„Die Belege von der Nebenstelle Ost sind gekommen", sie seufzte theatralisch. „Ein Riesendurcheinander. Damit haben wir tagelang zu kämpfen."

„Na, dann los."

Bis zum Mittag waren diese Worte die einzigen, die wir wechselten.

„Ich treffe mich in der Pause mit Anton." Sie warf mir einen besorgten Blick zu. „Soll ich dich bis zur Kantine begleiten?"

„Nein, geh ruhig. Ich prüfe eben noch diese Abrechnung zu Ende." Trotz meiner ruhigen Worte klopfte mir mein Herz schon wieder bis zum Hals. „Langsam wirst du albern", schimpfte ich mit mir selbst, nachdem Judith das Zimmer verlassen hatte. Die Gänge waren voller Arbeitskollegen, die sich ebenfalls auf den Weg machten. Ich war nicht allein.

Ich war wirklich ein bisschen stolz auf mich, als ich mit meinem Tablett an unserem angestammten Tisch ankam. Noch vor zwei Monaten hätte ich mich im Büro eingeschlossen und in verkrampfter Haltung auf Judiths Rückkehr gewartet, dabei auf jedes Geräusch achtend und bei ihrer Ankunft schweißgebadet und kaum fähig, mich zu sammeln. Es ging, wenn auch in kleinen Schritten, aufwärts.

5

Kaum waren meine Eltern zu ihrer abendlichen Verabredung aufgebrochen, setzte ich mich an meinen Schreibtisch, einen dicken Packen Schreibblätter vor mir. Ich hatte beschlossen, direkt heute Abend mit meiner Arbeit zu beginnen.

Ich kaute auf dem Ende des Bleistifts herum und überlegte, wie ich anfangen sollte. Das war schwerer als gedacht, innerlich sträubte ich mich immer noch, sämtliche Erinnerungen zuzulassen.

In der Wohnung war es still. Von unten hörte ich leise den Fernseher der Bergmanns, fast kaum wahrnehmbar durch das Toben der beiden Kleinen über mir. Die Rollläden hatte mein Vater vor seinem Aufbruch heruntergelassen, den Türriegel ich anschließend vorgelegt, sämtliche Fenster waren geschlossen. Ich konnte mich ganz auf meine Aufgabe konzentrieren.

Wir hatten uns zu unserem üblichen, einmal im Monat stattfindenden Mädchenabend getroffen, Katharina, Marina und ich. Katharina hatte das Lokal ausgesucht, ein am Rande der Stadt gelegenes Restaurant mit einer großen Außenfläche, die bei den herrschenden Temperaturen gut besucht war. Wir hatten es ebenfalls vorgezogen, draußen zu sitzen. Erst am späten Abend kam ein kühler Wind auf, der mich nach meiner leichten Strickjacke greifen ließ.

Marina rieb sich fröstelnd die Arme. „Die hätte ich auch mitnehmen sollen. Langsam wird es mir zu kalt."

„Ja, lasst uns aufbrechen", nickte Katharina. „Ich muss morgen früh raus." Sie zog eine Grimasse. „Wir wollen zu meinen Schwiegereltern in spe."

Wir anderen beiden lachten, schließlich wussten wir genau, dass keine Seite mit der anderen richtig warm wurde.

„Du Arme", heuchelte ich Mitleid. „Was du alles auf dich nehmen musst!"

„Dafür hast du mit deinem Malte das große Los gezogen", tröstete Marina sie. „Der ist nahezu perfekt, neben dem sehen unsere Männer echt arm aus."

Ich war anderer Meinung, hütete mich jedoch, diese zu äußern. Dafür war unser Abend zu perfekt gewesen. Wir hatten gescherzt und gelacht, die Zeit war geradezu verflogen.

„Hört mal", Katharina sah uns bittend an. „Könntet ihr mich wohl zum Auto begleiten? Ich habe hier keinen Parkplatz mehr bekommen und stehe da drüben auf dem Feld. Eben war das kein Problem, nur jetzt im Dunkeln …"

Marina lachte. „Du Angsthase! Was soll dir schon passieren?"

„Klar machen wir das", sagte ich schnell. Ich konnte ihre Gefühle nachvollziehen. Allein hätte ich mich dort auch nicht hin getraut.

„Super." Sie strahlte. „Ich nehme euch mit und setzte euch in der Stadt an der Bushaltestelle ab, okay?"

Wir bezahlten und überquerten die Straße. Ein nicht beleuchteter Weg umrahmt von großen Büschen lag vor uns. Etwa hundert Meter entfernt konnte man so gerade noch den besagten Parkplatz erkennen, eigentlich eher ein unbenutztes Feld, wie ich im Näherkommen feststellte.

„Ganz schön unheimlich." Ich schüttelte mich.

„Ach, zu dritt kann uns nichts passieren." Marina hakte mich unter und Katharina tat es ihr gleich. „Aber ihr müsst zugeben, das Essen war sensationell. Dafür lohnte sich die Fahrt hier heraus."

„Es ist der ideale Ort für eine Hochzeitsfeier." Katharina schien ehrlich begeistert. „Gutes Essen, eine große Terrasse mit Blick ins Grüne und annehmbare Preise, was will man mehr?"

„Oh, Oh. Denkt ihr etwa darüber nach zu heiraten?" Marina drohte ihr schelmisch mit dem Finger. „Und du lässt uns den ganzen Abend im Unklaren?"

„Man darf doch wohl noch träumen, oder?" Meine beste Freundin lachte. „Nein, im Ernst, wenn es so weit ist, seid ihr die Ersten, die es erfahrt. Man kann halt nicht früh genug anfangen zu planen."

Ich hörte nur mit halbem Ohr der Unterhaltung zu. Einsame Wege im Dunkeln waren einfach nicht mein Ding. Ständig gaukelte mir meine Fantasie bedrohliche Gestalten vor, huschende Schatten, im Schutz der Nacht darauf lauernd, über mich herzufallen, die sich kurz darauf als harmlose, sich im Wind bewegende Äste herausstellten. Jedes Geräusch, selbst das Rascheln der Blätter, erschreckte mich fast zu Tode.

Die anderen beiden schienen wesentlich unbekümmerter zu sein und unterhielten sich lauthals über mich hinweg, die sie in ihre Mitte genommen hatten.

Ich atmete erleichtert auf, als wir unbehelligt auf ihr Auto zusteuerten. Zwei, drei Meter von ihrem Fiesta entfernt holte Katharina den Schlüssel aus ihrer Hosentasche und entriegelte die Türen. Ich zog meinen Arm unter ihrem weg, um auf die andere Seite des Autos zu gelangen, im selben Moment stieß sie ein leichtes Stöhnen aus und sackte nach unten. Fast gleichzeitig knickte Marina ein und fiel zu Boden. Ich dachte noch an einen Scherz, lachte auf und wollte mich zu ihnen hinunterbeugen, als eine dunkle Gestalt in mein Sichtfeld sprang und mich wild angrinste. „Ha!"

Jetzt erst entdeckte ich die Messer in ihren Händen, warf mich instinktiv herum und rannte los. Für diesen Abend hatte ich eine dünne Stoffhose, ein T-Shirt und meine blauen Segeltuchschuhe gewählt, in denen ich ohne Socken laufen konnte. In ihnen spürte ich zwar jede Unebenheit des Bodens, war aber ziemlich spurtstark. Ohne mich zu vergewissern, ob er mir überhaupt folgte, lief ich zurück in Richtung Straße. Der Adrenalinschub schien mir Flügel verliehen zu haben, ich rannte schneller als jemals zuvor.

Ich sah bereits die Lichter der vorbeifahrenden Autos auf der Straße, einige wenige Meter noch und ich war in Sicherheit und konnte für meine Freundinnen Hilfe holen. Trotz heftigen Seitenstechens warf ich mich regelrecht vorwärts. Ja, ich schaffte es!

Fünf Schritte vom rettenden Bürgersteig entfernt sprang er mich von hinten an und riss mich zu Boden. Obwohl er mit seinem ganzen Gewicht auf mir lag, gab ich mich nicht geschlagen. Ich kämpfte wie eine Rasende, drehte gleichzeitig den Kopf zur Seite, holte tief Luft, um zu schreien, – und erhielt einen heftigen Schlag in den Magen, der mich mit einem Krächzen verstummen ließ.

„Ja, so hab ich es gern", zischelte er dicht an meinem Ohr. „Wehr dich. Gib nicht auf."

Bevor ich mich gesammelt hatte, drehte er mich auf den Bauch und band meine Hände mit irgendetwas – später stellte ich fest, dass es sich dabei um Nylondraht handelte – zusammen. Ich riss den Mund auf, wollte mich nicht so einfach geschlagen geben, er stopfte mir kichernd einen Knebel hinein.

„Das hat Spaß gemacht", flüsterte er, während er mich unsanft auf die Beine zog. „Ich hoffe, du hältst, was du versprichst."

Er schleifte mich im wahrsten Sinne des Wortes zurück zum Parkplatz, denn ich kämpfte weiterhin wie eine Besessene. Mir war zu diesem Zeitpunkt bereits völlig klar, dass er mich nicht bloß ausrauben wollte. Er hätte mich längst niederstechen können, dafür musste er mich nicht zurückschleppen. Mir stand Schlimmeres bevor, das wusste ich. Und genau deshalb wehrte ich mich so verzweifelt. Jede Minute konnte Hilfe in Form von einem anderen Parkplatzbesucher kommen. Es standen noch mehrere andere Autos dort, das hatte ich noch sehen können, bevor er uns angriff. Jeder würde sehen, dass ich nicht freiwillig mit ihm ging.

Er zerrte mich zu Katharinas Auto und öffnete den Kofferraum. Beinahe wäre es mir gelungen, mich loszureißen. Mit einem tiefen Knurren kommentierte er meinen Ausbruchversuch und riss mich an den Haaren zurück. Bevor ich mich versehen hatte, warf er mich in den Kofferraum und drückte die Klappe hinunter. Ich würgte und spuckte, um den Knebel loszuwerden. Wenn ich lauthals schrie, würde man mich garantiert hören können. Aber er war dermaßen groß, dass ich nichts erreichte, im Gegenteil, ich musste innehalten, damit ich ihn mir nicht zu weit in den Rachen schob und daran erstickte.

Zitternd und bebend gab ich auf. Meine Beine, schoss es mir durch den Kopf. Du kannst gegen den Deckel treten, wenn er losgefahren ist oder falls noch jemand kommt. Halte dich bereit!

Ich wartete und lauschte. Ein merkwürdiges Schleifen war zu hören, dann nichts mehr. Er öffnete die Tür und schloss sie wieder, startete den Motor und setzte zurück. Langsam holperten wir den Weg zur Straße entlang, bogen ab und er beschleunigte, dass ich gegen die Rückbank knallte.

Die Fahrstrecke kam mir sehr kurz vor. Nicht einmal musste er anhalten oder wenigstens langsamer werden. Nur das letzte Stück, wie ich gleich darauf merken sollte, holperten wir mit herabgesetzter Geschwindigkeit dahin.

Er bremste heftig und würgte dabei den Motor ab. Dann öffnete sich der Kofferraum und er zerrte mich heraus. „Willkommen in deinem neuen Zuhause."

Es war zu dunkel, als dass ich seine Gesichtszüge hätte erkennen können, aber der Tonfall in seiner Stimme sagte mir genug: Dieser Kerl war vollkommen irre.

6

Ich brauchte dringend eine Pause. Meine Hände waren schweißnass und mein Atem flog, dass mir schwindelig wurde. Nein, diese Idee, mich zurückzuerinnern, hatte sich zu einem weiteren Albtraum entwickelt. Ich wollte, ich konnte mich nicht überwinden, daran zu denken!

Ich sprang auf und lief ins Wohnzimmer, nur noch eines im Sinn: mich sinnlos zu betrinken. Mit zitternder Hand goss ich mir einen Weinbrand ein, das Hochprozentigste, was unser Barfach zu bieten hatte. Die Hälfte der Flüssigkeit landete auf der Platte. Bevor ich einen Lappen aus der Küche holte, genehmigte ich mir einen großen Schluck aus dem Glas.

Der scharfe Geschmack brannte in der Kehle, aber erzeugte im Nu ein angenehm wärmendes Gefühl im Magen. Ich wischte die kleine Lache ab und setzte mich auf die Couch, um langsam und in aller Ruhe an meinem Getränk zu nippen.

Normalerweise machte ich mir nichts aus Alkohol und schon gar nicht aus den härteren Sachen. Ein Gläschen Wein zum Essen genehmigte ich mir bloß zu besonderen Gelegenheiten, mir sagte der Geschmack des Alkohols im Allgemeinen einfach nicht sonderlich zu. Heute allerdings gedachte ich, mich sinnlos zu betrinken und damit sämtliche Gedanken an diese Geschichte aus meinem Kopf zu verbannen.

Ich schloss die Augen und versuchte, mich auf etwas anderes zu konzentrieren. Stellte mir die bunte Wiese vor, die ich mir zusammen mit meiner Therapeutin erarbeitet hatte und die mein Rückzugsort seien sollte, wann immer ich ihn benötigte.

Stattdessen tauchte das Bild von dem Haus, in dem ich gefangen gehalten worden war, vor mir auf. Es handelte sich dabei eher um eine kleine Hütte auf einem verwilderten Grundstück, das früher einmal als Gartenland gedient haben musste, wie die von Unkraut überwucherten Beete verrieten. Wahrscheinlich war die Parzelle einem geplanten Bauvorhaben im Wege gewesen oder dieser jemand hatte versucht, sich ohne Erlaubnis ein kleines Paradies zu schaffen. Es war jedenfalls ersichtlich, dass schon länger niemand mehr hier gewesen war, um ordnend Hand anzulegen.

Das Häuschen selbst war ziemlich baufällig; einst aus rohen Holzwänden gezimmert und liebevoll in Weiß gestrichen, blätterte nun überall die Farbe ab und eindringende Feuchtigkeit hatte die Bretter morsch werden lassen. Das Dach wies an einigen Stellen kleine Löcher auf, durch die am Tag das Licht hereinfiel, denn das einzige Fenster war fest vernagelt. Das Innere bestand aus einem circa zwanzig Quadratmeter großen Raum und war bis auf eine Matratze und drei nebeneinanderstehende Kartons auf dem staubigen Boden leer. Später sollte ich erfahren, dass mein Peiniger den dahinterliegenden Schuppen als Vorratsraum benutzte. Dort befand sich neben mehreren Wasserkanistern auch ein Gasgrill, den er jeden Abend hervorholte, sobald die Dunkelheit tief genug war, ansonsten ernährten wir uns hauptsächlich von Brot, Marmelade und Fischkonserven.

Nachdem er mich durch ein Tor den Weg entlang und ins Innere gezerrt hatte, warf er mich mit Schwung auf die Matratze und blieb direkt vor mir stehen. „Du rührst dich nicht vom Fleck, bis ich wiederkomme. Ich höre es, wenn du dich bewegst, also wage ja nicht, aufzustehen."

Schon bei seinen letzten Worten drehte er sich um und trat durch die Tür nach draußen. Ich lauschte angestrengt, ob er hinter sich abschloss, es war alles so schnell gegangen, dass ich nicht daran gedacht hatte, nach einer Kette oder einem Riegel zu schauen. Er machte keinerlei verdächtige Geräusche, also konnte ich wohl davon ausgehen, dass sich die Tür nicht abschließen ließ.

Ich hörte schleifende Laute direkt hinter den Brettern, keine Chance für mich zu fliehen. Er würde mich sofort ergreifen und zurückschleppen. Ich musste ihn nicht unbedingt durch einen von vornherein zum Scheitern verurteilten Fluchtversuch gegen mich aufbringen. Im Moment konnte ich nicht einschätzen, was er von mir wollte. Sollte es eine Entführung sein, um Geld von meinen Angehörigen zu erpressen? Oder hatte er vor, sich an mir auszutoben, hier in der Einöde, wo keiner meine Schreie mitbekommen würde? Aber warum war er dann nicht direkt über mich hergefallen?

Trotzdem versuchte ich, mit meinen Fingern nach den Fesseln zu tasten und sie durch ein Hin- und Herbewegen der Arme zu lockern, was sich leider als völlig sinnlos herausstellte, sie saßen so fest, dass ich mir nur die Haut aufscheuerte. Schließlich richtete ich mich in eine sitzende Position auf, damit ich wenigstens nicht wie ein wehrloses Opfer vor ihm lag. Noch hatte mich mein Kampfgeist nicht verlassen.

Nein, ich schüttelte auf meiner Couch sitzend den Kopf. Das gab meinen Zustand zu diesem Zeitpunkt nicht richtig wieder. Ich war voller Panik, mein Herz klopfte wie verrückt, während meine Gedanken sich verzweifelt bemühten, einen Ausweg zu finden. Es war alles so schnell gegangen, ich hatte mich auf das, was mir passiert war, noch gar nicht einstellen können. Das Entsetzen über das Geschehene hatte mich voll im Griff.

Statt mir einen zweiten Weinbrand einzuschenken, stellte ich das Glas auf den Tisch und begab mich zurück an meinen Schreibtisch. Die Gedanken an mein Martyrium drängten heraus, ich konnte sie nicht länger unterdrücken. Ich musste mich ihnen stellen, hier und jetzt.

Es mochten vielleicht fünf Minuten vergangen sein, als der Mann die Hütte erneut betrat. Die Öllampe, die er in der Hand trug, erhellte notdürftig den Raum. Dafür sah ich zum ersten Mal seit dem Überfall sein Gesicht. Wäre ich ihm unter anderen Umständen begegnet, hätte er durchaus einen sympathischen Eindruck auf mich gemacht: Regelmäßige Züge mit leicht betonten Wangenknochen und einem markanten Kinn, die dunkelblonden Haare raspelkurz geschnitten, sodass sie gerade die Kopfhaut bedeckten, und hätte nicht dieser irre Ausdruck in seinen Augen gelegen, wäre sein Lächeln durchaus angenehm gewesen.

So aber zuckte ich automatisch vor seinem Blick zurück, was ihn zu einem hohen Kichern veranlasste. „Du hast kapiert, dass man sich mit mir nicht anlegt? Gut, behalte das im Gedächtnis und du wirst überleben.“

Er lehnte die Tasche, die er in der anderen Hand gehalten hatte, gegen die Wand und stellte die Lampe auf den Boden, bevor er sich mir näherte und sich vor mich hinhockte. „Ich nehme dir jetzt den Knebel raus und du hältst trotzdem die Klappe, verstanden?“ Auf mein Nicken fuhr er fort: „Ich erkläre dir die Regeln ein einziges Mal, also hör gut zu.“ Bevor er das tat, zog er mit einem Ruck das Tuch aus meinem Mund und ich schnappte instinktiv nach Luft, was ihn wieder zu diesem hohen Kichern veranlasste. „Du kriegst gleich was zu trinken, zuerst die Regeln: Du redest nur, wenn ich dich dazu auffordere. Du bleibst auf der Matratze, es sei denn, ich sage dir, was du tun sollst. Du siehst mich an, wenn ich mit dir spreche, ansonsten guckst du woandershin. Ich hasse es, beobachtet zu werden. Kapiert?“

Ich nickte stumm.

„Noch was. Wir sind hier in der Einöde, also kein Mensch weit und breit. Du könntest dir die Lunge aus dem Hals schreien und es würde dich keiner hören. Aber mich würde es verdammt stören, deshalb wage es ja nicht.“

Er stand auf und wandte sich ab. Ich hörte ihn fluchend in der Tasche kramen. „Hier!“ Er warf mir einen Apfel zu. „Wasser ist noch draußen und ich geh nicht noch mal raus.“

Ich starrte mit ausgedörrtem Hals auf die in meinen Augen große Köstlichkeit. Und wie sollte ich sie essen? Etwa auf die Knie fallen und versuchen, daran zu knabbern, ohne dass sie mir wegrollte? Nein, so schlimm war mein Durst doch nicht.

Er lachte aus vollem Hals. „Ach, ja. Du bist noch gefesselt." Er kniete sich hinter mich und löste den Draht, wickelte ihn um seine Hand und wies auf den Apfel. „Los! Iss!"

Ich gehorchte. Es war ein himmlisches Gefühl.

„Und jetzt schlaf! Ich will, dass du morgen fit bist."

Dieses Mal war sein Lächeln eindeutig diabolisch. Ich konnte nicht verhindern, dass ich schauderte, was ihn mit tiefer Zufriedenheit zu erfüllen schien. Zumindest kommentierte er meinen Zustand nicht, sondern bückte sich nach der Lampe und wandte sich zur Tür. „Ich schlafe draußen."

Ich wartete, bis sämtliche Geräusche verklungen waren und gab noch einmal eine Zeitspanne dazu, dann stand ich behutsam auf und begann so leise wie möglich, mein Gefängnis zu untersuchen. Durch den Eingang, den er offen gelassen hatte, fiel ein fahler Schimmer des Mondes, sodass ich zumindest Schemen erkennen konnte.

Nein, zu fliehen traute ich mich nicht. Er würde vermutlich direkt vor dem Häuschen sein Lager aufgeschlagen haben und mich hören, wenn ich versuchte, an ihm vorbeizuhuschen. Aber es war sinnvoll, zu wissen, ob sich später eine Möglichkeit bot, die ich ergreifen konnte. Sollte er mich zum Beispiel einschließen und sich von dem Grundstück entfernen, wollte ich keine überflüssige Zeit mit der Suche nach einem Schlupfloch verschwenden. Bei dem Zustand der Hütte bestand durchaus die Möglichkeit, dass eines der Bretter sich aufbiegen ließ oder kräftigen Tritten nicht lange standhielt.

Doch ich fand nicht eine Stelle, an der ich ansetzen konnte.

7

Ich benötigte unbedingt einen zweiten Schnaps! Diese Erinnerungen waren sonst nicht auszuhalten. Ich nahm Flasche und Glas mit in mein Zimmer und goss mir großzügig ein.

Gut, dass ich an dem Tag noch nicht gewusst hatte, was auf mich zukam, dachte ich, während ich schlückchenweise trank. Sonst wäre ich wahrscheinlich zitternd und bebend auf der Matratze hocken geblieben, unfähig, Ruhe zu finden, oder hätte einen Ausbruchversuch gewagt, der mir so schlecht bekommen wäre, dass mir die dringend benötigte Erholung verwehrt blieb.

„Was stinkt hier so erbärmlich?"

Seine Stimme weckte mich aus meinen Träumen. Schlagartig wurde mir meine missliche Lage wieder bewusst. „Ich musste Wasser lassen. Aber ich durfte ja nicht reden."

Mit einem Satz war er bei mir und verpasste mir eine Ohrfeige, die meinen Kopf halb herumriss. „Habe ich dir erlaubt, zu sprechen? Und habe ich dir erlaubt, einfach auf den Boden zu pinkeln?" Mit gleicher Kraft schlug er mich auf die andere Seite und zerrte mich anschließend hoch. „Los, komm mit! Das machst du als Erstes sauber."

Er zog mich hinter sich her nach draußen, wo mich warmer Sonnenschein empfing. Es musste später sein, als ich gedacht hatte, die Sonne stand bereits hoch am Himmel. Er führte mich zu einer Pumpe, unter der ein Eimer stand. „Da, mach Wasser rein und putz deinen Dreck weg!"

Ich tat wortlos, was er von mir verlangte. Das schmutzige Wasser kippte ich auf sein Geheiß in die Büsche, deutete dann pantomimisch auf mich und dieselben. Er verstand sofort. „Okay, hock dich hin."

Ich kniff die Augen zusammen, damit ich sein interessiertes Gesicht nicht sehen musste. Noch bevor ich meine Hosen hochziehen konnte, hatte er mich gepackt und auf den nassen Boden geschleudert.

Selbst bei der Erinnerung daran wurde mir schlecht und ich musste einen großen Schluck von dem Weinbrand nehmen, um die Übelkeit zu bekämpfen. Er hatte sich wie ein Tier aufgeführt, gekniffen und gebissen, jede meiner Körperöffnungen malträtiert - wenn du zubeißt, schneide ich dir die Brustwarze ab - und sich an meinem Schreien ergötzt.

Hinterher blieb ich wie erschlagen liegen, selbst die Kraft zum Weinen fehlte mir. Bei allem, was er mit mir angestellt hatte, war mir eines klargeworden: Er würde mich nicht gehen lassen, zumindest nicht in der nächsten Zeit. Ich musste unbedingt eine Fluchtmöglichkeit finden.

„Los, keine Müdigkeit vorschützen!" Er stand hochaufgerichtet über mir und versetzte mir einen derben Tritt in die Seite. „Heulen kannst du später. Jetzt will ich was essen."

Er führte mich in den Schuppen hinter der Hütte und wir trugen einen Campingkocher, einen Wasserkanister und eine Kiste mit Lebensmitteln in den Schatten an der Rückseite der Wand. Er zeigte mir, wie ich darauf Kaffee kochen konnte und sah zu, wie ich für ihn die geforderten drei Brote schmierte.

Mit meinen Gedanken war ich ganz woanders. Ich überlegte, ob es mir wohl gelänge, ihm das heiße Wasser ins Gesicht zu schütten und ihn damit außer Gefecht zu setzen. Am besten direkt auf die Augen zielen, nahm ich mir vor. Das sollte mir genug Zeit verschaffen, einen großen Abstand zwischen uns zu legen.

Bevor ich die Kanne hochnehmen konnte, nahm er sie mir aus der Hand. „Den schütte ich selbst ein."

Ich senkte den Kopf, damit er meine Enttäuschung, die sich bestimmt in meinem Gesicht abzeichnete, nicht sehen konnte.

„Du kannst dir eine Scheibe Brot nehmen, trocken natürlich. Für den Belag müsstest du dich insgesamt mehr anstrengen." Er schob mit dem Fuß den Wasserkanister in meine Richtung. „Und ein Glas

Wasser steht dir für deine Dienste auch zu." Er lachte meckernd. „Anschließend machst du dich ein bisschen zurecht. Du siehst grauenhaft aus. Ich esse lieber in der Sonne weit weg von dir."

Ich würgte das Brot hinunter, ich musste unbedingt bei Kräften bleiben, und trank das Glas in einem Zug leer. In der Hütte hatte ich eine Küchenrolle gesehen, ich nahm mir mehrere Tücher und wischte mir mit den letzten Wassertropfen notdürftig die Blutspuren ab. Am Zustand der Hose und des Shirts konnte ich nichts ändern, beides war nass und schmutzig und wies zahlreiche Risse auf. Meinen BH hatte er weggeworfen und meinen Slip zerfetzt, Gott sei Dank lag die Strickjacke, die ich heute Morgen gleich ausgezogen hatte, unversehrt auf der Matratze.

„Los, los!" Kaum war ich fertig, tauchte er wieder in der offen gebliebenen Tür auf. „Wir machen ein Spielchen. „Lauf. Wenn du gewinnst, winkt dir die Freiheit. Wenn ich gewinne ...", wieder erschien dieses diabolische Grinsen auf seinem Gesicht. „Ach, mir wird schon was Nettes einfallen."

Ich drückte mich an ihm vorbei und blieb unschlüssig stehen. War das sein Ernst?

Er gab mir einen kleinen Schubs. „Lauf! Ich zähle bis zehn, dann folge ich dir."

Ich kam nicht einmal über die Grundstücksgrenze hinaus. Er pflückte mich von dem hohen Maschendrahtzaun herunter und warf mich zu Boden. „Gewonnen!"

Ich krümmte mich zusammen, das, was jetzt folgen würde, war bestimmt schlimmer als das, was er vorhin getan hatte.

Ich behielt recht. Er tobte wie ein Irrer an mir, auf mir und in mir, nahm sich wieder und wieder jede meiner Körperöffnungen vor, bis ich überall wund und geschwollen war, und rollte sichtlich ermattet neben mich. „Wow, das hatte es in sich. Ja, wenn man jahrelang auf einen guten Fick verzichten musste, hat man einiges nachzuholen. Das war das Schlimmste am Knast, dass man immer nur in der Fantasie ficken konnte." Er drehte sich zu mir und grinste dreckig: „Aber dabei kommen einem gute Ideen, das kann ich dir sagen."

Ich antwortete nicht, war vielmehr damit beschäftigt, mich so weit zu sammeln, dass ich nicht vollends zusammenbrach.

„Ich habe gleich gesehen, du bist die Beste." Er warf sich wieder auf den Rücken und starrte in den fast wolkenlosen Himmel. „Die anderen beiden, die haben mich nicht gereizt, denen sieht man an, dass die nichts aushalten." Er schnaubte verächtlich. „Weicheier, zu nichts zu gebrauchen."

Wir lagen nebeneinander im Gras, bis es dunkel wurde. „Los, auf! Geh und wasch dich!" Er wies auf die Pumpe. „Ich mach uns was zu essen."

Obwohl er hinter das Häuschen ging und ich ohne Aufsicht davor blieb, hegte ich keine Fluchtgedanken. Mein Körper war viel zu zerschlagen, um es gegen ihn aufzunehmen. Es gab nicht eine Stelle an mir, die nicht höllisch schmerzte, das kalte Wasser brachte zwar Linderung, jedoch nicht meine Kräfte zurück.

Er schien sich auf diesem Grundstück völlig sicher zu fühlen und summte leise vor sich hin, während er Brot und Dauerwurst auf dem Grill röstete. „Hier." Er legte mir zwei Scheiben Brot und einen großen Haufen Wurststücke auf den Teller. „Iss. Du musst bei Kräften bleiben."

Hatte ich dasselbe nicht vor kurzem erst selbst gedacht? Es war mittlerweile zu dunkel, als dass ich seine Gesichtszüge hätte erkennen können. Er meinte diesen Satz anscheinend ernst. Nur in einem ganz anderen Sinne als ich. Er wollte mich aufpäppeln, damit ich ein würdiges Spielzeug für ihn blieb.

Obwohl mir übel war und ich immer noch keinerlei Hungergefühl verspürte, aß ich, so viel ich konnte. Ja, ich musste bei Kräften bleiben. Ich musste in der Lage sein, die kleinste Chance zur Flucht zu nutzen. Laufen lassen würde er mich nicht mehr, da war ich mir vollkommen sicher.

Anschließend hielt er mir eine Tablette hin, die ich unter seiner Aufsicht herunterwürgte. Danach begleitete er mich zurück in die Hütte und warf mir sogar eine Decke zu. Meine Hose und mein T-Shirt waren derart zerrissen, dass sie kaum noch an meinem Körper hielten. Die kühle Nachtluft hatte mich zum Frieren gebracht, mit nichts außer meiner Strickjacke zum Zudecken wäre ich aus dem Zittern nicht mehr herausgekommen.

Dann kniete ich auf der Matratze und versuchte so leise wie möglich, meinen Mageninhalt zu erbrechen. Er hatte erklärt, er würde gleich das Auto entsorgen, was auch immer er darunter verstand. Vielleicht gelang es mir, durchzuhalten und zu fliehen, nachdem er losgefahren war.

Er musste vor der Tür gelauert haben, anders konnte ich es mir nicht erklären. Direkt nach dem ersten Würgegeräusch stürzte er auf mich zu und warf mich um. „Netter Versuch. Werde ich dich eben fesseln." Den Draht hielt er schon in der Hand.

Dieses Mal begnügte er sich nicht damit, mir die Arme auf den Rücken zu binden. Auch die Fußgelenke wurden eng aneinandergebunden. Ich konnte mich nicht mehr bewegen.

„Schlaf gut!" Sein spöttisches Lachen wurde leiser und leiser.

Ich drehte mich mühsam auf die Seite, die einzige Stellung, in der es mir möglich war, einigermaßen vernünftig zu liegen. Zum Glück wirkte die Tablette ziemlich schnell. Gerade hatte ich noch überlegt, wo er das Auto wohl versteckt hatte – es war von den Bereichen des Gartens, die ich bisher gesehen hatte, nicht zu entdecken gewesen. Meine Gedanken verschwammen und ich schlief ein.

Ein Geräusch ließ mich hochfahren. Ein Schlüssel drehte sich im Schloss und ich hörte die Stimmen meiner Eltern. Kehrten sie wegen mir so früh zurück? Ein Blick auf die Uhr belehrte mich eines Besseren. Es waren gute vier Stunden seit ihrem Aufbruch vergangen.

Zeit, für heute aufzuhören, beschloss ich und goss mir ein weiteres Glas Weinbrand ein, den ich mit drei großen Schlucken hinunterzwang. Das vierte noch und danach würde ich bestimmt ebenso gut schlafen wie nach einer Tablette. Heute Nacht wollte ich mich richtiggehend betäuben, dass mir mein Unterbewusstsein keinen Albtraum bescherte. Ich war fest entschlossen, meinen Bericht morgen zu Ende zu schreiben.

8

„Du warst reichlich lecker zurecht, gestern Abend", empfing mich meine Mutter mit einem Augenzwinkern, als ich gegen zehn die Küche betrat. „Hast du eine eigene private Party gefeiert?"

Ich verzog das Gesicht, mein Schädel brummte und ihre Stimme war viel zu laut und fröhlich. „Nein, ich kämpfe mich durch meine Erinnerungen. Das geht nur mit reichlich Alkohol."

Sofort wurde sie ernst. „Oh Kind! Tut mir leid, ich dachte, du fängst erst heute an. Ist es so schlimm?", setzte sie nach einer kurzen Pause hinzu.

Ich nickte stumm und schüttete mir Kaffee aus der Warmhaltekanne in meine Tasse. Mein Gedeck hatte sie stehen lassen, auf dem Teller lagen zwei Brötchen, drumherum gruppierten sich ein Glas Marmelade, ein hartes Ei, eine Packung Schmelzkäse und ein Schälchen mit Schokoladenkeksen, alles Dinge, die ich besonders gern aß.

„Möchtest du darüber reden?" Sie legte den Schwamm und das Blech, das sie gerade bearbeitete, zur Seite und machte Anstalten, sich zu mir an den Tisch zu setzen.

„Nein", sagte ich schnell. Das war das Letzte, was ich jetzt gebrauchen konnte. „Ich will mir schon mal überlegen, wie ich das Aufschreiben fortsetze. Ich glaube, so, wie ich es angefangen habe, macht es wenig Sinn. Erstens ist es für mich zu heftig und bloß mit jeder Menge Alkohol zu ertragen." Ich grinste schief. „Bis ich diese Rückschau fertiggestellt habe, bin ich zur Alkoholikerin mutiert. Und zweitens will ich mich hauptsächlich auf das konzentrieren, was *er* gesagt hat", fuhr ich fort, bevor sie einen Einwand oder eine nette aufmunternde Bemerkung machen konnte. Dann wäre ich wahrscheinlich in Tränen ausgebrochen und hätte mich meinem Leid hingegeben, und der Bericht würde niemals fertig. „Vielleicht gibt es dadurch doch Anhaltspunkte, die der Polizei helfen, *ihn* zu finden."

Sie hatte verstanden, dass ich nicht weiter darüber reden wollte, nickte und wandte sich wieder ihrer Arbeit zu. Ich trank drei Tassen

Kaffee und würgte ein trockenes Brötchen und drei Schokoladenkekse hinunter. Das andere belegte ich mit Käse. „Ich esse es später."

„Nimm dir die Kekse mit!", rief sie mir hinterher.

„Später. Lass sie einfach stehen." Ich war plötzlich in Eile, mir war eine Idee gekommen, wie ich fortfahren konnte.

Zurück in meinem Zimmer nahm ich ein leeres Blatt und zog in der Mitte einen senkrechten Strich. Auf die eine Seite schrieb ich „Eigenschaften", auf die andere „sein Leben". Ohne lange zu überlegen, begann ich zu schreiben.

Der Teil mit dem, was *er* in dieser einen Woche von sich erzählt hatte, erstreckte sich schnell über mehrere Blätter. Unter Eigenschaften dagegen standen gerade mal fünf: Unbeherrscht, jähzornig, sadistisch, benötigt das Leiden anderer zu *seiner* sexuellen Stimulanz, liebt es, sich Spielchen auszudenken, die *seine* Erregung steigern. Ich setzte: geht nach einem bestimmten Muster vor, mit einem Fragezeichen versehen hinzu. Dieses Muster hatte sich durch die ganze Woche gezogen. Ich konnte mir sehr gut vorstellen, dass *er* versuchte, bei jeder sich bietenden Möglichkeit diese Jagd, wie *er* es nannte, zu inszenieren. Darauf würde ich die Polizei noch einmal gezielt hinweisen.

Schon am nächsten Morgen, nachdem er mich geweckt und mir eine Scheibe trockenes Brot und ein Glas Wasser zugestanden hatte, ging es wieder los. „Los, lauf!", rief er.

Ich blieb wie angewurzelt stehen. Wozu mir die Mühe machen? Er würde mich sowieso eingeholt haben, bevor ich richtig in Schwung war. Da konnte ich mich sofort in mein Schicksal ergeben.

Er reagierte anders, als ich erwartet hatte. Seine Augen zogen sich zu schmalen Schlitzen zusammen und er nickte grimmig. „So, du willst den Aufstand proben? Ha!" Er marschierte zu dem Gasgrill, der nach wie vor auf dem Rasen stand und drehte an der Flasche, bis ein blaues Flämmchen erschien. Grinsend hielt er die Zange, mit der er unser Essen gewendet hatte, in den Strahl. „Mal sehen, was du von diesem kleinen Ansporn hältst."

Ich rannte los.

Ich schaffte es tatsächlich über das Tor, indem ich mich mehr darüber warf, als dass ich kletterte. Unsanft kam ich auf der anderen Seite auf, kugelte durch das hohe Gras, kämpfte mich auf die Füße und rannte den steilen Weg hinunter.

Ich weiß nicht, ob er mich extra so weit kommen ließ, erst kurz vor der Straße hatte er mich erreicht, packte mich und warf mich über seine Schulter. Ich strampelte und trat zu, so fest ich konnte, er lachte nur, ja, es schien seine Erregung eher zu steigern, dass ich nicht aufgab, sondern mich wehrte. Kaum hatten wir das umzäunte Grundstück erreicht, warf er mich zu Boden und das gleiche Prozedere wie am Tag zuvor begann.

Als er endlich von mir abließ, war jeder Gedanke an Flucht in mir erloschen. Er hingegen war sichtlich zufrieden und begann wieder, mir alles Mögliche zu erzählen.

Halt! Ich zog ein weiteres Blatt heran und schrieb darüber: „die Opfer". Zwar hatte ich den Beamten, die mich vernahmen, bereits erzählt, dass *er* sich vor mir damit brüstete, zehn Frauen getötet zu haben, Einzelheiten waren mir zu diesem Zeitpunkt jedoch nicht mehr bewusst gewesen – dafür jetzt umso mehr.

Nummer eins hatte *er* in *seiner* Jugendzeit getötet. Das musste relativ schnell vonstattengegangen sein. *Er* hatte ihr aufgelauert, sie brutal vergewaltigt und noch an Ort und Stelle getötet. Danach warf *er* sie in den Fluss, an dessen Ufer die Tat geschehen war. Sie wurde eine Woche später von den eingesetzten Tauchern gefunden, da hatte das Wasser schon alle vorhandenen Spuren weggewaschen.

„Natürlich habe ich ein Kondom benutzt", hatte *er* geprahlt. „Ich bin nicht blöd."

Auslöser war ihre Weigerung gewesen, sich mit *ihm* einzulassen. Eine Woche hatte *er* sie verfolgt und belauert, bis *er* sie allein erwischte. „Sie hat gebettelt und gefleht. Auf einmal war ich in ihren Augen wer."

Nein, Mitleid mit anderen war *ihm* fremd. Ich setzte die entsprechende Notiz unter „Eigenschaften".

Ein weiterer Punkt fiel mir ein. Sie war die Erste, die *er* erwürgte, während *er* mit ihr Geschlechtsverkehr hatte. Dieses Erlebnis musste für *ihn* etwas ganz Besonderes gewesen sein. „Du kannst dir nicht vorstellen, wie das ist", hatte *er* mir vorgeschwärmt. „Diese Zuckungen, während du in ihr bist! Das ist das Höchste überhaupt!"

Zum Glück war mir dieses besondere Vergnügen erspart geblieben. Gewürgt hatte *er* mich ebenfalls, jedoch immer, kurz bevor ich bewusstlos wurde, aufgehört.

Die zweite Frau hatte *er* sich unter ähnlichen Umständen ausgesucht, ebenso die dritte. Wer *ihn* ablehnte, riskierte sein Leben. Und bei dieser dritten dann war *ihm* die Lust auf die Jagd gekommen. *Er* hatte sie mehrfach fast entkommen lassen, bis sie vor Angst fast wahnsinnig war. Sie wehrte sich bis zuletzt, selbst noch als *er* versuchte, in sie einzudringen.

Ihre Leiche wurde schon kurz nach der Tat gefunden, *er* berichtete stolz, in der Zeitung habe gestanden, es müsse eine Bestie über sie hergefallen sein.

Leider waren Opfer zwei und drei von *ihm* in einem See entsorgt worden. Trotzdem wurden irgendwelche Spuren sichergestellt, was *ihn* dazu veranlasste, vorsichtiger zu werden. *Er* suchte, bis *er* dieses leerstehende Grundstück fand, und setzte *seine* Taten gezielter fort.

Ein einziges Mal wich *er* danach von *seiner* Vorgehensweise ab - und wurde noch am Tatort festgenommen. *Er* hatte sich an einer Kollegin vergriffen - *er* ging tatsächlich einem relativ normalen Beruf nach -, war dieser von dem Büro, in dem *er* arbeitete, gefolgt und hatte sich unter einem Vorwand Zutritt zu ihrer Wohnung verschafft. Aufmerksame Nachbarn, die ihr Stöhnen hörten, riefen die Polizei.

„Da siehst du, was die Liebe aus einem macht", hatte *er* diesen Fall kommentiert. „Wäre ich nicht total in sie verschossen gewesen, hätte ich besser geplant. Ein dummer Fehler, der mir nie wieder passieren wird."

Mit den anderen Morden wurde *er* nie in Verbindung gebracht, vielleicht auch deshalb nicht, weil die letzten sechs Leichen nie aufgetaucht waren. Man ging von einer Einzeltat aus und es lag nur an der Abscheulichkeit *seines* Vorgehens, dass überhaupt ein psychologisches Gutachten erstellt wurde. *Er* hatte die Frau wohl ähnlich zugerichtet wie mich, darüber ließ *er* sich nicht genauer aus. Tatsache war, dass sie, obwohl geknebelt, derart laut wimmerte, dass die neben ihr wohnende Frau, die, eigentlich um eine Zigarette zu rauchen, auf den Balkon getreten war, aufmerksam wurde.

Er hörte die Polizei im Treppenhaus, hatte *er* mir erzählt, war allerdings nicht mehr fähig, sich zu steuern – *seine* eigenen Worte -, da *er* kurz davorstand, zu kommen, sprich: *Er* würgte sie und genoss ihre Zuckungen, dass nichts in der Welt *ihn* daran gehindert hätte, aufzuhören.

Krank! Spätestens in diesem Moment wäre mir als Polizist klar gewesen, dass der Typ irre ist!

Doch nein! *Er* hatte ihnen gegenüber ja so getan, als wäre *er* geistig weggetreten und nicht zurechnungsfähig. *Er* behauptete, *seine* Kollegin habe *ihn* eingeladen, der Sex, ja, sogar in dieser extremen Form, sei von beiden gewollt, inklusive der Fesseln und des Knebels. Das, was die Nachbarin gehört hätte, wären Lustschreie gewesen. Leider habe *er* nicht aufgepasst und sie, statt sie leicht zu würgen, wie es verabredet war, zu hart angefasst.

Das zumindest nahmen *ihm* die Ermittler nicht ab. Man ließ *ihn* psychiatrisch begutachten und der Experte empfahl die Unterbringung in der Forensik, weil er um eine Wiederholung fürchtete. Dass diesem einen Mord schon neun andere vorausgegangen waren, hatte er nie herausgefunden.

„Ist im Prinzip eine gute Quote." Er grinste mich an. „Eine von zehn. Trotzdem werde ich mich bemühen, diesen Fehler nicht zu wiederholen. Einmal Knast reicht mir."

Damit hatte ich die endgültige Gewissheit, dass er mit diesen Worten mein Todesurteil ausgesprochen hatte.

9

„*Er* hat mir erzählt, er sei in einem kleinen Dorf aufgewachsen", stellte ich an diesem Abend meinen Eltern die Zusammenfassung vor. „*Sein* Vater sei ein unbeherrschter Typ gewesen, der *ihn* und *seine* drei Brüder fast jeden Tag verprügelte, mit dem Gürtel versteht sich. *Er* war der Jüngste und bekam von den Geschwistern ebenfalls *seinen* Teil ab."

„Das wird die Polizei schon herausgefunden haben", meinte mein Vater. „Du konntest ihn ja identifizieren. Seine Lebensgeschichte war bestimmt seit diesem Mord, den man ihm nachgewiesen hatte, bekannt."

„Und wurde strafmildernd berücksichtigt." Die Stimme meiner Mutter klang bitter. „Der arme Junge, so eine schwere Kindheit! Er ist ein Monster, das hätten die erkennen müssen."

„Ich habe den Verdacht, dass *seine* Eltern *ihn* decken", ließ ich mich nicht vom Thema abbringen. „Angeblich soll *seine* Mutter immer zu *ihm* gehalten haben. Sie wollte nie wahrhaben, was aus *ihm* geworden ist."

„Auch das wird die Polizei überprüft haben." Das kam natürlich wieder von meinem Vater. „Es bringt nichts, Kind, wenn du das alles wieder und wieder vor dir ablaufen lässt. Du quälst dich nur."

„Ich werde die Polizei am Montag anrufen", beharrte ich. „Es reicht nicht, die Eltern einmal zu kontrollieren. Sie müssen sie in gewissen Abständen aufsuchen und befragen. Ich kann mir nicht vorstellen, dass *er* einfach spurlos verschwunden ist."

„An was erinnerst du dich noch?", fragte meine Mutter ruhig. Sie wollte nicht, dass unser Gespräch in einen Streit ausartete. Früher waren mein Vater und ich ständig in heftige Debatten verwickelt gewesen, er genau so ein Hitzkopf wie ich.

„Keine Freunde, bloß Saufkumpanen", las ich von meinen Notizen ab. „Mit den Arbeitskollegen stand *er* ständig auf Kriegsfuß, weil *er* blöde Sprüche machte und sich ungefragt in ihre Angelegenheiten mischte. Der Chef hatte *ihn* auch langsam über und wollte *ihn* kündigen. Sie schilderten *ihn* als überheblich und besserwisserisch, ein Drückeberger, der die Schuld immer auf die anderen schob." Das meiste davon hatte ich aus den diversen Zeitungsartikeln zusammenrecherchiert, da die Medien damals nach dem Mord ausführlich berichteten. Nach der Fahndung aufgrund meines Auffindens hatten die Journalisten die alte Geschichte wiederaufleben lassen.

„Also keiner unter ihnen, an den er sich wenden könnte", rekapitulierte meine Mutter.

„Wenn das alles wirklich stimmt." Ich sah erst sie und dann meinen Vater bedeutungsvoll an. „Erzählen kann man viel."

„Die Polizei ist nicht dumm. Die haben deren Aussagen garantiert genauestens geprüft."

„Was ist mit seinen Brüdern?", warf mein Vater ein.

„Angeblich sind die alle relativ normale Bürger." Ich zuckte die Schultern. „Zumindest liegt gegen keinen der drei etwas vor, sagten die Ermittler damals."

„Laut der Zeitungsberichte haben sie sich von ihm distanziert." Meine Mutter war fast so gut informiert wie ich.

„Wo hatte er das Geld her für die Dinge, die er in seinen Unterschlupf brachte?", sinnierte mein Vater.

Ich war beeindruckt. Daran hatte bisher, zumindest soweit ich wusste, niemand gedacht. „Hast du die Ermittler damals danach gefragt?" Zwischen uns beiden hatte es bisher kein ausführliches Gespräch gegeben. Im Krankenhaus war ich zu sehr am Boden und hinterher hatte ich das meiste bereits abgespalten und wollte nicht mehr an diese Zeit erinnert werden.

Er hüstelte verlegen. „Ich hatte sogar einen Privatdetektiv beauftragt. Der verfolgte diese Idee, die ursprünglich von ihm stammte. Weder die Polizei noch er haben irgendjemanden gefunden, der Kontakt zu ihm hielt."

„Papa!" Ich wusste nicht, was ich sagen sollte. „Das war bestimmt wahnsinnig teuer!"

Begütigend legte meine Mutter ihre Hand auf meine. „Dafür sind wir halt nicht in den Urlaub gefahren. Das war es uns wert."

Mit einmal nicht in den Urlaub fahren, war es bestimmt nicht getan. „Aber wieso …?" Ich brach ab und sah hilflos von einem zum anderen.

„Die Ermittler waren bemüht, ja." Mein Vater seufzte. „Doch nach einem Monat hatten sie im Prinzip nichts vorzuweisen. Deshalb entschlossen Mama und ich uns, diesen Privatdetektiv anzuheuern. Der vermutete ebenfalls, dass der Kerl weiterhin Kontakt zu seinen Eltern hatte und überwachte sie."

„Tag und Nacht", ergänzte meine Mutter. „Leider ohne Erfolg. Es muss eine weitere Person geben, an die er sich wenden kann."

„Nach einem Monat sagte er zu uns, wir sollten besser aufgeben", übernahm wieder mein Vater. „Er sah keinen Sinn darin, die Überwachung fortzusetzen."

Einen ganzen Monat! Was das gekostet haben musste! Und warum hatten sie mir nichts davon erzählt? Die heutige Recherchearbeit stellte sich dadurch als völlig nutzlos heraus. Die Vorgehensweise des Detektivs war bestimmt wesentlich zielgerichteter und effektiver gewesen.

„Du siehst also, deine Erkenntnisse bringen uns nicht weiter. Hat er denn nie von anderen Kontakten erzählt?"

„Nein. Zumindest nicht, soweit ich mich erinnern kann", schwächte ich meine Aussage ab.

„Er hat es nie lange an einer Arbeitsstelle ausgehalten", warf meine Mutter ein. „Das stand mehrfach in der Zeitung. Vielleicht gibt es einen alten Freund aus dieser Zeit."

„Unser Privatdetektiv hat niemanden gefunden", erinnerte mein Vater sie und seufzte schwer. „Es ist wie verhext. Der Kerl kann sich schließlich nicht in Luft aufgelöst haben."

„*Er* war mit Sicherheit schwer verletzt", überlegte ich. „Also muss es zwingend jemanden geben, an den *er* sich wenden konnte. Mittlerweile ist fast ein halbes Jahr vergangen. Da *seine* Leiche nie gefunden wurde, gehe ich davon aus, dass *er* es überlebt hat. Wir sollten die ermittelnden Beamten fragen, ob es in den letzten Wochen einen ähnlichen Fall wie meinen gegeben hat, dass eine Frau verschwindet und nicht wieder auftaucht."

Fast synchron schüttelten meine Eltern den Kopf. „Wir achten jeden Tag darauf und recherchieren regelmäßig im Internet. Da war nichts", erwiderte meine Mutter.

„*Er* hat behauptet, *er* gönnte sich dieses Vergnügen", ich malte Gänsefüßchen in die Luft, „ zweimal im Jahr. Lebt *er*, wird *er* sich bald *sein* nächstes Opfer suchen." In Wahrheit war ich davon überzeugt, dass *er* nun, da *er* ein Leben im Verborgenen führen musste, wesentlich hemmungsloser vorgehen würde. *Er* hatte ja nichts mehr zu verlieren. Allein für das, was *er* mir angetan hatte, bekäme *er* dieses Mal garantiert lebenslange Sicherungsverwahrung. Also warum sollte *er* sich nicht nach *seinem* Geschmack ausleben?

Gut, zuerst hatten *seine* Verletzungen heilen müssen. Und wenn man nicht zum Arzt oder gar in ein Krankenhaus gehen konnte, dauerte der Heilungsprozess länger. Trotzdem konnte ich mir nicht vorstellen, dass *er* immer noch daran herumlaborierte.

Ich hatte es plötzlich eilig, zurück in mein Zimmer zu kommen. Meinen Eltern gegenüber behauptete ich, völlig erschöpft zu sein durch die Auseinandersetzung mit dieser Geschichte. Ich setzte mich an meinen Schreibtisch und fuhr meinen Computer hoch, den ich seit meinem Hiersein kaum angerührt hatte. Heute Nachmittag war ich auf der Suche nach Hintergrundinformationen über *ihn* gewesen, jetzt würde ich nach weiteren Opfern suchen.

Zwei Stunden später gab ich enttäuscht auf. Meine Mutter hatte tatsächlich nichts übersehen, es gab keinen neuen Fall, der meinem glich. Oder war *er* nur von *seinem* Tatmuster abgewichen? Nein, das konnte ich mir nicht vorstellen. Eine simple Vergewaltigung würde *ihn* nicht genug befriedigen, *er* hatte ziemlich genaue Vorstellungen von dem, was *er* mit *seinen* Opfern anstellen musste, um das für *ihn* größtmögliche Vergnügen daraus zu ziehen.

Ich griff nach einem Stift und zog das Blatt heran, auf das ich *seine* Eigenschaften notieren wollte. Mir waren einige weitere eingefallen, die ich ergänzen konnte: Kontrollfreak, festgefahren in bestimmten Mustern, blitzschneller Wechsel von ‚normal' zu ‚gewalttätig', mitleidslos, hochempfindlich bei Kritik.

Ich hatte bereits zum Schreiben angesetzt, als mich ein plötzlicher Wutanfall packte. Ich schrie auf und warf den Bleistift mit aller Kraft gegen die Wand. Sinnlos, sinnlos, sinnlos, hämmerte es in meinem Kopf.

„Ist alles in Ordnung?" Meine Mutter tauchte in der Tür auf, sah, dass ich nicht von einem neuen Albtraum gequält wurde, kam herein und nahm mich in den Arm.

„Es bringt nichts", presste ich hervor. „Ich bin nicht viel schlauer als vorher."

„Leg morgen eine Pause ein", sie strich mir sanft eine Haarsträhne zurück. „Lass uns gemeinsam einen Ausflug machen. Wir könnten ein bisschen im Schnee spazieren gehen. Papa wäre begeistert."

Ja, mein Vater liebte lange Wanderungen, sogar im Winter. „Ich begleite euch vielleicht in den Park."

10

„Du siehst irgendwie verändert aus", kommentierte Judith mein Aussehen und warf mir einen prüfenden Blick zu.

„Ich war gestern ausgiebig an der frischen Luft." Selbst ich hatte heute Morgen vor dem Badezimmerspiegel bemerkt, dass meine Haut etwas Farbe angenommen hatte und ich nicht mehr ganz so mitgenommen aussah, als wäre ich gerade erst von einer schweren Krankheit genesen.

„Solltest du öfter machen." Sie wandte sich wieder ihrer Arbeit zu.

Genau deshalb war sie mir als Kollegin sympathisch. Sie nahm meine Aussagen hin, ohne neugierig nachzufragen, gab sich mit dem zufrieden, was ich von selbst erzählte. Bis auf kurze Gespräche beim Mittagessen, in denen meist sie kleinere Geschichten zum Besten gab, was mir durchaus recht war, behielten wir unsere privaten Dinge für uns. Ich wusste kaum etwas von ihr, sie von mir sogar noch weniger.

Umso erstaunter war ich, als sie mich kurz vor der Pause fragte, ob ich nicht Lust hätte, an einem Kurs ihres Lebensgefährten teilzunehmen. „Ich habe mich von ihm überreden lassen, heute Abend zu kommen und würde dich gern dabeihaben. Es handelt sich dabei um ein Training zur Selbstverteidigung speziell für Frauen. Es wäre mir echt lieb, wenn du mitkämst." Sie verzog das Gesicht. „Ich stelle mich bestimmt total dämlich an."

„Was muss ich mir darunter vorstellen?" Ich schluckte mein harsches Nein, das mir schon auf der Zunge lag, hinunter. Ich wollte sie nicht vor den Kopf stoßen, würde mir ihre Beschreibung nett lächelnd anhören und dankend abwinken. Was sollte ich da?

„Dass Anton ein Sportstudio leitet, habe ich dir bestimmt schon erzählt?", begann sie.

Ich nickte. Ja, er war der Besitzer und konnte anscheinend recht gut davon leben. Ihm gehörte nicht nur das Gebäude, in dem sein Sportstudio untergebracht war, sondern er besaß auch ein großes

Haus, das er und Judith gemeinsam bewohnten. Bisher hatte ich allerdings gedacht, er würde Kurse anbieten, in denen er diverse Kampfsporttechniken vermittelte.

„Das ist schon der vierte Lehrgang. Bisher habe ich mich gedrückt, obwohl ich einsehe, dass es sinnvoll wäre, den mitzumachen." Sie seufzte. „Jetzt muss ich, wenn ich nicht will, dass der Haussegen schiefhängt. Na ja", sie hob vielsagend eine Augenbraue: „Im Prinzip sehe ich den Nutzen ein und es hört sich ganz gut an: Wir sind eine Gruppe von allerhöchstens sechzehn Frauen und bekommen in zehn Übungseinheiten alles beigebracht, was uns hilft, gegen einen potentiellen Angreifer zu bestehen."

„Ich verstehe nicht, was dich davon abhält?" Besser, sie bestärken. Vielleicht gab sie sich damit zufrieden.

„Ich habe einmal zugesehen. Du übst immer mit einer Partnerin und deshalb würde ich eben gern mit dir zusammen agieren. Da sind hauptsächlich jüngere Frauen, ich wäre die älteste."

„Für mich ist das nichts", sagte ich so energisch wie möglich. „Außerdem habe ich, wie du weißt, kein Auto zur Verfügung. Und jetzt, wo es so früh dunkel wird ..." Ich ließ den Satz unbeendet. Bestimmt kannte sie meine Vorgeschichte und konnte sich denken, dass ich es nicht darauf anlegte, noch einmal überfallen zu werden.

„Ich hole dich ab und bringe dich wieder nach Hause." Sie beugte sich vor und sah mich eindringlich an. „Bitte! Du tätest mir damit einen großen Gefallen."

„Nein, tut mir leid. Such dir lieber jemand anderen."

„Es ..." Sie holte tief Luft. „Es wäre auch für dich sinnvoll, schätze ich."

„Nein, danke." Ich funkelte sie an. „Gegen einen echten Psychopathen hilft es nicht, das kann ich dir aus eigener Erfahrung bestätigen. Der Kerl, der mich entführte, hat es mit drei Frauen gleichzeitig aufgenommen. Eine ist querschnittsgelähmt, eine traumatisiert und eine hat es relativ gut überstanden, traut sich jedoch nach wie vor nicht allein vor die Tür."

Sie biss sich auf die Unterlippe und wirkte ehrlich betroffen. „Lara, ich habe es nur gut gemeint. Ich sehe dich Tag für Tag daherschleichen. Du wagst es kaum, den Blicken anderer standzuhalten. Deine gesamte Körperhaltung signalisiert: Ich bin ein Opfer. Sei bitte nicht sauer", fuhr sie hastig fort. „Aber genau so wirkst du. Du musst unbedingt mehr Selbstvertrauen bekommen."

„Liebe Judith." Ich konnte vor lauter Wut kaum sprechen. „Ein solcher Kursus ändert nichts an meiner Haltung. Es dauert, bis man sich von dem, was ich erlebt habe, erholt."

Sie wurde blass und öffnete den Mund.

„Keiner kann nachvollziehen, was ich durchgemacht habe. Keiner", wiederholte ich, damit sie wirklich verstand. „Ich bin durch die Hölle gegangen. Das, was du dir in deinem schlimmsten Albtraum vorstellst, wird dem immer noch nicht gerecht. Also lass mich bitte mit solchen Angeboten in Ruhe."

Dass sie an diesem Tag nicht mit mir in die Kantine ging, war wohl verständlich. Immerhin hatte sie kapiert, dass ich weder über das damals Vorgefallene noch über diesen Kurs weiter sprechen wollte. Bis zum Feierabend wechselten wir kein Wort mehr miteinander.

Am nächsten Morgen war sie wie immer, allerdings klammerte sie nun Anton und alles, was mit dem Sportstudio zu tun hatte, aus unseren Gesprächen aus, wodurch wenig zu erzählen übrig blieb. Ich ertappte mich dabei, wie ich überlegte, ob ich nicht einfach nachfragte, wie die Veranstaltung gelaufen war. Irgendwie interessierte mich schon, was ihr Lebensgefährte für Vorschläge gab, um sich gegen einen Angreifer zu wehren.

„Dann sag ihr, du hättest es dir anders überlegt." Meine Mutter, der ich erst heute von dem Angebot meiner Kollegin und meiner heftigen Reaktion darauf erzählte, schüttelte verständnislos den Kopf. „Oder lass dir zumindest berichten, wie es ihr ergangen ist. Zeig Interesse!"

„Ich gehe sowieso nicht da hin!"

„Liebes", sie legte ihr Besteck neben den Teller – wir saßen nämlich gerade am Tisch, ausnahmsweise allein, weil mein Vater sich mit einem seiner Freunde traf – und sah mich ernst an. „Deine Kollegin hat insofern recht, dass du auf andere wie ein potentielles Opfer wirkst. Deine ganze Körperhaltung vermittelt ängstliches Zurückweichen. Damit ziehst du nicht nur Psychopathen wie dieses Arschloch an, sondern auch viele weitere miese Typen. Du musst unbedingt aus dieser Rolle raus."

Ich legte Messer und Gabel ebenfalls zur Seite, mir war der Appetit vergangen. „Was erwartest du?", fragte ich spitz. „Dieses Arschloch." Niemand von uns nannte *ihn* bei *seinem* Namen, *er* hieß der ‚Typ' oder ‚der Kerl' oder eben ‚das Arschloch'. Alles andere wäre zu persönlich gewesen. „Hat mir alles genommen. Ich bin nicht mehr dieselbe wie vorher. Und ich kann nicht so tun, als wäre diese Geschichte spurlos an mir vorbeigegangen. Natürlich bin ich seitdem gehandicapt."

Meine Mutter atmete tief durch, bevor sie erwiderte: „Du solltest nicht zulassen, dass er diese Macht über dich hat. Du musst ins Leben zurückfinden."

„Meinst du, ich bin freiwillig so, wie ich bin?", brauste ich auf. „Ich hasse es, auf euch angewiesen zu sein. Ich hasse es, mich zu verkriechen. Ich hasse dieses vor-mich-hin-Vegetieren. Und ich hasse es, dass ich es nicht schaffe, mein Leben wieder auf die Reihe zu kriegen."

„Schätzchen!"

„Nix, Schätzchen!" Ich sprang auf, dass das Geschirr auf dem Tisch klirrte. „Ich habe es so satt! Ich habe mir diese Scheiße bestimmt nicht freiwillig ausgesucht. Auch mir wäre es lieber, es hätte jemand anderen getroffen. Klar, ich muss irgendwie lernen, mit dem, was passiert ist, zu leben. Aber es geht nur in winzigen Schrittchen aufwärts. Das kann ich nicht ändern." Ich wandte mich ab, stapfte aus dem Zimmer und schloss mit Nachdruck meine Tür. In diesem

Moment wünschte ich tatsächlich, ich wäre damals gestorben. Dann hätte ich es wenigstens hinter mir.

11

„Sie haben die Wahl." Meine Therapeutin lehnte sich in ihrem Stuhl zurück und musterte mich sanft lächelnd.

Fast fünf Minuten lang hatte ich mich ausgekotzt, über meine Arbeitskollegin, über meine Mutter und über meinen Vater, der einen Tag später versucht hatte, mit mir über dasselbe Thema zu sprechen. Trotzdem schien sie willens, sich auf eine Diskussion mit mir einzulassen.

„Entweder Sie lassen zu, dass die Geschehnisse Sie für immer handicapen, oder Sie bemühen sich, das Beste aus Ihrer Situation zu machen."

„Ha!" Ich war innerlich voller Abwehr. „Sie können mir garantiert sagen, wie ich das anstellen soll, nicht wahr?"

„Der Impuls muss von Ihnen ausgehen. Sie müssen von sich aus bereit zu einem Neuanfang sein. Danach unterstütze ich Sie bei Ihrem Weg."

Klar, dass ich von ihr keine effektive Hilfe erwarten konnte. „Ich bin eben noch nicht bereit." Blöderweise spürte ich, wie ich unter ihrem prüfenden Blick rot wurde.

„Sie können oder Sie wollen nicht?"

Sehr witzig! „Ich kann nicht", presste ich hervor.

„Nun, als Sie eben hereinkamen, dachte ich, wir hätten einen kleinen Fortschritt zu verzeichnen beziehungsweise in Ihren Augen sogar einen großen. Ich hatte das Gefühl, Wut auf den Täter bei Ihnen zu spüren. Dass Sie endlich die Verantwortung dahin schieben, wo sie hingehört, und sich freisprechen von einer Mitschuld."

„Ich habe mich nie schuldig gefühlt!" Hatten sich denn alle gegen mich verschworen? „Ich bin das Opfer!"

„Soll ich also eher davon ausgehen, dass Sie gedenken, diese Rolle bis an Ihr Lebensende auszukosten?"

Beinahe wäre ich aufgesprungen und gegangen. Aber nur beinahe. Ohne dass ich die Ursache dafür benennen konnte, klickte es in meinem Gehirn und ich sah mich aus ihrer und der Sicht meiner Eltern. Meine Güte, ich war zu einem echten Waschlappen mutiert! „Ich will nicht sein, wie ich bin", bekannte ich. „Ich finde irgendwie keine Möglichkeit, mich von diesem Erlebnis zu befreien. Ich will, doch ich kann nicht."

„Das, was Ihnen geschehen ist, ist das Schlimmste überhaupt. Es ist tatsächlich ausreichend, Sie für immer zu zerstören. Wollen Sie das zulassen? Es liegt jetzt an Ihnen."

Ha, woher wollte sie das wissen! Ihr Leben war bestimmt in absolut geregelten Bahnen verlaufen. Vom Hörensagen allein konnte niemand nachempfinden, wie es gewesen war und wie furchtbar diese Ängste sich gestalteten, durch die ich jeden Tag aufs Neue durchmusste. „Wie gesagt, ich würde gern da rauskommen."

Das erste echte Lächeln huschte über ihr Gesicht. „Dann lassen Sie uns beginnen."

Meine Mutter sprang auf, als ich die Tür hinter mir schloss und ging neben mir her ins Treppenhaus. Ihre Frage: Na, wie war es, blieb dieses Mal aus.

„Ich frage Judith, ob ich diesen Platz noch haben kann", erklärte ich, kaum dass wir im Auto saßen.

Sie war so perplex, dass sie den Motor abwürgte. „Ja?"

„Ja." Mehr war ich nicht bereit zu sagen.

Wir legten die Fahrt in vollkommener Schweigsamkeit zurück. Erst direkt vor der Wohnungstür angekommen, kam sie darauf zurück. „Ich freue mich." Sie wedelte mit der Hand, dass ich eintreten solle, und beließ es bei diesen Worten.

„Kann ich doch bei euch mitmachen?"

Judith, die in den letzten Tagen ziemlich schweigsam gewesen war, blickte von ihrer Arbeit auf. „Klar. Anton hat dir ja extra einen Platz freigehalten." Ich sah ihr an, dass sie sich nicht traute, eine Erklärung von mir zu verlangen.

„Ich habe gestern mit meiner Therapeutin gesprochen", setzte ich hinzu. „Sie meint, das wäre eine gute Idee, damit ich selbstständiger würde, also wieder mehr Zutrauen zu mir bekäme."

„Ich freue mich." Sie strahlte geradezu. „Mit dir wird der Kurs viel angenehmer. Und ich hole dich ab und bringe dich zurück, okay?"

Mein innerer Widerstand war immer noch ziemlich groß, aber ich stand pünktlich am Fenster, mit der gepackten Sporttasche neben mir. Ein T-Shirt, eine Gymnastikhose und Turnschuhe, das würde hoffentlich reichen.

„Hast du dir etwas zu trinken mitgenommen?" Judith blickte prüfend in Richtung meiner Tasche, die ich mir zwischen die Beine gestellt hatte. „Das Training ist ziemlich anstrengend."

„Ich habe eine Flasche Wasser dabei." Am liebsten wäre ich wieder ausgestiegen. Stattdessen biss ich die Zähne zusammen und ließ mir meine Anspannung nicht anmerken. Ich würde den heutigen Abend irgendwie durchstehen.

Während der Fahrt berichtete Judith mir von dem ersten Treffen. „Anton erklärt alles, was heute geübt wird, direkt vorher", versuchte sie, mich zu beruhigen. „Er und Steffen, das ist sein Sohn, zeigen uns, auf was wir zu achten haben. Danach üben wir beide zusammen. Mal bist du der Angreifer, mal ich."

„Mit wem hast du letzte Woche zusammen trainiert?" Nicht dass sie bereits eine feste Partnerin hatte.

„Wenn wir eine ungerade Zahl haben, springen entweder Steffen oder Rieke ein. Das ist eine weitere Trainerin. Bei den Frauen ist sie normalerweise diejenige, die mitkommt. Zufällig hatte Steffen Zeit, deshalb hatte ich sozusagen eine Privatstunde bei ihm." Sie lachte. „Obwohl das andererseits ganz schön blöd ist, sich von seinem Stiefsohn vorführen zu lassen."

„Wie alt ist er?"

„Ach, schon dreißig. Und eigentlich arbeitet er als Steuerberater. Er hat früher als Student ausgeholfen und davor natürlich sämtliche Kurse selbst belegt gehabt. Ich glaube, Anton war in dieser Beziehung zu hart. Er hat drei Söhne und alle mussten regelmäßig mehrmals in der Woche in sein Studio kommen. Ich kann mir nicht vorstellen, dass das ohne Zwang ablief."

„Ist dieser Steffen ebenfalls Trainer?" Ein Mann, nur etwas älter als ich selbst – alles in mir ging auf Abwehr.

„Er hat eine Lizenz, ja. Er war sogar der Initiator dieser Veranstaltung. Aber die Durchführung übernimmt Anton persönlich. Sein Sohn hilft ihm in der ersten Viertelstunde bei der Vorführung, damit wir wissen, was wir wie machen sollen." Sie lachte wieder. „Das ist echt witzig. Steffen muss den Täter mimen und wird von Anton aufs Kreuz gelegt."

Na ja, richtig überzeugt war ich immer noch nicht.

Antons Sporthalle lag in einem Vorort am Rand eines großen Industriegebietes. Der Parkplatz war riesig und hell beleuchtet, sodass es keine Dunkelfelder gab. Noch mehr nahmen mich die Frauenparkplätze in vorderster Front für ihn ein. Obwohl zu dieser Stunde reger Betrieb herrschte, war die zweite Reihe noch nicht voll belegt. Judith stellte das Auto fast direkt vor dem Eingang ab und knuffte mich aufmunternd: „Kommst du?"

Auch das Innere überzeugte mich. Der Eingangsbereich war großzügig gestaltet, neben der Anmeldung begann direkt die Bar, die sich bis nach hinten zu den Umkleidekabinen hinzog. Zusätzlich gab es mehrere kleine Tische, von denen etwa die Hälfte besetzt war. Anscheinend konnte man hier nicht nur trinken, sondern gleichzeitig einen Happen essen. Gut zu wissen!

Judith erledigte die Formalitäten und nahm mich mit in einen Raum, der mich an die Turnhallen von früher erinnerte: Bänke mit fröhlich quatschenden Frauen in den verschiedensten Stadien der Entkleidung und eine Unmenge an Spinden, in denen man seine Kleidung und Tasche unterbringen konnte. Sie zog mich zu einem freien Sitzplatz und begann, sich umzuziehen.

Ich tat es ihr in Windeseile nach und war noch vor ihr fertig.

„Hier", sie zeigte auf einen Spind direkt hinter uns. „Nimm du den."

Ich wartete, bis sie ebenfalls ihre Sachen verstaut hatte, und ließ mich von ihr weiterziehen.

12

Anton war anders, als ich erwartet hatte. Die sechzig sah man ihm nicht an, ich hätte ihn auf Anfang fünfzig geschätzt. Das volle kurzgeschnittene Haar wies nur einzelne graue Strähnen auf, er strotzte geradezu vor Vitalität und Kraft. Das ärmellose T-Shirt zeigte gut entwickelte Armmuskulatur, ohne dass es den Anschein machte, als verbringe er seinen Tag mit Bodybuilding. Er wirkte eher wie ein Panther, geschmeidig, schnell und sich seiner Stärke bewusst.

Er lächelte uns zu, blieb aber neben dem jungen Mann stehen, mit dem er sich bei unserem Eintreten unterhalten hatte. Das musste dieser Steffen sein, obwohl ich keine Ähnlichkeit zwischen Vater und Sohn feststellen konnte. Letzterer war wesentlich größer und schlanker, hatte schwarze Haare, die ihm bis in den Nacken fielen, und seine Züge trugen nicht diesen kompromisslosen Ausdruck, der Anton einen Hauch von Gefährlichkeit gab. Trotzdem konnte ich Judith verstehen, dass sie sich in ihn verliebt hatte. Dieser Mann strahlte ein Charisma aus, das fast jede Frau ansprach.

„Und, wie findest du ihn?"

„Außergewöhnlich." Ich wusste nicht, wie ich meinen Eindruck von ihm besser beschreiben konnte.

„Ja." Sie verstand, was ich damit ausdrücken wollte. „Er ist total anders als alle Männer, die ich vor ihm kannte." Sie kicherte. „Wobei ich gestehen muss, dass es nach meiner Ehe gerade mal einen gab."

„Und das neben ihm ist sein Sohn?"

„Angeblich bis auf die Größe ein genaues Abbild seiner Mutter." Wieder kicherte sie. „Sie muss ausnehmend hübsch gewesen sein, findest du nicht?"

So genau hatte ich ihn mir nicht angesehen. Noch immer ließ ich meine Blicke eher flüchtig über die Personen in meiner Nähe schweifen, besonders wenn es sich dabei um Männer handelte. Selbst mein Eindruck von Anton war eher durch seine Körperhaltung und seine Ausstrahlung gebildet. In sein Gesicht hatte ich nicht direkt geschaut.

Bevor ich mir einen Ruck geben und es nachholen konnte, klatschte unser Trainer in die Hände und bat uns, uns auf den Boden zu setzen. Die Gespräche um uns herum verstummten und jeder ließ sich genau an der Stelle nieder, an der er gestanden hatte.

Anton und Steffen zeigten uns, wie wir am besten reagierten, wenn uns ein Angreifer versuchte, von hinten zu packen. Judiths Lebensgefährte spielte das Opfer, sein Sohn den Täter, wobei sie das Ganze statt bedrohlich eher lustig aufzogen. Selbst ich ertappte mich dabei, dass ich in das Lachen der anderen einfiel.

Anschließend wurden wir angehalten, die gezeigten Griffe auszuprobieren. Während die Männer von einem Paar zum anderen schlenderten, Hilfestellungen gaben oder Griffe korrigierten, mühten Judith und ich uns ab, den Anweisungen zu folgen. Sie hatte mir wie selbstverständlich die Rolle des Angreifers überlassen und schaffte es nun nicht, sich aus meiner Umklammerung zu befreien.

„Du bist zu stark für mich." Sie hielt inne und wischte sich den Schweiß von der Stirn. „Ich komme gegen dich nicht an."

„Ein Mann wäre noch stärker", hielt ich dagegen. „Los, streng dich an."

Bevor das eigentliche Training losging, hatte Anton uns mit diversen Schonern ausgestattet, damit wir keine Blessuren davontrugen. Daran erinnerte Judith sich jetzt und trat mir mit Wucht gegen das Schienbein. Ich knickte ein, sie donnerte mir ihren Absatz auf den anderen Fuß und ich gab sie frei.

„Nachtreten nicht vergessen!" Steffen war neben uns aufgetaucht. „Du musst deinen Angreifer richtig außer Gefecht setzen, sonst hat er dich im Nu wieder in seiner Gewalt."

Judith deutete einen Tritt in Richtung auf mein Geschlecht an und er nickte zufrieden. Sie grinste erleichtert. „Du bist dran."

Zum Glück wandte sich Steffen dem nächsten Paar zu, während wir die Ausrüstung tauschten. Ich holte tief Luft und machte mich bereit. Doch sobald sich ihre Arme um mich schlangen, setzte die Panik ein. Ich fühlte mich wie gelähmt und hatte das Gefühl, kaum noch atmen zu können. Mit letzter Kraft ließ ich mich nach unten sacken und zog sie dadurch mit mir.

„Das war unfair", protestierte sie. Erst dann bemerkte sie meinen Zustand. „Was ist los? Ist dir nicht gut?"

Kaum hatte sie ihre Umklammerung gelöst, ging es mir besser. Trotzdem blieb ich einen Moment auf dem Boden sitzen und atmete bewusst langsam und tief, bis sich die Anspannung löste. „Ich schaffe das nicht." Meine Worte waren kaum zu verstehen.

Judith kniete sich neben mich, bevor sie etwas sagen konnte, war Anton an unserer Seite. „Deine Freundin konzentriert sich heute nur darauf, dich zu bedrängen", bestimmte er. „Du musst dich mehr anstrengen, Judith. Der Täter hätte dich längst beraubt oder weggeschleppt, bis du reagierst."

Kaum war er weitergegangen, beugte sie sich vor. „Willst du lieber aufhören?" In ihrer Stimme schwang noch ihr Unverständnis über sein Vorgehen mit.

Mir dagegen war seine Art recht. Besser zumindest, als mich vor allen Leuten hier zu bemitleiden. Ich rappelte mich hoch. „Nein, das ist okay."

Nach den eineinhalb Stunden waren wir beide schweißgebadet. Judith, der es zuletzt tatsächlich gelungen war, sich innerhalb kürzester Zeit aus meinem Griff zu befreien, reckte triumphierend die Faust in die Höhe. „Ja!" Ihr erhitztes Gesicht strahlte geradezu. „Langsam beginne ich zu begreifen, was er meint. Es ist wirklich ein gutes Gefühl, sich wehren zu können."

Das würde ihr bei einem echten Irren nur wenig nutzen. Aber ich biss mir auf die Lippe und unterdrückte diesen Kommentar.

„Trainierst du denn weiter mit mir?", fragte sie, während wir uns zur Umkleidekabine aufmachten.

„Ja, ich komme nächste Woche wieder mit." Überraschenderweise hatte mir das Training Spaß gemacht. Solange ich nicht in die Rolle des Opfers schlüpfen musste, fühlte ich mich sicher genug, so zu agieren, wie man es von mir erwartete. Und die Bewegung tat mir gut. Morgen würde ich einen gewaltigen Muskelkater haben, doch den nahm ich gern in Kauf. Zum ersten Mal seit langem fühlte ich mich lebendig, war ich mir meines Körpers bewusst und in der Lage, diesen gezielt einzusetzen – ein gewaltiger Sprung vorwärts.

„Wollen wir uns kurz hinsetzen und was trinken?" Judith blieb vor den Tischchen im Eingangsbereich stehen. „Ich lade dich auf einen Fruchtcocktail ein."

Eigentlich wäre ich lieber direkt nach Hause gefahren. In der Öffentlichkeit fühlte ich mich immer noch unsicher. Trotzdem nickte ich und setzte mich auf einen der Stühle. „Den haben wir uns verdient." Hier unter all den Sportlern würde bestimmt nichts passieren.

Schon drei Minuten später war sie zurück und balancierte zwei bis zum Rand gefüllte Gläser mit einer orangeroten Flüssigkeit. „Eines von Antons Geheimrezepten. Angeblich sind da alle Vitamine drin, die man so braucht."

Ich nippte vorsichtig daran. Doch, es schmeckte gut, leicht säuerlich und nicht zu süß. Ich nahm einen weiteren größeren Schluck. „Nicht schlecht."

Sie lachte. „Anton ist ein richtiger Gesundheitsapostel. Bei uns kommt nur frisches Gemüse auf den Tisch. Tiefkühlkost lehnt er völlig ab."

„Du Arme."

„Nein, meistens kocht er. Und ich gebe gern zu, dass er es viel besser kann als ich." Sie löste das Band aus ihrem Haar, das sie während des Trainings zu einem Pferdeschwanz gebunden hatte, und schüttelte es aus. „Mit ihm habe ich echt das große Los gezogen."

„Er scheint sehr nett zu sein." Und anscheinend äußerst einfühlsam. Seine Worte waren genau die richtigen gewesen, mich zum Weitermachen zu bewegen. „Wie hast du ihn kennengelernt?"

„Ich hatte eine Panne und musste in strömendem Regen einen Reifen wechseln. Er hielt an und half mir. Daraufhin lud ich ihn zu einem Heißgetränk ein, als Dankeschön sozusagen." Sie lächelte in der Erinnerung daran. „Dabei stellten wir fest, dass wir uns unbedingt wiedersehen wollten. Eine echte Liebe auf den ersten Blick also."

„Seit wann seid ihr zusammen?"

„Fast vier Jahre." Sie verdrehte die Augen. „Ich habe das Gefühl, dass ich erst, seitdem ich ihn traf, richtig lebe. Albern, ich weiß."

„Nein." Ich verstand sie nur zu gut. Es musste nicht unbedingt ein großes Unheil über jemanden kommen, um zu verzagen. Manchmal reichten viele Kleinigkeiten aus, dass man verzweifelte. Wenn man meinte, keine Perspektive mehr zu haben, war es unglaublich schwer, sich auf jeden einzelnen Tag einzulassen. Ich hoffte, dass ich auch irgendwann wieder an diesen Punkt gelangte, dass ich sagen konnte: Das Leben macht Spaß!

13

Schon am nächsten Morgen merkte ich, dass sich unser Verhältnis verändert hatte. Für Judith war ich zu einer Freundin geworden. Das beinhaltete Vor- und Nachteile, wie ich schnell erkannte. Ihr Verhalten wechselte von vorsichtig beschützend zu eindeutig mütterlich. Verzog ich das Gesicht, weil ich mich eigentlich mit jemandem aus einer anderen Abteilung hätte auseinandersetzen müssen, ermutigte sie mich, es trotzdem selbst in die Hand zu nehmen, und blieb an meiner Seite, um mir Rückendeckung zu geben. Außerdem hatte sie sich wohl das Ziel gesetzt, mich unter die Leute zu bringen. Am Dienstag aßen wir mit irgendwelchen ehemaligen Kolleginnen von ihr, am Mittwoch lud sie einen vorbeihastenden Abteilungsleiter ein, an unserem Tisch Platz zu nehmen, am Donnerstag warteten bereits die zwei Frauen, die eine Tür weiter arbeiteten, auf uns und schlossen sich uns an.

Einerseits war sie wesentlich offener zu mir und erzählte von den Anfängen ihrer Beziehung mit Anton und wie lange es gedauert hatte, bis seine Söhne sie als neue Frau an seiner Seite akzeptierten. Sogar über ihre Scheidung sprach sie kurz. Der Mann musste reichlich heftig gewesen sein, ein selbstverliebter Pascha, dem sie nichts recht machen konnte.

Andererseits achtete sie nun vermehrt darauf, mich nicht mehr so sehr zu unterstützen, hielt sich im Hintergrund, wenn irgendjemand unser Zimmer betrat und um eine Auskunft bat oder ein Kollege wollte, dass wir ihm persönlich unsere Abrechnung, mit der er nicht einverstanden war, erklärten. Bisher hatte stets sie diese Aufgabe übernommen, jetzt stand ich plötzlich ständig an vorderster Front. „Du musst lernen, wieder Vertrauen in dich zu setzen", erklärte sie, nachdem ich mich bei ihr beschwerte, weil der Kollege, der gerade aus dem Raum schoss, mich lauthals beschimpft hatte. „Und ich weiß gar nicht, was du willst. Du hast die Situation sehr gut gedeichselt."

Es fehlte bloß noch, dass sie sagte, ich bin stolz auf dich, dachte ich störrisch. Natürlich war ich in der Lage, mich zu wehren – solange es auf der verbalen Ebene ablief.

„Wie habt ihr das denn sonst geregelt?", fragte meine Mutter, die mich wie immer von der Arbeit abholte.

Kaum im Auto hatte ich ihr von unserem Gespräch erzählt. „Na ja, normalerweise hat sie es übernommen, sich um Anrufe, Kollegen und Besucher zu kümmern", gestand ich. „Ich finde es echt blöd, dass sie denkt, nur weil wir zusammen diesen Kursus machen, könne sie auf einmal anfangen, an mir rumzuziehen."

„Hast du ihr das etwa so gesagt?" Meiner Mutter war es schon immer wichtig gewesen, niemanden vor den Kopf zu stoßen.

„Nein, ich habe vorgeschlagen, wir könnten uns abwechseln. Daraufhin meinte sie, ab nächste Woche wäre das okay. Die fünf Tage müsse ich durchhalten. Dafür hätte sie mir schließlich in den letzten Monaten den Rücken freigehalten."

„Klingt doch in Ordnung, findest du nicht?"

„Es ärgert mich, dass sie bestimmen will, wann ich so weit bin, mich darauf einzulassen", gab ich zu. „Sie gibt das Tempo vor."

„Leider bist du jemand, den man anschubsen muss." Meine Mutter seufzte leicht. „Seitdem du zurück bist, hast du dich in dein Schneckenhaus verkrochen, regelrecht eingeigelt hast du dich. Du …"

Ich konnte nicht anders, ich musste lachen.

„Ich bin beruhigt, dass du es mit Humor nimmst." Selbst meine Mutter grinste von einem Ohr zum anderen. „Und ich bin eher begeistert, dass es deiner Kollegin gelungen ist, dich daraus hervorzuholen. Sprich gleich mit deiner Therapeutin darüber, was sie denkt."

Mit der wollte ich lieber über ein anderes Thema reden. „Ich glühe geradezu vor Hass auf *ihn*", sagte ich, sobald ich in dem Sessel ihr gegenüber Platz genommen hatte. „Klar, ich habe immer noch Angst davor, *ihm* auf der Straße zu begegnen und scanne regelrecht meine Umgebung. Ich rechne immer noch damit, dass *er* mir auflauert. *Er* ist der rachsüchtige Typ. *Der* wird alles daransetzen, mich für das, was ich *ihm* angetan habe, zu bestrafen. Bin ich allein in meinem Zimmer oder befinde ich mich abends kurz vor dem Einschlafen, ist der Hass überwältigend. Dann male ich mir aus, wie ich dieses Mal auf *ihn* losgehe."

Sie nahm meinen Ausbruch gelassen hin. „Und, was würden Sie tun?"

„*Ihn* umbringen natürlich. Damit *er* keine Chance hat, sich ein zweites Mal an mir zu vergreifen", setzte ich zu meiner Verteidigung hinzu. Dabei war es in diesen Augenblicken nicht um Angst, sondern um Rache gegangen.

„Was ist mit Ihren Albträumen?", fragte sie, ohne auf meine Worte einzugehen.

„Äh", ich war einen Moment aus dem Konzept gebracht. „Die sind weniger geworden – und kürzer."

„Aha." Sie überließ es mir, die richtigen Schlüsse zu ziehen.

„Sie meinen, ich habe endlich die erste Phase hinter mir gelassen?" Ganz zu Anfang unserer Sitzungen hatte sie mir erklärt, dass es mehrere Phasen gebe, die ich durchleben würde. Das hatte ich total vergessen. „Bin ich tatsächlich erst jetzt so weit?"

„Es ist ein Riesenerfolg für Sie", widersprach sie. „Es ist wie ein Durchbruch. Ehrlich gesagt hatte ich noch vor zwei Wochen nicht damit gerechnet."

„Ich auch nicht." Wir grinsten uns verständnisinnig an.

„Nun werden Sie aber bitte nicht leichtsinnig", ermahnte sie mich. „Es wird gerade am Anfang immer wieder zu kleineren Rückschlägen kommen. Es bleibt ein Kampf."

„Den ich bereit bin aufzunehmen."

Schon in dieser Nacht quälte mich erneut der Traum, in dem ich um mein Entkommen kämpfte. Dieses Mal erkannte *er* meine Absicht, wie ich *ihm* entfliehen wollte, ließ mich jedoch in dem Glauben, *er* hätte nichts bemerkt. Daher verfuhr ich genau nach meinem Plan. Statt zu handeln, wie ich es mir gedacht hatte, war *er* vorsichtig und ließ sich nicht täuschen. Ehe ich zuschlagen konnte, hatte *er* mich gepackt und begann, mich zu würgen. Ein Blick in *seine* Augen sagte mir genug. Die Wut ließ *ihn* rasen, *er* würde nicht eher aufhören, bis *er* mich getötet hatte.

Laut nach Luft schnappend erwachte ich. Wie immer raste mein Herz und ich war nass von meinem Schweiß. Ich lehnte mich an das Kopfende des Bettes und wartete darauf, dass sich mein Puls wieder beruhigte. Immerhin widerstand ich der Versuchung, aus dem Zimmer zu gehen und die Wohnung nach *ihm* abzusuchen. Hier kam *er* nicht herein, da war ich mir sicher.

„Was ist denn mit dir los?", fragte Judith am nächsten Morgen.

„Hab schlecht geschlafen", brummte ich. Meine Mutter hatte sich ähnlich angehört, als ich mich zu ihr an den Frühstückstisch setzte.

Wenn ich allerdings hoffte, sie dadurch milder zu stimmen, dass sie zumindest an diesem Tag die Unannehmlichkeiten von mir fernhielt, hatte ich mich getäuscht. Sie ließ mich gnadenlos auflaufen, als ein Kollege wutentbrannt hereinstürmte, weil ich aufgrund fehlender Unterlagen seine Rechnungen nicht als zu Recht bestehend anerkannt, sondern um Nachbesserung gebeten hatte.

„Ihr macht uns unnütz das Leben schwer", ging er sofort zum Angriff über. „Was weiß denn ich, wo diese blöden Papiere sind! Das ist fast ein Jahr her!"

Genau diese Art von Mitarbeitern brachte die Stadtverwaltung in Misskredit. „Ich kann erst mein Okay geben, wenn ich alle Unterlagen gesichtet habe." Noch blieb ich ruhig, obwohl ich innerlich angesichts seiner drohenden Haltung bebte.

„Ich habe sie nicht!" Jetzt brüllte er fast.

„Dann werde ich das so weitergeben." Fast wäre ich einen Schritt zurückgetreten, als er näherkam.

„Machen Sie doch, was Sie wollen! Sie werden schon sehen, was Sie davon haben!" Mit diesen Worten drehte er sich auf dem Absatz um und verließ türenknallend das Zimmer.

„Na ja, gut, dass wir alles an unseren Vorgesetzten abgeben können." Scheinbar unbekümmert grinsend ließ sich Judith zurück in ihren Stuhl fallen. „Das ist genau der Grund, warum ich auf eine weitere Beförderung dankend verzichte."

Ich hatte nicht einmal mitbekommen, dass sie sich während des Gesprächs erhoben hatte. Na, so ganz ohne Beistand war ich demnach nicht.

An diesem Tag sprach ich endlich meine Mutter auf diese Geschichte mit dem Detektiv an. „Wieso habt ihr mir nicht davon erzählt, als es darum ging, dass ich das Geschehene aufarbeiten will?", fragte ich. Das war mir schon die ganze Zeit im Kopf herumgegangen. Klar, in den Wochen davor war das Thema tabu gewesen, keiner hatte es gewagt, an dem Vergangenen zu rühren. Aber spätestens in dem Moment, als ich bereit war, mich dem zu stellen, hätte mir diese Information gutgetan und mich angespornt.

„Damit du dich unvoreingenommen damit auseinandersetzt." Sie zuckte die Achseln. „Es hätte ja sein können, dass du so enttäuscht gewesen wärest, zu erfahren, dass seine Arbeit nichts gebracht hat, dass du aufgibst, bevor du überhaupt anfängst. Das wollten wir nicht riskieren."

Ganz schön clever gedacht. Vielleicht war dadurch sogar das Gegenteil eingetreten. Es interessierte mich nun immer mehr, was er alles herausbekommen hatte.

14

Am Samstag beschloss ich, mit meinen Aufzeichnungen weiterzumachen. Seitdem ich damit begonnen hatte, hatte sich irgendetwas in mir geändert. Statt draußen vor der Tür zu stehen, hatte ich es gewagt, diese zu öffnen und einen ersten Fuß auf den langen Weg, der dahinterlag, zu setzen. Besser konnte ich es nicht ausdrücken. Ich hatte einfach das Gefühl, mich langsam vom Abgrund wegzubewegen. Entweder war genug Zeit vergangen, um Abstand zu gewinnen, oder meine Therapeutin hatte mir den richtigen Tipp gegeben. Ich musste mich mit dem, was mir passiert war, auseinandersetzen.

Diese Jagd, die er Tag für Tag inszenierte, war für ihn eindeutig der Gipfel des ganzen Spektakels, das er abzog. Als es am dritten Tag meiner Entführung wie aus Kübeln schüttete, reagierte er äußerst missmutig und ließ seinen Frust an mir aus. Hatte er mich vorher wenigstens stundenweise in Ruhe gelassen, inszenierte er nun ein Spielchen nach dem anderen, die alle darauf abzielten, mich zu verletzen. Daher stammten die unzähligen Brandwunden auf meiner Haut. Jedes Mal, wenn ich es nicht schaffte, zu gewinnen, drückte er seine brennende Zigarette auf meiner Haut aus. Und selbstverständlich suchte er nur Spiele aus, in denen er mir überlegen war.

Das Schlimmste war jedoch das Flaschendrehen zum Schluss. Ich musste mich ihm gegenübersetzen. Bevor er zu drehen begann, überlegte er laut, was er mir antun wollte, eine lange Liste von Abscheulichkeiten, eine ekelhafter als die andere. Zeigte die Flasche dann in meine Nähe, notierte er sich gewissenhaft jeden Punkt, den er abarbeiten wollte. Noch bevor es zu der Vergewaltigung kam, war ich bereits am Ende.

Dieses ‚Vorspiel‘ machte ihm ebenso sehr Freude wie die Jagd, wobei Letztere ihm mehr lag. Dieses Hetzen, das er nach und nach immer mehr ausdehnte, war für ihn anscheinend der ultimative Kick. Hatte er mich gefangen, war er dermaßen erregt, dass er an

Ort und Stelle über mich herfiel und erst von mir abließ, wenn er sich völlig verausgabt hatte. Danach war er dann ruhiger und erzählte mir von seinem Leben, wobei er sogar ziemlich selbstironisch wurde. Zumindest machte er kein Hehl daraus, dass er wusste, wie abartig er veranlagt war. Mit den ‚Schlampen‘, die ihm in die Hände fielen, hatte er kein Mitleid, brüstete sich eher mit dem, was er ihnen antat und ließ sich lang und breit über die Befriedigung aus, die sie ihm verschafften.

Als ich jedoch versuchte, abzuschalten und ihn solange wie möglich passiv zu ertragen, rastete er aus. Ich glaube, er hätte mich beinahe getötet. Er würgte mich, bis ich instinktiv begann, um mich zu schlagen. Da erst wurde es mir richtig bewusst: Er liebte es, wenn seine Opfer sich wehrten und schrien, nicht die Vergewaltigung an sich bereitete ihm den meisten Spaß, sondern das Entsetzen und der Schmerz, den der andere ertragen musste.

Aus diesem Grund hielt er auch die gesamte Woche, die ich mich in seiner Gewalt befand, an diesem Schweigen und nur Reden, wenn er es mir erlaubte, fest. Er musste sich als der Überlegene, der, der alle Fäden in der Hand hielt, fühlen. Selbst Kleinigkeiten, die schiefgingen, ließen ihn ausflippen. War ich in Reichweite, ließ er seinen Frust an mir aus, aber ich hatte ihn ebenso mehrfach brüllen und toben hören, wenn ich mich in der Hütte befand. Dann rührte ich mich nicht vom Fleck, machte mich so klein wie möglich und betete, dass er nicht auf die Idee kam, nach mir zu suchen.

Schon am zweiten Tag hatte ich verstanden, dass er mich nicht wieder gehen lassen würde. Er wollte sich an mir austoben, solange es ihm Spaß machte, anschließend musste ich wie meine Vorgängerinnen sterben. Die Frage war nur, wann dieser Zeitpunkt gekommen war.

Anfangs hatte ich noch gehofft, irgendjemanden auf mich aufmerksam machen zu können. Doch das Waldstück, an dessen Beginn dieser verlassene Garten lag, war scheinbar zu undurchdringlich, als dass Spaziergänger hier entlangkamen, wovon ich mich kurz darauf selbst überzeugen durfte. Die Jagd wurde nämlich auf dieses Gebiet ausgeweitet, damit er ein längeres Vergnügen genießen konnte. Die Bäume standen kreuz und quer, dazwischen wucherte Unkraut, irgendwelche Pfade gab es nicht.

Das Gebiet erstreckte sich über eine gewaltige Länge, mir gelang es nicht einmal, bis zu seinem Ende vorzudringen. Was sich hingegen jenseits des Schotterwegs befand, der vor dem Tor des Gartens endete, wusste ich nicht. Dieser war schmal und zu beiden Seiten von dichtem Brombeergestrüpp gesäumt, nach ungefähr hundert Metern machte er einen Knick nach rechts und verschwand aus meinem Sichtfeld. Was dahinterlag, konnte ich allenfalls vermuten. Irgendwann musste der Weg auf eine Straße münden, das war mir klar. Nur entweder befand sich diese so weit weg, dass nicht einmal das Geräusch eines fahrenden Autos an mein Ohr drang, oder sie wurde kaum benutzt. Das hieße für mich, im Falle, dass mir die Flucht gelang, würde ich auf niemanden treffen, der mir helfen konnte. Also reichte es nicht, einen genügend großen Vorsprung herauszuarbeiten. Ich musste ihn derart verletzen, dass er nicht in der Lage sein würde, mir zu folgen.

Dieser Plan stand relativ schnell fest. Ihn umzusetzen war die große Schwierigkeit. Er war immer auf der Hut, ich kam nie unbeobachtet in seine Nähe und an irgendeine Waffe, die ich benutzen konnte, sowieso nicht. Außerdem hielt er mich mit dem Essen äußerst knapp. Ich erhielt morgens eine trockene Scheibe Brot und ein Glas Wasser und spät am Abend eine komplette Mahlzeit und so viel Wasser, wie ich wollte. Dazwischen bekam ich nichts, selbst wenn es, wie an fünf der sieben Tage meiner Gefangenschaft, brüllend heiß war. Bei der Jagd im Nachmittagsbereich fühlte ich mich schon so geschwächt, dass mich allein mein Selbsterhaltungstrieb zum Laufen brachte. Nie verlor ich die Hoffnung, dass ich es schaffen könnte, ihm zu entkommen.

Leider war es gerade diese meine Stärke, die ihn entscheiden ließ, mich zu nehmen statt eine der anderen. Unbemerkt von uns hatte er uns fast zwei Stunden lang beobachtet, bevor er sich daranmachte, seinen Plan in die Tat umzusetzen, in der Gewissheit, das richtige Opfer gefunden zu haben. Die Hütte war vorbereitet, es gab genug Lebensmittel, er hatte seiner Meinung nach lange genug gewartet, sich seine geheimen Träume zu erfüllen.

Selbst als wir beschlossen, Katharina zu ihrem Auto zu begleiten, hielt ihn das nicht ab. Im Gegenteil, er hatte darauf vertraut, dass an diesem etwas abgelegenen Ort die Frauen mit eigenem Fahrzeug auftauchten. Sonst hätte er sie ja nicht entführen können.

Er habe genau hinter uns gesessen, erzählte er mir, und uns alle drei beobachtet. Uns war er nicht aufgefallen. Er sah ziemlich normal aus, ein Durchschnittstyp mit glatten Gesichtszügen ohne hervorstechende Merkmale, die Kleidung leger, die Tattoos auf seinen Oberarmen meist durch die T-Shirt-Ärmel verdeckt. Läge nicht dieses verrückte Glitzern in seinen Augen, wenn er beschloss, sich auszuleben, kein Mensch hätte ihn für einen Irren gehalten.

Obwohl er nur einen halben Kopf größer war als ich, hatte er enorme Muskeln aufgebaut, beim Krafttraining in der Klinik, wie er mir hohnlachend erklärte. Das hieß, körperlich hatte ich keine Chance gegen ihn. Dazu kam diese Dreistigkeit, die es ihn mit uns allen hatte aufnehmen lassen. Er hatte sich kurz vergewissert, dass sich niemand in unserer Nähe aufhielt, dann war er von hinten auf uns zugesprungen und hatte Katharina und Marina ausgeschaltet, mit einer Schnelligkeit und Skrupellosigkeit, die es mir unmöglich machte, rechtzeitig zu reagieren. Dass ich es beinahe bis zur Straße schaffte, hing eher damit zusammen, dass es ihn erregte, meine Hoffnung mitzuerleben, ihm zu entkommen. Das Risiko, ein zufällig ebenfalls zu seinem Auto wollender Gast könne mir helfen, ging er bewusst ein. „Entweder hätte ich ihn erledigt oder mich abgeseilt", hatte er achselzuckend erklärt. „Glück und Pech gehören zu einer guten Jagd dazu."

Für Katharina war die Geschichte ziemlich schlimm ausgegangen. Das Messer hatte das Knochenmark verletzt, es war genau zwischen zwei Wirbeln eingedrungen. Die Ärzte hatten zwar ihr Leben retten können, aber sie würde für immer im Rollstuhl sitzen. Etwa einen Monat später trafen wir uns in ihrer Wohnung. Keine von uns wusste vernünftig mit der Situation umzugehen. Ich wollte nicht über das Erlebte sprechen, sie war wahnsinnig verbittert über ihr Schicksal, dass ich mich zusammenreißen musste, ihr nicht unter die Nase zu reiben, dass ich es ebenso schlecht getroffen hatte.

Na ja, in ihren Augen wahrscheinlich nicht. Das, was mir widerfahren war, würde irgendwann heilen, sie dagegen konnte nie wieder laufen.

Nach diesem Gespräch hatte keine von uns beiden Lust, sich noch einmal mit dem anderen zu treffen. Wir telefonierten ein-, zweimal, danach herrschte Funkstille, die mir im Prinzip ganz recht war. Sie gehörte zum Leben vor der Tat, das ich gedachte, hinter mir zu lassen.

15

Ich ging weiterhin jeden Montagabend zum Training, mittlerweile war ich als Angreifer bei allen Frauen beliebt, weil ich mit vollem Einsatz kämpfte. Bei jedem Versuch, mich in die Rolle des Opfers zu setzen, scheiterte ich jedoch kläglich.

Nach dem dritten Mal schüttelte Anton den Kopf. „Dein Trauma sitzt zu tief. Du kannst es nicht überwinden. Wie wäre es, wenn du einmal nachmittags in meine Kindergruppe kämst? Wir fangen mit den Kleinen an und arbeiten uns langsam hoch."

Ich war skeptisch. Wider Erwarten klappte es mit den Minis, wie er sie liebevoll nannte, gut. Ich tobte vor und nach dem Training mit ihnen herum und stellte mich bald bereitwillig als Übungsobjekt zur Verfügung. Es handelte sich um Kinder zwischen fünf und zehn, bei ihnen machte es mir nichts aus, wenn sie mich belagerten und versuchten, mich zu Boden zu drücken.

Anton war hochzufrieden. „Siehst du, es ist nur eine Frage der Zeit. Das wird wieder."

Was Judith ihm über mich erzählt hatte, wusste ich nicht. Ich selbst sprach mit ihm nicht über diese Geschichte. Trotzdem behandelte er mich sehr vorsichtig, hielt immer einen gewissen Wohlfühlabstand ein und unterließ es, mich zu berühren. Aber ich merkte, dass er nach und nach zugänglicher wurde und mir das Gefühl vermittelte, mit mir freundschaftlich verbunden zu sein.

Im Prinzip war Anton natürlich zu allen freundlich. Er hatte eine ruhige besonnene Art und wurde nie laut. Meist sprach er mit sanfter Stimme, daher reichte ein etwas lauterer Zuruf bei den Kindern, diese zu stoppen. Allerdings merkte man schon den Unterschied, wie er mit diesen und den Erwachsenen umging. Irgendwie gelang es ihm, Letztere auf Abstand zu halten, ohne dabei unfreundlich zu wirken. Sie waren seine Gäste, seine Schüler, mehr nicht. Mich dagegen behandelte er eher wie ein Familienmitglied, wie eine zu seinen Söhnen neu hinzugekommene Tochter, die ich durch meinen häufigen Aufenthalt im Studio ebenfalls alle kennenlernte. Nicht einer von ihnen arbeitete offiziell bei seinem Vater, aber jeder kam mindestens einmal in der Woche und machte sich irgendwie nützlich.

Dominik, der Jüngste und etwa in meinem Alter, half bei der Kindergruppe, die dienstags und freitags trainierte. Lars, bereits verheiratet, kam meist am Montagabend gemeinsam mit seiner Frau zu der Aikido-Gruppe, die nach uns den Raum benutzte. Und Steffen begleitete den Selbstverteidigungskurs, den er initiiert hatte.

„Anfangs war Anton nicht überzeugt, dass sich dafür genügend Frauen anmelden", erzählte Judith, die anscheinend jeden Tag nach der Arbeit hier war, damit sie ihren Freund unter der Woche überhaupt einmal sah. „Jetzt überlegt er, ob er dasselbe nicht für Jugendliche anbieten soll. Die nächsten zwei Erwachsenen-Kurse sind bereits ausgebucht."

„Wie war es dann möglich, dass du mich so kurzfristig mit unterbringen konntest?" Mir schwante die Lösung, bevor sie sie aussprach.

„Ich hatte schon länger überlegt, dich mitzunehmen." Sie zuckte gespielt lässig die Schultern. „Hättest du abgelehnt, wäre halt jemand von der Warteliste nachgerutscht."

Das nahm ich ihr so nicht ab. Sie hatte bewusst den Platz für mich frei gehalten, obwohl ich am Anfang ziemlich herumgezickt hatte. Spontan beugte ich mich vor – wir saßen wie immer nach dem Training an unserem Tischchen und tranken den Vitaminsaft – und umarmte sie linkisch. „Danke."

„Nicht dafür", wehrte sie ab. „Es war mir einfach ein Bedürfnis, dir zu helfen. Anton sagt, dieser Kurs hebt das Selbstbewusstsein. Wenn man weiß, wie man sich wehren kann, drückt sich das auch in der Haltung aus. Und das hattest du bitter nötig."

Fast die gleichen Worte hatte meine Mutter benutzt. Also musste ja wohl etwas dran sein. Wobei – eigentlich hatte ich meiner Therapeutin genauso viel zu verdanken. Wenn sie nicht angeregt hätte, dass ich mich durch dieses ‚Tagebuch der Vergangenheit' auf eine Auseinandersetzung mit diesem Thema einließ, wäre ich wahrscheinlich weiterhin in meiner erstarrten Haltung gefangen geblieben.

„Ich will nicht zulassen, dass *er* dermaßen Macht über mich hat", erwiderte ich Judith nun. „Es ist *seine* Schuld, dass ich so geworden bin, aber es ist an mir, mich von diesen Erlebnissen zu lösen, selbst wenn es ein langer Weg wird."

„Wir werden dich unterstützen, ich, Anton", sie zögerte kurz, „und Steffen."

Aha, hatte mich meine Ahnung nicht getrogen. Mir war schon mehrfach aufgefallen, dass er das Gespräch mit mir suchte. Hm, handelte er aus Mitleid oder steckten andere Dinge dahinter? Judith zu fragen, wagte ich nicht. Erstens wollte ich nicht zu erkennen geben, dass mir sein Interesse aufgefallen war und zweitens wusste ich im Moment noch nicht genau, wie ich damit umgehen sollte. Dass ich noch lange nicht fähig sein würde, eine Beziehung einzugehen, musste eigentlich jedem klar sein. Auch mein Umgang mit Männern im Allgemeinen hatte sich längst noch nicht normalisiert. Mit Anton war das was anderes. Der kam mir eher wie ein zweiter Vater vor. Und selbst der achtete darauf, meinen Wohlfühlabstand einzuhalten.

„Wieso haben dich die Jungen anfangs nicht akzeptiert?", wechselte ich das Thema.

Sie sah sich nach allen Seiten um, bevor sie antwortete. Die Tische direkt in unserer Nähe waren nicht besetzt, also gab es für sie keinen Grund, sich zurückzuhalten. Klar, sie hätte sagen können: Das geht dich nichts an. Aber über dieses Stadium waren wir längst hinaus.

„An dem Tag, an dem Anton seine Frau verließ, lernte er mich kennen. Für seine Familie sah es so aus, als hätten wir uns schon länger getroffen. Besonders seine Frau stachelte die Jungen auf und behauptete, er hätte schon mehrere Monate ein Verhältnis mit mir gehabt."

„Und wie sieht sie es jetzt?"

Judith zog eine Grimasse. „Sie hat sich ungefähr eine Woche nach der Trennung von ihm umgebracht. Nein, nicht was du denkst", fuhr sie schnell fort. „Das war ihr mittlerweile fünfter Versuch. Nur dass sie eben dieses Mal Erfolg hatte. Es sei ein Hilfeschrei, behauptete ihr behandelnder Therapeut. Das war der Grund, warum Anton die Scheidung immer wieder verwarf. Sie nahm Tabletten, rief ihn anschließend an, er düste sofort los, im Krankenhaus wurde ihr der Magen ausgepumpt und sie beteuerte weinend, es nie wieder tun zu wollen." Sie seufzte. „Bis Anton das nächste Mal von Trennung sprach."

„War sie krank?"

„Angeblich hatte sie seit Jahren Depressionen, die natürlich schlimmer wurden, als ihre Ehe zerbrach. Selbst die Kinder gaben später zu, dass ihre Eltern schon länger nicht mehr wie ein Paar zusammenlebten und agierten. Seine Frau hatte sich in die Rolle des hilflosen Weibchens zurückgezogen, dessen Mann plötzlich zum Bösewicht mutierte. Dass er die andauernden Streitereien nicht mehr aushalten konnte, wollte sie nicht wahrhaben."

War ich selbst ähnlich anstrengend gewesen? Hatte ich mich nicht, unfähig allein klarzukommen, ebenfalls gehen lassen?

„Vergleich dich bloß nicht mit ihr!", befahl mir Judith streng. „Deine Situation ist eine ganz andere."

„Aber ich …"

„Du hast das Recht darauf, neben der Spur zu sein", unterbrach sie mich. „Ein Erlebnis wie deins steckt man nicht einfach weg."

Dabei wusste sie nur, was damals durch die Presse gegangen war. Ich würde ihr und Anton erzählen, was *er* mir angetan hatte, beschloss ich. Und meinen Eltern ebenso. Bisher hatte ich mich mit der Schilderung meines Martyriums selbst meiner Therapeutin gegenüber zurückgehalten. Bis auf die Ermittlungsbeamtin im Krankenhaus damals wusste keiner, was genau mit mir passiert war.

„Wir sollten uns in einem etwas anderen Rahmen darüber unterhalten." Ich blickte mich ostentativ um, die Tische neben uns füllten sich langsam, wie immer um diese Zeit. „Ich möchte dir und Anton erzählen, was in dieser einen Woche geschah. Dann wird dir einiges klarer."

„Nein, das musst du nicht." Sie stockte und sah mich prüfend an. „Gut, wenn du es wirklich willst", setzte sie hinzu. Sie musste in meinen Augen gelesen haben, dass ich endlich bereit war, alles auszusprechen.

Doch es würde einfacher für mich werden, wenn ich zuerst meinen schriftlichen Bericht fertigstellte. „Wir könnten uns am Wochenende treffen", schlug ich vor. „Oder muss Anton da arbeiten?"

„Nur am Samstag. Komm am Sonntag zu uns, ich koche und anschließend reden wir."

Ich nickte zustimmend, weil ich sah, dass Steffen auf uns zusteuerte. Auch sie hatte ihn bemerkt. „Wir machen die Uhrzeit morgen aus", sagte sie abschließend und wandte sich ihrem Stiefsohn zu. „Na? Alles mit dem Papa geregelt?"

Er ließ sich auf den freien Stuhl neben sie fallen. „Hallo, ihr beiden. Ja, nächste Woche starten wir mit unserem Programm für die Jugendlichen. Wie sieht es aus, Lara? Hättest du nicht Lust, dort mitzumischen?"

Es hätte Judiths bedeutungsvollem Blick gar nicht bedurft. Die beiden Männer waren wild entschlossen, mich in ein normales Leben zurückzuholen.

16

„Die Albträume kommen und gehen", berichtete ich meiner Therapeutin. „Und dieses Gefühl der Unsicherheit will nicht verschwinden. Kaum bin ich draußen, ziehe ich automatisch den Kopf ein, weil ich befürchte, *er* lauert in der Nähe auf mich."

„Sie erwarten zu schnell zu viel", ein sanfter Tadel schwang in ihrer Stimme mit. „Ich bin der Meinung, Sie haben in letzter Zeit geradezu erstaunliche Fortschritte gemacht." Ihre stumme Aussage: Damit hatte ich überhaupt nicht gerechnet, schwang deutlich mit.

„Ja, es war eine gute Idee von Ihnen, mir diesen Rückblick zu empfehlen. Anfangs hatte ich zwar das Gefühl, es wird dadurch schlimmer, mittlerweile sehe ich, dass es mir", ich zögerte und suchte nach dem richtigen Ausdruck. „Na ja, nicht gerade guttut, aber für mich wichtig ist, mit dem Erlebten irgendwie abzuschließen. Zumindest ist mir bewusst geworden, dass ich es in der Hand habe, wie mein weiteres Leben aussieht", fügte ich ehrlich hinzu. „Ich will *ihm* nicht auf ewig diese Macht über mich geben, dass ich mich nicht mehr traue, hinauszugehen und Spaß zu haben."

„Wie weit sind Sie mit Ihren Aufzeichnungen?"

„Ich sitze momentan jeden Abend daran. Spätestens am Samstag möchte ich mit meinen Eltern über diese Zeit sprechen und am Sonntag bin ich bei einer Freundin eingeladen, der ich ebenfalls reinen Wein einschenken will."

„Eine der Freundinnen, die bei dem Überall dabei war?"

„Nein, mit denen habe ich keinen Kontakt mehr." Ich zögerte. Warum sollte ich ihr nicht langsam auch diese Wahrheit erzählen? „Katharina, das ist die, die wir zum Auto begleiteten, ist seit dem Überfall querschnittsgelähmt und hadert mit ihrem Schicksal. Als ich sie besuchte, war ich nicht in der Lage, Mitleid für sie aufzubringen. Ich war viel zu sehr in meiner eigenen Misere gefangen. Ihr ging es wohl ähnlich. Danach habe ich sie nicht mehr gesehen."

„Wie denken Sie jetzt darüber?"

Ja, gute Frage! „Ich werde mich demnächst noch einmal bei ihr melden. Wenn ich dieses Selbstfindungsprogramm abgeschlossen habe", setzte ich hinzu. „Im Moment bin ich viel zu sehr mit mir beschäftigt. Ich wäre ihr keine gute Freundin." Ja, Katharina und ich kannten uns seit der weiterführenden Schule. Zeitweise waren wir nahezu unzertrennlich. Jede wusste von den geheimsten Gedanken der anderen. Dass wir uns gegenseitig als Trauzeugen zur Seite standen, war bereits beschlossene Sache. Mit Marina verband mich nicht so viel. Sie war fünf Jahre später dazugekommen und eigentlich immer mehr mit Katharina befreundet gewesen. „Die andere, die damals dabei war, hat sich nie wieder bei mir gemeldet. Ich weiß, dass sie nicht sehr schwer verletzt wurde, allerdings soll sie einen seelischen Knacks davongetragen haben."

„Sie nehmen es ihr übel, dass sie Sie nicht besucht hat?"

Hm, darüber hatte ich noch nie nachgedacht. Hm, ja, das kam der Sache ziemlich nahe. „Ich lag noch im Krankenhaus, da rief ihre Mutter bei meiner Mutter an, um ihr zu diesem glücklichen Ausgang zu gratulieren. Dabei erwähnte sie, dass Marina völlig am Boden zerstört sei. Ihr Arzt hätte eine Kur empfohlen, danach müsse man weitersehen. Ein persönliches Lebenszeichen habe ich von ihr nie bekommen. Bei unserem Treffen erzählte mir Katharina, dass Marina angeblich traumatisiert sei." Ich schnaubte. „Was sollen wir anderen beiden dann wohl sagen?" Na ja, anfangs hatte ich ehrlich gesagt überhaupt keine Lust gehabt, sie wiederzusehen. Ich wollte das Ereignis nur weit wegschieben und nicht mehr daran erinnert werden. Aber irgendwann fand ich es doch seltsam, dass sie sich nicht einmal bei mir gemeldet hatte.

„Es gibt starke Charaktere und schwache", versuchte meine Therapeutin, ihr Verhalten zu erklären. „Sie und Ihre Freundin Katharina scheinen diesen Albtraum besser zu verarbeiten."

Ich nickte, insgeheim hatte ich mit Marina bereits abgeschlossen.

„Nein, diese Freundin, zu der ich am Sonntag gehe, ist meine Arbeitskollegin, etwa doppelt so alt wie ich und super lieb", kam ich auf unser eigentliches Thema zurück. „Ich bin nach dem Ende meiner Krankschreibung zu ihr in die Abteilung versetzt worden, weil ich nicht mehr in der Lage war, meine alte Stelle zu bewältigen."

„Das Bürgeramt?"

„Ja, ich hatte diese immensen Schwierigkeiten mit Menschen. Wäre ich dorthin zurückgekehrt, hätte ich wahrscheinlich direkt am ersten Tag eine Schreiattacke bekommen."

„Würden Sie gern irgendwann diesen Platz wieder einnehmen?"

Ich brauchte nicht zu überlegen. „Nein, ich fühle mich im Rechnungsamt wohl und die Arbeit macht auf eine andere Weise genauso viel Spaß."

„Die Freundschaft mit Ihrer Kollegin hat sich jetzt erst ergeben?"

„Sie war diejenige, die auf die Idee kam, mich zu diesem Selbstverteidigungskurs mitzunehmen", erinnerte ich sie. „Das Studio, in dem wir trainieren, gehört ihrem Lebensgefährten. Er hat mich sozusagen unter seine Fittiche genommen. Ich helfe ihm bei den Kinderkursen und das klappt ziemlich gut."

„Wollen Sie ihr alles erzählen, was geschah?"

„Kommt drauf an." Das hatte ich mir noch nicht überlegt. „Ich bin bereit, alle ihre Fragen zu beantworten. Zuerst gebe ich ihr nur einen groben Überblick."

Diese Antwort schien meine Therapeutin zu befriedigen. „Manche sind mit der kompletten Wahrheit überfordert."

Ich wollte einen anderen Punkt unbedingt abklären. „Diese Angst, die ich nicht loswerde. Meinen Sie, die ist berechtigt? Oder muss ich nicht damit rechnen, dass *er* sich an mir rächt?"

Dieses Mal zögerte sie. „Sie haben bisher zu wenig über ihr Martyrium erzählt, als dass ich den Täter einschätzen könnte. Normalerweise würde ich die Gefahr eher als gering ansehen. Warum sollte er sich die Mühe machen, Sie zu suchen? Er hat genügend andere Möglichkeiten, an Opfer zu kommen. Selbst wenn er herausfindet, wo Sie wohnen, Sie sind nie allein unterwegs." Sie hielt inne, weil ihr wohl aufging, dass ihn das beim ersten Mal auch nicht aufgehalten hatte.

„*Er* ist ein Typ, der mit Widerstand und vor allem mit Niederlagen nicht umgehen kann", war ich mir sicher. „Dazu kommt, dass ich *ihn* bei meiner Flucht ziemlich verletzt haben muss. In meinen Gedanken sehe ich *ihn* immer mit brennendem Hass auf mich vor mir. Ich kann mir einfach nicht vorstellen, dass *er* meinen Sieg erträgt."

„Bringen Sie mir nächste Woche Ihre Unterlagen mit, dann kann ich Ihnen hoffentlich eine vernünftige Einschätzung geben", ließ sie sich nicht aus der Reserve locken. „Haben Sie denn nicht mit den ermittelnden Beamten darüber gesprochen?"

Ich lachte auf. „Ich war kaum in der Lage, ihnen das Notwendigste zu erzählen. Die Gedanken, dass *er* sich rächen könnte, stellten sich erst später ein. Außerdem lohnt es sich nicht, bei ihnen nachzufragen. Die glauben sowieso, ich spinne. Ich habe ihnen damals gesagt, dass *er* vor mir damit prahlte, dass *er* insgesamt zehn Frauen umgebracht hätte. Die bekamen nie heraus, um wen es sich dabei handeln könnte."

„Gab es keine Vermisstenanzeigen als ersten Anhaltspunkt?"

„Im Gegenteil, es existierten sogar deutlich mehr." Die zuständige Ermittlerin hatte mich einige Tage später noch einmal aufgesucht und versucht, weitere Einzelheiten von mir zu erfahren. Es war mir schwergefallen, überhaupt mit ihr zu sprechen. Die Verdrängung hatte bereits eingesetzt. Alles in mir wehrte sich dagegen, mich auf einen erneuten Rückblick einzulassen. Trotzdem hatte ich mich bemüht, mir *seine* Worte über die Opfer ins Gedächtnis zurückzurufen, was dann zu einer so heftigen Panikattacke führte, dass meine behandelnde Ärztin sie des Zimmers verwies. Bei ihrem nächsten Besuch, dieses Mal in unserer Wohnung, spürte ich deutlich, dass sie mich für eine hysterische Ziege hielt und meine Aussage mit deutlicher Skepsis zur Kenntnis nahm. Sie habe, so erklärte sie mir, mit *seinem* behandelnden Psychiater in der Forensik gesprochen, der der Meinung sei, es handele sich bei diesen Aussagen um Prahlerei.

Nichts im Verhalten des Inhaftierten hätte darauf hingedeutet, dass er bereits mehrfach straffällig geworden wäre. „Sie glaubte mir nicht, hielt meine Worte für Hirngespinste."

Meine Verzweiflung war deutlich spürbar, sodass sie sich bemüßigt fühlte, mir Mut zuzusprechen. „Die Polizei muss sich an die reinen Fakten halten, ich hingegen kann nach dem, was Sie mir bisher berichtet haben, ehrlich zugeben, dass ich den Täter im selben Licht sehe wie Sie."

„Das heißt, *er* wird weitermorden." Das war eine reine Feststellung meinerseits.

„Ja", pflichtete sie mir bei. „Davon können wir ausgehen."

17

Obwohl ich meinen sieben-Tage-Bericht am selben Abend abschloss – ich hatte wie im Rausch die halbe Nacht daran geschrieben – wollte ich die näheren Einzelheiten der Entführung meinen Eltern erst am Samstag mitteilen. Sie würden mit Sicherheit ganz schön daran zu knacken haben, da war es besser, wenn uns dafür mehr Stunden zur Verfügung standen als der Feierabend.

Richtig mit ihnen darüber gesprochen hatte ich nie. Der Ärztin im Krankenhaus hatte ich die Erlaubnis gegeben, mit meinen Eltern über meine Verletzungen zu sprechen, das hieß, sie wussten von den mehrfachen Vergewaltigungen und den Folterspuren. Einmal hatte ich während des Besuchs meiner Mutter einen Weinkrampf bekommen und mein Leid hinausgeschrien, ansonsten war das Thema tabu gewesen. Sie gingen seitdem wesentlich behutsamer mit mir um und nahmen besonders anfangs wahnsinnig Rücksicht auf mich und mein Befinden, sodass eine echte Unterhaltung kaum aufkam. In letzter Zeit hatte sich ihre und meine Anspannung gelockert und wir näherten uns wieder dem Verhältnis an, das wir früher einmal gehabt hatten.

Trotzdem wollte ich ihnen die ganze Wahrheit nicht zumuten. Eltern litten mit ihren Kindern, es würde sie so zu Boden ziehen, dass sie sich schlechter fühlten als ich. Das musste ich ihnen nicht antun. Was geschehen war, war geschehen, Vergangenheit, die sich nicht mehr ändern ließ. Für mich ließ der Albtraum langsam nach. Für sie dagegen würde er mit meiner Erzählung erst richtig beginnen. Nein, ich würde ihnen einen Abriss der sieben Tage geben und viel Wert auf die Schilderung *seiner* Persönlichkeit legen, damit sie einen Eindruck davon bekamen, wie irre dieser Typ war – zum Teil natürlich auch, um ihnen klarzumachen, dass wir weiterhin mit einem Angriff rechnen mussten. Für mich stand fest, *er* würde sich für die erlittene Schmach an mir rächen wollen.

„Mark hat angerufen", empfing mich meine Mutter, als sie mich am Freitag von der Arbeit abholte. „Er zieht nach Friesland und will die Wohnung bis zum nächsten Ersten räumen. Du sollst bitte morgen vorbeikommen und deine restlichen Sachen abholen."

„Wann hat er denn angerufen?"

„Irgendwann heute Morgen. Er hat auf den Anrufbeantworter gesprochen."

Dieser Feigling! Er wusste genau, dass Mama halbtags arbeitete. Und wieso hatte er sich nicht direkt bei mir gemeldet? Oder wenigstens gewartet, bis ich zu Hause war?

„Ich habe schon mit Papa telefoniert. Er bringt den Transporter von der Arbeit mit. Dann müssen wir nur einmal fahren."

„Ich habe vielleicht noch ein, zwei Kartons stehen lassen", wehrte ich ab. „Die passen in den Kofferraum."

„Und die Möbel?", gab sie empört zurück. „Du nimmst natürlich alles, was dir gehört, mit!"

Wir waren beide von zu Hause ausgezogen und hatten fast den gesamten Hausrat zusammen angeschafft. Also gehörte die Hälfte von allem mir. So sah meine Mutter es zumindest. Gut, sie hatte ihm seine Unbeholfenheit und Unfähigkeit, sich in meine Lage zu versetzen, übelgenommen und mir später gestanden, dass sie von Anfang an nicht sonderlich begeistert von meiner Wahl gewesen war. Deshalb reagierte sie derart überzogen.

„Wir haben keinen Platz, meinen Anteil an den Möbeln unterzustellen", holte ich sie auf den Boden der Tatsachen zurück. „Es ist sinnvoller, sie ihm zu überlassen."

„Einverstanden. Wenn er dir denn eine Abstandssumme dafür zahlt." Sie grinste verschmitzt. „Genau deswegen nehmen wir den Transporter mit. Damit es so aussieht, als würden wir die Sachen haben wollen."

„Und wenn er nicht darauf hereinfällt?" Man konnte Mark vieles vorwerfen, dumm war er nicht. Er würde unsere kleine Scharade schnell durchschauen.

„Packen wir alles ein." Das Grinsen klebte geradezu in ihrem Gesicht. „Ich habe eben mit Johann und Brigitte gesprochen, die haben einen Raum in ihrem Keller frei, der ist gut belüftet und trocken. Dort können deine Möbel auf dich warten, bis du wieder eine eigene Wohnung hast."

„Mama!"

„Ist doch wahr! Du hast genauso viel Geld investiert wie er. Willst du ihm etwa deinen Anteil schenken?"

„Nein, eigentlich nicht", gab ich zu. Bisher hatte ich mir überhaupt keine Gedanken über dieses Thema gemacht. Mark gehörte zu dem Leben vor dem Überfall und das hatte ich so weit wie möglich ausgeblendet.

„Wir fahren morgen gemeinsam zu ihm", bestimmte sie. „Damit du dich nicht übers Ohr hauen lässt."

Ich gab mich gern geschlagen. Meine Eltern würden wie die Löwen für mich kämpfen. Und warum auch nicht? Rücksichtnahme hatte er bestimmt nicht verdient.

Mark war sichtlich verlegen, als wir zu dritt auf seiner Schwelle standen. „Ich habe meine Eltern mitgebracht, damit sie mir beim Transport meiner Sachen helfen können", erklärte ich, bevor er etwas sagen konnte.

Seine Verlegenheit wechselte zu Irritation. „Ja, dann kommt mal rein."

Er trat zur Seite und ließ uns vorgehen. Ich erhaschte auf meinem Weg ins Wohnzimmer durch die offen stehenden Türen einen Blick ins Schlafzimmer und in die Küche. Anscheinend hatte er an unserer Einrichtung nichts geändert, es war alles noch so, wie ich es in Erinnerung hatte.

Wir steuerten die große Eckcouch an und ließen uns nebeneinander nieder. Er nahm in dem Sessel uns gegenüber Platz. Nun ließ ich meine Blicke ungeniert schweifen. „Das Bild über dem Fernseher, das hat Katharina mir zum Einzug geschenkt. Und", ich drehte mich um. „Das hinter mir habe ich von zu Hause mitgebracht."

„Die sollst du haben", nickte er. „Außerdem stehen noch drei Kartons mit Kleidungsstücken und Krimskrams von dir im Keller."

Mein Vater räusperte sich umständlich. „Wie gedachtest du, die Aufteilung der Möbel vorzunehmen."

Er hatte Mark kalt erwischt. „Ich ... na ja ... ich dachte, du wohnst bei deinen Eltern?"

„Ja und?" Mein Vater kam mir zuvor. „Wenn ich mich recht erinnere, habt ihr alles gemeinsam angeschafft. Du kannst nicht einfach sämtliche Stücke für dich beanspruchen."

Er wurde tatsächlich rot. „Ich hatte nicht vor, dich zu betrügen", wandte er sich an mich.

„Was wolltest du denn mitnehmen?", fragte ich zurück. Ganz langsam dämmerte mir, dass er, wären meine Eltern nicht an meiner Seite, um mich zu unterstützen, genau das vorgehabt hatte.

„Die neue Wohnung ist ungefähr mit dieser vergleichbar. Also könnte ich alles unterbringen. „Wärest du mit einer Abstandssumme einverstanden oder möchtest du einige der Möbel selbst behalten?"

Mein unbehagliches Gefühl verstärkte sich. Wenn ich nicht genau aufpasste, würde er versuchen, mich zu übervorteilen. „Die Kaufbelege befinden sich in einem der Kartons. Lass uns sie raufholen."

„Ich gehe schon." Mein Vater sprang auf und Mark blieb nichts anderes übrig, als sich ihm anzuschließen.

„Bleib ja hart", impfte mich meine Mutter, kaum dass wir die beiden die Treppe hinunterpoltern hörten. „Der wollte nicht teilen, der hätte dich mit deinen Kisten und den Bildern abgespeist."

Nein, das hatte ich nicht vor. Wir waren mit dem erhebenden Gefühl der jungen Liebe bei der Einrichtung der Wohnung ziemlich verschwenderisch vorgegangen, hatten geglaubt, wir würden für immer zusammenbleiben und uns dementsprechend ausgestattet, wobei jeder von uns ungefähr den gleichen Anteil bezahlte. Es wäre absolut dämlich von mir, jetzt darauf zu verzichten. Irgendwann wollte ich schließlich wieder auf eigenen Füßen stehen. Dafür konnte ich das Geld oder einige der Möbel gut gebrauchen.

Es dauerte gute vier Stunden, bis wir uns einig waren. Nicht nur Mark hatte anschließend Schweißperlen auf der Stirn. Die Verhandlungen waren äußerst zäh und langwierig verlaufen. Als ich zum Abschluss noch darauf bestand, das Geschirr und die Töpfe mitzunehmen, die mir gehörten, war es um seine Fassung beinahe geschehen. „Ein Teil befindet sich in der Spülmaschine."

„Macht nichts." Meine Mutter lächelte fröhlich. „Ich packe sie in einen extra Karton."

Ich fühlte mich eindeutig gut, als wir mit den letzten Kisten das Haus verließen, von schlechtem Gewissen keine Spur. Mark hatte meine Situation ausnutzen und sich mit unserem gemeinsamen Besitz davonmachen wollen. Hätten wir beziehungsweise mein Vater nicht so eisenhart verhandelt, wäre ich um einige Besitztümer ärmer gewesen.

18

„Und dann besaß er die Frechheit zu sagen, dass er mich immerhin von seinem bevorstehenden Umzug informiert hätte", sagte ich zu Judith. „Als ob das eine besonders gute Tat sei!"
Wir standen in ihrer Küche, weil sie noch letzte Hand an unser Essen legen wollte. Direkt beim Eintreten hatte sie mit verlegener Miene erklärt, dass Steffen ebenfalls erwartet würde. „Er hat sich selbst eingeladen. Und Anton geruhte eben erst, mir Bescheid zu sagen."
„Ich werde es verschmerzen können", und das war nicht einmal gelogen. Ich hatte mir nämlich mittlerweile überlegt, auch bei Judith so zu verfahren, wie ich es mit meinen Eltern plante, die ich gestern doch nicht mehr informiert hatte. Der Kampf um meine Besitztümer war aufregend genug gewesen, da musste ich die gute Stimmung, die anschließend aufkam, nicht durch meinen Bericht zerstören.
„Wie lange wart ihr zusammen?", fragte sie jetzt.
„Gute vier Jahre und davon fast drei in einer gemeinsamen Wohnung. Ich dachte wirklich, ich hätte den Mann fürs Leben gefunden."
„Und woran ist eure Beziehung gescheitert?"
Na, woran wohl! „Er kam mit meiner Verfassung nach dieser Geschichte nicht klar." Ich wollte im Moment nicht näher darauf eingehen. Wenn sie die Einzelheiten kannte, würde sie verstehen, was ich damit ausdrücken wollte.
Das gemeinsame Essen gestaltete sich durchaus angenehm. Anton berichtete von seinen Anfängen mit dem Sportstudio, Steffen gab einige lustige Begebenheiten seiner Klienten wieder und selbst ich schilderte Anekdoten aus meiner Zeit beim Bürgeramt.
Während die Männer es übernahmen, den Tisch abzuräumen und die Küche auf Vordermann zu bringen, zeigte Judith mir das Haus. Ich war schon auf dem Weg zur Eingangstür begeistert gewesen:

Ein gepflasterter Weg führte an einem Steingarten vorbei, in dem die immergrünen Pflanzen gut mit dem grauen Untergrund harmonierten. Die zweistöckige alte Villa glänzte in einem strahlenden Weiß, zu dem die braunen Fensterrahmen und -läden einen schönen Kontrast bildeten. Die Räume waren wie in früheren Zeiten üblich wesentlich höher als die heutigen, sodass man das Gefühl von Weitläufigkeit hatte.

„Als Anton das Haus kaufte, war es in einem schlechten Zustand", erzählte Judith jetzt. „Er musste es von Grund auf renovieren. Dabei hat er die vorher winzigen Zimmerchen in drei große verwandelt, wie du sehen kannst." Sie drehte sich einmal um sich selbst. „Das Wohnzimmer bestand vorher aus drei Räumen, das Arbeitszimmer aus zwei, nur die Küche war ähnlich der jetzigen."

Ich verstand den Stolz, der in ihrer Stimme mitschwang. Das Ergebnis war gelungen. Die Essecke im Wohnzimmer lag direkt neben der Küche und war etwas von dem restlichen Raum abgesetzt, der mit seinen alten Eichenmöbeln und einer bequem aussehenden Büffelledercouch echte Gemütlichkeit ausstrahlte.

„Oben haben wir neben dem Schlafzimmer zwei Gästezimmer, von denen ich eins als Computerraum nutze." Judith stieg vor mir die Treppe hinauf. „Und das Badezimmer ist ein Traum, sag ich dir." Sie lachte. „Mit einer Wasserfalldusche und einem Whirlpool in der Badewanne. Da bekommst du mich kaum raus."

Diese Räume waren wesentlich moderner eingerichtet - und das Badezimmer, ein Traum im beige-weiß, hätte ich sofort übernommen. „Es muss herrlich sein, hier zu leben."

„Ja, das ist es." Judith nickte bekräftigend. „Dafür haben wir beide allerdings auch wahnsinnig geschuftet. Anton ist der handwerklich Geschicktere von uns beiden, ich habe meist die Hilfsarbeiten erledigt. Trotzdem war ich froh, als wir einziehen konnten."

„Ist das hier das Haus, in dem er vorher mit seiner Familie lebte?"

„Oh Gott, nein! Das stand nie zur Debatte, dass wir es übernehmen. Nein, es wurde nach dem Tod seiner Frau verkauft und der
Erlös gleichmäßig zwischen Anton und seinen Söhnen aufgeteilt."
„Wo hat er denn nach seinem Auszug gewohnt?"
Sie grinste. „Bei mir. Er ist gleich am ersten Abend mitgekommen
und geblieben."
„Wow! Das nenne ich einen schnellen Einstieg." Kein Wunder, dass
seine Frau und die Kinder gedacht hatten, er und sie hätten schon
länger ein Verhältnis.
„So, Führung beendet." Sie nahm mir meine Worte offensichtlich
nicht übel. „Lass uns wieder runtergehen. Ich möchte hören, was du
zu erzählen hast." Sie beugte sich näher zu mir und flüsterte: „Vielleicht ist Steffen bereits gegangen. Das war der eigentliche Zweck
der Übung."
Tja, die Männer saßen einträchtig im Wohnzimmer und sahen uns
entgegen, als wir eintraten. Judith formte mit den Lippen ein lautlo-
ses ‚Tut mir leid', während sie mir den wuchtigen Sessel zurecht-
rückte. Sie selbst setzte sich zwischen Steffen und Anton und drückte sich an ihren Freund, der zärtlich den Arm um sie legte.
Ich schluckte, wann würde ich eine derartige Geste wieder ertragen
können?
„Ich weiß nicht, was ihr über diese Geschichte gehört habt", begann
ich. „Wahrscheinlich bloß das, was in den Medien berichtet wurde."
„Und das, was man sich so im Amt zuflüsterte", ergänzte Judith.
„Dieser Irre hat dich auf einem Parkplatz geschnappt, dabei deine
beiden Freundinnen schwer verletzt und ist mit dir verschwunden.
Nach einer Woche tauchtest du wieder auf, lagst zwei weitere im
Krankenhaus und bist danach noch fast drei Monate krankgeschrie-
ben gewesen. Der Täter, der aus einer Forensik entflohen war,
konnte nicht gefasst werden."
„Also erst einmal ist *er* nicht geflohen, sondern hatte unbegleiteten
Ausgang", verbesserte ich sie. „Und zweitens ist nur eine meiner

Freundinnen schwer verletzt worden, sie ist seitdem querschnittsgelähmt. Die andere kam mit oberflächlichen Verletzungen davon."

„Wieso durfte der überhaupt raus?", erregte sich Judith. „In der Zeitung stand, er hätte eine ähnliche Tat schon einmal begangen."

„Das ist die übliche Vorgehensweise", belehrte sie Steffen. „Ich kann mich noch gut an diesen Bericht erinnern. Angeblich waren die behandelnden Fachkräfte der Meinung, er sei resozialisiert genug, dass man ihn wieder auf die Allgemeinheit loslassen könne. Dieser unbegleitete Ausgang ist ein Training, ihn wiedereinzugliedern."

„Immerhin hatte *er* mehr als sechs Jahre dort verbracht", bestätigte ich. „Und galt als geheilt. *Er* war clever genug, *sein* wahres Ich zu verbergen."

„Wieso hat er gerade dich ausgesucht?" Zum ersten Mal meldete sich Anton zu Wort.

„*Er* hat uns in dem Lokal, in dem wir saßen, beobachtet. Ich gefiel *ihm* am besten, das heißt, *er* erhoffte sich von mir den meisten Spaß", versuchte ich zu erklären. „Der wollte nämlich keine, die vor Angst erstarrte, sondern eine, die sich wehrte, die kämpfte, die nicht aufgab."

Judith schüttelte schweigend den Kopf, ihre Hand suchte nach der ihres Freundes.

Steffen dagegen nickte verstehend: „Je größer der Widerstand des Opfers, desto großartiger kam er sich vor."

„Ja, das gab *ihm* einen zusätzlichen Kick. Ihr könnt *ihn* nicht mit normalen Maßstäben messen", versuchte ich zu erklären. „Der zog *seine* Befriedigung nicht bloß aus dem Akt an sich, das Vorspiel, also der Kampf beziehungsweise die Jagd waren genauso wichtig für *ihn*." Wenn nicht sogar wichtiger, ich dachte an diesen einen, verregneten Tag, der *ihn* noch viel bösartiger und unberechenbarer als sonst hatte werden lassen.

Dann erzählte ich ihnen von meinem Martyrium, dem einzuhaltenden Schweigen, den Jagden, den Spielchen, wobei ich die stattgefunden exzessiven Vergewaltigungen und die anderen Gewalttätigkeiten, denen ich ausgesetzt war, nur umschrieb. Niemand musste genau wissen, welche sadistischen und ekelhaften Ideen *ihn* angetrieben hatten.

„Das Schlimmste für mich war *seine* Unberechenbarkeit", sagte ich zum Schluss. „Ihr könnt euch das wahrscheinlich nicht vorstellen, aber es ist wahnsinnig aufreibend, wenn man nie weiß, wie der andere im nächsten Moment reagiert. Gerade noch völlig normal konnte *er* eine Minute später ausrasten und sich wie ein Verrückter gebärden. Dadurch lebte ich in ständiger Anspannung." Und natürlich, weil ich nie ahnte, was *er* sich dieses Mal wieder für besonders schmerzhafte Gemeinheiten ausgedacht hatte.

„Es muss die Hölle für dich gewesen sein." Judith war den Tränen nah. „Wie kann ein Mensch einem anderen so etwas antun?"

19

„Jedenfalls war ich, als man mich aufgriff, am Ende", fuhr ich fort, als alle sich einigermaßen beruhigt hatten. „Ich bekam einen Weinkrampf, der gefühlte Tage anhielt. Meine Verletzungen waren nicht weiter schlimm, ich blieb im Krankenhaus, weil mein nervlicher Zustand bedenklich war."

An die erste Zeit konnte ich mich kaum erinnern. Ich erhielt starke Medikamente, die mich regelrecht ausknockten. Man hatte mir aufgrund der Umstände ein Einzelzimmer zugestanden, das am Ende des Flurs lag und wo ich somit die größtmögliche Ruhe hatte. Meine Mutter saß ständig an meinem Bett und schlief sogar in meinem Zimmer, man hatte ihr extra ein Bett hineingestellt. Ich klammerte mich an sie und war nicht in der Lage, allein zu bleiben.

„Die mussten den Arzt gegen eine Ärztin austauschen, und kein Pfleger durfte mein Zimmer betreten." Diese Erinnerung stand noch deutlich vor mir. Ich bekam Schreikrämpfe, sobald sich ein männliches Wesen mir näherte. Selbst die Ermittler, die mich befragten, mussten darauf Rücksicht nehmen. So war ich an Frau Winkler gekommen, die, die dachte, es sei meiner Hysterie geschuldet, dass ich *ihn* als wahren Teufel hinstellte. „In jedem Mann sah ich *ihn*. Es hat unheimlich lange gedauert, bis das nachließ."

„Das ist nach dem, was du erlebt hast, ja wohl verständlich." Ich sah Judith an, dass sie am liebsten aufgesprungen wäre und mich in den Arm genommen hätte.

„Sie waren alle sehr nett zu mir", beruhigte ich sie. „Im Gegenteil, jeder hat sich bemüht, es so angenehm wie möglich für mich zu machen."

„Und nach deinem Krankenhausaufenthalt bist du sofort zu deinem Freund zurück?"

Ja, mittlerweile verstand ich mich selbst nicht mehr. „Ich hatte gedacht, wenn ich versuche, in mein gewohntes Leben zurückzukehren, würde mir das helfen. Ich bekam weiterhin starke Beruhigungsmittel. Ich hoffte, dass ich auf diese Weise am ehesten gesunden könnte."

„Der Versuch ging daneben." Steffen sprach wie von einer feststehenden Tatsache. „Das hätte selbst ich dir sagen können. Wenn es sich bei diesem Freund nicht um ein ausgesprochen sensibles und empathisches Exemplar handelte, konnte er nur scheitern. Du warst schwer traumatisiert."

„Das stellte ich ebenfalls fest." Ich schnitt eine Grimasse. „Meine Ängste wurden nicht weniger, ich hatte jede Nacht Albträume trotz starker Tabletten und ich litt unter dem Wahn, dass der Täter mich aufspüren und erneut entführen könnte. In den ersten Tagen war Mark, mein Freund, noch ziemlich verständnisvoll. Doch je länger mein Zustand anhielt, desto genervter wurde er. Meine Mutter griff schließlich ein und holte mich nach Hause. Sie hat extra Urlaub genommen, damit ich nicht allein bleiben musste. Ohne sie und meinen Vater hätte ich es wahrscheinlich nicht geschafft."

Eine lange Pause folgte meinen Worten. „Es muss die Hölle für dich gewesen sein", wiederholte Judith schließlich. „Eigentlich müsstest du wesentlich gestörter sein."

„Bin ich auch", ich lachte, aber es hörte sich verdammt kläglich an. „Ich habe immer noch Albträume, ich fühle mich unwohl, wenn ich draußen bin, und bis vor kurzem habe ich trotz immenser Sicherungsvorkehrungen, die mein Vater mir zuliebe getroffen hat, mehrmals am Tag die Wohnung kontrolliert, ob niemand eingedrungen ist. Dazu kommt diese Panik, wenn mich jemand anfasst. Ich habe noch einen weiten Weg vor mir."

„Du bist stark", ließ sich Anton vernehmen und blickte mir direkt in die Augen, was ich seltsamerweise nicht als unangenehm empfand. „Ein schwächerer Mensch wäre daran zerbrochen."

„Ich fühle mich nicht stark", widersprach ich. „Ich lebe zurzeit mit wahnsinnigen Ängsten, die ich zu verbergen suche."

„Doch, du bist stark", kam es dieses Mal von Steffen. „Du wirst es schaffen, das Trauma zu überwinden, ganz bestimmt."

„Wenn die Polizei *ihn* wenigstens gefasst hätte", sprach ich meine geheimste Angst aus. „Das würde mir wirklich sehr helfen."

„Gibt es oder gab es denn keine Spuren?"

„Nein, als die Polizei endlich informiert war, suchten sie sofort den Wald ab, wo ich *ihn* außer Gefecht gesetzt hatte. *Er* war verschwunden und ward seitdem nicht mehr gesehen. Mein Vater hat sogar einen Detektiv engagiert, leider vergebens."

„Wie bist du ihm eigentlich entkommen?", fragte Judith. „Oder möchtest du nicht darüber reden?"

„Ich habe *ihn* ausgetrickst, sodass ich *ihm* an einem steilen Abhang einen heftigen Stoß versetzen konnte, der *ihn* hinunterbeförderte, und bin weggerannt."

Nachdem mir am zweiten Tag bewusst geworden war, dass er mich auf jeden Fall umbringen würde, wenn der Spaß mit mir nachließ, sann ich darüber nach, wie ich mich befreien konnte. Schon bald wurde mir klar, dass ich einzig und allein bei dieser Jagd eine Chance hatte, auch wenn sie winzig klein war. Auf dem Grundstück ließ er mich so gut wie keinen Moment aus den Augen, außerdem verfügte er über ein exorbitant gutes Gehör und war mir körperlich weit überlegen. Eine Waffe, die ich gegen ihn wenden konnte, fand sich dort nicht. Außerdem merkte ich bereits am dritten Tag, dass ich merklich schwächer wurde. Ich musste so schnell wie möglich reagieren, wollte ich Erfolg haben.

Meistens hielten wir uns tagsüber im Garten auf, er war dazu übergegangen, erst in den kühleren frühen Abendstunden seine Jagd abzuhalten. Das hatte den Nachteil, dass ich hungrig und durstig und müde war. Hungrig und durstig, weil er mir morgens weiterhin nur ein Glas Wasser und eine Scheibe trockenes Brot zugestand, und müde, weil er sich als besondere Quälerei meine Arbeit in den Beeten ausgedacht hatte. Meist bei der größten Mittagshitze musste ich mit bloßen Händen das Unkraut ausreißen, egal ob es sich dabei um Disteln, Brennnesseln oder Brombeerranken handelte, während er gemütlich im Schatten lag, mir zuschaute und mir Geschichten aus seinem Leben erzählte.

Anschließend durfte ich mich an der Pumpe waschen, er hatte mich gern sauber. Doch versuchte ich dabei, etwas von dem Wasser zu trinken, wurde er bösartig. Ein einziges Mal der sogenannten Wasserfolter ausgesetzt reichte mir. Ich tat es nie wieder. Dieses Gefühl fast zu ertrinken, wieder und wieder untergetaucht zu werden, bis man sich fast in sein Schicksal ergab und bloß noch hoffte, es wäre endlich vorbei, wollte ich nie wieder erleben.

Stattdessen gewöhnte ich mir an, mein eines Glas Wasser dadurch zu strecken, dass ich meinen Urin trank, den ich in einem kleinen Becher, den ich in der Ecke der Hütte gefunden hatte, auffing. Ohne diese Flüssigkeitszufuhr wäre ich wahrscheinlich nicht mehr fähig gewesen, auf der Jagd gegen ihn zu bestehen. Das hatte ich bisher niemandem erzählt und so sollte es bleiben. Nicht mal in meinen Bericht hatte ich diesen Fakt aufgenommen. Keiner, der nicht selbst etwas Ähnliches erlebt hatte, konnte nachvollziehen, zu was der Einzelne in seiner Not fähig war, um nicht zu sterben.

Ich benutzte meinen Urin ebenso, um meine Sonnenbrände zu versorgen. Seit dem dritten Tag lief ich nackt herum, da mein T-Shirt und meine Hose völlig zerfetzt waren. Die normalerweise geschützten empfindlichen Stellen verfärbten sich schnell zu einem hässlichen Rot. Der körpereigene Saft sorgte zumindest dafür, dass sich keine Blasen bildeten und die Haut nicht allzu sehr nässte, obwohl es natürlich fürchterlich brannte. Aber mein Überlebenswille war groß. Ich nahm auch das in Kauf.

Am ersten und zweiten Tag hatte er mich durch den Garten gehetzt, am dritten Tag fiel die Jagd wegen des Gewitters aus, das einfach nicht abziehen wollte. Am vierten Tag, also am Dienstag, führte er mich tief in den Wald und hieß mich loslaufen. Doch ich stellte mich viel zu ungeschickt an, er fand mich binnen kurzem.

Am Mittwoch vermied ich es, in Richtung der Straße zu laufen, und schlug mich tiefer in den Wald hinein, wobei ich darauf achtete, mich so geräuschlos wie möglich zu bewegen, was gar nicht so einfach war, da ich durch die vielen am Boden wachsenden Pflanzen die herabgefallenen trockenen Äste nicht sah und mich deshalb nur langsam und vorsichtig vorwärtstasten konnte.

Während er laut bis zehn zählte – er hielt sich tatsächlich jedes Mal daran – hatte ich versucht, so viel Abstand wie möglich zwischen uns zu bringen, hatte zweimal die Richtung gewechselt und mich dann hinter einem großen Busch versteckt, wo ich still abwartete, bis ich hören konnte, wohin er seine Schritte lenkte.

Instinktiv strebte ich von ihm weg, in der Hoffnung, ihn zu täuschen. Er würde bestimmt denken, ich versuchte, mich erneut zur Straße durchzuschlagen, während ich mich stattdessen durch das Unterholz kämpfte.

Dieses Mal dauerte es wesentlich länger, bis er mich fing. Triumphierend wirbelte er mich im Kreis herum. „Ich bin der Bessere von uns beiden. Ich finde dich immer. Du wirst mir nie entkommen." Dann fiel er über mich her.

Am Donnerstag marschierten wir schon gegen Mittag los. Er hatte offensichtlich schlechte Laune und trieb mich mit verbissener Miene vor sich her, dass ich schon dachte, mein letztes Stündchen hätte geschlagen. Ich war mir sicher, dass dieser Gang das Ende bringen würde.

20

„Stattdessen führte *er* mich zu einem verlassenen Haus, in dem wir
rasteten, bis es dunkel war", erzählte ich.

„Wie, mitten im Wald?", wunderte sich Judith.

„Keine Ahnung, zumindest waren rundherum Bäume. Allerdings lag
es höher und es musste wohl eine Straße geben, in die der Schotter-
weg mündete, der bis direkt vor die Hütte führte. Zusätzlich gab es
eine lange Treppe, die schon ziemlich morsch zu sein schien ", versuchte ich, die Gegebenheiten zu beschreiben. „Sie stand auf einer
kleinen Lichtung. Wir waren urlange dorthin unterwegs."

Bei dem Gebäude handelte es sich um ein altes verlassenes Jagdhaus. Irgendjemand vor uns hatte bereits die Tür aufgebrochen,
sodass wir keine Mühe hatten, hineinzukommen.

„Hübsch, nicht?" Er hatte wieder dieses irre Grinsen im Gesicht,
das mir riet, vorsichtig zu sein.

Ich nickte und tat, als würde ich mich umsehen, dabei gab es nichts
zu entdecken, die Fenster waren fest verrammelt und durch die
angelehnte Tür fiel kaum Licht herein. Trotzdem hatte ich den Eindruck, dass schon lange niemand mehr hier gewesen war.

„Leg dich da in die Ecke", verlangte er. „Ich bin im Nebenraum."

Ich kauerte mich auf den Boden, froh, mich einen Moment ausru-
hen zu können. Ihm schien es ähnlich zu gehen, nach einem scha-
benden Geräusch und einem tiefen Seufzer hörte ich nichts mehr
von ihm. Dann musste ich wohl eingeschlafen sein, denn als ich
erwachte, herrschte tiefe Dunkelheit. Es war sein halblautes Flu-
chen, das mich geweckt hatte. Er rumorte im hinteren Zimmer herum und ärgerte sich über irgendetwas, das nicht so funktionierte,
wie es sollte.

Mehr versuchte ich gar nicht zu erfahren, ich schlich mich leise zur
Tür, verbreiterte den Spalt, dass ich hinausschlüpfen konnte und
tastete mich vorsichtig die Stufen hinab.

„Warst du barfuß?", fragte Judith dazwischen.

„Nein, ich hatte immer noch meine Segeltuchschuhe an. Die haben mir in dieser Woche wirklich gute Dienste geleistet. Ohne sie wäre ich *ihm* vermutlich niemals entkommen."

Selbst mit Schuhen hatte ich an diesem Tag kein Glück. Er fing mich direkt am Ende der Treppe ab. Wie er es geschafft hatte, mich zu überholen, war mir damals ein Rätsel. Da hatte ich den Fahrweg, um direkt mit dem Auto vor die Hütte zu gelangen, noch nicht entdeckt.

Der Lärm, den er veranstaltet hatte, um mich zu wecken, war nur dazu da gewesen, mich in Sicherheit zu wiegen. Er hatte genau gewusst, wie ich reagieren würde, und wahrscheinlich ständig mit einem Ohr in meine Richtung gelauscht. Heute hatten wir ja keine Jagd abgehalten, es war eine neue Variante, die er sich ausgedacht hatte.

Er schleifte mich zurück zu der Hütte und ließ mich meinen Fluchtversuch büßen.

Am nächsten Morgen stellte ich fest, dass er sich hier ein zweites Lager geschaffen hatte, weitere Kartons mit Vorräten und mehrere Kanister mit Wasser standen im hinteren Raum, von dem noch ein Verschlag abging, in dem sich ein kleines Bad befand, dessen Wasseranschluss jedoch stillgelegt war.

„Gab es in diesem Gärtchen, wo ihr euch vorher aufgehalten hattet, denn wirklich kein Klo?", wunderte sich Judith. „Ich meine, wer immer sich diese Oase geschaffen hatte, wollte bestimmt nicht auf diese Annehmlichkeit verzichten."

„In dem Schuppen hinter der Hütte befand sich eine Campingtoilette. Aber *er* ließ sie mich nicht benutzen." Nein, die war *ihm* allein vorbehalten gewesen. Ich hatte mein Geschäft in den Büschen zu erledigen.

„Was für ein Arschloch."

Das war für mich eher eine Kleinigkeit gegenüber all dem anderen, was *er* mir angetan hatte, deshalb kommentierte ich ihren Ausspruch nicht.

Weil ich am Abend zuvor nichts mehr zu essen bekommen hatte, gab er sich großzügig und gestand mir eine komplette Mahlzeit zu und sogar ein zweites Glas Wasser. Anschließend packte er seinen Rucksack voll mit Lebensmitteln und wir machten uns auf den Rückweg.

„Warum ist er mit dir nicht dort geblieben?", unterbrach mich dieses Mal Anton.

„Weil es überhaupt kein Wasser gab, nicht mal eine Pumpe." Wenigstens in diesem Punkt hatte ich mich freuen können. Er war ein reinlicher Typ, der nichts mehr hasste als Schmutz und Schweiß. Ich musste jeden Tag die Hütte ausfegen und das benutzte Geschirr gründlich spülen, er ekelte sich richtig vor den angeschmutzten Tellern.

„Am Tag zuvor war er wahrscheinlich aufgrund des langen Marsches wesentlich schonender mit mir umgegangen", erzählte ich weiter.

An diesem Morgen dagegen war er ausgeschlafen und hellwach.

„Wir könnten eine Jagdpause einlegen, meinst du nicht auch?", fragte er, als wir uns dem Gartenhäuschen näherten. Ohne meine Antwort abzuwarten, die Frage war sowieso rein rhetorisch gedacht, glitt er aus den Schlaufen des Rucksacks und lehnte ihn an den nächsten Baum. „Ich zähle bis zehn. Lauf!"

Ich konnte mein Glück kaum fassen. So schnell hatte ich nicht mit einer neuen Chance gerechnet. Trotzdem setzte ich mich dieses Mal mit bebenden Beinen in Bewegung. Ich hatte einen Plan gefasst, irrwitzig, aber durchaus durchführbar. Doch ich wusste genau, ich hatte nur diesen einen Versuch, danach würde er mich garantiert töten. Es hieß also leben oder sterben.

Ich rannte, so schnell ich konnte, vorwärts und ließ meine Blicke dabei suchend über den Boden gleiten. Irgendwo musste ich die Dinge finden, die meiner Vorstellung entsprachen!

Endlich, ich war fast am Ende meines Weges angekommen, sah ich das, wonach ich bisher vergebens ausgeschaut hatte: einen relativ kleinen, jedoch stabil wirkenden Ast. Aus vollem Lauf bückte ich mich, nahm ihn auf und huschte die letzten Meter bis zu einem undurchdringlichen Dickicht, durch das ich mich hindurchzwängte. Dann beugte ich mich vor und wartete.

Schon kurz darauf hörte ich ihn näherkommen. Ich warf mehrere der unterwegs aufgesammelten Tannenzapfen mit aller Kraft den Hang, vor dem ich stand, hinunter, sodass sie kollernd aufschlugen.

„Blöde Kuh!" Er war näher, als ich gedacht hatte.

Mit schweißnassen Händen umklammerte ich meinen Ast und drückte mich vorsichtig in die Zweige. Langsam umrundete er das Gebüsch, trat an den Rand des steil abwärts führenden Hanges und spähte hinunter. Ich wartete nicht länger, sondern stieß mit aller Kraft zu. Der Ast bohrte sich in seinen Rücken und er verlor das Gleichgewicht, schwankte und versuchte, sich an den tiefhängenden Tannenzweigen festzuhalten. Da stieß ich ein zweites Mal zu und schrie meine Anspannung heraus. Er verfehlte die rettende Möglichkeit, sich festzuhalten, nur um Haaresbreite.

„Ich sehe noch heute *seinen* hasserfüllten Blick vor mir", gestand ich.

„Puh, das war knapper als knapp." Judith atmete tief durch, obwohl es ja klar war, dass ich *ihm* entkommen konnte. Sonst wäre ich heute nicht hier.

„Es war die beste Gelegenheit, die sich mir bot." Ich zuckte die Schultern. „Wir waren am Mittwoch schon in der Nähe dieses Geländes gewesen. Da hatte *er* mich vor dem Abhang eingeholt. Sonst hätte ich mich wahrscheinlich hinuntergestürzt, in der Hoffnung, dass *er* mir nicht folgen würde. Doch der war noch wesentlich steiler, als ich gedacht hatte. *Er* war im Nu verschwunden."

„Aber er ist nicht gestorben", stellte Anton fest.

„Nein, die Ermittler fanden ziemlich viel Blut, besonders am Ende des Hanges. Sie vermuteten damals, dass *er* irgendjemanden zu Hilfe gerufen hatte. Wen, ließ sich nicht herausfinden."

„Und du bist zur Straße gerannt und hast ein Auto angehalten?"

„Das kam mir bereits auf dem Weg, der zu dem Gartenhäuschen führte, entgegen. Ironie des Schicksals: Zwei Waldarbeiter wollten sich das Grundstück ansehen. In der nächsten Woche sollte die Hütte abgerissen und der Boden eingeebnet werden. Ich bin ihnen direkt vor den Kühler gelaufen."

„Was für ein Riesenglück! Meinst du, der Täter wäre noch fähig gewesen, dir zu folgen?"

„Laut der Spuren, die sie gefunden haben, nein. Deshalb hofften sie ja anfangs, *er* würde sich in ein Krankenhaus begeben müssen und sie könnten *ihn* so aufspüren. Leider fanden es die Waldarbeiter wichtiger, bei mir zu bleiben. Ich hatte ja keine Ahnung, wie schwer *er* verletzt war, und Angst, *er* könne mich finden. Ich bin ins Auto gesprungen und habe mich in der hintersten Ecke versteckt. Die Sanitäter mussten mich regelrecht herauszerren."

„Weißt du eigentlich seinen Namen?" Judith hob entschuldigend die Hände. „Mir ist aufgefallen, dass du von ihm nur als ‚er' oder als ‚der Typ' sprichst. Wie hast du ihn angeredet?"

„Gar nicht. *Er* mich ebenso wenig. Ich war die Schlampe, die blöde Kuh, die Fotze. In meinen Gedanken nenne ich *ihn* das Arschloch oder den Irren. *Er* heißt Pascal Güssel, aber so denke ich nie an *ihn*. Ich will *ihn* nicht personifizieren. Für mich ist *er* der Teufel, ein wahr gewordener Albtraum, den ich endlich vergessen will."

„Du bist auf einem guten Weg", meinte Anton. „Die Fortschritte, die du in den letzten Wochen gemacht hast, sind beachtlich."

„Das sagt meine Therapeutin auch. Trotzdem würde ich mich wohler fühlen, wenn sie den Kerl endlich schnappten." Ich wusste nicht, wie ich es ihnen begreiflich machen sollte. Solange *er* auf freiem Fuß war, gab es für mich keine echte Sicherheit.

21

Am Donnerstag überreichte ich meiner Therapeutin die Unterlagen. „Sie sind die Einzige, der ich die ganze Wahrheit anvertraue. Wenn Sie die Seiten gelesen haben, wissen Sie warum."

„Und was haben Sie Ihrer Freundin und Ihren Eltern erzählt?" Sie nahm die Blätter und legte sie neben meine Akte.

„Letzteren noch gar nichts. Und meiner Freundin gab ich einen groben Überblick, ohne auf Einzelheiten einzugehen. Das ist zu ekelhaft, als dass ich … ich fühle mich selbst genug beschmutzt … nein, wie schlimm es war, das kann ich nicht erzählen. Es hat mich schon Mühe genug gekostet, es aufzuschreiben."

„Ich weiß, ein normaler Mensch wäre damit überfordert." In ihren Augen schimmerte tatsächlich Mitgefühl.

Normalerweise hielt sie ihre Gesichtszüge und Emotionen unter Kontrolle. Dass sie zu verstehen schien, was mich bewegte, trieb mir die Tränen in die Augen. „Ich fühle mich bis in meine Seele hinein befleckt und ich habe Angst, dass, wenn ich meinen Freunden oder meinen Eltern davon erzähle, die mich in einem anderen Licht sehen. Das ist albern und dumm", kam ich ihrer Erwiderung zuvor. „Trotzdem kann ich nicht anders."

„Dann ist es okay." Sie machte eine kleine Pause, als überlege sie, was sie mir noch sagen könne. Immerhin war es das erste Mal, dass ich derart aus mir herauskam und mich ihr richtig öffnete. „Es muss nicht jedes Detail an die Öffentlichkeit gezerrt werden. Sie haben recht: Gerade für die engsten Angehörigen und Freunde ist es eine Qual zu hören, was für ekelhafte Dinge Ihnen angetan wurden." Sie blickte mich aufmerksam an. „Haben Sie deswegen noch nicht mit Ihren Eltern gesprochen?"

„Nein, wir haben am Samstag mit meinem ehemaligen Freund unsere Besitztümer getrennt. Danach wollte ich sie nicht zusätzlich mit diesem Thema belasten. Und am Sonntag war ich bis spät abends bei meiner Freundin."

„Wie war das Wiedersehen?"

Hm, seltsame Frage, darüber hatte ich bisher nicht nachgedacht. „Ich habe keine Gefühle mehr für ihn, ehrlich nicht. Kurz vor dieser Geschichte sprachen wir bereits davon, den Termin für die Hochzeit festzulegen. Jetzt bin ich froh, dass es auseinandergegangen ist."

„Weil er nicht in der Lage war, Sie zu verstehen?"

„Nein … ach, ich weiß es auch nicht. Damals, als ich in die Wohnung zurückkam, war ich überhaupt nicht fähig, irgendwelche Gefühle zu empfinden – außer Angst. Ich kann den Grund für sein Verhalten mir gegenüber sogar irgendwie nachvollziehen, mit mir war nichts anzufangen. Ich wollte nicht reden, mich nicht trösten und vor allem nicht anfassen lassen. Es muss für ihn eine genauso schlimme Zeit gewesen sein wie für mich. Und ich war viel zu sehr mit mir selbst beschäftigt, um mir Gedanken über unsere Beziehung zu machen", fügte ich hinzu. „Dass meine Mutter vorschlug, ich solle zu ihnen ziehen, war für mich wie ein Aufatmen."

„Sie fühlten sich bei ihm nicht sicher?"

„Er war ja den ganzen Tag auf der Arbeit. Und ich reagierte ausgesprochen paranoid. Nein, dass er froh war, mich loszuwerden, kann ich verstehen."

„Wie hätten Sie selbst reagiert?"

„Keine Ahnung." Doch, langsam verstand ich, wo sie mich hinführen wollte. Ich war für Mark zu einer Last geworden und er hatte es mir deutlich gezeigt. Nicht sofort, die ersten zwei Wochen war er sehr um mich bemüht. Als dann immer noch keine Besserung eintrat, wandte er sich wichtigeren Dingen zu. Ja, es war wichtiger, das normale Leben weiterzuführen, als sich um mich zu kümmern. Außerdem hatte er sich wirklich nicht in mich einfühlen können. „Er hat keine Empathie", brach es aus mir heraus. „Das scheine ich trotz meines Zustands bemerkt zu haben. Denn es war ja nicht sofort zu Ende mit uns. Er kam mich mehrfach bei meinen Eltern besuchen. Ich war es, die immer wieder Entschuldigungen vorschob, um die Treffen abzukürzen oder kurzfristig abzusagen. Dass er sich irgendwann gar nicht mehr meldete, war mir in der Phase eher angenehm."

„Und Sie haben später nie den Versuch unternommen, ihn zu sehen?"

Ich schüttelte den Kopf. „Es war bis vor kurzem so, als hätte ich keine Gefühle mehr. Selbst das, was meine Eltern für mich getan haben, wusste ich nicht zu würdigen. Es war für mich selbstverständlich, dass sie sich um alles kümmerten. Nicht bewusst natürlich. Ich habe nie darüber nachgedacht."

„Meinen Sie, Ihre Mutter und Ihr Vater hätten erwartet, dass Sie ihre Bemühungen anerkennen und ihnen dankbar sind?"

Ich lachte laut auf. „Nein, für die ist es selbstverständlich, mir zu helfen. Ja, ich verstehe, was Sie meinen. Für Mark zählte in erster Linie sein eigenes Wohlbefinden. Dieser Ausnahmesituation war er nicht gewachsen."

„Mit dieser Einstellung steht er leider nicht allein da. Heutzutage gibt es viele wie ihn, die nicht mehr zurückstecken können. Das ist ein Phänomen unserer Zeit."

„Ich trage es ihm nicht nach", versicherte ich ihr. „Es ist eher so, dass ich froh bin, den wahren Mark rechtzeitig genug erkannt zu haben. Auch wenn mir für diese Erkenntnis andere, nicht ganz so dramatische Umstände lieber gewesen wären."

Sie überging meinen Versuch, einen Scherz zu machen. „Wie denken Sie, wird es weitergehen?"

Ich zögerte. Ein neuer Punkt, über den ich noch nicht nachgedacht hatte. „Wahrscheinlich wäre es gut, wenn ich mir bald eine eigene Wohnung suchen würde." Meine Antwort klang ziemlich vage. Und genauso fühlte ich mich. Meine Güte, ich hatte gerade den ersten Schritt in die richtige Richtung getan! Mir ging es noch lange nicht gut genug, als dass ich wieder auf eigenen Füßen hätte stehen können.

„Lassen Sie sich Zeit mit der Umsetzung, bis Sie es wirklich wollen", empfahl sie mir zu meiner Überraschung. „Wichtiger ist es, ein Ziel vor Augen zu haben, auf das Sie hinarbeiten. Sie stehen noch ganz am Anfang, ein guter Anfang, gewiss. Doch sollten Sie sich Zeit nehmen, bis Sie sich in der Lage fühlen, vorwärtszuschreiten."

Wow. Sie sprach mir aus der Seele. „Also wäre es nicht zu zögerlich, wenn ich nicht gleich anfange, mein Leben auf die Reihe zu kriegen?", vergewisserte ich mich trotzdem.

Sie lachte. „Nein, gehen Sie das Ganze lieber langsam an. Prüfen Sie, ob Sie tatsächlich bereit sind, selbstständig zu werden. Ich denke, dafür ist es eigentlich noch zu früh. Es geht aufwärts, ja, aber besser ist es, zu warten, bis Sie eindeutig dazu in der Lage sind."

„Meinen Sie, ich könnte mich mal bei der Polizei erkundigen, was die herausgefunden haben?", wagte ich zu fragen. Seitdem ich mit Judith gesprochen hatte, war ich plötzlich interessiert daran, zu erfahren, ob die Ermittler Fortschritte machten. Ich wollte mich einbringen, mithelfen, *ihn* zu fangen. Auch, wenn ich mich dazu einem neuerlichen Verhör stellen musste. „Sie könnten denen mein Tagebuch schicken", fiel es mir ein. „Natürlich erst, wenn Sie es gelesen haben. Und eine Kopie für *seinen* ehemaligen Psychiater erstellen. Damit die wissen, wie *er* tickt."

„Das ist eine gute Idee", pflichtete sie mir bei. „Und ja, wenn Sie es sich zutrauen, wäre es durchaus von Vorteil, sich bei den Ermittlern zu melden." Sie sah unauffällig auf die Uhr. Meine Zeit war fast um.

„Trotz allem fühle ich mich draußen immer noch nicht sicher." Dieser Umstand machte mir nach wie vor zu schaffen. „Selbst in Begleitung muss ich ständig meine Umgebung kontrollieren. Wann hört das endlich auf?"

„Es wird nach und nach besser werden", sie wirkte leicht konsterniert. „Sie erwarten einfach zu viel."

„Dem kann ich mich nur anschließen." Meine Mutter reagierte eher belustigt. „Kind, du bist gerade mal aus dem Gröbsten raus. Von heute auf morgen geht das nicht."

„Und dass ich euch noch eine Weile zur Last falle, ist okay?", fragte ich trotzdem nach. Die ganze Zeit über hatte ich ihr Tun als selbstverständlich hingenommen, hatte mich nicht einmal bei ihr und meinem Vater bedankt. Dabei war ihr Leben durch mich wesentlich anstrengender und komplizierter geworden.

Sie blinkte und fuhr an den Straßenrand, da wir uns noch auf der Rückfahrt befanden, bevor sie mir antwortete. „Lara, jetzt hör mir mal zu. Du bist unser Kind und wirst es immer bleiben. Für Eltern ist es völlig normal, einzuspringen, wenn sie helfen können. Und in deinem Fall war es unbedingt erforderlich. Neben Mark hättest du nicht überlebt."

Krass ausgedrückt! „Vielleicht dauert es einfach so lange, bis man sich von so etwas erholt", versuchte ich wider besseres Wissen, ihn in Schutz zu nehmen.

„Oder du hättest dich umgebracht, weil du keine Chance auf Besserung sahst." Sie schüttelte energisch den Kopf. „Wir haben dich freiwillig zu uns geholt, erinnerst du dich? Da war uns schon klar, dass es keine Sache von wenigen Tagen wird. Du bleibst bei uns, bis du dich wirklich in der Lage fühlst, erneut auf eigenen Füßen zu stehen. Das ist überhaupt kein Diskussionsthema." Sie startete den Motor erneut. Bevor sie sich wieder in den Verkehr einfädelte, warf sie mir einen aufmunternden Blick zu. „Du hast schon gewaltige Fortschritte gemacht. Freue dich darüber!"

Ja, immerhin vegetierte ich nicht mehr vor mich hin, sondern machte langsam einen Schritt nach dem anderen in eine neue Zukunft.

22

Am Samstag klärte ich meine Eltern über mein einwöchiges Martyrium auf.

Mein Vater schluckte mehrfach und war danach nicht fähig, sich zu äußern. Meine Mutter – na ja, ich denke, das ist typisch für Mütter, nahm mich fest in den Arm und drückte mich, was ich mir von ihr hatte von Anfang an gefallen lassen. Sie war die Einzige, die ich schon im Krankenhaus an mich herangelassen hatte, es hatte etwas Beruhigendes, von ihr gehalten zu werden. „Ach, Kind! Es ist noch entsetzlicher, als ich es mir vorgestellt hatte! Was musst du gelitten haben!"

„Wenn ich den in die Finger kriege, bringe ich ihn um", würgte mein Vater hervor. Er war blass geworden und sah aus, als müsse er sich jeden Moment übergeben.

Ich wand mich aus der Umarmung meiner Mutter und schüttelte wild den Kopf. „Ich habe es euch erzählt, damit ihr versteht, warum ich so lange brauche, wieder normal zu reagieren. Ich stehe im Vordergrund, nicht *er*!"

Glücklicherweise war meiner Mutter klar, was ich damit ausdrücken wollte. „Wir werden dir weiterhin helfen, damit du bald zurück in dein eigenes Leben kannst. Darüber haben wir doch schon am Donnerstag gesprochen." Sie schüttelte nur leicht den Kopf in Richtung meines Vaters, was ausreichte, ihn zu stoppen. „Rachegedanken helfen dir nicht. Wir müssen uns darauf konzentrieren, dass es dir besser geht."

„Ich finde, du hast äußerst taff reagiert." Mein Vater hatte blitzschnell umgeschaltet. „Er wird sich tierisch geärgert haben, dass du ihm auf diese Weise entkommen bist. Das war genial."

„Eigentlich hatte ich gehofft, *er* würde sich dabei den Hals brechen", gestand ich. „Schade, dass es nicht geklappt hat."

„Lass uns nicht mehr über ihn sprechen." Meine Mutter drückte mich wieder an sich. „Du bist wichtiger."

Viel zu bereden gab es nicht. Bis auf weiteres würde alles so laufen wie bisher. Ich konnte und wollte mich noch nicht von ihnen lösen, das war ihnen und mir von vornherein klar gewesen. Aber ich hoffte, dass sie zumindest nun besser verstanden, warum ich mich so verhielt, wie ich es tat, und warum es so lange dauerte, bis ich auf die Beine kam.

„Ich will morgen bei den damals zuständigen Ermittlern anrufen und um einen persönlichen Termin bitten", sagte ich abschließend. „Es interessiert mich, ob sie Fortschritte gemacht haben."

„Meinst du nicht, sie hätten sich dann bei dir gemeldet?" Das kam natürlich von meiner Mutter.

„Dass sie *ihn* nicht geschnappt haben, weiß ich ja. Ich möchte herausbekommen, ob sie mir wenigstens mittlerweile glauben, dass *er* ein Serienkiller ist. Dann haben die bestimmt ihre Anstrengungen, *ihn* zu fassen, verdoppelt. Was hat denn dein Detektiv damals rausgekriegt?", wandte ich mich an meinen Vater. Seltsamerweise hatte ich diese Frage bis jetzt nicht gestellt. Dabei war mir schon länger klar, dass ich die Ergebnisse seiner Bemühungen erfahren wollte, genauso wie die der Polizei. Warum hatte ich damit so lange gezögert?

Einen Schritt nach dem andern, ermahnte ich mich selbst. Wahrscheinlich bist du erst jetzt so weit. Vorher hast du deine gesamte Kraft benötigt, um dich mit dieser Geschichte auseinanderzusetzen.

„Willst du ihn vielleicht selbst fragen?", erwiderte mein Vater zu meinem Erstaunen. „Ich denke, es wäre besser, wenn du persönlich mit ihm sprichst."

Ja, das war eine gute Idee. Durch den Hass auf *ihn*, fiel es mir plötzlich viel leichter, den Personen, die mir Auskunft geben konnten, gegenüberzutreten.

Also ging ich am Montag direkt nach der Arbeit zu der Detektei Jühlen, die sich nur zwei Straßen weiter befand, allerdings statt mit meiner Mutter zusammen mit Judith, die angeboten hatte, mich zu begleiten, damit wir anschließend direkt zum Training fahren konnten.

Ich weiß nicht, was ich erwartet hatte, das jedoch nicht. Wir betraten einen großen, freundlich wirkenden Raum, der mich eher an eine Anwaltskanzlei denken ließ. Während wir zu einer beigefarbenen Theke schritten, die durch ihre halbrunde Form die hinteren Zimmer abschirmte, konnte ich einen Blick ins Wartezimmer werfen, in dem bestimmt fünf Leute saßen. Das hier war kein Ein-Mann-Betrieb, sondern eine anscheinend gutgehende Firma mit mehreren Angestellten.

„Du kannst ruhig mit reinkommen", sagte ich, nachdem eine der beiden Sekretärinnen an der Anmeldung mich gleich durchwinkte, nachdem ich meinen Namen genannt hatte.

„Gern."

Nebeneinander schritten wir auf die rechte Tür zu, die halb offen stand. Ich klopfte und eine männliche Stimme bat uns einzutreten.

Herr Jühlen, er hatte damals den Fall selbst bearbeitet, sah leicht erstaunt von mir zu Judith.

„Das ist eine gute Freundin von mir. Darf sie bitte dabeibleiben?"

„Wenn Sie es wollen." Er wies auf die zwei Stühle vor seinem Schreibtisch. „Nehmen Sie Platz."

Er war etwa im Alter meines Vaters, seine Haare wichen bereits zurück und wiesen ziemlich viele graue Strähnen auf und ein Kranz tiefer Fältchen umgab seine Augen. Aber er machte einen aufmerksamen und kompetenten Eindruck. Ich fasste gleich Vertrauen zu ihm.

„Vielen Dank, dass Sie das alles noch einmal mit mir selbst durchsprechen", begann ich etwas unsicher.

„Keine Ursache. Ihr Fall hat mich ziemlich mitgenommen. Ich habe selbst zwei Töchter um die zwanzig. Es muss ein grauenhaftes Erlebnis gewesen sein."

Darüber wollte ich nicht unbedingt Auskunft geben, deshalb nickte ich nur und fragte: „Was haben Sie herausgefunden?"

Er blickte auf die Blätter vor sich. „Herr Güssel ist zum Tatzeitpunkt dreiunddreißig Jahre alt gewesen. Er nutzte seinen ersten unbegleiteten Ausgang zur Flucht, nachdem er sechs Jahre und drei Monate in der Forensik zugebracht hatte. Wie er zurück in seine Geburtsstadt kam, konnte ich nicht feststellen. Ich vermute, dass seine Eltern ihm halfen.“

Judith entschlüpfte ein Laut der Überraschung.

„Ich habe selbst versucht, mit den Eltern zu sprechen, doch sie waren nicht sehr zugänglich.“ Er warf mir einen entschuldigenden Blick zu. „Vielleicht fragen Sie bei den Kripobeamten nach. Ich weiß, dass beide mehrfach verhört wurden.“

„Ich habe bereits einen Termin ausgemacht“, nickte ich. „Was hatten Sie für einen Eindruck von ihnen?“

„Sehr unangenehme Leute. Der Vater ist frühpensioniert, angeblich ein Rückenleiden. Er war Baustellenhelfer und hat meiner Meinung nach ein arges Alkoholproblem. Falls Sie vorhatten, ihn sich aus der Nähe anzuschauen, lassen Sie es bitte. Er ist grob, boshaft und hat eine widerliche Art, sich auszudrücken. Er würde Sie nur beschimpfen und beleidigen. Angeblich hat er seit dem Prozess keinen Kontakt mehr zu seinem Sohn gehabt.“

„Und die Mutter?“

„Weinerlich und gleichzeitig gehässig. Das sind wirklich unangenehme Leute“, wiederholte er. „Sie behauptet ebenfalls, ihn seit seiner Flucht nicht mehr gesehen zu haben, was ich nicht glaube. Sie hat ihn regelmäßig in der Forensik besucht und sich während der Gerichtsverhandlung von seiner Unschuld überzeugt gezeigt, gegen alle Beweise, die vorlagen. Ihr lieber Junge doch nicht, hat sie zu einem der Reporter gesagt. Ja, sie hat tatsächlich Interviews gegeben und dabei unterstrichen, was für ein toller Kerl Herr Güssel wäre. Als Kind hätte er nie Ärger gemacht, sei auch später immer liebevoll mit ihr umgegangen und hätte jede Frau haben können, die er wollte, weil er einfach so eine tolle Art hätte, dass jeder ihn lieben würde. Nie und nimmer käme er für diese Tat infrage. Also wenn überhaupt, wäre die Tote selbst schuld. Bestimmt hätte sie ihn zu diesen Sexpraktiken gezwungen."

„Das gibt es nicht!", entfuhr es Judith.

„Das gibt es öfter, als Sie es sich vorstellen können. Viele Eltern tun sich schwer, die Schuld ihrer Kinder anzuerkennen."

Na, nach dem, was *er* mir erzählt hatte, war ich eigentlich davon ausgegangen, dass *er* selbst den Kontakt zu ihnen schon vor langer Zeit abgebrochen hatte. Liebende Erziehungsberechtigte stellte ich mir anders vor.

„Meine Mutter war was Besseres, bloß hat die den Fehler begangen, sich mit sechzehn von dem Kerl schwängern zu lassen. Dann hat sie gleich drei hintereinander gekriegt. Da brauchte die sich bei ihren Eltern gar nicht mehr blicken lassen. Ich war der Prinz, sie hat mich immer vor meinen Brüdern in Schutz genommen. Aber wenn der Alte kam, gab es für sie ausschließlich ihn und seine Bedürfnisse."

Er hatte sich über die Lippen geleckt. „Was meinst du, was nachts die Post abging. Durch die dünnen Wände haben wir alles mitgekriegt. Da konnte man richtig was lernen. Ja, mein Alter war ne Nummer für sich. Der malochte, soff und hatte jeden Abend seinen Spaß, uns betrachtete er eher als lästige Anhängsel und regierte mit harter Hand. Der war froh, wenn er wieder einen von uns rausschmeißen konnte. Direkt nach der Lehre hieß es: und tschüss."

Statt zu erkennen, wie schlimm *seine* Kindheit gewesen war, mit einer Mutter, die *ihn* maßlos verwöhnte, jedoch fallen ließ, sobald ihr Mann auftauchte, und mit einem Vater, der kein Hehl daraus machte, dass seine Söhne ihn störten, und von dem sie für jede Kleinigkeit Prügel bezogen, glorifizierte *er* diese Jahre und hielt sie in *seiner* Erinnerung hoch. Eigentlich hätte man Mitleid mit *ihm* haben müssen - wenn er nicht ein derartiger Psychopath gewesen wäre.

23

Wir erfuhren noch einiges von Herrn Jühlen, wenn auch keine für mich relevanten Tatsachen. Angeblich hatten sich *er* und *seine* drei Brüder auseinandergelebt und es bestand kein Kontakt mehr zwischen ihnen. Trotzdem hatte der Detektiv selbst recherchiert.

Der älteste Bruder war Inhaber einer kleinen Hinterhofwerkstatt, der Zweitälteste bei ihm angestellt. Der Dritte war Lastwagenfahrer und zurzeit *seiner* Flucht in Italien unterwegs, während der Älteste mit seiner Familie im Urlaub weilte. Dieser war der Einzige, der eine Frau und Kinder hatte und ein kleines, ziemlich heruntergekommenes eigenes Häuschen besaß. Die anderen beiden wohnten zur Miete, genau wie die Eltern, sogar in deren Nähe, keiner von ihnen war aus dem Stadtteil, in dem er geboren worden war, herausgekommen.

„Kennen Sie die Bergdorfer Straße? Das ist eine Gegend, in der vornehmlich der untere Satz der Gesellschaft lebt", fuhr Herr Jühlen auf unser Kopfschütteln fort. „Das können Sie nicht mit einem normalen Wohnviertel vergleichen."

Nichtsdestotrotz war es in seinen Augen unmöglich, dass einer aus der Familie *ihn* bei sich versteckte. „Das wäre ein zu großes Risiko gewesen. Irgendjemand hätte ihn verraten, besonders nachdem diese Belohnung zu seiner Ergreifung ausgesetzt wurde."

Die hatten der Arbeitgeber meines Vaters und dessen Geschäftsfreunde initiiert, immerhin die stolze Summe von zwanzigtausend Euro. Ja, dafür verrieten manche selbst ihre besten Kumpel.

„Wie steht es mit Freunden oder anderen Verwandten?", wollte Judith wissen.

„Hat die Polizei die Werkstatt durchsucht?", fragte ich fast gleichzeitig.

„Natürlich, direkt nachdem sie anhand der Spuren entdeckt hatten, dass dieser Sturz den Entflohenen nicht tötete. Die Hunde fanden kein Anzeichen, dass *er* sich dort aufhielt. Und zu Ihrer Frage", wandte er sich an meine Freundin. „Herr Güssel hatte keine Freunde, nur Saufkumpane. Und die hatten sich in der Zwischenzeit längst von ihm abgewandt. Weitere Verwandte konnte ich nicht ausfindig machen. Es schien wirklich so, als gäbe es niemanden, der ihn unterstützt hätte. Obwohl ich mir sicher bin, dass es einen gegeben haben muss."

„Aber Sie meinten doch, dass *sein* Vater *ihn* zumindest nach *seiner* Flucht versorgte."

„Ich denke sogar, dass er ihn zurückgeholt und ihm das Versteck besorgt hat." Herr Jühlen zog bedeutungsvoll die Augenbrauen hoch. „Beweisen lässt sich das allerdings nicht. Herr Güssel hatte bei seinem genehmigten Ausgang ganze zwanzig Euro in der Tasche und er besaß kein Handy." Er machte eine Pause und sah uns nacheinander an.

„Während der Gefangenschaft hat *er* nie telefoniert", wandte ich ein. Kaum hatte ich den Satz ausgesprochen, fiel mir ein: In der Hütte hatte es keinen Strom gegeben, das hieß, es war unmöglich, ein Mobiltelefon dort aufzuladen. Vielleicht lag es ja daran, dass *er* es deshalb nur in Reserve und gut versteckt hielt.

„Er war verletzt. Ich habe mir den Abhang angesehen. Es ist ein Wunder, dass er diesen Sturz überlebt hat. Von allein wäre er nicht weggekommen. Irgendjemand muss ihn abgeholt haben. Denjenigen wird er per Handy gerufen haben, das er mit Sicherheit für den Notfall dabei hatte", bestätigte Herr Jühlen meine Vermutung. „Außerdem waren die gelagerten Lebensmittel in den beiden Hütten allein schon mehr als die Gesamtsumme wert, die er bei sich trug."

„Die Entführung hat *er* definitiv im Alleingang durchgezogen."

„Sie sagten, er hätte am zweiten Abend das gestohlene Auto weggefahren. Es wurde in der Nähe des Flughafens sichergestellt. Wie ist er von dort zurückgekommen?", hielt er dagegen.

„Glauben Sie etwa, *er* hatte *seine* Eltern eingeweiht?" Das konnte ich mir beim besten Willen nicht vorstellen.

„Nein, dass er vorher und nachher mit ihnen in Kontakt stand, allerdings schon. Was also liegt näher, als dass sie ihn irgendwo versteckt halten?"

„Nur fanden sich dafür keine Hinweise."

„Nein, ich habe mit meinen Mitarbeitern einen Monat lang den Vater rund um die Uhr überwacht. Er benahm sich ganz normal, keine außergewöhnlichen Besuche irgendwo, nichts, woran sich dieser Verdacht festmachen ließe."

„Ihr Instinkt sagt Ihnen, dass Sie recht haben", vermutete Judith.

„Wäre er allein auf sich gestellt, hätte die Polizei ihn längst geschnappt. Er muss Hilfe haben."

„Vielleicht erhält *er* diese von irgendjemand anderem", mutmaßte ich. „*Er* hatte bestimmt Kontakte in der Klinik. Vielleicht hat *er* sich mit einem kürzlich entlassenen Straftäter angefreundet, der *ihn* aufnahm und versteckt hält."

Ein belustigter Ausdruck erschien in Herrn Jühlens grauen Augen. „Das hat die Polizei längst überprüft. Es gibt niemanden, der ihm nahestand."

„Noch mal zurück zu den Brüdern", übernahm wieder Judith. „Wie können Sie sicher sein, dass diese nicht involviert sind?"

„Die haben alle lange vor der Haftstrafe mit ihm gebrochen, behaupten sie, was auch zu stimmen scheint. Keiner von ihnen war bei der Verhandlung, keiner hat ihn im Gefängnis besucht. Es wurden nicht einmal Briefe geschrieben."

„Wie stehen die Eltern zu den dreien?"

Er nickte Judith anerkennend zu. „Es besteht gegenseitiger Kontakt, aber relativ oberflächlich. Nach außen macht die Familie nicht den Eindruck, dass sie zusammenhält. Ich vermute jedoch, das täuscht."

„Genauso wie Sie vermuten, dass *seine* Mutter und *sein* Vater *ihm* helfen", konnte ich mir nicht verkneifen einzuwerfen. Das war alles so vage. Irgendwie hatte ich mir mehr von diesem Gespräch versprochen.

„Ja, davon bin ich überzeugt." Er überging meinen Sarkasmus. „Ich gestehe, ich habe, nachdem der Auftrag Ihres Vaters abgelaufen war, auf eigene Faust weiterermittelt. Nicht jeden Tag, leider. Dafür hatten wir zu viel zu tun. Trotzdem waren wir regelmäßig vor Ort. Ohne Erfolg." Er seufzte. „Mein Instinkt sagt mir, dass ich richtig liege. Es fehlen die Beweise, ohne die die Polizei nicht tätig werden kann."

„Also denken Sie, die werden *ihn* nicht fassen?"

„Irgendwann macht er einen Fehler. Jemand wie der hört nicht auf."

Seine Worte klangen noch in meinen Ohren nach, als Judith fragte: „Was hat der Typ eigentlich für einen Beruf? Könnte man ihn nicht darüber ermitteln?"

Herr Jühlen lachte. „Nein, der wird sich hüten, einen Job anzunehmen. Wir müssen hoffen, dass er bei einem weiteren Überall verhaftet wird oder dass es seinen Eltern irgendwann zu viel wird. Ihn zu verstecken, kostet Geld. Und davon haben die alle nicht genug."

„Wissen Sie, wo *er* gearbeitet hat?" Es konnte ja sein, dass die Polizei die alles entscheidende Spur übersehen hatte.

„Nach der Schule absolvierte er einen Lehrgang zum Sanitäter und bewarb sich bei der Bundeswehr. Die Verpflichtung lief nach zwei Jahren aus. Ich hatte gleich, nachdem ich davon hörte, das ungute Gefühl, dass schon da irgendetwas passiert sein muss, was aber wohl vertuscht wurde. Danach nahm er alle möglichen Hilfsjobs an, als Kellner, als Lagerarbeiter und als Küchenhelfer, seltsamerweise jedoch nie wieder als Sanitäter. Das bestärkte mich in meiner Vermutung, belegen kann ich sie leider bis heute nicht."

In dem Beruf hätte ich *ihn* mir sowieso nicht vorstellen können. *Er* und anderen Menschen helfen? Sich um die Kranken, Hilflosen kümmern? Völlig selbstlos agieren? Niemals!

„Nirgendwo hielt er es lange aus beziehungsweise meist wurde sein Vertrag nicht verlängert", fuhr Herr Jühlen fort. „Ich habe mit einigen seiner Kollegen von seiner letzten Anstellung gesprochen. Er war nicht sehr beliebt, auch der Chef ließ kein gutes Haar an ihm. Niemand wollte näheren Kontakt zu ihm haben."

„Also ein Einzelgänger", stellte ich entmutigt fest. Das machte die Sache schwierig.

„Bitte", er sah mich eindringlich an. „Versuchen Sie nicht, ihn auf eigene Faust aufzuspüren. Der Kerl ist äußerst gefährlich."

Wem sagte er das! „Auf diese Idee wäre ich nie gekommen", beruhigte ich ihn. „Ich habe mit mir selbst im Moment genug zu tun."

Wir verabschiedeten uns voneinander und ich bedankte mich bei ihm, dass er sich die Zeit für ein ausführliches Gespräch genommen hatte. „Schicken Sie Ihre Rechnung an mich. Mein Vater hat bereits genug getan."

„Nein." Er war richtig empört. „Diese Unterredung berechne ich nicht. Das läuft unter Kundenservice. Und", er zwinkerte mir zu, „ich werde, wann immer ich freie Kapazitäten habe, weiter recherchieren. Ich will diesen Kerl genauso dringend hinter Gittern sehen wie Sie. So einer darf nicht frei herumlaufen."

24

„Der war echt nett." Judith hakte sich bei mir ein, während wir zu ihrem Auto gingen, das in der Tiefgarage des Stadthauses parkte. „Den merke ich mir, falls Anton oder ich einmal einen Detektiv benötigen."

„Er ist bestimmt ziemlich teuer." Ich sah sein Zimmer deutlich vor mir: Ein alter wuchtiger Schreibtisch, ein ebenso alter Schrank - beides vermutlich teure Antiquitäten -, vor dem Fenster eine Art Konferenztisch mit sechs Stühlen, die aus derselben Epoche zu stammen schienen, darunter ein großer Teppich, mit Sicherheit echt. Nur die Besucherstühle und sein Sessel waren modern und super bequem, hatten aber garantiert ebenfalls viel Geld gekostet.

„Bei ihm hat man das Gefühl, er setzt sich wirklich für dich ein. Was der alles rausbekommen hat, erstaunlich!"

„Weitergebracht hat es mich nicht."

Judith blieb stehen und musterte mich prüfend. „Lara, du willst wirklich nicht selbst ermitteln, oder?"

„Nein. Ich bin bloß enttäuscht, dass sie den Kerl nicht zu fassen kriegen. Es ist nicht einfach, sich damit abfinden zu müssen, dass *er sein* Spiel weitertreiben kann."

Sie setzte sich nachdenklich an ihrer Unterlippe kauend in Bewegung und zog mich mit. „Ich kann verstehen, dass dich das nervt."

„Ich bin eher am Boden zerstört", berichtigte ich sie. „Irgendwie hatte ich erwartet, dass …"

Ja, was hatte ich eigentlich erwartet? Ich wusste schließlich, dass *er* immer noch auf freiem Fuß war. „Es gibt scheinbar keine Anhaltspunkte, wo *er* sein könnte. Im Prinzip hat Herr Jühlen mir klargemacht, dass so gut wie keine Chance besteht, *ihn* zu erwischen." Ich kickte zornig gegen einen Pappbecher, den jemand achtlos hatte fallen lassen.

„Er ist ein Gejagter", versuchte Judith, mich zu beruhigen. „Er kann sich nicht in der Öffentlichkeit zeigen, er muss sich verstecken."

Sie verstand nicht. Es waren mittlerweile fast neun Monate seit dem Überfall auf mich vergangen. Klar, damals war *sein* Bild in allen Medien gezeigt worden. Aber die Welt stand nicht still. Selbst die Nachrichten von vor einer Woche hatten ihre Aktualität schon verloren. Wer würde *ihn* überhaupt erkennen, wenn *er* sich hinauswagte? Und mit jedem Tag, der verstrich, wurde das Risiko für *ihn* geringer. Ich war nicht nur maßlos enttäuscht, ich fühlte mich wieder wie gefangen in einer Endlosschleife des Entsetzens.

„Wollen wir uns einen Espresso gönnen?" Judith wies auf das kleine Café neben dem Amt, das bei unseren Kollegen sehr beliebt war. Sie schien zumindest zu erkennen, dass ich vollkommen entnervt war.

„Nein, lass uns direkt zum Sportstudio fahren." Dort fühlte ich mich relativ sicher. Hier wie auf einem Präsentierteller zu sitzen, an einem der kleinen Tische, an denen die Passanten vorbeiflanierten, dazu war ich im Moment nicht fähig.

Allein der Umstand, dass wir, um zu ihrem Auto zu gelangen, entweder den Fahrstuhl oder das zu dieser Stunde einsame Treppenhaus benutzen mussten, jagte mir eine Heidenangst ein. Genauso ungern wollte ich allein an der Tiefgaragenausfahrt warten. Also nahm ich all meinen Mut zusammen und folgte ihr in das Gebäude.

Der Lift stand mit geöffneter Tür bereit. Ich schluckte und sah mich nach allen Seiten um, bevor ich eintrat. Fast geräuschlos setzte er sich in Bewegung. Ich ließ Judith zuerst aussteigen und blieb sprungbereit auf der Schwelle stehen. Ich sah nur einen kleinen Ausschnitt der Fläche vor mir, zu hören war nichts. Doch hinter jedem Pfeiler konnte *er* lauern, bereit, sich auf mich zu stürzen, sobald ich die relative Sicherheit des Fahrstuhls aufgab.

„Kommst du?" Ungeduldig wandte sich Judith zu mir um. „Mein Wagen steht gleich da vorn." Sie zeigte in Richtung einer Reihe von Autos, die dicht nebeneinander parkten.

„Geh du vor. Ich komme gleich nach."

Ich wartete, bis sie ihre Tür geöffnet hatte, dann stürmte ich los. Kaum saßen wir im Inneren, betätigte ich, ohne sie zu fragen, die Verriegelung. „Sicher ist sicher."

Sie schüttelte bloß den Kopf, rangierte aus der Lücke und gab Gas. „Machst du das immer so?"

„Ich bin eben paranoid. Jetzt noch mehr als vorher."

Wir schwiegen beide, bis wir die Halle betraten. „Ich lade dich auf einen Fruchtcocktail ein", versuchte ich, die angespannte Stimmung aufzulockern. „Oder hättest du lieber einen Kaffee?" Judith hielt mich eindeutig für verrückt. Zum ersten Mal hatte sie miterlebt, wie sehr das Geschehene mein Leben beeinflusste – und das Ergebnis gefiel ihr offensichtlich nicht.

„Nein, ich lade dich ein." Sie tätschelte meinen Arm. „Warte, ich bin gleich zurück."

Kaum hatte ich mich an unseren üblichen Tisch gesetzt, war sie zurück und stellte das Glas vor mich hin. „Es tut mir leid. Ich glaube, ich kann wirklich nicht ermessen, wie schlimm das Ganze für dich sein muss."

„Ich kann nicht dagegen an", gestand ich. Eigentlich hatte ich überhaupt keinen Durst, die letzten zwei Stunden waren mir auf den Magen geschlagen und ich wollte nichts lieber, als mich in meinem Zimmer zu verkriechen und meine Wunden zu lecken. Um sie nicht vor den Kopf zu schlagen, nahm ich einen winzigen Schluck. „Ich weiß selbst, dass diese Furcht maßlos übertrieben ist."

„Ich glaube, ich habe nicht das Recht, dich zu kritisieren." Judith beugte sich vor und legte ihre Hand auf meine. „Du hast einen schrecklichen Albtraum hinter dir, das dauert, bis man das verarbeitet hat."

Nein, es war mehr als das. Hätte man *ihn* geschnappt, würde ich mich sicherer fühlen. Ohne *ihn* in Gefängnisverwahrung zu wissen, konnte ich mich nicht an meinem neu geschenkten Leben erfreuen. *Seine* gefühlte Anwesenheit hing wie ein Damoklesschwert über mir.

In diesen eineinhalb Stunden war ich ein gefährlicher Angreifer, der jede Schwäche seines Opfers gnadenlos ausnutzte. Teilweise musste Anton eingreifen, weil ich zu hart zur Sache ging.

„Das bringt alles nichts", brachte ich zu meiner Entschuldigung vor, als er mich anschließend in sein Büro bat. „Wenn die nicht mal mit mir fertig werden, wie sollen die sich erfolgreich gegen einen wesentlich stärkeren Mann wehren?"

Er grinste. „Habe ich ein Wort gegen deine Methoden gesagt?"

„Deshalb hast du mich ja wohl mitgenommen. Um mir die Meinung zu geigen."

Sein Grinsen vertiefte sich. „Im Gegenteil, ich wollte dich fragen, ob du dir vorstellen kannst, beim nächsten Kurs wieder mitzumachen."

„Aber ich war echt heftig heute!"

„Und die Damen haben gesehen, dass sie noch längst nicht so gut sind, wie sie zu glauben scheinen. Das war ein notwendiger Dämpfer. Schau", er ging zu seinem Schreibtisch und setzte sich auf die Kante, wobei er auf den Stuhl vor sich wies. „Mir geht es in erster Linie darum, ihnen Möglichkeiten aufzuzeigen, sich zu wehren. Dadurch steigert sich auch ihr Selbstbewusstsein. Das wiederum führt dazu, dass sich ihre Haltung, ihre gesamte Ausstrahlung ändert, sie vermitteln ihrem Gegenüber ein Gefühl von Stärke. Das reicht oftmals, vor einem Angriff sicher zu sein. Die meisten Typen suchen sich Opfer, die von vornherein einen unsicheren Eindruck machen und bei denen sie kaum mit Gegenwehr rechnen müssen. Und im Notfall helfen die hier gelernten Übungen. Damit lassen sich die Harmloseren durchaus beeindrucken."

„Die ja, so welche wie der, der mich angegriffen hat, nicht." Ich hatte, statt Platz zu nehmen, mich mit verschränkten Armen ihm gegenüber an die Wand gelehnt. Die plötzliche Wut, die mich nach meinem Gespräch mit Judith überkommen hatte, war noch immer nicht verraucht.

„Das weiß ich", nickte er. „Gegen einen Irren beziehungsweise einen Angriff aus dem Hinterhalt von einem zu allem Entschlossenen kann man sich nicht schützen. Und ja, ich gebe dir recht. Eine Frau ist den meisten Männern nun mal körperlich unterlegen und wird in vielen Fällen den Kürzeren ziehen. Trotzdem sollten sie meiner Meinung nach lernen, sich gezielt zu wehren."

„Das hätte mir nicht genutzt", wiederholte ich.

„Das bleibt bitte unser Geheimnis." Dieses Mal war sein Lächeln begütigend. „Du darfst nicht immer das Schlimmste voraussetzen. Sollte es tatsächlich dazu kommen, hat niemand eine Chance, weder Mann noch Frau. Nur ist das den meisten nicht bewusst."

Was, wie ich sehr wohl verstand, für das eigene Seelenheil auf jeden Fall besser war.

25

Anton unterhielt sich an diesem Abend noch eine ganze Weile mit mir. Entweder hatte er ein gutes Gespür für Menschen oder Judith hatte es doch geschafft, ihn in einem unbeobachteten Moment zu informieren. Jedenfalls fühlte ich mich nach diesem Gespräch mit ihm wesentlich besser.

Dabei hatte er mir eigentlich nichts Neues mitgeteilt. Allein zu spüren, dass er ähnlich dachte wie ich, war genug. Er hatte kein Blatt vor den Mund genommen. „Es wird immer Menschen geben, die dermaßen gestört sind, dass man sie nicht mit normalen Maßstäben messen kann. Gerätst du an so einen, hast du keine Chance."

Er verstand, weshalb ich so außer mir war, und konnte es sogar in Worte kleiden. „Du denkst, du bist nicht sicher, bevor dein Peiniger nicht dingfest gemacht wurde." Bei ihm klang es, als schüttele er amüsiert über mich den Kopf. „Dabei ist dein Heilungsprozess in keiner Form von ihm und seinem Befinden abhängig. Du hast es in der Hand, dich wieder aufzurichten. Allerdings bedeutet das eine Menge Arbeit für dich."

Ich nickte. Obwohl meine Therapeutin schon häufiger genau das Gleiche gesagt hatte, hörte es sich bei ihm anders an. Er glaubte an mich, er war zuversichtlich, dass ich diese Aufgabe bewältigen konnte, das war seiner Stimme deutlich anzumerken.

„Deine Anwesenheit und Mitarbeit hier bei mir ist ein guter Anfang. Nur ruh dich bitte nicht darauf aus. Setz dir neue Ziele, versuche, jede Woche irgendetwas zu erreichen, woran du dich bis jetzt nicht herangetraut hast."

„Dann habe ich für diese Woche mein Soll erfüllt." Komisch, ihm konnte ich nicht böse sein. Er hatte eine Art, mit mir zu reden, die ihresgleichen suchte. Es war nicht das, was er sagte, sondern wie er es sagte. Ich fühlte mich verstanden und gleichzeitig ernst genommen mit meinen Ängsten. Und trotzdem gab er mir Hoffnung.

Er lachte. „Also, machst du weiter mit?"

„Ja, es ist mir ein Vergnügen."

Das war es tatsächlich. Ich konnte mir mittlerweile nicht mehr vorstellen, wie ich die langen Abende zu Hause ohne sinnvolle Beschäftigung ausgehalten hatte.

Zwei Tage später erlebte ich die nächste positive Überraschung. Ich war gerade erst von der Arbeit nach Hause gekommen, als meine Mutter mich rief. „Lara, Telefon für dich!"

Ich öffnete die Tür meines Zimmers und sah, sie mir entgegenkommen. „Wer ist es?"

Sie grinste nur und hielt mir auffordernd den Hörer hin.

„Ja?", meldete ich mich. An der Miene meiner Mutter hatte ich ablesen können, dass es sich eher um ein freudiges Ereignis handeln musste.

„Hallo, Lara." Katharina machte eine kleine Pause, bevor sie fortfuhr: „ Wie geht es dir?"

„Viel besser und dir?" Ich war verblüfft. Das war fast wie Gedankenübertragung. Ich hatte mir ja ebenfalls fest vorgenommen, mich bei ihr zu melden.

„Auch. Ich muss in letzter Zeit andauernd an dich denken. Hast du Lust, mich zu besuchen?" Sie seufzte gespielt auf. „Ich würde genauso gern zu dir kommen. Bloß habt ihr keinen Aufzug."

Sie schien mittlerweile in der Lage zu sein, über ihr Handicap zu witzeln. „Nein, das ist überhaupt kein Problem. Wann soll unser Treffen denn stattfinden?"

„Ich hatte das nächste Wochenende anvisiert. Nur du und ich", fügte sie eilig hinzu. „Malte ist auf einer Fortbildung, wir wären also ungestört."

Aha, er hatte zu ihr gehalten und war noch mit ihr zusammen. Toll für sie! „Samstag wäre gut. Am Sonntag bin ich bereits mit einer Arbeitskollegin verabredet."

„Super. Ich freue mich auf dich."

Na ja, das Gespräch war insgesamt ziemlich holprig verlaufen, kein Vergleich mit unserem früheren Herumgeplänkel, aber immerhin ein Anfang. Und ja, ich freute mich richtig darauf, sie wiederzusehen.

Mein Vater setzte mich zur verabredeten Zeit vor ihrer Haustür ab. „Ich warte, bis du drinnen bist." Das war für ihn Ehrensache. In der Beziehung benahm er sich wie eine Glucke. „Und wenn du anrufst, dass ich dich abholen soll, warte oben am Fenster, bis du das Auto siehst, okay?"

„Und wenn es spät wird?", witzelte ich. Dabei hatten wir uns für vier Uhr nachmittags verabredet.

„Es ist egal, wann du dich meldest. Amüsiere dich gut."

Ich umarmte ihn zum Abschied, was immer noch eine Seltenheit bei mir war. Dementsprechend verdutzt guckte er mir nach, wie ich bei meinem üblichen Rundumblick, bevor ich auf das Haus zusteuerte, feststellen konnte.

Alte Erinnerungen stiegen in mir hoch. Wie oft hatte er mich in meiner Teenagerzeit zu irgendeiner Party gebracht und genau mit diesen Worten verabschiedet. Und er meinte es so. Selbst um zwei, drei Uhr morgens stieg er willig aus dem Bett, um nur ja seine Tochter nicht allein durch die Nacht laufen zu lassen. Nie gab es deshalb Vorwürfe, er bot sich sogar freiwillig an, Katharina, deren Eltern nicht ganz so überfürsorglich waren, nach Hause zu bringen, was diese gern annahm.

Beide Einzelkinder waren wir schon bald, seit wir uns kennengelernt hatten, unzertrennlich. Wir ersetzten uns gegenseitig die Schwester, die wir uns immer gewünscht, jedoch nie bekommen hatten. In meinem Fall lag es daran, dass meine Mutter aufgrund von Komplikationen nicht mehr schwanger werden durfte. Bei Katharina waren es die finanziellen Verhältnisse, die keinen weiteren Nachwuchs zuließen. Ihr Vater hatte die kleine Familie kurz nach ihrer Geburt verlassen, sodass ihre Mutter gezwungen war, Vollzeit zu arbeiten. Als sie ihre nächste feste Beziehung einging, besuchte Katharina bereits die achte Klasse, da wollte diese nicht ein zweites Einzelkind großziehen.

Wir beide spielten jeden Tag zusammen. Katharina kam nach dem Unterricht mit zu mir, wir aßen gemeinsam zu Mittag und erledigten anschließend unsere Hausaufgaben. Abends brachte mein Vater sie nach Hause. Dafür nahm sich ihre Mutter an den Wochenenden Zeit für uns, ging mit uns in den Zoo, ins Kino oder zu einem Einkaufsbummel in die Stadt. Meine Eltern buchten grundsätzlich einen Urlaub für vier, später dann fuhr ich mit Katharinas Familie in die Ferien.

Der neue Freund ihrer Mutter war wohlhabend genug, dass diese sich auf halbe Tage zurückstufen ließ. Dadurch änderte sich für uns beide nicht viel, außer dass wir nun abwechselnd einmal zu ihr und einmal zu mir nach Hause gingen. Ab und zu stieß Marina dazu, die erst mit Beginn der zehnten Klasse über Katharina eine gemeinsame Freundin geworden war. Die meiste Zeit verbrachten wir allerdings weiterhin zu zweit.

Das änderte sich mit unseren ersten eigenen Beziehungen. Katharina war die Erste, die mit sechzehn einen festen Freund fand. Klar, dass dieser im Vordergrund stand. Für gemeinsame Treffen blieb kaum Zeit.

In der Schule waren wir weiterhin unzertrennlich und hatten uns angewöhnt, auf dem Nachhauseweg herumzutrödeln, damit wir uns unsere kleinen Geheimnisse, die wir nicht vor Marina ausbreiten wollten, erzählen konnten. Mit siebzehn verliebte ich mich in Joshua, der in unsere Stufe ging. Da sahen wir uns kaum noch, unternahmen zwar ab und zu etwas gemeinsam in der Gruppe, was aber natürlich keine echten Zweiergespräche ersetzen konnte.

Nach dem Abitur blieben uns das Telefon und das Internet. Katharina zog nämlich für ihr Studium in die neuen Bundesländer und arbeitete dort auch in den Semesterferien. Trotzdem gelang es uns, unsere Freundschaft aufrechtzuerhalten, sodass wir nach ihrer Rückkehr fast nahtlos daran anknüpfen konnten. Mittlerweile war ich mit Mark zusammen und sie brachte ihren Freund Malte mit, den sie an der Uni kennengelernt hatte. Da die beiden Männer sich nicht sonderlich gut verstanden, kamen wir überein, uns regelmäßig einmal in der Woche nach Feierabend zu treffen, mal in einem Café, mal bei ihr, mal bei mir. Es gab ja so vieles, was man nur mit einer besten Freundin besprechen konnte!

Mit Marina war Katharina ebenfalls in Verbindung geblieben, ich dagegen nicht. Auf einer Geburtstagsfeier liefen wir uns erneut über den Weg. Daraus entstand das Abkommen, einmal im Monat gemeinsam essen zu gehen. Es war ein gutes Arrangement und eine echte Bereicherung für uns alle. Nach und nach wuchsen wir wieder zu dem Team zusammen, das wir in der Schule gewesen waren. Jede von uns freute sich auf diesen Abend und bemühte sich, keine andere Verabredung dazwischenkommen zu lassen. Bis der letzte in einem Desaster endete.

26

Katharina wohnte in einem schicken Appartementhaus mit Fahrstuhl und Tiefgarage, sodass sie nach ihrer Verletzung hier hatte wohnen bleiben können.

Ich nahm die Treppe und kam völlig außer Atem im zweiten Stock an. Noch war ich nicht in der Lage, die Stufen in einem gemäßigten Tempo zu nehmen, sondern rannte, nachdem ich mich vergewissert hatte, dass niemand in diesem Bereich lauerte, so schnell ich konnte hinauf.

Katharina hatte die Tür bereits geöffnet und lachte mir entgegen. „Tust du was für deine Fitness?"

„Nein … ich kann leider … immer noch … nicht anders", hechelte ich, bemüht, genügend Luft zu bekommen.

Sie hob fragend die Augenbrauen, sagte jedoch nichts, sondern rollte zurück und winkte mir einzutreten. Ich schloss hinter mir die Tür und folgte ihr durch die jetzt bis auf die Garderobe leere Diele ins Wohnzimmer. Auch hier hatten sich seit meinem letzten Besuch einige Veränderungen ergeben. Einer der Sessel fehlte und in der Essecke ein Stuhl, genauso wie die Teppiche, die die Fliesen bedeckt hatten. Dafür stand direkt neben der Tür ein neuer Schrank.

„Für unsere Schuhe und die diversen anderen Utensilien. In der Diele wird es sonst zu eng für mich", erklärte Katharina, die meinem Blick gefolgt war. „Wir haben halt versucht, das Beste aus der Situation zu machen."

Ich ging noch einmal zurück und hängte meine Jacke an einen der Wandhaken. Ihre zwei hingen deutlich tiefer, noch eine Neuerung.

„Es sieht aus, als kämest du mittlerweile mit deiner Behinderung klar", stellte ich fest, während ich mich auf die Couch setzte.

Sie grinste und rollte näher an den Tisch heran. „Willst du was trinken?"

„Nein, später vielleicht." Noch wusste ich ja nicht, wie sich unser Gespräch entwickeln würde.

„Ja", nahm Katharina meine Bemerkung auf. „Ich bin im Großen und Ganzen wieder die Alte. Hat aber auch lange genug gedauert."

„Arbeitest du wieder?"

„Ja, man hat meinen Platz behindertengerecht umgebaut. Ich kann echt nicht klagen. Alle bemühen sich sehr, mir das Leben so angenehm wie möglich zu machen."

Meine Freundin hatte ein Wirtschaftsstudium absolviert, genau wie ihr Partner. Beide waren von demselben Unternehmen eingestellt worden, was die Sache mit der Fahrerei für sie angenehmer machte, obwohl sie mir wenig später erzählte, dass sie gerade dabei sei, sich auf ein eigenes Fahrzeug umschulen zu lassen. „Ich will nicht von Malte abhängig sein", sie zog einen Flunsch. „Ich liebe meine Selbstständigkeit."

Darauf hatte sie immer schon mehr Wert gelegt als ich. Ihre Freunde mussten schon früher einiges aushalten. Katharina war die Hübscheste von uns dreien, blonde lange Haare, ein herzförmiges Gesicht und eine Figur, direkt nach Männerwünschen gestaltet. Neben ihr verblasste ich mit meinen langweiligen hellbraunen Haaren, die sich nie zu einer tollen Frisur stylen ließen, sondern meist traurig herunterhingen, egal ob ich sie kurz oder länger wie im Moment trug. Durch die vielen Sommersprossen rund um die Nase wirkte ich jünger, als ich war, na ja und meine Figur war ebenfalls nicht so traumhaft wie ihre.

„Wann gab es bei dir diesen berühmten Moment, wo du erkanntest, dass das Leben weitergeht?", fragte ich rundheraus. „Bei unserem letzten Treffen wirktest du ziemlich depressiv. Ich hätte nie gedacht, dass du dich in der relativ kurzen Zeit so aufrappeln könntest."

„Also ehrlich, Lara." Sie wirkte deutlich entrüstet. „Da solltest du mich besser kennen. Ich bin ein Stehaufmännchen, war ich doch früher auch."

„Eine derartige Situation hat es nie gegeben." Sie musste eigentlich wissen, was ich meinte. „Dagegen war alles andere eine Nichtigkeit."

Sie wurde ernst. „Ja, du hast recht. Ich hatte nicht nur mit dieser niederschmetternden Nachricht zu kämpfen, meine Sicht der Dinge war auf einmal eine andere. Vorher ging ich unbelastet durchs Leben und ohne mir groß Sorgen zu machen. Für mich war die Welt ein sicherer Ort, ich stakste ohne Vorsicht darin herum. Verbrechen, das passierte anderen, aber nicht mir! Du bist plötzlich angreifbar geworden, siehst die Menschen um dich herum nicht mehr in diesem verklärten Licht einer Naiven. Das war fast genauso schlimm. Ich habe lange gebraucht, bis ich mich wieder traute, hinauszugehen."

„Wie hast du das geschafft?"

Katharina überlegte. „Nein, es gab nicht den Moment, wo ich dachte, jetzt lebst du wie früher. Das geschah ganz allmählich, dass ich mich nicht mehr versteifte, wenn ich Schritte hinter mir hörte, oder dass ich kein Herzrasen mehr bekam, wenn ich allein im Dunklen unterwegs war. Meist fiel es mir erst hinterher auf, weißt du? So ungefähr: Meine Güte, heute hast du dich bloß dreimal umgedreht! Der Abend gestern im Restaurant war tatsächlich entspannend und nicht aufreibend." Sie zuckte die Schultern. „Besser kann ich es nicht erklären. Eines jedoch ist geblieben. Ich bin wesentlich vorsichtiger geworden. Diesen einsamen Weg würde ich heute nicht mehr entlanggehen."

„Man entwickelt ein anderes Gespür für Gefahren", nickte ich. „Obwohl man ganz schön aufpassen muss, dass man nicht zu sehr überreagiert."

„Wie läuft es bei dir? Nein, warte. Jetzt mache ich uns erst mal einen Kaffee. Ich habe nämlich sogar extra einen Kuchen gebacken." Sie wendete den Rollstuhl schneller, als ich aufspringen konnte, und fuhr vor mir her in die Küche. „Bist du so lieb und trägst ihn rüber?"

Ich war gerührt. Auf dem Tisch stand mein Lieblingskuchen, ein Kunstwerk aus Kirschen, Pudding und lockerem Boden, der ziemlich aufwändig zu backen war. Dass sie meine Vorliebe dafür nicht vergessen hatte!

„Malte ist ebenfalls verrückt danach." Sie blinzelte schelmisch. „Ich musste ihn geradezu vor ihm retten."

Wir setzten uns in die Essecke und ich lange kräftig zu. Sie selbst pickte nur an einem kleinen Stück herum, „ich muss auf meine Figur achten", und erzählte mir, wie mühsam es gewesen war, sich auf das Leben im Rollstuhl umzustellen. „Schau!" Sie winkelte stolz den Arm an, sodass ich ihre durchaus vorhandenen Muskeln sehen konnte. „Ich trainiere regelmäßig mit Gewichten." Sie seufzte. „Außerdem muss ich was für mich tun, damit ich nicht zu viel Kilos mit mir herumschleppe. Ich und Sport! Lass es dir bitte auf der Zunge zergehen!"

In dieser Beziehung hatten wir uns vor dieser Geschichte geglichen. Bloß keine körperliche Anstrengung! Ich konnte nicht mehr nachvollziehen, was uns daran so schrecklich erschienen war. Ich begann, von meiner Freizeitaktivität im Sportstudio zu berichten.

Bisher war der Nachmittag durchaus angenehm verlaufen. Seltsamerweise hatten wir fast sofort zu dem lockeren Umgangston zurückgefunden, der langjährige Beziehungen prägte. Die eine und andere Anekdote aus vergangenen Zeiten war ebenfalls aufgekommen, wir amüsierten uns prächtig.

„Nun erzähl endlich von dir", verlangte Katharina, nachdem wir einen gemeinsamen Lachflash hinter uns gebracht hatten. „Wie geht es dir wirklich?"

„Immer noch nicht richtig gut", gab ich zu. „Dafür war diese Entführung zu heftig." Genau wie meinen Eltern und Judith gab ich ihr einen kurzen Abriss von meinem Martyrium.

Danach war sie sichtlich geschockt. „Du Arme, ich wusste ja nicht, dass …" Sie gab sich einen Ruck. „Ja, in der Zeitung stand, dass dein Entführer dich mehrfach vergewaltigt hat und ich dachte mir schon, dass du lange brauchen würdest, um darüber hinwegzukommen. Aber diese psychische Quälerei ist mindestens genauso schlimm. Ehrlich, für das, was du erlebt hast, verhältst du dich echt normal." Sie schüttelte den Kopf. „Ich kann es nicht fassen. Ich glaube, ich wäre nach so einem Erlebnis total gestört."

„Bin ich", stellte ich richtig. „Mein Bewegungsradius ist extrem eingeschränkt. Zur Arbeit werde ich hingebracht und abgeholt, meine Freizeit verbringe ich zu Hause, also in der Wohnung meiner Eltern, und neuerdings auch im Sportstudio des Lebensgefährten meiner Kollegin, in dem ich mich sicher fühle. Ich kann nicht spazieren gehen oder durch die Läden bummeln, nicht mal ohne meinen Vater einkaufen, geschweige denn irgendwo essen gehen. Von einem normalen Leben bin ich weit entfernt."

„Und dein Arsch von Freund war dir keine große Hilfe, richtig?" Sie schnaubte. „Ich habe nie verstanden, was du an ihm fandst."

Damit hatte sie auf ein unverfänglicheres Thema übergelenkt. Ich stürzte mich darauf und berichtete ausführlich vom Ende unserer Beziehung und der gerade erst erlebten Geschichte mit seinem Umzug. Anschließend fragte ich nach Marina und weiteren Bekannten. Wir trennten uns mit dem Versprechen, uns von nun an wieder regelmäßig zu sehen.

27

„Montag habe ich einen Termin bei der Polizei", sagte ich zu Judith bei unserem sonntäglichen Treffen, das in derselben Besetzung stattfand wie eine Woche zuvor. „Ich gehe dann morgen schon um zwei und hole die Arbeitszeit am Dienstag und Mittwoch nach."

„Willst du dir das wirklich antun?" Sie wirkte nicht sehr begeistert.

„Ich begleite dich", bekam ich Unterstützung von Anton. „Zumindest bringe ich dich hin und warte auf dem Parkplatz auf dich", schwächte er seine Aussage ab.

„Mir wäre es lieb, wenn du dabei wärest", gab ich zu. „Ich wollte schon meine Mutter fragen, nur müsste die sich unheimlich beeilen, damit wir es pünktlich schaffen. Außerdem habe ich ein bisschen Angst, dass sie der Ermittlerin sehr deutlich zu verstehen gibt, wie sauer sie ist, dass die Polizei *ihn* bisher nicht aufgespürt hat. Ich will keinen Stress mit Frau Winkler. Vielmehr hoffe ich, dass sie mir die nötigen Auskünfte gibt."

„Was soll das heißen?" Judith wurde hellhörig. „Du wirst doch nicht etwa plötzlich umschwenken und dich an der Suche nach ihm beteiligen?"

„Nein, natürlich nicht. Trotzdem will ich möglichst viel wissen, um mir ein eigenes Bild machen zu können. Vielleicht kommen dann weitere Erinnerungen hoch, die uns helfen, *ihn* hinter Gitter zu bringen."

„Du hättest mich auch fragen können." Steffen war eindeutig beleidigt.

„Tja, ich habe mich ihr zuerst aufgedrängt." Anton warf seinem Sohn ein siegesgewisses Lächeln zu. „Du wirst bis abends warten müssen."

„Dafür könntest du Lara heute nach Hause bringen", ging Judith dazwischen. „Dein Vater und ich müssen uns noch um die Bücher kümmern."

„Warum machst du diese Befragungen wirklich?", fragte Steffen, kaum dass wir im Auto saßen. „Es wird wohl nicht daran liegen, dass du deine Erinnerungen auffrischen willst."

„Das ist schwer zu erklären." Mir war ja selbst nicht klar, warum ich auf einmal das Bedürfnis verspürte, mich einzumischen. „Da sind mehrere Punkte zusammengekommen. Der wichtigste für mich ist, dass ich *ihn* unbedingt hinter Gittern sehen will. Das hat nur am Rande mit mir zu tun", kam ich ihm zuvor. Sonst hätte ich mir wahrscheinlich einen langen Erguss anhören müssen, dass mir das nicht bei meiner weiteren Genesung helfen würde. Das wusste ich selbst. „Na gut, vielleicht ist es der Hass, der mich antreibt", schwächte ich meine Aussage ab. „Ich will mit allem, was mir möglich ist, mithelfen, *ihn* zu fassen."

„Kann ich verstehen", erwiderte er zu meinem Erstaunen. „Ich habe eine Sauwut auf den Kerl, wie muss es dir da erst ergehen!"

Und ich hatte gedacht, er würde wie Judith meine Einmischung als Spinnerei abtun und mir raten, auf die Polizei zu vertrauen!

Mein Erstaunen wurde noch größer, als er sagte: „Für die Beamten ist das ein Fall unter vielen. Sie haben ihn zur Fahndung ausgeschrieben und warten, ob sich daraus was ergibt. Dich dagegen treiben Wut und Hass an."

„Du findest es nicht falsch?"

„Nein, ich denke, ich würde ähnlich handeln." Er schwieg und konzentrierte sich auf den Verkehr, der zur Innenstadt hin dichter wurde. „Ich glaube, ich … nein, lass uns sehen, was bei dem morgigen Gespräch herauskommt."

So sehr ich auch nachbohrte, er war nicht bereit, das, was er hatte sagen wollen, auszusprechen.

Steffen brachte mich bis nach oben zur Wohnungstür und ich konnte gleich erkennen, dass meine Mutter, die schon im Hausflur lauerte, begeistert von ihm war. „Was für ein netter junger Mann! Begleitet dich sogar noch die Treppe hinauf! Ist das der Sohn des Lebensgefährten deiner Kollegin?"

Ich wusste, was sie vermutete. „Ja, sein Vater hat ihn dazu verdonnert, mich zurückzufahren." Mit diesen Worten ließ ich sie stehen und ging in mein Zimmer. Als wenn ich schon bereit für eine neue Beziehung wäre!

Nun, Steffen war ein gutaussehender Mann, wie ich mittlerweile selbst festgestellt hatte. Das markante Kinn verlieh seinen etwas weichen Zügen eine gewisse Härte, dem Körper sah man an, dass er regelmäßig Sport trieb. Außerdem war er aufmerksam, mitfühlend und legte mir gegenüber eine beschützende Haltung an den Tag, die mir Sicherheit gab. Und die Grübchen, die sein Lächeln begleiteten, machten es geradezu unwiderstehlich. Die Herzen der Frauen hätten ihm eigentlich reihenweise zufliegen müssen. Trotzdem war er augenscheinlich zurzeit ohne feste Beziehung, sonst hätte er nicht schon den zweiten Sonntag hintereinander bei seinem Vater und Judith verbracht. Im Normalzustand wäre ich garantiert interessiert gewesen.

„Anton holt mich heute ab und geht mit mir zur Polizei", informierte ich meine Mutter beim Frühstück. „Anschließend fahren wir gleich durch ins Sportstudio und Judith bringt mich zurück."

„Ruf mich an, wenn du deinen Besuch dort hinter dir hast." Ihre Augen funkelten. „Lieber wäre ich selbst mitgekommen."

Was aus naheliegenden Gründen nicht machbar war. Sie hatte sich damals heftig mit den Ermittlern angelegt, weil die ihrer Meinung nach ihre Nachforschungen viel zu behutsam und langsam vorantrieben. Dass die Polizei mich nicht gefunden hatte, sondern ich mich aus eigener Kraft befreien musste, war ein weiterer Punkt, zu dem sie ihr Missfallen geäußert hatte. Deswegen war ich erleichtert, Anton vorschieben zu können. Denn dass ich sie zu dieser Unterredung mit in den Besprechungsraum nehmen würde, war für mich schon im Vorfeld völlig indiskutabel gewesen. Bis gestern hatte ich verzweifelt überlegt, wie ich sie davon abhalten sollte, ohne sie allzu sehr zu verletzen. Meine Mutter tat so viel für mich, sie hätte es als Ablehnung verstanden, nicht dabei sein zu dürfen.

„Eltern haben es echt schwer", versuchte ich, Anton auf der Fahrt zum Polizeipräsidium zu erklären. „Einerseits erwarten wir Kinder, dass sie bei jedem Kummer für uns da sind und helfend einspringen, egal wie ihr eigenes Leben gerade aussieht, andererseits stoßen wir sie weg, sobald wir wieder in der Lage sind, uns allein zurechtzufinden."

„Das ist der Lauf der Dinge." Er sah es wesentlich pragmatischer. „Glaube mir, Eltern sind froh, wenn sie sich zurücklehnen können und nur noch Zuschauer sind. Irgendwann möchten sie in Ruhe und Frieden alt werden."

„Haha." Ich dachte, er hätte mich auf den Arm genommen.

„Nein, das ist mein Ernst. Das wirst du hoffentlich selbst irgendwann erleben. Eine Familie zu gründen, zu erleben, wie deine Kinder aufwachsen, ich möchte diese Zeit nicht missen. Aber genauso wie Jugendliche sich danach sehnen, selbstständig zu werden, sind Eltern glücklich, wenn ihre Kleinen flügge sind und sie verlassen."

„Meine nicht." Ich konnte mich daran erinnern, wie meine Mutter mir mit Tränen in den Augen geholfen hatte, meine letzten Kartons in die gemeinsame Wohnung mit Mark zu bringen. Sie hatte getan, als sei es ein Abschied für immer.

„War sie unzufriedener als vorher? Oder ist sie gar nach deinem Auszug in Depressionen verfallen?"

„Nein, das nicht." Hm, nicht mal sehr oft angerufen hatte sie. Und, das war mir allerdings erst nach meiner Rückkehr aufgefallen, sie schien mit meinem Vater mehr zusammengewachsen zu sein. Die beiden hatten eine relativ gute Ehe geführt, soweit ich das mitbekam. Seit sie allein waren, schienen sie eher glücklicher als trauriger zu sein. Trotzdem mussten sie sich schrecklich gefühlt haben, ihre erwachsene Tochter in diesem Zustand zu sehen und mitzuerleben, wie sie litt. „Ganz zu schweigen von den Mühen, die sie nach dieser Geschichte auf sich nahmen", sagte ich aus diesem Gedanken heraus.

Anton schien mir folgen zu können. „Das ist das Elterngen." Er grinste. „Es bleiben für immer unsere Kinder."

Elterngen hin oder her. Ich konnte mir vorstellen, dass, egal was der Sohn oder die Tochter anstellte, man weiterhin Gefühle für sie oder ihn hegte und sein Kind nicht im Stich ließ, zu ihm hielt und es auf seinem Weg weiter begleitete, ob der nun im Gefängnis oder in einem Krankenhaus endete. Das gehörte wahrscheinlich zur Elternschaft dazu, dass man sein Kind liebte, auch wenn es jenseits jeder Norm stand. Nicht verstehen konnte ich jedoch, wie man seinen Sohn, nach dem, was er getan hatte, vor der Polizei und der zu erwartenden Strafe weiterhin beschützen wollte. Sahen sie denn nicht, dass *er* mit zu dem Schlimmsten gehörte, was auf dieser Welt herumlief? *Ihn* zu unterstützen, kam in meinen Augen einer Mittäterschaft gleich.

28

Wir meldeten uns beim Pförtner an und wurden in die dritte Etage hochgeschickt. Hier in diesem Gebäude und mit Anton an meiner Seite machte es mir nichts aus, den Fahrstuhl zu benutzen.

Zimmer dreihundertelf lag mitten auf dem langen Gang. Ich klopfte und eine Stimme bat uns herein. Frau Winkler erhob sich hinter ihrem Schreibtisch und wies auf die Stühle davor. „Bitte nehmen Sie Platz, Frau Caspary. Und Sie sind?", hielt sie Anton auf, der sich neben mich setzen wollte.

„Das ist ein guter Freund von mir, einer meiner Beschützer sozusagen", setzte ich hinzu. „Ich möchte, dass er bei diesem Gespräch dabei ist."

„Roeder", stellte er sich vor und setzte sich, bevor sie antworten konnte.

Diese Entwicklung schien ihr nicht zu passen, sie beließ es aber bei einem prüfenden Blick in meine Richtung. „Vielen Dank für die Unterlagen", begann sie und nahm ebenfalls wieder Platz. „Sind Sie bereit, diese Aussage vor einem Gericht zu wiederholen?"

Meine Therapeutin hatte mir bereits letzte Woche gesagt, dass sie meinen Bericht an die zuständigen Ermittler weitergeleitet hatte. „Ja, nichts wäre mir lieber, als dass es endlich vorbei wäre. Haben Sie denn eine neue Spur?"

„Nein, Herr Güssel ist wie vom Erdboden verschluckt. Wir gehen im Moment davon aus, dass er sich ins Ausland abgesetzt haben könnte."

„Sind Sie noch einmal bei *seinen* Eltern gewesen?"

Sie nickte. „Angeblich wissen sie nicht, wo er sich befindet."

„Und? Glauben Sie ihnen?"

„Das ist schwer zu sagen. Ich bin mir fast sicher, dass es damals der Vater war, der ihn abholte nach seinem Sturz und zu seinem Versteck brachte. Beweisen ließ sich dieser Verdacht jedoch nicht.

Kann sein, dass er, nachdem sich der Medienrummel gelegt hatte, seinem Sohn half, über die Grenze zu kommen."

„Konnte er für den Tag, an dem Frau Caspary aufgefunden wurde, ein Alibi vorweisen?", fragte Anton.

„Angeblich machte er mit seiner Frau zusammen einen Einkaufsbummel. Die Nachbarn sahen sie wegfahren, aber nicht wiederkommen. Frau Güssel konnte mehrere Kassenbons vorweisen, die bewiesen, dass sie tatsächlich in einigen Geschäften in der Stadt gewesen waren. Leider hat sich niemand an sie und ihren Mann erinnert."

„Wann sind die beiden denn los?" Wieder war es Anton, der nachfragte. Mein Kopf schien völlig leer, dabei hatte ich mich gestern Abend noch auf diese Unterredung vorbereitet und mir sogar Notizen gemacht.

Sie verzog ihre Lippen zu einem humorlosen Lächeln. „Kurz nachdem Frau Caspary sich befreit hatte. Und nein, sein Auto wurde nicht in der Nähe des Tatorts gesehen."

„Haben Sie sein Haus durchsucht?"

„Er hat uns freiwillig Zugang gewährt."

„Gibt es irgendeine andere Unterkunft, wo er seinen Sohn hätte unterbringen können?"

„Zumindest keine, die uns bekannt geworden wäre. Ich weiß, das ist nicht sehr aussagekräftig", kam sie seiner nächsten Frage zuvor. „Wir haben sein gesamtes Umfeld durchleuchtet – ohne Erfolg."

„Was ist mit seinen Brüdern?" Anton ließ nicht locker.

„Einer hat definitiv keinen Kontakt mehr zu ihm und auch nur noch sporadisch zu den Eltern. Außerdem besaß er ein hieb- und stichfestes Alibi. Einer der anderen beiden war im Urlaub und sein Bruder war für den Betrieb verantwortlich. Ungefähr zum Zeitpunkt Ihrer Flucht", wandte sie sich an mich, „kam ein Kunde mit einer kleineren Reparatur vorbei, die er in seinem Beisein durchführte und die dann doch fast zwei Stunden in Anspruch nahm. Damit war er ebenfalls raus."

„Trotzdem könnte Herr Güssel später bei einem von ihnen untergeschlüpft sein", beharrte Anton.

„Ohne hinreichenden Verdacht haben wir leider nicht die Möglichkeit einer Hausdurchsuchung." Frau Winkler zuckte bedauernd die Schultern. „Sie können mir glauben, wir haben alles in unserer Macht Stehende unternommen, um ihn zu fassen."

„Was ist mit ihren Handyverbindungen? Ließ sich da nichts nachweisen?"

„Ohne hinreichende Verdachtsmomente dürfen wir diese Daten nicht abrufen", belehrte sie ihn.

„Und das Handy des Täters? Wer hat es ihm besorgt? Das muss doch festzustellen sein!"

Langsam wurde Frau Winkler ärgerlich angesichts Antons Hartnäckigkeit. Sie schüttelte nur den Kopf und sah ostentativ mich fragend an.

„Konnten Sie aus meinen Angaben Hinweise entnehmen, wer die getöteten Frauen sind?", endlich hatte ich meine Stimme wiedergefunden.

„Zu laufenden Ermittlungen darf ich leider keine Auskunft geben."

„Man könnte die Vermisstenanzeigen mit den Daten abgleichen, die ich Ihnen gegeben habe, beziehungsweise Sie müssten nachrechnen, wann *er* ungefähr zugeschlagen hat." Genaueres hatte *er* mir ja nicht verraten. Bloß, dass *er* zweimal im Jahr ... „Immer wenn *er* Urlaub hatte", platzte ich heraus. „So hat *er* sich ausgedrückt."

Zumindest notierte sie sich diese Angabe.

„Sie haben also im Moment nicht die geringste Spur von seinem Verbleib?", bohrte Anton nach.

„Nein, das sagte ich bereits." Sie wirkte, als würde sie uns am liebsten sofort verabschieden.

„Wie sieht es mit Freunden und Bekannten aus?" Herr Jühlen hatte gesagt, die gäbe es nicht. Vielleicht wusste die Polizei mehr.

„Keiner, der bereit wäre, ihm Unterschlupf zu gewähren."

„Gab es in letzter Zeit weitere Vergewaltigungs- oder Vermisstenfälle, die seiner Vorgehensweise entsprachen?"

Ich war baff, ich wäre nie auf die Idee gekommen, diese Verbindung zu ziehen.

Frau Winkler hob eine Augenbraue, beantwortete Antons Frage aber nicht. „Ich weiß wirklich nicht, wie ich Ihnen helfen kann. Wir haben nicht aufgegeben, wir arbeiten weiter an dem Fall. Sobald es neue Erkenntnisse gibt", wandte sie sich an mich, „werden wir uns bei Ihnen melden."

„*Er* muss von Anfang an Unterstützung gehabt haben", versuchte ich es noch einmal. „Die Lebensmittel, die Sie sichergestellt haben, die Tatsache, dass *er* telefonisch Hilfe herbeigeholt hat. Dafür reichten die zwanzig Euro, mit denen *er* geflohen ist, nicht."

„Das ist uns durchaus bewusst", nickte sie. „Allerdings bringt es uns im Nachhinein nicht weiter. Es spricht vieles dafür, dass er sich längst abgesetzt hat."

„Wie meinen Sie das?"

„Damals hat jede Zeitung sein Bild gebracht und die ausgesetzte Belohnung trieb viele Menschen dazu, genauer hinzuschauen. Wir bekamen viele Hinweise, die sich jedoch alle als falsch herausstellten. Niemand hat ihn gesehen. Das lässt darauf schließen, dass er sich nicht mehr in Deutschland aufhält. Wir haben natürlich längst einen internationalen Haftbefehl gegen ihn herausgegeben. Sie werden sehen, irgendwann wird er gestellt."

Anton erhob sich abrupt und zog mich am Arm hoch. „Dann wollen wir Sie nicht länger stören. Danke, dass Sie uns Auskunft erteilt haben."

Ich bedankte mich ebenfalls und wünschte ihr noch einen schönen Tag. Erst draußen auf dem Gang machte ich mir Luft. „Das war total sinnlos. Die mauert!"

Statt zu antworten, nahm er wieder meinen Arm und führte mich zum Fahrstuhl. Wir fuhren schweigend hinunter und verließen das Gebäude.

„Die unternehmen nichts mehr." Er ballte die Fäuste. „Ist ja auch viel einfacher, davon auszugehen, dass der Kerl das Land verlassen hat. Man lässt die Fahndung laufen, lehnt sich zurück und wartet ab, ob er irgendwo anders auffällig wird. Und das wird er, jede Wette!"

„Wie bist du darauf gekommen, dass Frau Winkler die Vergewaltigungsfälle überprüfen soll? Bisher hat *er* jede ermordet, die *er* in die Finger bekam." Kaum hatte ich ausgesprochen, wusste ich die Antwort. Er hatte ja explizit Vermisste erwähnt.

Wir waren an seinem Auto angekommen und er öffnete mir die Tür und ließ mich einsteigen. „Es hörte sich einfach besser an, das Feld zu erweitern", kam er auf meine Frage zurück, während er den Motor startete. „Außerdem wollte ich erreichen, dass die Ermittler ihre Nachforschungen wiederaufnehmen. Ich könnte mir durchaus vorstellen, dass er, um nicht aufzufallen, sein Tatmuster geändert hat."

„Meinst du, Frau Winkler klärt das ab?"

„Ich hoffe es zumindest. Sonst hatte ich eher den Eindruck, sie wäre mit deinem Fall nur noch am Rande beschäftigt. Er köchelt auf kleiner Flamme, wie man so schön sagt. Keiner reißt sich ein Bein aus."

„Du denkst nicht, dass *er* das Land verlassen hat?"

„Nicht mal die Stadt." Er lachte grimmig. „Würde ich an seiner Stelle auch nicht machen."

Ja, an seiner Aussage war was dran. Wo hätte *er* hingesollt?

29

Beim ersten Mal war ich zur zweiten Stunde in den Kurs eingestiegen und hatte dadurch Antons Rede, die er zu Beginn hielt, verpasst. Umso dankbarer war ich, dass ich eingewilligt hatte weiterzumachen, denn sie war wirklich außergewöhnlich. Judith hatte mir zwar in Auszügen bereits davon erzählt, doch es war viel, viel besser, sie nun live zu hören.

„Ihr seid zu mir gekommen in der Hoffnung, ich könnte euch beibringen, euch gegen einen Angriff zu verteidigen. Das Erste, was ich euch mit auf den Weg geben will, ist etwas ganz anderes. Solltet ihr die Möglichkeit zur Flucht haben, ergreift sie."

Es war totenstill im Raum. Ich konnte deutlich erkennen, dass diese Worte nicht das waren, was die Anwesenden hören wollten.

„Ihr seid das schwächere Geschlecht, daran gibt es nichts zu rütteln", fuhr er fort. „Und die, die es auf euch abgesehen haben, denken in anderen Maßstäben als ihr. Jemand, der sich entschlossen hat, euch anzugreifen, will euch Böses und das wird er mit allen Mitteln durchsetzen, egal ob es sich um einen einfachen Raub, sexuelle Belästigung oder gar eine Vergewaltigung handelt. Mit dem kann man nicht diskutieren oder an sein Mitleid appellieren. Das heißt, ihr müsst sofort reagieren, und zwar dementsprechend hart."

Einige wenige Frauen nickten, die anderen wirkten erstaunt bis unzufrieden. Einen derartigen Einstieg hatten sie nicht erwartet.

„Trotzdem ist eure erste Wahl die Flucht. Vor einem Angreifer davonzulaufen, ist immer der bessere Weg. Bei einer Eskalation der Gewalt lauft ihr Gefahr, selbst verletzt zu werden. Das ist es nicht wert. Und wie ich eingangs bereits sagte: Ihr habt nicht die Kraft, euch gegen einen entschlossenen Angreifer zu wehren. Durch die Kenntnisse, die ich euch vermitteln werde, könnt ihr euch einen Vorteil verschaffen, den ihr dann nutzen solltet, um der Situation zu entkommen. Mehr ist nicht möglich."

Eine der Teilnehmerinnen, eine hagere Frau in den Vierzigern, hob die Hand. „Wäre es da nicht sinnvoller, mich auf einen Taschenalarm zu verlassen?"

„Oder lieber gleich Pfefferspray benutzen!", rief eine andere.

„Beides sind Hilfsmittel, die ich durchaus empfehlen würde." Anton ließ sich nicht aus der Ruhe bringen. „Die Frage bei Letzterem ist, ob ihr es überhaupt schafft, ihn rechtzeitig und zielgerichtet zu benutzen. Ich rate jedem, der sich darauf verlassen möchte, einen Testdurchlauf zu absolvieren, damit es im Ernstfall klappt. Ein Taschenalarm ist gut, wenn er in der Hand gehalten wird und sich Passanten in der Nähe befinden. Kommt der Angriff unverhofft, habt ihr meist keine Zeit, zu reagieren."

Sag ihnen, dass sie keine abgelegenen Wege benutzen sollen, flehte ich stumm. Das war mir ein großes Anliegen. Es war als Frau wichtig, zu lernen, keine unnötigen Risiken einzugehen, auch wenn man dafür Umwege in Kauf nehmen musste. Und man sollte sich in einer Gruppe nicht zu sicher fühlen.

Aber das hieße, jedem Einzelnen von ihnen die Lebenslust zu nehmen. Ja, vielleicht war es besser, nicht zu wissen, dass es Psychopathen gab, denen man hilflos ausgeliefert war. Wie viele Frauen wurden deren Opfer? Die Zahl war verschwindend gering, die Chance, verschont zu bleiben, wesentlich größer. Man musste sie nicht mit der Nase darauf stoßen, wie gefährlich das Leben sein konnte.

Als hätte er meine Gedanken gelesen, sagte Anton: „Jede von euch sollte sich klar darüber sein, dass es mit einer reinen Verteidigung nicht getan ist und dass ihr vermutlich trotz allem Training dabei den Kürzeren zieht. Deshalb gilt zuallererst: Gewöhnt euch an, vorausschauend zu handeln. Verriegelt das Auto, wenn ihr nachts allein unterwegs seid. Haltet nicht an, wenn ihr einen Unfall seht und kein anderer Mensch in der Nähe ist, es könnte eine Falle sein. Ruft die Polizei und einen Krankenwagen. Jeder wird verstehen, dass ihr euch dem nicht aussetzen wollt. Vor allem aber, geht Wege, auf denen ihr sicher ans Ziel kommt."

„Ich jogge regelmäßig durch den Wald." Das war wieder die Hagere. „Das Vergnügen will ich mir nicht nehmen lassen."

„Ich mache lange Spaziergänge mit dem Hund durch einsame Felder", fiel die Nächste ein. „Heißt das, darauf soll ich nun verzichten?"

Armer Anton! Es sah nicht so aus, als seien sie von seiner Ansprache begeistert.

Er meisterte die Situation souverän. „Was ihr aus meinen Anmerkungen mitnehmt, bleibt euch überlassen. Ich wollte euch mit meinen Worten zu verstehen geben, dass Selbstverteidigung zu beherrschen, kein Allheilmittel ist. Natürlich werde ich euch beibringen, wie ihr euch wehren könnt. Das ist schließlich der Sinn dieses Trainings. Ich persönlich finde es jedoch genauso wichtig, die Gefahr eines Angriffs zu minimieren. Denkt in Ruhe darüber nach und überlegt, was ihr selbst tun könnt, um euch zu schützen. Nun, genug geredet. Kommen wir zum eigentlichen Sinn dieses Kurses, beginnen wir mit den Übungen."

Wie auf Stichwort tauchte Steffen neben ihm auf. „Ich spiele das Opfer", verkündete er, „und werde euch zeigen, wie ihr den Täter abwehrt. Schaut genau zu. Anschließend seid ihr dran und müsst das Gesehene umsetzen."

Er trat zwei Schritte vor Anton, der nun versuchte, ihn in den Würgegriff zu nehmen. Kaum hatte dieser Hand an ihn gelegt, drehte sich Steffen blitzschnell weg und deutete einen Tritt in Antons Schritt an. „Jetzt sofort nachsetzen", befahl er. „Bis euer Gegner am Boden liegt. Dann dreht ihr euch um und lauft weg, so schnell ihr könnt."

Er und sein Vater teilten die Frauen in zwei Gruppen auf. Die, die Angreifer spielen sollten, erhielten den unförmigen Körperschutz, den ich schon aus dem letzten Kurs kannte.

Da dieses Mal eine gerade Zahl anwesend war, blieb mir die Beobachterrolle. Als alle versorgt waren, gesellte sich Anton zu mir. „Was sagst du zu den Damen?"

„Sind die immer so renitent?"

Er lachte. „Es ist eben ein Schock für sie zu hören, dass man mit Selbstverteidigung allein nicht weit kommt. Ich bin lieber ehrlich und sage gleich, was möglich ist und was nicht, als sie zu sehr in Sicherheit zu wiegen."

„Was nicht unbedingt gut ankam."

„Immerhin ist keine gegangen." Er nahm die Feststellung relativ gelassen hin.

„Meinst du, die kommen nächste Woche alle wieder?"

„Ach, weißt du, lieber weniger und dafür die, die meine Ratschläge befolgen und intensiv trainieren, als welche darunter, die nur widerstrebend mitmachen. Meine Damen!" Er klatschte in die Hände. „Das ist kein freundschaftliches Gerangel, sondern bitterer Ernst! Etwas mehr Einsatz, bitte!"

Ich musste unwillkürlich grinsen. Er hatte recht, die meisten Angreifenden fassten ihre ‚Opfer' mit Glacéhandschuhen an, genauso wie diese sich nicht nachdrücklich wehrten.

Auch nach Antons Mahnung wurde es nicht viel besser. Also unterbrach er das Training und nahm die Hagere und mich mit nach vorn. „Sie", er deutete auf mich. „Wird alles versuchen, dich in ihre Gewalt zu bringen. Und du solltest alles daran setzen, das zu verhindern. Bereit?"

Ich wartete kaum ihr Nicken ab und stürzte mich auf sie. Sie wehrte sich heftig, doch ich hatte durch die wöchentlichen Trainingsstunden einiges gelernt. Es dauerte keine fünf Minuten, bis ich sie so umklammert hielt, dass sie keuchend aufgab.

„Das sollte zur Demonstration reichen." Anton klatschte in die Hände. „Also noch einmal von vorn."

Sie gaben sich tatsächlich mehr Mühe.

„Was hättest du gemacht, wenn die kleine Vorstellung nicht ausgereicht hätte?"

Er beobachtete das neben uns kämpfende Paar. „Dich auf jede Einzelne angesetzt", antwortete er dann. „Manche lernen nur durch eigene Erfahrung."

Kurz vor Ende der neunzig Minuten gaben Steffen und er eine weitere kleine Aufklärung. „Täter suchen sich gern Opfer aus, die ihnen anhand ihrer Körpersprache als geeignet erscheinen. Sie haben einen siebten Sinn dafür, wer sich leicht einschüchtern lässt oder ängstlich ist."

„Wie genau erkennen die das?", fragte eine aus der Gruppe.

„Es liegt an der Ausstrahlung, an der Art, wie man sich bewegt, den Kopf hält, solche Dinge. Das hört sich banal an, aber ein Profi kann daran erkennen, ob ihr einen einfachen Gegner abgebt. Und deshalb bekommt ihr eine Hausaufgabe. Lasst von jemandem aus eurem Bekanntenkreis ein kleines Video von euch drehen, am besten, wenn ihr euch unbeobachtet fühlt. Schaut es euch an und versucht zu erkennen, was ihr für Signale sendet. Seid ihr eher der hilflose, ängstliche Typ? Oder geht ihr forsch eures Weges? Wenn möglich, schnappt euch anschließend euren Partner oder eine Freundin oder euer Kind und versucht, in einem Rollenspiel an eurer Haltung zu arbeiten."

Ich schaute in die Runde. Seltsamerweise waren selbst die Skeptikerinnen beeindruckt. Anton hatte es geschafft, sie zu überzeugen.

30

„Das Schlimmste für mich ist, dass keiner versteht, wie schwer es mir fällt, mich normal zu bewegen", sagte ich am Donnerstag zu meiner Therapeutin. „Selbst die, die wissen, was mir geschehen ist, können meine Ängste nur bedingt nachvollziehen."

Ja, ich hatte in letzter Zeit enorme Fortschritte gemacht, zumindest auf mein soziales Leben bezogen. Alles andere fiel mir nach wie vor schwer. Ich hatte immer noch Herzrasen, wenn ich die geschützten Bereiche, die ich als sicher empfand, verließ: die Wohnung, das Büro, das Sportstudio. Es war unheimlich schwer, diese Panik jemandem begreiflich zu machen, der nichts Derartiges erlebt hatte. Einzig Katharina hatte andeutungsweise nachvollziehen können, wie es in mir aussah.

Meine Eltern waren nach wie vor bemüht, Judith, Anton und Steffen ebenfalls. Trotzdem hatte ich das Gefühl, mich ständig verteidigen zu müssen. Und ich wollte ja auch nicht, dass mein Zustand so auf Dauer bestand. Der Überfall auf mich war mittlerweile gut neun Monate her, langsam musste ich mich der normalen Welt wieder stellen.

Wenn das nicht so furchtbar schwer gewesen wäre. Es lag ja nicht daran, dass ich nicht selbst wollte, dass diese Panikattacken aufhörten. Die hatten sich irgendwie verselbstständigt. Ich kam nicht dagegen an.

„Ein Training wäre gut", hörte ich die Stimme meiner Therapeutin durch meine Gedanken hindurch. „Nehmen Sie sich kleine Aufgaben vor, die Sie mit Hilfe von Freunden bewältigen. Für den Anfang nichts Großes. Ein gemeinsamer Spaziergang die Straße entlang reicht."

Selbst sie verstand nicht! „Ich habe es bereits versucht, indem ich mit meiner Arbeitskollegin zusammen in die Tiefgarage gegangen bin. Ich bin fast durchgedreht vor Angst."

„Gehen Sie nicht jeden Tag allein in Ihr Amt?"

Das hatte ich ihr alles schon vor Monaten erzählt! „Nein. Mein Vater bringt mich bis direkt vor das Gebäude. Dort wartet ein Wachmann auf mich, der mich hoch begleitet. Zum Feierabend wiederholt sich das Prozedere in umgekehrter Richtung. Mit ihm an meiner Seite fühle mich sicher. Die Probleme beginnen jedoch schon, wenn ich mit meiner Mutter unterwegs bin und ins Auto ein- oder aussteige. Ich bin jedes Mal schweißgebadet." Ich stutzte. „Komischerweise habe ich diese Probleme mit meinem Vater oder Anton und Steffen nicht so extrem."

„Also trauen Sie einer Frau nicht zu, Sie beschützen zu können?"

Ich holte tief Luft. „Anscheinend nicht." Das war mir bisher gar nicht aufgefallen. Na ja, waren die Sitzungen mit ihr wenigstens in dieser Richtung von Nutzen. Ich lernte mich selbst besser kennen!

„Wobei ich mich auch mit einem Mann nicht richtig sicher fühle", schwächte ich meine Aussage ab.

„Ihnen fehlt das alltägliche Training", beharrte sie. „Für Sie ist jeder Kontakt mit Ihrer Umwelt ein einschneidendes Erlebnis. Je mehr Sie sich dagegen sträuben, umso länger wird es dauern, die frühere Ungezwungenheit zurückzubekommen."

Die würde es für mich sowieso nie wieder geben! Dieses eine Erlebnis hatte mich für den Rest meines Lebens geprägt.

„Ich kann deinen Unmut verstehen." Steffen, der mich von der Arbeit abgeholt und zu meinem Termin mit der Therapeutin gebracht hatte, hielt vor unserem Haus und sah mich nachdenklich an. „Dir ging es gut, bis das Schicksal zuschlug. Es hat deine Welt regelrecht erschüttert, vor allem deinen Glauben an das Gute im Menschen. Ich weiß, das hört sich bestimmt oberlehrerhaft an: Du musst dich trauen, diesen Glauben zurückzugewinnen. Natürlich lässt sich das, was geschehen ist, nicht wegdiskutieren. Aber du musst erkennen, dass dieser Abschaum nicht für die Normalität steht. Er ist ein Ungeheuer, ein Psychopath, dem leider du in die Hände gefallen bist. Von diesem Erlebnis darfst du dich nicht für den Rest deines Lebens niedermachen lassen."

Gegen meinen Willen musste ich lachen. Abschaum! Das passte viel besser als Arschloch.

„Hast du nicht selbst gesagt, du willst nicht, dass er die Macht hat, für immer über dich zu bestimmen?", fuhr Steffen fort. „Dann handele dementsprechend! Lerne, die Normalität auszuhalten, fürs Erste wenigstens. Das Genießen kommt später automatisch wieder dazu."

„Und wie soll ich das anfangen?" Er hatte ja keine Ahnung, wie schwer das war!

Statt zu antworten, stieg er aus, kam um das Auto herum, öffnete meine Tür und hielt mir die Hand entgegen. „Wie wäre es mit einem kleinen Spaziergang?"

„Jetzt? Sofort?" Nein, darauf musste ich mich erst gedanklich vorbereiten.

„Nur bis zur Ecke und zurück. Du schaffst das." Er zog mich aus dem Auto und hinter sich her, die Straße entlang. „Wie hast du es eigentlich geschafft, so schnell zurück in die Arbeit zu finden?"

„So schnell war das gar nicht", protestierte ich. „Ich habe elf Wochen später zunächst für halbe Tage angefangen und die Stunden nach und nach erhöht."

„Das nenne ich trotzdem schnell. Hattest du solche Sehnsucht nach deinem Job?"

„Nein, meine Mutter drängte mich dazu. Ich saß den ganzen Tag zu Hause rum und wusste nichts mit mir anzufangen." In Wahrheit lag ich vollgepumpt mit Beruhigungstabletten auf meinem Bett und konnte mich nicht aufraffen, aufzustehen.

„Wann bist du bei deinen Eltern eingezogen?" Er zog mich näher an sich, um zu verhindern, dass ich mich andauernd umdrehte.

„Was?" Es irritierte mich, dass ich nicht einmal mehr vernünftig den Kopf bewegen konnte. „Nachdem deutlich wurde, dass ich an Marks Seite nicht gesunden würde. Meine Mutter kümmerte sich um alles." Und ich war froh, unter ihre Fittiche flüchten zu können.

„War sie schwer, diese Rückkehr an den Arbeitsplatz?"

„Nein, nicht wirklich. Ich hatte mich ja in ein komplett neues Gebiet einzuarbeiten. Das war eher anstrengend, aber auch befriedigend." Ja, in diesen Stunden musste ich mich voll auf die neuen Anforderungen konzentrieren und hatte keine Zeit, über diese Geschichte nachzudenken. „Außerdem hatte meine Mutter vorgesorgt. Ich sitze jetzt in einem Bereich, der nicht für die Öffentlichkeit zugänglich ist, habe einen Alarmknopf am Schreibtisch, den es sonst nur für bestimmte Bereiche im Arbeits- und Sozialamt gibt, und ein Wachmann begleitet mich hinein und hinaus."

„Deine Mutter scheint eine sehr patente Frau zu sein."

„Ecke erreicht." Ich blieb stehen. „Lass uns umdrehen! Ja,", nahm ich das Gespräch wieder auf, nachdem er gehorcht hatte. „Das ist sie. Ohne sie wäre ich längst nicht so weit. Sie hat sich um alles gekümmert: den Umzug, die Arbeit, die Therapeutin."

„Langsam."

Ich hatte unwillkürlich meine Schritte beschleunigt und es kostete mich Mühe, das Tempo zu verringern, der Hauseingang lockte.

„Riech mal, wie die Luft duftet." Er atmete tief durch. „Der Frühling ist meine liebste Jahreszeit. Den dunklen Winter hinter mich gebracht und den langen hellen Sommer vor mir, das begeistert mich jedes Jahr aufs Neue."

„Ich bin mehr der Sommertyp", gab ich zu. „Wenn es so richtig heiß ist, fühle ich mich am wohlsten. Deshalb bin ich im Urlaub immer in die Wärme geflogen. Dabei bin ich nicht der Strandtyp", stellte ich richtig. „Ich will Land und Leute sehen." Wollte, hätte ich sagen müssen. Das war für immer vorbei.

„Wir könnten am Wochenende gemeinsam mit Judith und meinem Vater einen Ausflug unternehmen", schlug er vor. „Das schöne Wetter soll sich halten."

Das war etwas, worauf ich in den letzten Monaten überhaupt nicht geachtet hatte. Außer dass ich die Winterjacke gegen eine leichtere tauschte und statt unförmige Sweatshirts weite Blusen trug, hatte sich für mich nicht viel geändert. „Mal sehen." Nein, lieber nicht. Dazu war ich noch nicht bereit.

„Wir suchen uns einen belebten Ort, wo viele Menschen unterwegs sind. Ich werde gleich bei Judith nachfragen. Die wäre bestimmt begeistert. Mein Vater ist normalerweise nicht der Typ für Spaziergänge."

Hurra! Wir hatten unser Haus erreicht. „Ich weiß nicht, was meine Eltern geplant haben", versuchte ich, mich aus der Affäre zu ziehen. „Außerdem hatte ich mit meiner Freundin ausgemacht, bald wieder vorbeizukommen."

„Sie und ihr Freund könnten mitkommen. Und deine Eltern auch. Je mehr desto besser. Soll ich gleich mit hochkommen und deine Mutter fragen?"

Auf keinen Fall! Die würde sofort zustimmen. „Wir sehen uns ja morgen", bog ich seinen Vorschlag ab. „Dann sage ich dir Bescheid, ob es klappt." Tief in mir war ich fest entschlossen, diesen Ausflug zu verhindern.

31

Ich ließ mich zu einer Fahrradtour überreden, dieser Vorschlag war von Anton gekommen. „Wir sind beweglich, können schnell reagieren und strengen uns mehr an als bei einem normalen Spaziergang", hatte er argumentiert.

Zu meinem Glück war ich dank des regelmäßigen Trainings wesentlich fitter geworden und schaffte die Strecke, die er ausgewählt hatte, fast mühelos. Früher war ich eher ein Bewegungsmuffel gewesen, das höchste der Gefühle stellte ein Besuch im Freizeitbad dar, wo ich jedoch mehr die Annehmlichkeiten der Sauna und des großen Whirlpools nutzte, statt zu schwimmen.

Wir radelten rund um einen See, der von Antons Haus aus innerhalb von einer halben Stunde zu erreichen war und machten zwischendurch eine ausgiebige Pause an einem kleinen Café, wo wir uns an einem Tisch am Rande der Terrasse niederließen. Das war der einzige Moment, in dem ich wieder nervös wurde. Aber wirklich nur nervös, kein Vergleich zu den Panikattacken, die ich sonst für jede Kleinigkeit bekam.

„Laut Wetterbericht bleibt das Hoch mindestens bis nächsten Sonntag bestehen." Steffen grinste mich auffordernd an. „Du darfst dir überlegen, was wir nächste Woche unternehmen."

Wir hatten uns zur Erholung nach der Anstrengung in den Garten gesetzt und löffelten ein Eis aus Antons Truhe. Ich nahm diese Spitze gelassen hin und leckte genießerisch den Löffel ab. Sieben Tage, in denen ich mir etwas Passendes einfallen lassen konnte. Das lag noch in weiter Ferne.

Doch, der Ausflug hatte tatsächlich Spaß gemacht. Vielleicht sollte ich mir etwas Ähnliches ausdenken, etwas, an dem auch Katharina und Malte teilnehmen konnten. Ich brannte darauf, meine Freunde einander vorzustellen, und ich war mir jetzt schon sicher, dass sie gut miteinander auskommen würden.

Meine Mutter sah irgendwie verstört aus, das fiel mir auf, kaum dass ich das Wohnzimmer betreten hatte. „Ist was mit Oma?" Das war das Erste, das mir einfiel. Mein Opa war vor drei Monaten gestorben und seitdem klagte sie ständig über ein neues Wehwehchen. Richtig krank war sie nicht, meine Eltern meinten, es sei das Alleinsein, das sie nicht ertrug.

Sie schüttelte den Kopf. „Es ist alles in Ordnung. Ich habe Kopfschmerzen, das ist alles."

„Es hat keinen Zweck", mischte sich mein Vater ein, bevor ich nachfragen konnte. Denn diese Ausrede hätte ich ihr sowieso nicht abgenommen. Waren ihre Schmerzen nicht so schlimm, riss sie sich zusammen und man merkte ihr nichts an. Litt sie richtig, nahm sie eine Tablette, zog sich ins Schlafzimmer zurück und wollte niemanden sehen, bis es ihr besser ging.

Er räusperte sich umständlich. „Ich vermute, der Abschaum hat wieder zugeschlagen. Gestern Abend …"

„Das steht noch gar nicht fest", unterbrach ihn meine Mutter. „Das nimmst du an."

Meine Knie, nein, mein gesamter Körper begann zu zittern. Ich rutschte am Türrahmen zu Boden, meine Beine hätten mich keinen Zentimeter weiter getragen. Abschaum, was hatten meine Eltern gelacht, als ich ihnen von Steffens Ausbruch erzählte. Seitdem nannten wir *ihn* nur noch bei diesem Namen. „Woher weißt du das?", wandte ich mich an meinen Vater.

„Ich habe eben die Nachrichten für unsere Region geguckt. Da brachten sie den Fall. Gestern Abend ist eine junge Frau auf dem Nachhauseweg überfallen und verschleppt worden. Ein Anwohner hörte ihre Hilfeschreie, als er nachschaute, sah er gerade noch ein Auto wegfahren. Das fand die Polizei heute Morgen abgestellt an einem Supermarkt. Von ihr fehlt jede Spur."

„Hier in der Stadt?", vergewisserte ich mich.

Er nickte bloß, er war völlig fassungslos.

„Vielleicht handelt es sich um einen ähnlich gelagerten Fall", ließ sich meine Mutter vernehmen. „Wir wissen überhaupt nicht, ob wirklich der Abschaum dahintersteckt."

„Dieselbe Vorgehensweise." Ich bekam kaum noch Luft. Trotzdem rappelte ich mich mühsam auf. „Ich schaue im Internet nach."

„Warte!" Mein Vater sprang auf. „Wir nehmen meinen Computer." Während meine Mutter im Hintergrund herumnörgelte, wir würden uns für nichts und wieder nichts verrückt machen, rief mein Vater die Nachrichtenseiten unserer Tageszeitung auf. Da stand es: Miriam S. hatte die Verlobungsfeier ihrer besten Freundin besucht und war auf dem Weg zum Parkplatz. Dieser befand sich direkt neben der Gaststätte der Kleingartenanlage, in der gefeiert wurde. Ihr Auto stand an der hinteren Grenze zum Nachbargrundstück. Direkt davor musste der Täter sie angegriffen und überwältigt haben. Das dort wohnende Ehepaar hörte durch das noch geöffnete Fenster ihre Schreie und der Mann rannte sofort nach draußen. Bis er die Stelle erreichte, war der Wagen schon auf dem Weg zur Straße. Er merkte sich das Kennzeichen und rief die Polizei. Trotz umgehend eingeleiteter Fahndung konnte der Täter mitsamt seinem Opfer entkommen.

„Die Fingerabdrücke", stieß ich aufgeregt hervor. So hatte man damals, nachdem Katharinas Wagen aufgetaucht war, herausbekommen, um wen es sich handelte. „*Er* wird wieder welche hinterlassen haben."

„Was nutzt es dem armen Mädchen. Sie haben dich auch nicht gefunden." Mein Vater war richtig grau im Gesicht. „Diese Idioten! Statt sich mit allen Mitteln auf seine Verfolgung zu stürzen, haben die den Fall zu den Akten gelegt. Der ist längst im Ausland!" Er schnaubte. „Da wird die eigene Unfähigkeit schöngeredet."

„Vielleicht ist es ein anderer." Meine Mutter war nicht überzeugt. „Das könnte genauso gut ein Zufall sein. Vielleicht …"

In diesem Moment klingelte mein Handy. „Hast du schon die Nachrichten gesehen?", fragte Steffen aufgeregt.

„Ja, mein Vater und ich sind gerade im Internet unterwegs." Es gelang mir, meine Stimme relativ normal klingen zu lassen. „Wir beide vermuten, dass *er* es war."

„Was sollen wir unternehmen?"

Damit hatte ich nicht gerechnet. Mein erster Gedanke war, mich zu verkriechen, mich in meinem Zimmer zu verstecken, bis die Polizei *ihn* endlich gefasst hatte. Noch einmal würde *er* mit dieser Methode ja wohl nicht davonkommen.

Steffen schien zu ahnen, was in mir vorging. „Lara, die haben ihn damals nicht gefasst, die schaffen das dieses Mal ebenso wenig."

„Aber was kann ich tun?"

„Nicht du, wir", verbesserte er mich. „So genau habe ich mir das noch nicht überlegt. Doch für mich steht fest, dass wir uns einbringen müssen. Du kannst nicht wollen, dass er dieses Spiel ein zweites Mal abzieht."

Was soll ich daran ändern, hätte ich ihn beinahe angebrüllt. Ich war am Boden zerstört. Allein die Nachricht, dass *er* wieder aufgetaucht war, hatte all meine Ängste noch extremer hervortreten lassen. Ich fühlte mich, als wäre es erst gestern gewesen, dass ich *ihm* entkommen war. Nein, so gern ich geholfen hätte, es machte keinen Sinn. Ich war nicht die Richtige für diese Aufgabe.

„Kann ich dich abholen?", fragte Steffen, dem nicht entgangen zu sein schien, dass ich nicht gerade begeistert von seinem Vorschlag war. „Wir setzen uns mit Judith und meinem Vater zusammen und überlegen, was wir machen können."

Es war erst halb acht, also eigentlich kein Problem. Nur sträubte sich alles in mir, mich in diese Geschichte hineinziehen zu lassen. „Nein", sagte ich deshalb. „Ich will nicht." Bevor er antworten konnte, hatte ich das Gespräch beendet und schaltete das Handy gleich vorsichtshalber aus. „Das ist eine schlimme Geschichte", wandte ich mich an meinen Vater, der wahrscheinlich genau wusste, wer da gerade angerufen hatte und warum. „Ich hoffe für sie, dass die Polizei dieses Mal erfolgreicher ist." Damit stand ich auf und ging in mein Zimmer.

Ich ließ mich auf mein Bett fallen und starrte an die Decke. Ich fühlte mich klein und erbärmlich, dass ich nicht fähig war, die Sache objektiver zu sehen. Warum ließ ich es zu, dass die Panik wieder überhandnahm? *Er* hatte sich ein neues Opfer gesucht, ich war davon nicht betroffen.

 Dieser verdammte Scheißtyp! Ich begann vor tiefer Frustration zu zittern, gleichzeitig bebte ich vor Wut über diesen ekelhaften Kerl, dem es gelungen war, meine gerade erst gestarteten Versuche, wenigstens ein bisschen Normalität zu gewinnen, zum Einstürzen zu bringen. Nein, es war keine Wut, es war purer Hass. Ach, wenn ich doch den Mut aufbringen könnte, zu agieren, anstatt mich in meinem Zimmer zu verkriechen!

32

Gegen halb zehn hielt ich es nicht mehr aus und rief Steffen auf seinem Handy an. Die Stimmen im Hintergrund zeigten mir, dass er sich nach wie vor bei seinem Vater und Judith befand. Er schien aufzustehen, denn als er kurz darauf fragte, wie es mir gehe, hörte ich keine Nebengeräusche mehr.

Ich war kurz davor, in Tränen auszubrechen. Keine Vorwürfe, dass ich das Telefonat vorhin so abrupt abgebrochen und mich so vehement geweigert hatte, zu helfen. Nur die eindeutige Fürsorge mir gegenüber, die aus ihm sprach. „Schlecht", gab ich zu. „Trotzdem will ich helfen. Ich habe allerdings keine Ahnung, was ich tun könnte."

„Soll ich dich abholen?"

„Jetzt noch?" Ich musste morgen früh raus und würde wahrscheinlich die halbe Nacht wach liegen und grübeln.

„Du könntest bei meinem Vater und Judith übernachten. Sie nimmt dich dann mit zur Arbeit."

„Gut, ich warte am Fenster." Ich packte Wechselsachen ein, meinen Schlafanzug und meine Zahnbürste, das musste reichen. „Ich fahre zu Anton und Judith. Steffen holt mich gleich ab", erklärte ich meinen Eltern, die im Wohnzimmer vor dem Fernseher saßen.

„Jetzt noch?" Meine Mutter und ich waren uns ähnlicher, als ich bisher vermutet hatte.

„Ich übernachte dort und fahre mit Judith zusammen zum Amt."

„Kind, bitte!" Sie sprang auf und kam auf mich zu. „Lass dich da nicht mit reinziehen. Du hast genug mitgemacht."

„Sie wollen sich halt austauschen." Mein Vater reagierte wesentlich gelassener. „Unternehmen können sie nichts, das weißt du selbst."

Seine Worte stachelten meine Wut noch mehr an. Und eigentlich hatte ich mit dem Verstand längst beschlossen, die Suche nach *ihm* aufzunehmen. Nach dem Gespräch mit Frau Winkler war ich nicht nur sauer gewesen, dass die Polizei ihre Nachforschungen offensichtlich auf Sparflamme zurückgefahren hatte, sondern bereits tief in mir drin entschlossen, etwas zu unternehmen. Die dachten ja gar nicht daran, in die Jagd auf *ihn* zu investieren. Für die Polizei war das ein Fall unter vielen. Anfangs ging man natürlich mit allen Ressourcen vor. Doch je länger sich kein Erfolg einstellte, desto weniger wurde daran gearbeitet. Wahrscheinlich verließen sie sich wirklich darauf, dass ihre Fahndung irgendwann das gewünschte Resultat ergab. Dass man es bei *ihm* mit einem Massenmörder zu tun hatte, wurde ausgeblendet beziehungsweise eher mir unterstellt, dass ich *ihn* in meinem Zustand falsch verstanden hatte oder *er* mich mit diesem ‚Geständnis‘ noch mehr in Angst und Schrecken versetzen wollte.

Ja, und genau diese Angst hatte mich bisher gehindert, tätig zu werden. Erst muss es mir besser gehen, hatte ich mir eingeredet. Nächste Woche oder übernächste oder nächsten Monat, es ist genug Zeit, zu reagieren.

Doch nachdem, was passiert war, durfte ich nicht länger warten. Ich konnte nicht zulassen, dass es dieser unbekannten jungen Frau ähnlich erging wie mir.

„Mein Entschluss steht fest." Ich holte tief Luft. „Ich …", will alles tun, diesen Kerl zu erwischen, hatte der Satz lauten sollen, ich hielt noch gerade im richtigen Moment inne, „setze mich mit den anderen zusammen und gehe mit ihnen die Geschichte in allen Einzelheiten durch", sagte ich stattdessen. „Vielleicht gibt es irgendwo in den Windungen meines Gehirns Erinnerungen, die ich verdrängt habe."

„Quäl dich nicht zu sehr." Meine Mutter drückte mich. „Soll ich dich morgen von der Arbeit abholen oder fährst du gleich mit Judith weiter?"

„Das entscheide ich spontan." Ich gab ihr einen flüchtigen Kuss auf die Stirn. Sie kam mir heute viel kleiner vor als sonst. Seit wann war ich fast einen Kopf größer als sie?

„Ich habe meinen Eltern nicht die Wahrheit erzählt", gestand ich Steffen. „Sie sind in den letzten Monaten beide sichtlich gealtert durch den Stress mit mir. Sie würden sich zu sehr aufregen."

„Uns werden schon entsprechende Einfälle kommen", sah er es gelassen. „Wenn wir denn wissen, wie wir vorgehen sollen. Meine Ideen sind ziemlich vage."

„Ich will gleich morgen früh Herrn Jühlen anrufen, ob er nicht die Möglichkeit hat, etwas bei den Ermittlern zu erfahren. Außerdem könnte ich mit dem Bruder reden, der keinen Kontakt mehr zu *ihm* hat. Eventuell ist der ja bereit, uns einige Dinge über *ihn* mitzuteilen." Die passenden Fragen würde ich mir noch überlegen müssen.

„Aber nicht allein!"

Als wenn ich mich ohne einen Begleiter irgendwohin traute! „Nein, natürlich nicht."

„Wie sieht es aus?", empfing mich Anton. „Bereit, alles zu geben?"

Ziemlich dramatischer Ausspruch! Was dachte er, was ich bewirken könnte?

Die Antwort darauf bekam ich zwei Minuten später. „Ich habe mir überlegt, ob es nicht sinnvoll wäre, all die Angaben, die du von dem Täter bekommen hast, nachzuprüfen. Nur drängt leider die Zeit."

Er warf mir einen bedeutungsvollen Blick zu. „Könntest du dir kurzfristig Urlaub nehmen?"

Judith schüttelte vehement den Kopf. „Ich habe schon versucht, es ihm auszureden. Leider ohne Erfolg. Er sieht sich und dich als neues Detektivgespann."

„Die Polizei geht nach ihren Methoden vor, wir nach den unseren. Statt Lara erneut zu vernehmen und ihren Angaben zu folgen, setzen die auf ihren großen Apparat und hoffen, ihn so rechtzeitig zu schnappen. Ich glaube nicht daran, dass ihr Weg der richtige ist."

„Du kannst Lara nicht derart bedrängen." Sie funkelte ihn an. „Du weißt, wie viel Angst sie vor diesem Kerl hat."

„Sie soll ihn ja nicht eigenhändig fangen", verteidigte er sich. „Sie und ich werden ..."

161

„Stopp!" Es war lauter herausgekommen als beabsichtigt, die drei wandten sich mir zu. „Ich will helfen, weil ich ebenfalls der Meinung bin, die Ermittler versteifen sich auf eine falsche Vorgehensweise. Und mit Anton an meiner Seite kann mir nichts passieren." Ja, es war am logischsten, unsere Nachforschungen mit Hochdruck zu betreiben. Je mehr Stunden uns zur Verfügung standen, desto besser. Die junge Frau war seit mehr als vierundzwanzig Stunden in *seiner* Gewalt. Wer wusste schon, wie lange es ihr gelang durchzuhalten!

„Ich bin auch dabei." Steffen sah seinen Vater herausfordernd an. „Ich nehme Urlaub und …"

„Du wirst ihn nicht von heute auf morgen bekommen", unterbrach ich ihn. „Ich ebenso wenig. Deshalb gehe ich gleich um acht zu meiner Hausärztin und lasse mich krankschreiben. Ich brauche nur zu sagen, dass ich aufgrund dieser Meldung völlig daneben bin. Ich war seit mehreren Wochen nicht mehr bei ihr. Sie wird es mir abnehmen." Das letzte Mal, als ich bei Frau Dr. Kunze gewesen war, hatte ich mir wegen der ständigen Albträume eine weitere Packung Schlaftabletten aufschreiben lassen. Sie wusste nichts von den positiven Veränderungen der vergangenen Wochen. Sie kannte mich als zitterndes Wrack. Sie würde mir die Behauptung, die Nachrichten hätten mir einen heftigen Rückfall beschert, ohne weiteres abnehmen.

„Wie wollt ihr überhaupt vorgehen?", fragte Judith, bevor Steffen sich erneut äußern konnte.

„Wir versuchen es über den Bruder, mit dem *er* keinen Kontakt mehr hat", nahm ich meine spontane Idee von unterwegs auf.

„Das wird die Polizei längst gemacht haben", blieb sie skeptisch.

„Ich habe einen ganz anderen Stand", widersprach ich. „Ich denke, er hat einen Grund, warum er mit *ihm* brach. Den wird er den Ermittlern bestimmt nicht freiwillig mitgeteilt haben. Ich dagegen kann ihn auf meine Seite ziehen."

Sie schüttelte wieder den Kopf, ihr Blick verriet, dass sie unsere Vorgehensweise ablehnte. Trotzdem schwieg sie. Sie hatte offensichtlich verstanden, dass sie uns von unserem Vorhaben nicht abbringen würde.

Einzig Steffen beharrte weiterhin darauf, sich zu beteiligen. Anton gelang es schließlich, ihn davon zu überzeugen, dass er uns auch nach Feierabend helfen konnte. Begeistert war er von dieser Regelung nicht, gab aber nach.

Die restliche Zeit verbrachten wir damit, einen Schlachtplan zu entwerfen. Judith und Steffen sollten die Recherche am Computer übernehmen und versuchen, mit den spärlichen Angaben, die ich von *ihm* erhalten hatte, zu arbeiten, ob sich nicht eine Verbindung ziehen ließ, die wir bisher übersehen hatten. Anton und ich würden uns auf den Weg machen und einige Orte überprüfen, was immer das heißen sollte. Er blieb ziemlich vage in seiner Ausführung, betonte nur mehrfach, es sei wichtig, sich vor Ort umzusehen. Da kein anderer nachfragte, beließ ich es ebenfalls dabei. So genau wollte ich im Moment lieber nicht wissen, was auf mich zukam.

Als ich es mir im Gästezimmer gemütlich machte, stürmten plötzlich die Erinnerungen wieder auf mich ein. Ob ich es wirklich schaffen konnte, mich davon zu befreien und diese Geschichte zu meistern? Ich war mir auf einmal nicht mehr sicher.

33

Frau Dr. Kunze schrieb mich gleich für die gesamte Woche krank. Schon um neun konnten Anton und ich die Praxis verlassen.

„Zuerst rufe ich Herrn Jühlen an." Ich suchte in meinem Handy nach seiner Nummer.

„Lass uns zurückfahren", bestimmte er. „Während du mit ihm telefonierst, versuche ich, diesen Bruder zu erreichen. Hoffentlich ist er nicht gerade auf einer längeren Tour."

Ja, sagte der Detektiv, zu dem ich sofort durchgestellt wurde. Er habe die Verbindung ebenfalls gezogen und bei Frau Winkler nachgefragt. Wie er es schon erwartet hatte, bekam er keine zufriedenstellende Antwort, sondern wurde mit einigen nichtssagenden Phrasen abgewimmelt. „Die lassen sich nicht in die Karten gucken."

Er war von meinem Vorhaben, gemeinsam mit Anton eigene Nachforschungen anzustellen, nicht begeistert. „Überlassen Sie das den Profis. Ich bin gern bereit, mich einzubringen, sollten Sie Hinweise auf seinen Aufenthaltsort haben."

Nun, die hatte ich eben nicht. Ich wollte nur nicht abwarten, ob die Polizei imstande war, den Fall rechtzeitig zu lösen. Wie ich genau wusste, hatte die junge Frau nicht viel Zeit. Irgendwann würde *er* ihrer überdrüssig.

Ich versprach, mich bei ihm zu melden, falls mir irgendwelche relevanten Dinge einfielen.

Anton hatte mehr Glück. Wolf Güssel wurde am späten Nachmittag von der Spedition, bei der er arbeitete, zurückerwartet. „Jetzt fahren wir zu diesem Waldgebiet, in dem der Abschaum dich gefangen gehalten hat", erklärte er sichtlich zufrieden über diesen bescheidenen Erfolg.

„Was soll das bringen?" Ich konnte spüren, wie sich mein Herzschlag beschleunigte. „Da ist nichts mehr zu sehen. Der Garten und die Hütte sind längst abgerissen worden."

„Ich möchte mir einen Eindruck von dem Gelände verschaffen, in dem er agierte." Anton schien nicht bereit, ein Nein von mir gelten zu lassen. „Du kannst hierbleiben, wenn es dir lieber ist, und überlegen, was wir noch unternehmen können."

Das war völlig ausgeschlossen. „Ich komme mit." Musste ich mich eben meinen Ängsten stellen!

Wir nahmen die Schnellstraße, auf der sich um diese Zeit ein Auto an das nächste reihte, und kamen nur langsam voran, immer wieder stockte der Verkehr und es ging im Schritttempo weiter.

„Immerhin kein Stau." Anton war anscheinend relativ zufrieden.

Für mich dagegen war es eine Tortur. Zu wissen, wohin wir fuhren, war schlimm genug. Dass sich diese Fahrt in meinen Augen endlos hinzog, war eine zusätzliche Belastung. Ich hätte es gern so schnell wie möglich hinter mich gebracht. Je länger es dauerte, unseren Bestimmungsort zu erreichen, desto nervöser wurde ich – dachte ich zumindest. Erst als wir von der Schnellstraße auf die schmale Zufahrtsstraße abbogen, die ich damals hinuntergerannt war, brach die echte Panik aus. Ich zitterte derart, dass ich mich nicht einmal selbst abschnallen konnte, nachdem Anton hinter einem Holzstapel angehalten hatte.

Er musterte mich besorgt. „Willst du im Auto warten?"

Allein? Oh, nein! Das noch weniger! Ich sprang, nachdem Anton den Gurt gelöst hatte, geradezu aus dem Wagen.

Er betätigte die Verriegelung und nahm meine Hand. „Geht's wieder?"

Ich nickte nur, sonst hätte er am Beben in meiner Stimme gehört, dass ich ganz und gar nicht ruhiger geworden war. Ich versuchte, ohne dass er es merkte, mehrmals tief durchzuatmen: Langsam die Luft einströmen zu lassen, in der Lunge zu halten und bis fünf zu zählen, dabei auf Bauchatmung zu achten, ebenso langsam auszuatmen, bis fünf zu zählen und von vorn zu beginnen, wie ich es gelernt hatte. Dadurch zwang ich meine Konzentration auf mich selbst, weg von der bedrohlichen Umgebung und der Vielzahl von Geräuschen, die ich nicht zuordnen konnte.

Ich stolperte neben Anton her, seine Hand fest umklammernd. Mir kam es vor, als sei der Wald in den letzten Monaten noch dichter geworden. Der schmale Weg, der zu dem Garten führte, war kaum noch als solcher zu erkennen. Überall spross Unkraut aus dem Boden, kleinere Büsche hatten sich bereits fest verwurzelt und sorgten dafür, dass wir im Zickzack laufen mussten. Kaum ein Sonnenstrahl durchdrang die dichten Baumkronen, trotz des Angstschweißes begann ich zu frösteln.

Der Garten und die Hütte waren verschwunden, genauso wie die verwilderten Beete und die Pumpe mit dem Fass darunter. Stattdessen hatte die Forstverwaltung die gesamte Fläche mit Setzlingen versehen, anscheinend schon letztes Jahr, sie überragten selbst Anton um mehrere Köpfe.

„Hier ist nichts mehr." Endlich traute ich mich zu sprechen. „Das hatte ich dir doch gesagt. Die Forstarbeiter waren auf dem Weg, als ich es schaffte, mich zu befreien."

Er reagierte nicht, sondern sah sich aus zusammengekniffenen Augen um. „Diesen Platz findet man nicht einfach so", sagte er dann. „Der Typ muss gewusst haben, dass es ihn gibt."

Ich wandte diesem Ort all meiner schrecklichen Erinnerungen demonstrativ den Rücken zu und lief den Weg, der auf den letzten Metern steil angestiegen war, wieder hinunter.

„Halt! Warte!" Er beeilte sich, mich einzuholen. „Wo geht es zu dieser Jagdhütte?"

Er hatte also immer noch vor, sie sich anzusehen. „Wir müssen quer durch den Wald. Hier existieren keine Pfade." Ich wandte mich zur Seite und begann, mir zwischen den Lücken der Stämme einen Weg zu suchen.

Anton folgte mir und verkürzte den Abstand, bis ich seinen Atem in meinem Rücken spüren konnte. Ich beschleunigte mein Tempo.

Bloß diesen Ausflug in die Vergangenheit so schnell wie möglich hinter mich bringen!

Es dauerte fast zwei Stunden, bis wir die Stelle erreicht hatten, an der das Forsthaus gestanden hatte. Hier waren die Arbeiten noch nicht so weit vorangeschritten. Die Treppe, die ich damals genommen hatte, sah wackeliger aus, als sie mir in Erinnerung geblieben war, den Boden der ehemaligen Hütte konnte man anhand der schwärzlichen Begrenzungen gut erkennen.

Wieder sah Anton sich aufmerksam um, schritt den Bereich des abgerissenen Gebäudes ab, stellte sich auf die Treppe und drehte sich einmal im Kreis, ließ die gesamte Umgebung auf sich wirken. Schließlich nickte er zufrieden. „Lass uns zurückgehen!"

Mittlerweile hatte ich meine Panik überwunden. Klar, Angst verspürte ich immer noch, das hieß, sie glich eher einem kalten Entsetzen, verbunden mit einer heftigen Anspannung, sodass ich jeden einzelnen verkrampften Muskel spürte. Trotzdem gelang es mir, nach der Stelle Ausschau zu halten, an der *er sein* letztes Jagdspiel veranstaltet hatte.

„Ich bin direkt in diese Richtung gerannt", erklärte ich Anton. „Willst du, dass wir diesem Weg folgen?"

Auf sein Nicken marschierte ich los. Ja, durch dieses Dickicht hatte ich mich gezwängt und dahinter auf *ihn* gelauert. „Wie du siehst, liegen genügend abgefallene Äste auf dem Boden." Ich deutete auf ein besonders großes Exemplar. „Davon habe ich mir einen geschnappt und *ihm* aufgelauert. Vorsicht!"

Mein Ruf war gerade noch zur rechten Zeit erfolgt. In seinem Eifer, meiner Spur zu folgen, wollte er sich an dem Gebüsch vorbeizwängen und hätte den dahinterliegenden Abhang beinahe zu spät entdeckt. „Meine Güte, das ist ja enorm steil!" Er griff nach einem dicken Zweig, prüfte seine Festigkeit und lehnte sich mit dessen Hilfe weit vor. „Dass er diesen Fall überhaupt überlebt hat!"

„*Er* ist mehr gerutscht als gefallen", belehrte ich ihn. „Es ist *ihm* irgendwie gelungen, sich im letzten Moment zurückzuwerfen, ich dachte schon, *er* schafft es, sich wieder hochzuziehen."

Nein, daran wollte ich nun wirklich nicht denken. Dieser Ausdruck in *seinen* Augen, als *ihm* aufging, dass ich *ihn* ausgetrickst hatte, mich überlief jetzt noch ein kalter Schauer.

„Komm, lass uns endlich gehen." Ich hatte genug. Es wurde höchste Zeit, dass ich diese Geschichte endgültig hinter mir ließ.

34

„Weißt du, wem das Gelände damals gehörte?", fragte Anton, nachdem wir im Auto saßen und er den Wagen gewendet hatte.

„Keine Ahnung. Erkundige dich bei Herrn Jühlen. Vielleicht hat er in die gleiche Richtung gedacht wie du."

„Nein, das ist viel besser." Er bremste ab und fuhr an den Straßenrand. „Schau mal, die können mir bestimmt Auskunft geben."

Direkt hinter einer Schranke stand ein kleiner Lastwagen. Ich konnte zwei Männer erkennen, die damit beschäftigt waren, Holz aufzuladen.

„Willst du sitzen bleiben?"

Er hatte noch nicht zu Ende gesprochen, da stand ich schon draußen. „Ich komme mit."

„Guten Tag, die Herren!", rief er, als wir noch etwa zehn Meter von ihnen entfernt waren.

Die beiden zogen gerade einen riesigen Stamm aus dem Dickicht und blickten auf, als sie seine Stimme hörten.

„Ich hätte da eine Frage. Wem gehört dieser Grund und Boden?"

Na, das war eindeutig danebengegriffen. Statt freundlich wurden die zwei misstrauisch. „Warum wollen Sie das wissen?", fragte der eine.

Der andere musterte mich aufmerksam. „Sie sind doch das Opfer, das wir damals gerettet haben, stimmt's?"

Im Gegensatz zu ihm konnte ich mich an sein Gesicht nicht mehr erinnern. Das Einzige, was mir im Gedächtnis geblieben war, war die Fürsorglichkeit, mit der sie mich behandelt hatten, bis der Rettungswagen eintraf. Da sie keine Decke dabeigehabt hatten, zogen sie ihre Jacken aus und deckten mich damit zu, nachdem ich mich in ihr Auto geflüchtet hatte und nicht bereit war, meine sichere Zuflucht zu verlassen. Einer setzte sich zu mir und sprach die ganze Zeit tröstend auf mich ein, während der andere immer rund um das Auto stapfte und nach allen Seiten Ausschau hielt.

Einem spontanen Impuls folgend trat ich auf ihn zu und hielt ihm meine Hand hin. „Danke. Ich schäme mich, dass ich nicht eher auf die Idee gekommen bin, mich bei Ihnen zu melden. Sie haben mich damals so liebevoll umsorgt, das habe ich bis heute nicht vergessen."

Er ergriff meine Hand und schüttelte sie kräftig. „Gern geschehen. Mann, bin ich froh, dass es Ihnen wieder gutgeht. Ich habe oft an Sie denken müssen. Das war ein echt heftiges Erlebnis, als Sie plötzlich vor dem Wagen auftauchten."

„Und jetzt sieht es so aus, als hätte der Täter ein neues Opfer gefunden", mischte sich Anton ein, der ebenfalls nähergekommen war.

„Sie meinen das, was heute Morgen in der Zeitung stand, die entführte junge Frau?" Mein Retter wirkte betroffen, anscheinend hatte er den Zusammenhang nicht erkannt.

„Ja", übernahm ich. „Wir suchen nach Anhaltspunkten, um *ihn* vielleicht aufzuspüren."

„Ganz schön mutig", nickte er anerkennend.

„Deshalb würden wir gern wissen, wem dieses Gebiet hier gehört", nahm ich Antons Frage auf. „Vielleicht bringt uns das weiter."

Er schüttelte den Kopf. „Glaub ich nicht. Das hier ist der Besitz der Krögers, schon seit Jahren. Die Polizei hat Eberhard Kröger, den Chef, bestimmt vernommen, nachdem man Sie gefunden hatte. Gäbe es einen Zusammenhang, wäre der längst herausgekommen."

„Dieser Garten und das Forsthaus", bohrte ich nach. „Hat er das selbst genutzt?"

Der Mann lachte. „Nee, das Gärtchen hatte noch sein Vater an einen langjährigen Freund verpachtet, der mittlerweile verstorben ist. Armer Kerl, der siechte über Monate dahin. Ja, und die Hütte haben der alte Kröger und sein Freund zusammen genutzt. Die waren beide leidenschaftliche Jäger."

„Sie wissen nicht zufällig seinen Namen?"

„Wann ist er gestorben?"

Antons und meine Frage kamen gleichzeitig.

Der Forstarbeiter sah von einem zum andern. „Kurz nachdem Sie gefunden wurden", beantwortete er meine zuerst. „Wir dachten noch, das hat ihm den Rest gegeben. Und er hieß Josef Meierling, war ein echt netter Kerl", wandte er sich an Anton. „Der hatte mit Sicherheit nichts damit zu tun."

„Tja, einen Versuch war es wert." Ich konnte an Antons Miene ablesen, dass er im Gegenteil hochzufrieden war, auch wenn sein Tonfall etwas anderes sagte. „Danke für die Auskünfte."

„Danke für alles. Sie werden mir immer als mein Retter in Erinnerung bleiben." Ganz schön dick aufgetragen, doch er schien dieses Lob zu schlucken.

„Alles Gute", wünschte er mir zum Abschied.

„Na, da haben wir zwei Namen, die wir überprüfen sollten." Anton hatte gewartet, bis wir fast wieder am Auto waren. „Ich bleibe dabei. Der Abschaum muss einen Tipp bekommen haben, dass er sich dort gefahrlos aufhalten kann, also von irgendjemandem, der wusste, dass der eigentliche Besitzer zu krank war, um nach dem Rechten zu sehen. Kröger senior scheint seinem Hobby ja ebenfalls schon länger nicht mehr nachgegangen zu sein, dem Zustand nach zu urteilen, in dem sich die Jagdhütte damals befand."

„Und inwiefern hilft uns das weiter?" Irgendwie verstand ich seine Begeisterung nicht. Was war daran so bedeutend?

„Wir müssen herausfinden, um wen es sich bei diesem Tippgeber handelt. Vielleicht hat der immer noch Verbindung zu dem Abschaum. Wer ihm einmal geholfen hat, wird das wieder tun."

„Da wäre ich mir nicht so sicher", widersprach ich. „*Er* hätte sich damals nach *seiner* Flucht darauf herausreden können, dass *er* fälschlicherweise inhaftiert worden ist. Ein guter Freund wäre vielleicht darauf hereingefallen. Erst nach meinem Auffinden kam heraus, wie gefährlich *er* wirklich ist. Danach hätte sich fast jeder von *ihm* abgewandt."

„Oder auch nicht", murmelte Anton, weiter äußerte er sich nicht zu meinem Einwand.

Erst nachdem wir losgefahren waren, stellte ich fest, dass mich das Gespräch mit dem Forstarbeiter meine Angst hatte vergessen lassen. Anscheinend gelang es mir auf diesem Weg sogar besser, meine Vergangenheit aufzuarbeiten.

Da es mittlerweile fast schon Mittag vorbei war, hielt Anton an einem Imbiss und kaufte für jeden von uns einen Döner. „Den können wir essen, während wir im Internet recherchieren." Er drückte mir das Päckchen in die Hand. „Wir dürfen keine Zeit vertrödeln."

„Was ist mit dem Training heute Abend?", erkundigte ich mich, während wir vor seinem Computer saßen.

„Fällt wegen Erkrankung des Trainers aus." Er grinste mich an und nahm einen großen Bissen von seiner Teigtasche.

„Anton!"

„Lara", er wurde ernst. „Ich habe Angestellte, die meinen Part übernehmen können. Und ich würde das nicht machen, wenn ich genügend Vertrauen in unsere Obrigkeit hätte. Habe ich aber nicht. Die finden den nicht."

„Meinst du echt, wir haben eine bessere Chance?"

„Wir gehen anders vor und wir haben andere Möglichkeiten, an Informationen zu kommen, wie du an dem Forstarbeiter sehen konntest."

„Der zählt nicht", wehrte ich ab. „Das, was der uns berichtet hat, wusste die Polizei garantiert schon kurz nach meinem Auftauchen. Die werden das überprüft haben."

„Nicht in dem Maße, wie wir es tun. Wir sehen uns nämlich die Hintergründe an, ob zum Beispiel einer aus seiner Familie mit einem der beiden Genannten in Verbindung stand und dadurch von den leerstehenden Hütten wusste."

Er widmete sich wieder seiner Recherche. Ich saß daneben und las mit. Eberhard Kröger war ein Großbauer, dem neben ausgedehntem Grundbesitz auch ein Schlachthof gehörte. Er hatte den gesamten Besitz von seinem verstorbenen Vater übernommen, dem es durch vorausschauende Investitionen gelungen war, aus dem kleinen Hof, den er selbst geerbt hatte, ein kleines Imperium aufzubauen. Was der für eine Verbindung zu dem Abschaum haben sollte, war für mich nicht nachvollziehbar. Über Josef Meierling fanden wir nichts, zumindest nichts, was uns weitergeholfen hätte. Aus seinem Nachruf ging hervor, dass er eine trauernde Witwe hinterließ und mehrere Nichten und Neffen und dass er als Jäger sehr aktiv gewesen war, zumindest hatten seine Jagdkollegen eine eigene Anzeige geschaltet.

Anton seufzte. „Es hilft alles nichts! Wir müssen uns an Herrn Jühlen wenden, um weiterzukommen. Es selbst zu überprüfen, würde zu lange dauern."

35

„Und jetzt?" Der Detektiv hatte versprochen, seine Leute darauf anzusetzen. Mir wurde direkt übel, wenn ich daran dachte, was uns das kosten würde. Denn über Geld hatten wir nicht gesprochen. Meine Ersparnisse waren nicht gerade hoch. Mark und ich hatten frühzeitig in glücklicherweise getrennte Bausparverträge investiert und meine Mutter dafür gesorgt, dass meiner weiterlief. Zuteilungsreif war der noch lange nicht. Wie sollte ich seine Rechnung bezahlen?

Anton winkte ab, als ich diesen Fakt zur Sprache bringen wollte. „Das ist im Moment völlig uninteressant." Er sah auf die Uhr. „Fahren wir zu der Spedition. Herr Güssel wird gegen fünf zurückerwartet und wir müssen uns durch den Feierabendverkehr quälen."

Es war ein elendes Stop-and-go. Die Sonne meinte es wie in den letzten Tagen viel zu gut, die Temperaturen lagen bestimmt bei achtundzwanzig Grad. Anton hatte die Klimaanlage angestellt und ließ sie laufen, während wir uns langsam vorwärtsschoben. Zwischendurch sah er nervös auf die Uhr.

„Wir sind gut in der Zeit", beruhigte ich ihn. Trotzdem atmete auch ich erleichtert auf, als wir endlich die Straße, die zu dem Gewerbegebiet führte, erreichten. Hier war wesentlich weniger Verkehr und wir kamen besser voran.

„Dort ist es", er zeigte auf eine große Halle auf der linken Seite, hinter der sich ein riesiger Parkplatz anschloss, auf dem bestimmt zwanzig LKWs standen und der locker Platz für die doppelte Anzahl bot. Niemand war zu sehen, doch ich hatte beim Vorbeifahren die auf einem Streifen neben der Halle geparkten Autos entdeckt, gearbeitet wurde demnach noch.

„Und wie willst du rauskriegen, ob Herr Güssel schon angekommen ist?"

Er hielt in der nächsten Bucht an. „Ich gehe hin und frage nach." Ich wollte ebenfalls meine Tür öffnen.

„Nein, du wartest hier. Schließ dich ein und halte dein Handy griffbereit, wenn es dich beruhigt. Ich kann dich nicht mitnehmen."

Widerstrebend ließ ich mich zurücksinken. Was hatte er dem Chef wohl erzählt, dass er mich nicht dabeihaben wollte?

Es schien mir ewig zu dauern, bis ich ihn wieder auf das Auto zukommen sah. Zu meinem Erstaunen stand ich weniger Ängste aus als erwartet. Es wurde in der prallen Sonne immer heißer und ich verfluchte mich dafür, nichts zu trinken mitgenommen zu haben.

„Hier." Anton warf mir als Erstes eine Flasche Wasser zu.

„Du bist ein Genie." Ich leerte sie fast bis zur Hälfte. „Willst du auch?"

„Nein, ich habe drinnen ein Glas getrunken. Herr Güssel soll angeblich jeden Moment eintreffen. Er hat die sechs-zwo-sechs im Kennzeichen, daran können wir ihn erkennen."

„Was hast du dem Chef erzählt, warum du ihn sprechen willst?" Hoffentlich nichts in der Richtung, dass er Informationen zu seinem Bruder benötigte.

Ich hätte mir keine Sorgen machen müssen. „Ich stellte mich als alter Freund vor, der nur heute in der Stadt ist und ihn überraschen möchte. Ich habe dem Alten ein paar Saufgeschichten zum Besten gegeben, die der ausnehmend unterhaltsam fand. Mit dir an meiner Seite wäre es schwieriger gewesen."

„Da!" ich entdeckte einen LKW, der gerade zum Abbiegen ansetzte. „Ist er das?"

Wir mussten warten, bis er näher heran war und wir das Kennzeichen ablesen konnten.

„Ja", Anton sprang aus dem Wagen. „Du bleibst bitte hier. Ich versuche es zuerst allein."

Warum hatte er mich dann überhaupt mitgenommen, fragte ich mich erbittert. Da hätte ich mich genauso gut mit Judith und Steffen zusammensetzen und weitere Möglichkeiten erarbeiten können, wie wir vorgehen sollten.

Wie auf Stichwort begann mein Handy zu klingeln. „Hi, wo seid ihr?", erklang Steffens Stimme.

Ich berichtete ihm, was wir bisher unternommen hatten und was sein Vater gerade im Begriff war zu tun. Denn der erreichte in diesem Moment den Lastwagen, aus dem zwei Männer sprangen und sprach diese an. Kurz darauf ging der eine weiter, der andere blieb neben ihm stehen. Leider war die Entfernung zu groß, als dass ich erkennen konnte, wie der Bruder reagierte.

„Ich wünschte, ich hätte an ein Fernglas gedacht", platzte ich mitten in Steffens Nachfrage, was Anton zu sagen gedachte. „Ich sehe ihn mit jemandem reden, also scheint Herr Güssel zumindest nicht völlig abweisend zu sein. Und nein, darüber hat er kein Wort gesagt."

„Sollst du dich nicht an der Unterhaltung beteiligen?"

„Nein, nur wenn es unumgänglich ist, meinte Anton. Er will mich lieber raushalten. Wenn sein Bruder nun doch noch mit *ihm* Kontakt hat, stoßen wir *ihn* mit der Nase darauf, dass ich nach *ihm* suche."

Ich wurde durch die beiden Männer abgelenkt, die nebeneinander auf die Halle zu schlenderten. „Anscheinend hat es geklappt. Zumindest sprechen sie immer noch miteinander", berichtete ich Steffen. „Nein, halt. Anton trennt sich von ihm und kommt zurück. Warte kurz! Dann kann ich dir mehr dazu sagen."

„Er will dich sehen und mit dir sprechen." Anton ließ sich auf den Fahrersitz fallen. „Er war ziemlich argwöhnisch. Dachte wohl, ich sei ein Reporter oder ich hätte ebenfalls ein Hühnchen mit seinem Bruder zu rupfen. Interessanterweise scheint er einen gewaltigen Hass auf ihn zu haben. Den kann er kaum verbergen. Jedenfalls hat er anfangs gemauert und behauptet, er wisse nicht, wo der sich versteckt hielte. Erst als ich ihm sagte, dass schon wieder eine junge Frau verschwunden sei und du dich einbringen wolltest, sie zu finden, lenkte er ein. Trotzdem beharrt er darauf, dass du bei der Unterredung dabei bist."

„He!", tönte es aus dem Handy, das ich in meinen Schoss hatte sinken lassen. „Sollen Judith und ich nicht besser zu euch stoßen? Vielleicht ist es eine Falle."

„So viel Menschenkenntnis solltest du mir eigentlich zutrauen", Anton hatte sich vorgebeugt und sprach direkt ins Mikrofon. „Wir schaffen das allein."

„Und was können wir machen?"

Er wartete, ob ich etwas sagen wollte. Ich zuckte bloß die Achseln. „Fertigt eine Liste von Laras Aussagen an. Wir ergänzen sie, wenn wir zurück sind. Wir müssen jeden Punkt durchgehen. Dadurch erhalten wir hoffentlich weitere Hinweise."

Steffen schien nicht gerade begeistert. „Gut, wenn du meinst. Meldet euch bitte, sobald dieses Gespräch beendet ist."

Ich schaltete das Handy komplett aus, damit wir nicht durch weitere Anrufe gestört wurden. Bei meiner Mutter hatte ich mich während unseres Mittagessens gemeldet, ihr allerdings nur gesagt, dass ich krankgeschrieben sei und eine Weile bei Anton und Judith wohnen würde, die sich um mich kümmerten. Diese Nachricht, dass *er* wieder zugeschlagen habe, sei mir wesentlich näher gegangen als gedacht. Ihre besorgte Nachfrage, ob ich mich dort gut genug aufgehoben fühlte, hatte ich bejaht, das Telefonat jedoch relativ schnell mit dem Hinweis beendet, dass Anton gerade zum Essen riefe. Daher rechnete ich damit, dass sie später noch einmal mit mir sprechen wollte.

„Eine gute Idee", Anton stellte sein Handy auf lautlos und startete den Motor.

„Wo treffen wir uns mit ihm?"

Er zeigte auf das Haus an der Kreuzung, an der wir vor kurzem abgebogen waren. „Das ist wohl eine Truckerkneipe. Herr Güssel sagt, da sind wir relativ ungestört."

Neben dem Gebäude war ein kleiner Parkplatz, auf dem sich drei Autos befanden. Anton stellte den Wagen direkt neben der Ausfahrt ab, sodass wir im Notfall schnell wegkamen. „Komm! Wir sollen drinnen auf ihn warten."

Ich betrachtete das etwas heruntergekommen wirkende Gebäude. Über der Kneipe schienen sich noch zwei Wohnungen zu befinden, deren Fenster vor Schmutz starrten und deren Gardinen eine deutliche Graufärbung aufwiesen. Auch die Schänke wirkte nicht gerade einladend. Die zwei Stufen, die hinaufführten, waren verfleckt und staubig, die Scheiben fast vollständig mit vergilbten Plakaten beklebt, die Tür, die Anton mir aufhielt, hätte ich freiwillig nicht angefasst. Ich holte tief Luft und trat ein.

Der Innenraum war kleiner, als ich erwartet hatte: Eine große Theke zog sich über die gesamte hintere Wand, davor saßen zwei bullige Typen, Trucker, wie ich vermutete, da sie sich lautstark über irgendeine gesperrte Route und deren unmögliche Umleitung unterhielten. Rechts und links vor den Fenstern standen jeweils drei Tische, an einem auf der linken Seite saßen drei Männer, die Skat spielten. Deswegen wandte sich Anton nach rechts und steuerte den hintersten Tisch in der Ecke an.

„He!", rief der Wirt, ein Glatzkopf mit breitem Oberkörper. „Bestellt wird an der Theke. Sie müssen sich Ihr Getränk selbst rüberholen."

Ich rutschte auf die entgegen meiner Befürchtungen relativ saubere Bank, Anton besorgte unsere Getränke, ein Wasser für mich und eine Cola für sich.

„Wann kommt er?"

Anton seufzte. „Ich hoffe, bald. Das ist eindeutig nicht nach meinem Geschmack hier."

36

Wolf Güssel war ein Bär, fast zwei Meter groß und bestimmt hundertfünfzig Kilo schwer. Da er die Hemdsärmel bis zu den Oberarmen hochgekrempelt hatte, konnte ich die Tätowierungen sehen, hauptsächlich Abbildungen von Schlangen und Drachen, die sich bis zu den Handgelenken erstreckten. Er nickte in unsere Richtung, holte sich jedoch erst an der Theke ein Bier, von dem er fast die Hälfte im Stehen trank, bevor er sich uns gegenübersetzte.

„So, Sie sind also die Kleine, die mein Bruder sich gegriffen hat", er nahm einen weiteren Schluck. „Machen Sie sich nichts draus. Das ist nicht persönlich gemeint gewesen. Der war schon immer ein ganz besonderes Arschloch." Er verzog das Gesicht. „Das ist der Grund, warum ich den von mir weghalte. Ich hab selbst ne Freundin – mit Kindern. Ich hab keinen Bock, dass der sich an ihr oder den Kleinen vergreift."

„An Kindern auch?" Alles, was ich ihn hatte fragen wollen, war wie weggefegt. Allein sein Anblick machte mich schon nervös, das feiste Gesicht mit den kräftigen Bartstoppeln, die für einen Mann etwas zu vollen Lippen und die kleinen flinken Schweinsäuglein, denen nichts zu entgehen schien. Und dazu diese Aussage!

„Nee, nich, was Sie denken. Der hat halt so ne Art, die anzugucken, als wenn er die gleich fressen wollte. Außerdem weiß ich ja, dass er früher die Kleineren …" Er zögerte. „Sie geben das nicht an die Polizei weiter, klar?"

„Natürlich nicht", beeilte ich mich zu sagen.

„Gut. Er war immer schon ein Schwein, mein Bruder. Nach außen hin tat er immer lieb, ja der war Mamas Liebling, ob Sie's glauben oder nicht. Wir andern kommen nach unserem Vater, der sah nicht aus wie wir."

Das konnte ich nur bestätigen. Der Abschaum war kleiner und schlanker, schien immer auf dem Sprung zu sein im Gegensatz zu dieser behäbigen Art unseres Gegenübers. Außerdem wirkte *er* auf den ersten flüchtigen Blick normaler, nicht so asozial – mir fiel einfach kein besserer Ausdruck ein. Wolf Güssel konnte seine Herkunft weder vom Aussehen noch von der Sprache her verleugnen.

„Aber der mischte uns trotzdem alle auf, obwohl er der Jüngste war. Der hatte es drauf, einen auf ganz unschuldig zu machen, und die Erwachsenen glaubten ihm. Zu Hause tat er so, als wäre er immer das Opfer, als würden wir ihn ständig fertigmachen. Dabei haben wir uns bloß gewehrt. Der hat geklaut, unsere Sachen kaputtgemacht und uns bei den Eltern für Sachen verpetzt, die er gemacht hat. Einfach so, weil er das lustig fand. Selbst die Lehrer in der Schule hat er an der Nase rumgeführt. Die dachten, dieses kleine schmächtige Kerlchen, das so lieb guckt, der kann nichts Böses tun." Er lachte. „Dabei war der schon immer ein Irrer."

„Und die Kinder?", wagte ich nachzufragen. „Was hat *er* getan?"

„Also der hat sich immer an den Kleineren, Schwächeren vergriffen, hat die erpresst, manchmal auch nur so zum Spaß eine gelangt, damit sie wussten, dass er der Boss ist. Dem sind alle aus dem Weg gegangen, die Kleinen, weil sie Angst vor ihm hatten und die Großen, weil sie wussten, dass der total rachsüchtig war. Wenn man sich mit ihm anlegte, nutzte er die erste beste Gelegenheit, sich zu rächen. Der verpfiff die bei den Lehrern, erzählte manchmal einfach irgendeine wilde Geschichte, was die ihm angeblich angetan hatten." Er hielt inne und trank den Rest des Bieres in einem einzigen Schluck aus. „Ja, der verletzte sich selbst, nur um sagen zu können, das waren die und die. Ich sag ja, völlig irre, der Typ." Er hob sein Glas und machte Anstalten aufzustehen.

„Ich hole Ihnen ein neues." Anton war schneller.

„Ich war nicht überrascht, als die ihn einknasteten", fuhr Wolf Güssel an mich gewandt fort. „Ehrlich gesagt hatte ich schon viel eher damit gerechnet, dass die den drankriegen. Das war mir klar, dass der nicht mehr die Kurve kriegt."

„Seit wann haben Sie keinen Kontakt mehr zu *ihm*?" Nein, sympathisch war mir der Kerl nicht. Trotzdem glaubte ich zu erkennen, dass er die Wahrheit sprach.

„Also ich bin mit achtzehn von zu Hause ausgezogen." Er verzog das Gesicht. „Mein Alter spielte sich bis zuletzt als der Herr im Haus auf. Der hat mich behandelt wie seinen Leibeigenen. Da bin ich eben weg, hab mir einen Job und ein Zimmer gesucht. Seitdem bin ich nicht mehr da gewesen. Also ich hab schon mal einen meiner Brüder in ner Kneipe getroffen. Aber wir reden kaum miteinander und besuchen tun wir uns auch nicht. Die sind wie der Alte, meinen, sie könnten über mich bestimmen."

„Die beiden sind älter als Sie?" Anton stellte das volle Glas vor ihn hin.

Wolf Güssel nickte anerkennend. „Ja, wir drei sind jeweils ein Jahr auseinander. Dann hatte meine Mutter mehrere Fehlgeburten. Und dann kam Pascal. Hat die einen Aufstand gemacht! Der wurde von Anfang an viel zu sehr verzärtelt. Selbst mein Vater durfte dem nichts tun." Er lachte. „Dafür hat er sich halt mehr an uns drei gehalten."

„Und Ihre Eltern? Haben die sich nie bei Ihnen gemeldet?" Irgendwie konnte ich mir das überhaupt nicht vorstellen. Die gesamte Familie wohnte im selben Stadtteil. Man musste sich fast zwangsläufig sehen.

„Nee. Die haben mich in Ruhe gelassen. Wenn ich gewollt hätte, hätte ich die ja besuchen können. Wollte ich aber nicht. Von sich aus melden die sich nicht."

„Bei Ihrem Bruder schon", stellte Anton fest.

Wolf Güssel drehte nachdenklich das Glas zwischen seinen dicken Fingern. „Das war was anderes. Wobei der sich, soweit ich weiß, immer nur dann hat blicken lassen, wenn er was von ihnen wollte. Der war halt bis zuletzt Mamas Liebling. Da hatte selbst mein Vater nichts zu melden."

Jetzt kam der schwierigere Teil. „Hat die Polizei Sie nach dem Überfall auf mich verhört?"

Er wirkte erstaunt. „Klar. Direkt nachdem feststand, dass er der Täter war. Die wollten wissen, wann ich ihn zuletzt gesehen hab und ob ich weiß, wo er Sie versteckt hält. Ich hab denen gesagt, dass ich den schon urlange nicht mehr gesehen hab und gar nichts über den weiß. Das war alles."

„Könnten Sie sich vorstellen, dass einer Ihrer Brüder oder Ihre Eltern *ihm* geholfen haben?" Ich versuchte, gleichzeitig lieb und verzweifelt auszuschauen, damit er mir diese Frage nach bestem Gewissen beantwortete. Wolf Güssel war ein sehr einfacher Mensch, schien jedoch relativ vernünftige Ansichten zu haben – zumindest, was seinen Bruder anging.

„Fred und Dennis? Nee, die hassen den beide genauso wie ich. Mama? Die würde alles für den tun. Aber ob sie den Alten dazu bringen könnte, ihr zu helfen? Keine Ahnung." Er nahm erneut einen kräftigen Schluck. „Meine Mutter ist ziemlich krank. Die kommt kaum noch aus dem Haus raus. Kriegt keine Luft mehr, wissen Sie. Allein hätte die nichts machen können."

Immerhin hatte sie *ihn* regelmäßig in der Forensik besucht. Vielleicht hatte sie ja ihren Mann angestiftet, ihrem Lieblingssohn beizustehen.

Ich berührte Anton unter dem Tisch mit dem Fuß und er deutete ein Nicken an. Es war gar nicht so einfach, sich untereinander zu verständigen, wenn man nebeneinandersaß. Direkten Blickkontakt herzustellen, wagte ich nicht. Den hätte Herr Güssel missverstehen können.

„Gibt es irgendwelche Verstecke, an die Sie sich erinnern, wo *er* nicht gefunden würde?"

Sehr diplomatisch ausgedrückt, diese Wortwahl ließ keine Rückschlüsse darauf zu, dass wir *seine* Eltern verdächtigten, *ihm* zu helfen.

„Nee, keine Ahnung. Ehrlich. Meinetwegen könnten die den sofort wieder einknasten."

„Sind Ihnen die Namen Josef Meierling oder Eberhard Kröger ein Begriff?"

„Nee, sind das etwa Kumpel von Pascal?" Er lachte wieder. „Hätte gar nicht gedacht, dass der welche hat. Dachte immer, der wär ein Einzelkämpfer." Er sah mich direkt an und legte sein Gesicht in kummervolle Falten, sodass seine kleinen Schweinsäuglein zu Schlitzen wurden. „Das mit Ihnen tut mir echt leid. Dass der Pascal so schlimm ist, wusste ich echt nicht. Ich meine, dass der ein Rad ab hat, schon, aber dass er so richtig krank ist und solche Sachen macht, nee, das hätte ich ihm nicht zugetraut. Also wenn der käme und würde wollen, dass ich ihm helfe, ich tät den sofort anzeigen."

„Danke, dass Sie sich zu diesem Gespräch mit uns bereiterklärt haben." Ich versuchte mich an einem dankbaren Lächeln.

„Hat leider nicht viel geholfen, was?" Er griff nach seinem Bierglas und trank es aus. „Nee, mehr nicht", sagte er, als Anton Anstalten machte, ihm ein weiteres zu holen. „Muss langsam nach Hause. Meine Regierung wird sonst sauer."

Während wir uns auf den Weg zum Ausgang machten, steuerte er einen der beiden Typen an der Theke an. „Kannst du mich mitnehmen, Tom? Meine Karre ist verreckt. Bin noch nicht dazu gekommen, mir ne neue zu beschaffen."

Wir hatten fast unser Auto erreicht, als ein Zuruf von Wolf Güssel uns stoppte. Er kam gemächlich auf uns zu, zog dabei eine verbogene Zigarette aus seiner Hemdtasche und zündete sie umständlich an. „Ich hab ein Handy. Ich geb Ihnen mal die Nummer. Kann ja sein, dass Ihnen doch noch eine Frage einfällt. Rufen Sie mich ruhig an."

37

„Und dann hat er uns erzählt, dass er eine Beziehung mit der Frau hat, die über ihm wohnt. Das darf bloß keiner wissen, weil die ihr Geld vom Sozialamt bekommt", berichtete ich Judith und Steffen. „Obwohl er mit ihr sogar zwei Kinder hat, auf die er richtig stolz ist, einen Jungen von acht und ein Mädchen von vier."

„Seltsamer Kerl", ergänzte Anton. „Der macht einen auf treudoof, doch ich traue ihm nicht. Der ist nicht so harmlos, wie er sich gibt."

„Ja?" Dann war ich auf seine Schauspielkunst hereingefallen. „Wie kommst du darauf?"

„Dafür, dass er angeblich keinen Kontakt mehr zu seiner Familie hat, weiß er ganz schön viel über sie."

Das war für mich kein Argument. „Die wohnen im selben Stadtteil. Wahrscheinlich hat er Freunde, die ihm erzählen, was sie sehen und hören."

„Und dann diese Geschichte mit der Frau. Er muss schlauer sein, als er sich gibt, sonst wäre es ihm nicht gelungen, dieses Verhältnis zu verbergen. Selbst dein Detektiv hat behauptet, er sei alleinstehend."

„Das ist was anderes", nahm ich beide gleichzeitig in Schutz. „Der Herr Güssel tut, was seine Freundin ihm sagt, die hat eindeutig die Hosen an in der Beziehung." Das war aus dem Wenigen, das er über sie erzählt hatte, eindeutig hervorgegangen. „Und Herr Jühlen hat sich in erster Linie bemüht herauszubekommen, ob die beiden Brüder sich noch treffen. Das Drumherum war eher nebensächlich."

„Tatsache ist, diese Unterhaltung hat uns nicht weitergebracht", unterbrach Steffen unsere sinnlose Diskussion. „Was können wir noch unternehmen?"

„Wie weit seid ihr mit der Auflistung seiner Gewohnheiten?", fragte Anton.

Judith hielt ihm ein Blatt entgegen, das ungefähr zur Hälfte beschrieben war. „Lest es euch durch!"

Sie hatten beide gut aufgepasst. Wohnte vor seiner Inhaftierung in der nördlichen Innenstadt, keinen Bezug zu seinen Nachbarn, stand da. Hat vermutlich zehn Frauen umgebracht. Welche wurden bisher gefunden? Gab an, sie ins Wasser geworfen zu haben – zumindest die ersten drei. Hat keine Freunde und anscheinend nie eine Freundin gehabt. Letzteres war dick unterstrichen. Frühere Bekannte, die eine Unterkunft in der Nähe des Wassers besitzen?

An diesem Punkt sah ich auf. „Wie kommt ihr denn darauf?"

„Na, er hat doch zu dir gesagt, dass er seine Opfer ins Wasser warf, damit eventuelle Spuren abgewaschen wurden. Gehen wir davon aus, dass er sämtliche Frauen auf diese Weise entsorgte, dann liegt die Überlegung nahe, dass er dort in der Nähe einen Unterschlupf benutzen konnte, in dem er ungestört war."

„Wenn es diese Unterkunft noch gibt, warum hat *er* mich nicht dorthin gebracht?", wandte ich ein.

„Lies weiter!", befahl Judith und grinste. „So weit waren wir auch schon."

Anton und ich beugten uns gehorsam wieder über das Blatt: Vermutlich handelt es sich dabei um ein Gebäude, das er illegal benutzt und das ihm nicht jederzeit zur Verfügung steht, hatten sie ausgeführt. Das würde erklären, warum A. sich früher auf zweimal im Jahr beschränkte.

„A. steht für Abschaum", ergänzte Judith grinsend. „Wir müssten rauskriegen, wann die früheren Überfälle passiert sind. Dann hätten wir einen begrenzten Zeitrahmen."

Mit Wasser ist wahrscheinlich der Kanal gemeint, größere Seen gibt es im Umkreis nicht. Ehemalige Arbeitgeber und Kollegen ebenfalls überprüfen, ob sie ein geeignetes Objekt besitzen.

Ich zog ein langes Gesicht. „Das ist kaum innerhalb der kurzen Zeit, die uns verbleibt, zu schaffen."

„Du hast die letzten zwei Sätze übersehen!" Steffen wies auf die Worte, die etwas abgesetzt von den anderen standen: Morgen unbedingt persönlich abgehen und dadurch die Suche eingrenzen. Darauf

achten, wo sich einsam gelegene Waldstücke in der Nähe befinden!
„Wir dachten, er folgt bestimmt einem Muster. Das mit der Jagd
scheint ja sein Markenzeichen geworden zu sein."

„Ihr geht also davon aus, dass er die anderen Opfer länger in seiner
Gewalt hatte?" Anton schüttelte zweifelnd den Kopf. „Es kann
genauso gut sein, dass er derartige Fantasien erst durch den langen
Gefängnisaufenthalt bekam und diese nun auslebt. Jetzt ist es ihm
ziemlich egal, ob er mit der Entführung und dem folgenden Martyrium der Frauen in Verbindung gebracht wird. Vorher musste er
darauf achten, nicht aufzufallen. Jedes Verschwinden zog eine Such-
aktion nach sich. Damals gehörte er nie zum Kreis der Verdächtigen."

„*Er* hat mir erzählt, dass *er* damals bei *seinem* dritten Opfer die Lust
an der Jagd entdeckte", widersprach ich, was er nicht wissen konnte,
da ich es allein Judith bei einem kurzen Gespräch auf der Arbeit
gesagt hatte. „Also können wir davon ausgehen, dass *er* zumindest
bei den nachfolgenden sechs ähnlich handelte wie bei mir."

„Die Frage bleibt trotzdem bestehen, wie lange er sich mit jeder
Einzelnen abgegeben hat", beharrte er. „Denn wenn er sich tatsächlich jedes Mal Zeit ließ, muss er einen Unterschlupf gehabt haben,
an dem er wirklich ungestört agieren konnte."

„Nur, wie hat *er* sie dorthin gelotst?" Sollten sie etwa freiwillig mit-
gegangen sein?

„Wenn er ein Auto besaß und einen festen Stützpunkt, konnte er
sich seine Opfer von überall herholen", gab Judith zu bedenken.
„Wer weiß, wie weit die Polizei damals den Suchbereich ausdehnte."

„Da ist was dran." So ähnlich wie bei mir, außer dass *er* nicht darauf
angewiesen war, zu warten, bis eine Frau mit einem fahrbaren Un-
tersatz vorbeikam. „Was uns jedoch vor ein echtes Problem stellt.
Es gibt bestimmt massenhaft Objekte, die infrage kommen."

„Wir gehen morgen die entsprechenden Stellen ab." Anton war
zuversichtlicher. „Es muss sich um einen Unterschlupf handeln, der

relativ nah am Wasser liegt. Oder kannst du dir vorstellen, dass er die Toten weit geschleppt hat?"

„Wurde sein Auto in Anschluss an seine Verhaftung untersucht?", fiel es Steffen ein. „Hätte er sie im Kofferraum transportiert, wären Spuren sichergestellt worden. Also nein", beantwortete er seine Frage selbst. „Sonst hätte man ihn viel eher des Mehrfachmordes angeklagt."

„Es kann auch immer noch sein, dass er sich wirklich nur vor Lara brüsten wollte." Anton seufzte. „Wenn wir Pech haben, ist unser Brainstorming ein Witz. Wir wissen einfach viel zu wenig und kommen an diese Informationen nicht ran."

„Was ist mit Herrn Jühlen?" Judith war nicht bereit aufzugeben. „Einige Nachforschungen könnte er übernehmen."

„Der hat schon Mitarbeiter an die Suche nach unserer Zielpersonen gesetzt." Ich hielt inne. Nein, es musste über die Kosten, die damit auf uns zukamen, geredet werden. Das war keine Pfennigfuchserei. „Die Detektei ist nicht billig. Die Rechnung wird ziemlich hoch ausfallen."

„Der lässt mit sich reden", gab Judith sich optimistisch. „Ich rufe ihn gleich morgen früh an und spreche mit ihm. Vielleicht kann er sogar einige unserer Nachfragen ohne neue Recherche beantworten. Er hat ja damals für deinen Vater versucht, den Abschaum zu finden. Da hat er bestimmt schon einige Punkte, die wir gerade besprochen haben, abgehakt."

Währenddessen war Anton schon unterwegs zu seinem Computer. Er ließ sich in den Drehsessel fallen und gab seine Suche ein. „Es gibt zwei Bereiche, die infrage kommen." Er zoomte näher heran. „Nein, eher doch nicht. Das ist mit der ausgedehnten Waldfläche, wie wir sie heute gesehen haben, nicht zu vergleichen."

„Aber es sind jede Menge einsam gelegene Stellen vorhanden." Steffen, der ihm gefolgt war, nahm ihm die Maus aus der Hand und vergrößerte das Bild wieder. „Schau! Die Felder haben einen beschrankten Zugang, das ist für die meisten Menschen ein Grund, nicht weiterzugehen. Dadurch ständen ihm genügend große Areale zur Verfügung.“

„Tagsüber kann *er* sich dort nicht vergnügen“, gab ich zu bedenken. „Sie sind zu offen einsehbar.“

„Umso besser für uns.“ Anton lächelte mir zu. „Stell dich auf einen großen Spaziergang ein. Wir beide werden uns das Gelände in aller Ruhe ansehen können.“

„Dann gehe ich jetzt ins Bett.“ Die viele frische Luft und die ungewohnte Anstrengung hatten mich erschöpft. Zum ersten Mal seit langem verspürte ich eine wohlige Müdigkeit.

Steffen begleitete mich nach oben. „Soll ich nicht lieber an deiner Stelle morgen mitgehen?“, fragte er, sobald wir außer Hörweite waren. „Du hast genug Stress gehabt.“

„Ich empfinde es nicht als Stress.“ Das war nicht einmal gelogen. Je länger ich mich aktiv mit dem Fall beschäftigte, desto mehr hatten meine Ängste abgenommen. „Selbst in der Kneipe war ich nicht sonderlich angespannt“, versuchte ich ihm zu erklären. „Ich habe heute mehr unternommen als in den gesamten letzten Monaten. Und trotzdem fühle ich mich weniger nervös. Es ist eine Befreiung, gegen *ihn* zu ermitteln.“

Wir waren vor meiner Zimmertür angekommen. Er hob die Hand und strich vorsichtig über meine Wange. „Übernimm dich nicht.“

Ich blinzelte ihm zu. „Das ist der Hass auf *ihn*. Der überdeckt die Angst. Das Verlangen, mich zu rächen, ist stärker.“ Ja, so sehr ich mich auch schämte, es zuzugeben. Diese neue Entführung hatte mich endgültig aus meiner Lethargie gerissen. Ich war bereit, mich wieder in die Welt hinauszuwagen.

38

Wir fuhren direkt nach dem Frühstück los. Bis zum Kanal war es nicht weit und in dieser Richtung waren kaum Autos unterwegs, sodass wir schon eine Viertelstunde später auf dem öffentlichen Parkplatz zum Wanderweg anhielten.

Heute war es merklich kühler, immer wieder schoben sich große Wolkenansammlungen vor die Sonne und der auffrischende Wind ließ mich selbst in meiner Strickjacke frösteln. „In welche Richtung gehen wir?" Wir standen mittlerweile oben auf dem Deich. Außer uns war nur ein einsamer Spaziergänger, der seine zwei Hunde ausführte, zu sehen. Nach beiden Seiten dehnten sich schier endlose Wiesen und Felder.

„In diese." Anton deutete nach links. „Laut Google kommt in etwa einem Kilometer eine Kleingartenanlage, die direkt an den Kanal anschließt. Das wäre geradezu ideal, findest du nicht?"

Ich zuckte unverbindlich mit dem Schultern und setzte mich in Bewegung. Nein, eigentlich konnte ich mir nicht vorstellen, dass *er* eines der Häuschen als ideales Versteck ansehen würde. *Er* liebte die Abgeschiedenheit, wollte sich austoben können und keine Rücksicht auf irgendwelche Nachbarn nehmen, die in einer Kleingartenanlage bei diesem Wetter mit Sicherheit nicht ausblieben. *Er* würde sich irgendein abgeschiedenes leerstehendes Gebäude suchen, in dem *ihn* niemand vermutete.

Anton legte ein zügiges Tempo vor, er brannte geradezu darauf, endlich auf eine echte Spur zu stoßen. Auch ich wollte so schnell wie möglich vorwärtskommen, allerdings aus einem ganz anderen Grund. Für mich war längst klar, dass wir eine viel größere Suche vor uns hatten als anfangs gedacht.

Wir erreichten die Kleingartenanlage und sahen sofort, dass wir hier falsch waren. Trotz der frühen Stunde werkelten bereits mehrere Personen in ihren Beeten. Außerdem trennte ein hoher Zaun das Gelände von dem Weg, der am Kanal weiterführte.

„Mist, das ist eine Niete." Anton war merklich enttäuscht.

„Was kommt danach?" Ich hatte mir die Karte nicht so gründlich angesehen wie er. Ich wusste bloß noch, dass irgendwann ein Wäldchen bis direkt ans Wasser reichte, von dem ich jedoch annahm, dass es zu klein war, als dass es *seinen* Ansprüchen genügt hätte.

„Dieser Pfad zieht sich kilometerweit hin. Vielleicht wäre es sinnvoller gewesen, die Fahrräder mitzunehmen." Er blieb stehen und überlegte. „Andererseits …"

„… könnten wir dabei eventuell den entscheidenden Hinweis übersehen", ergänzte ich. „Lass uns weitergehen!"

Wir setzten uns wieder in Bewegung. Wäre es ein ganz normaler Ausflug gewesen, hätte ich vermutlich sogar Spaß daran gehabt. Die Sonne hatte es endlich geschafft, die Wolkenwand zu durchdringen, wodurch ich den kühlen Wind als sehr angenehm empfand, das Laufen direkt am Wasser mit den ab und zu auftauchenden Lastkähnen hatte seinen ganz eigenen Reiz – nur die starke Anspannung, die mit jedem Kilometer, den wir zurücklegten, zunahm, hinderte mich daran, mich richtig wohlzufühlen.

Vor uns kam die Sportanlage in Sicht, die sich, wie ich mich erinnerte, zwei Vereine teilten. Der eine benutzte Ruderboote, der andere Kanus. Demnach gab es zwei große Bootshäuser mit mehreren kleineren Hallen sowie zwei separate Vereinshäuser. Hinter dem Gelände erstreckte sich ein kleines Wäldchen, das von den Zufahrtsstraßen durchkreuzt wurde. Hier in der Nähe hielt *er* sich bestimmt nicht auf. Der rege Betrieb schreckte *ihn* ab.

„Dass dieses Wäldchen sich bis zu der Anlage erstreckt, war auf der Karte nicht zu erkennen." Anton fluchte laut. „Wieder ein Reinfall."

Kurz darauf versperrte uns ein Zaun den Weg. Frustriert standen wir davor und betrachten den Pfad, der sich dahinter weiterschlängelte.

„Auf dem Bild war er nicht zu sehen", beschwerte sich Anton. „Der muss neu sein."

„Das sieht aus wie kleine Bootshäuser", ich presste mich an das Tor, das in den Zaun eingelassen war. Leider machte der Weg einen Knick, sodass ich nicht viel erkennen konnte.

Anton zückte sein Handy und rief Google auf. „Nein, ich habe mich nicht geirrt. Die Absperrung war zum Zeitpunkt, als die die Bilder gemacht hatten, noch nicht da."

„Lass mal sehen!" Ich drängte mich dichter an ihn. Das Display war so klein, dass ich mich Kopf an Kopf mit ihm befand. „Ja, das sind Bootshäuser." Er scrollte weiter und ich zählte mit. „Neun oder zehn, ganz genau habe ich es nicht erkennen können."

„Keine Jagdmöglichkeit." Anton drehte sich einmal um sich selbst. „Ringsherum nur Wiesen und Felder."

„Aber unter der Woche ein ruhiges Fleckchen, wo man ungestört ist", hielt ich dagegen. „Das wäre für *seine* Zwecke ideal. Wie es aussieht, ist jedes Grundstück einzeln abgezäunt. Komm", ich lief schon los. „Wir schauen uns das Ganze mal von vorn an."

Wir nahmen einen schmalen Trampelpfad am Zaun entlang. Anscheinend waren wir nicht die Einzigen, denen unverhofft der Weg versperrt wurde. Andere Spaziergänger vor uns hatten bereits für ein müheloses Vorwärtskommen gesorgt.

Kurz darauf erreichten wir die Straße, die eher eine Zufahrt zu den einzelnen Grundstücken war, wie wir kurz darauf feststellten. Sie endete an einem großen Gehöft, das sich an diese anschloss.

„Der Bauernhof ist weit genug entfernt, dass jeder seine Ruhe hat", stellte ich fest. „Das könnte passen."

„Die junge Frau wurde an einem Samstagabend entführt." Anton hob vielsagend die Augenbrauen. „Glaubst du nicht, dass am Wochenende hier mehr los ist?"

Ich wandte mich um und ging ein zweites Mal an den Einfahrten vorbei. Die Grundstücke waren ungefähr zwanzig Meter breit und, wie ich schätzte, mindestens hundertfünfzig bis zweihundert Meter lang. Neben den Bootshäusern hatte sich fast jeder Eigentümer ein kleines Häuschen, manchmal auch nur einen einfachen Unterstand gezimmert. Ja, es sah leider so aus, als verbrächten sie ihre gesamte Freizeit hier.

„Das wäre ein idealer Unterschlupf für den Winter", Anton verzog das Gesicht. „Aber sobald die Temperaturen steigen, ist hier bestimmt Hochbetrieb."

„Also wieder ein Reinfall." Mir taten langsam die Beine weh. „Und jetzt?"

Er seufzte. „Gehen wir wieder zurück und machen am Auto eine Pause."

Ich war froh, endlich sitzen zu können. Judith hatte uns heute Morgen ein paar belegte Brote als Proviant aufgedrängt. Obwohl uns diese Geste da eher belustigte, waren wir nun dankbar, sie mitgenommen zu haben.

„Frische Luft macht Hunger, selbst wenn den uns die Enttäuschung eigentlich hätte nehmen müssen." Anton biss herzhaft ab.

„Ich könnte glatt einschlafen." Nach dem zweiten Brot überkam mich eine grenzenlose Müdigkeit.

„Kein Problem." Anton deutete auf die Sitzverstellung. „Such dir eine bequeme Position und mach die Augen zu. Ich wecke dich in einer Stunde."

Das Klingeln seines Handys unterbrach meinen Protest. „Judith? Warte, ich stelle dich laut."

„Herr Jühlen hat damals Laras Angaben mit denen zu vermissten Personen verglichen. Und, haltet euch besser fest, es gab für jeden Zeitraum passende Frauen, die spurlos verschwanden. Bisher ist keine von ihnen wieder aufgetaucht. Das würde heißen, es war keine Prahlerei, sondern der Abschaum hat die Taten wirklich begangen."

„Wann genau sind sie verschwunden?", fragte ich atemlos nach.

„Jeweils im Herbst und im Frühjahr, zumindest ist er der Ansicht, dass er dieses Muster erkennen konnte", schwächte sie ihre Aussage ab. „Es gab mehr Fälle, als ihr euch vorstellen könnt. Die meisten haben vermutlich nichts mit ihm zu tun. Trotzdem meint Herr Jühlen, für ihn kristallisiert sich das klar heraus."

„Steht fest, wo genau die Betreffenden entführt wurden?"

„Falls ihr darauf hinauswollt, ob eine am Kanal verschwand, lautet die Antwort nein. Der Detektiv hat versprochen, mir sämtliche Angaben, die er gesammelt hat, zu mailen. Wir können uns später zu Hause damit beschäftigen."

„Hat er herausgefunden, ob es eine Verbindung zwischen Güssels und dem Meierling oder dem Kröger gibt?", fragte Anton.

„Nein, da ist er noch dran. Er meldet sich heute Abend noch mal. Das war's von mir auch schon. Hat eure Suche was ergeben?"

„Nein, bisher nicht. Aber wir machen weiter."

Ich nickte zu Antons Antwort. Dabei war ich mir mittlerweile fast sicher, dass wir auf der falschen Spur waren.

39

Nachdem wir ungefähr dieselbe Strecke in die andere Richtung zurückgelegt hatten, waren wir beide erschöpft, ich natürlich in einem weit größeren Ausmaß als Anton, der wesentlich trainierter als ich war.

Während wir uns umsahen, hatten wir uns über die neuesten Erkenntnisse unterhalten und herumgerätselt, ob uns diese weiterhelfen konnten, nur unterbrochen von gezieltem Ausspähen einzelner Gebäude, die unseren Weg kreuzten.

Einmal war es richtig spannend geworden. Eine verlassene Lagerhalle auf einem großen verwahrlosten Grundstück bot sich geradezu als Versteck an. Der umgebende Zaun wies zahlreiche Löcher auf, genauso wie die kleinen Fenster, die sich hoch oben unter dem Dach befanden. Wahrscheinlich hatten herumstreunende Jugendliche Zielwürfe geübt.

Anton bestand darauf, dass ich zurückbleiben und mit dem Handy in der Hand auf ihn warten solle. Ich dagegen beharrte darauf, mitzukommen. „Allein fühle ich mich wesentlich unsicherer. Ich halte mich hinter dir und lasse einen Finger auf der Notruftaste."

Wir stiegen nacheinander durch eines der breiten Löcher im Maschendraht und bewegten uns vorsichtig auf das Gebäude zu. Die Tore waren beide verschlossen, allerdings hatte irgendjemand die kleine Seitentür aufgebrochen, sie hing nur noch schief in den Angeln. Anton nahm die Stablampe aus seinem Rucksack und schaltete sie ein, bevor er durch den Spalt schlüpfte. Ich folgte dichtauf.

Ein riesiger leerer Raum empfing uns. Gut, dass wir diese Beleuchtungsmöglichkeit hatten. Die Scheiben waren derart verdreckt, dass kaum Tageslicht hindurchfiel, die paar Sonnenstrahlen, die durch das zerborstene Glas spitzten, reichten bei weitem nicht, die Halle ausreichend zu erhellen.

Die Spuren auf dem Boden deuteten darauf hin, dass schon einige Personen vor uns eingetreten waren und sich hier aufgehalten hatten. Der Schein der Lampe glitt über leere Flaschen, Kartonreste und massenhaft Zigarettenkippen. Sogar eine Brandstelle fand sich, anscheinend hatte jemand versucht, ein Feuer zu entfachen.

„Landstreicher und Jugendliche", flüsterte Anton. Er steuerte auf eine Art Container zu, in dem früher wahrscheinlich das Büro untergebracht gewesen war. Das Plastikrollo vor dem Fenster war aus den Führungsschienen gesprungen, aber klebte auf irgendeine geheimnisvolle Weise weiter vor dem Glas, sodass wir nicht erkennen konnten, wer oder was sich darin befand.

Anton holte tief Luft, trat die Tür auf und war mit einem Satz auf der Schwelle, die Lampe dabei so haltend, dass er jederzeit zuschlagen konnte. Mit einem lauten Knall prallte das Blatt gegen die Wand, der hin und her huschende Lichtschein zeigte uns, dass der Raum leer war. Na ja, bis auf ein Lager aus Zeitungspapier und Pappe, das anzeigte, dass bis vor kurzem noch ein Penner diesen Unterschlupf genutzt hatte.

„Schade, diese Unterkunft hätte zu *ihm* gepasst." Ich machte aus meiner Enttäuschung kein Hehl. „Vor allem das verwilderte Gelände draußen lässt sich ausgezeichnet als Jagdrevier nutzen."

„Gut, dass wir nicht auf ihn getroffen sind." Anton warf mir einen schnellen Seitenblick zu, den ich in der herrschenden Dämmerung leider nicht deuten konnte. „Überhaupt, es war eine schlechte Idee, dich mitzunehmen."

„Wieso?", protestierte ich. „Du wärest bestimmt mit *ihm* fertig geworden."

„Er ist vollkommen irre. Das hast du selbst gesagt. Er würde vermutlich komplett ausrasten, wenn wir ihn aufspüren."

Das hättest du dir eher überlegen müssen, lag mir auf der Zunge zu antworten. Stattdessen schwieg ich und stapfte hinter ihm her zurück nach draußen. Ich verstand mich ja selbst nicht, aber ich hatte tatsächlich im Moment keine Angst. Im Gegenteil, ich brannte darauf, vor *ihm* zu stehen und zu sehen, wie Anton *ihn* zusammenschlug, bis *er* vollkommen erledigt auf dem Boden lag. Judiths Freund würde *ihn* mit links besiegen, da war ich mir sicher.

„Wir gehen zum Auto", bestimmte Anton, nachdem wir wieder auf dem Weg angelangt waren. „Das, was wir hier treiben, ist viel zu gefährlich."

„Lass uns wenigstens diesem Pfad bis zum Ende folgen", versuchte ich, ihn umzustimmen. „Sehr weit kann das nicht mehr sein."

„Nur wenn du mir versprichst, dass wir auf keinen Fall etwas unternehmen, egal auf was wir treffen." Im Gegensatz zu mir hatte ihm die Anspannung arg zugesetzt.

„Okay." Kein Problem, erst einmal abwarten, auf was wir als Nächstes stoßen würden.

Wir entdeckten in der folgenden halben Stunde zwei weitere leerstehende Gebäude, doch Anton weigerte sich, sie näher anzuschauen. „Ich komme morgen früh mit zwei meiner Trainer zurück", ließ er sich nicht umstimmen. „Dann können wir uns gleich die andere Seite mit vornehmen."

„Aber was, wenn *er* uns entdeckt hat", widersprach ich. „Dann ist *er* gewarnt und hat genug Zeit zu verschwinden."

„Erstens müsste er ausgerechnet in dem Moment aus dem Fenster gesehen haben und zweitens hat er allerhöchstens ein Pärchen erblickt, das Hand in Hand spazieren geht." Er schüttelte energisch den Kopf. „Wir kehren um und warten bis morgen."

Begeistert war ich von seiner Entscheidung natürlich nicht. Andererseits konnte ich sie verstehen. Wir hatten heute einen gewaltigen Marsch hinter uns gebracht, keiner von uns war mehr körperlich in der Lage, eine größere Anstrengung zu bewältigen. Wie konnte ich da von ihm verlangen, sich und mich dieser Gefahr auszusetzen?

Trotzdem war ich nicht nur enttäuscht, sondern regelrecht sauer. Ich hatte so gehofft, dass wir die richtigen Schlüsse gezogen hatten. Vor allem nachdem wir auf diese leerstehenden Hallen gestoßen waren, war mein Optimismus, diese Entführung zu einem guten Ende zu führen, gewaltig gestiegen. Ich hätte so gern gesiegt!

„Wir haben morgen eine viel bessere Chance, wenn er sich tatsächlich hier irgendwo aufhält." Anton drückte tröstend meine Hand fester.

Um nicht aufzufallen, hatten wir uns entschieden, uns wie ein verliebtes Paar zu benehmen. Je später es wurde, desto mehr Menschen waren uns begegnet. Meist Hundebesitzer, die ihre Lieblinge ausführten, aber auch vereinzelt Paare, die ähnlich wie wir die sommerliche Natur genossen – zumindest taten wir so als ob.

Vereinzelt waren auf dem Kanal schon die ersten Ruderboote und Kanus unterwegs, die auf dem sich leicht kräuselnden Wasser vorwärtsschossen. Nur wenn einer der Schleppkähne ihren Weg kreuzte, wurden sie langsamer und ließen sich von dessen Wellen auf und ab schaukeln.

„Brr", ich schüttelte mich. „Das wäre nichts für mich. „Ich werde schon vom Zuschauen seekrank."

Anton lachte. „Es ist etwas ganz anderes, wenn du drinsitzt. Doch", er hatte meine ungläubige Miene bemerkt. „Du solltest es unbedingt mal ausprobieren. Der Vater von Akim", das war einer unserer kleinen Schüler, „ist Mitglied des Clubs, er kann uns bestimmt eine Übungsmannschaft besorgen. Denn es ist natürlich besser, mit einer erfahrenen Crew zu beginnen. Hier", er deutete auf einen Vierer mit Steuermann. „Das wäre der ideale Anfang für dich."

Wie konnte er jetzt bloß an so was denken?

Wieder schien er mir meine Gedanken von den Augen ablesen zu können. „Es bringt nichts, sich verrückt zu machen, Lara. Und glaube mir, es ist besser, ich trete mit mehreren Leuten gegen ihn an, als dass er uns erwischt und uns fertigmacht. Damit ist keinem geholfen."

Ich verstand, was er mir sagen wollte. Nur fühlte ich mich dadurch nicht besser.

40

„Er hat vollkommen richtig reagiert." Steffen war sofort auf seiner Seite. „Wir könnten jetzt sofort nachsehen", schlug er eifrig vor.

Wir waren zu Hause mit einem fulminanten verspäteten Mittagessen empfangen worden, das Judith von einer Gaststätte geordert hatte.

Steffen nahm den letzten Bissen und sah Anton auffordernd an. „Die beiden Gebäude, die euch aufgefallen sind, schaffen wir noch. Es bleibt noch mindestens drei Stunden hell."

„Ihr beiden allein?" Das war Judith genauso wenig recht wie mir. „Anton, du bist erschöpft. Das macht keinen Sinn."

Dieser kaute bedächtig und schüttelte den Kopf. „Wir nehmen uns lieber morgen alle vor."

„Du nimmst mich doch mit? Wenn so viele dabei sind, kann mir nichts passieren."

Wieder schüttelte er den Kopf. „Nein, Lara. Du wärest nur im Weg. Mach mal morgen einen Tag Pause. Es ist ja nicht einmal sicher, dass wir etwas finden."

Gut, würde ich eben beim Frühstück noch einmal nachfragen. Zu Hause warten, kam auf keinen Fall infrage. „Hat Herr Jühlen sich gemeldet?"

Judith nickte. „Leider gibt es nichts Neues. Er hat versucht, mit Herrn Kröger persönlich zu sprechen. Der lässt sich verleugnen, obwohl er offen gesagt hat, worum es ging. Aber ich habe die Liste ausgedruckt, wir können sie uns gleich ansehen."

Nachdem wir den Tisch abgeräumt und die Essensreste verstaut hatten, holte sie die Blätter und legte sie nebeneinander auf den Tisch. Gespannt beugten wir uns darüber.

„Hier die könnte passen." Steffen legte einen Finger auf die Namensliste.

„Und die und die und die", ergänzte Judith.

„Nummer eins wurde an einem Fluss gefunden", überlegte ich. „Nummer drei an einem See. Ob sich rauskriegen lässt, wo das gewesen ist?"

„Hast du genauere Zeitangaben?" Steffen war schon aufgesprungen und auf dem Weg zum Computer.

„Das erste Opfer griff *er* sich in *seiner* Jugendzeit." Ich hob die Schultern und ließ sie wieder fallen. „Das kann von fünfzehn bis neunzehn alles gewesen sein."

„Mal sehen", er begann auf der Tastatur zu tippen. „Macht ihr mit den Ausdrucken weiter, ich kümmere mich um die anderen Fälle."

„Ich bin von dem Zeitpunkt seiner Verhaftung zurückgegangen", erklärte Judith Anton und mir. „Wenn das, was er Lara gesagt hat, stimmt, müssen wir davon ausgehen, dass es sich um zwei Entführungen pro Jahr handelte. Er wurde im Februar geschnappt. Also habe ich mir das Jahr davor angesehen und das davor und das davor. Schaut euch bitte die Daten an. Ich komme zu demselben Resultat wie Herr Jühlen."

Es dauerte etwas, bis ich die Daten auf der Liste überprüft hatte, dann war ich mir sicher. Sie hatte eindeutig recht. „Die einen sind Ende April bis Anfang Mai verschwunden, die anderen im September beziehungsweise Oktober. *Er* muss wie vermutet nur zu bestimmten Zeiten Zugriff auf den Ort *seiner* Wahl gehabt haben. Doch, wo war der?"

„Ich glaube, ich habe was gefunden!", rief Steffen. „Und zwar einen Zeitungsartikel, in dem über einen bestialischen Mord berichtet wird. Die junge Frau war einen Tag vor ihrem Auffinden auf dem Heimweg von einer Feier spurlos verschwunden." Weiter kam er nicht. Wir alle drei stürzten neben ihn und beugten uns über seine Schulter, um mitlesen zu können.

Die Erzieherin hatte gemeinsam mit ihrem Freund eine Geburtstagsfeier in einer abgelegenen Gaststätte besucht. Die beiden stritten sich und sie verließ das Fest vorzeitig – und allein. Die Ermittler vermuteten, sie sei direkt vom Parkplatz entführt worden. Ihr Auto wurde mit offener Fahrertür aufgefunden, der Schlüssel und ihre Handtasche lagen auf dem Sitz. Trotz sofort eingeleiteter Fahndung konnte am nächsten Tag nur noch ihre Leiche sichergestellt werden. Auf eine Beschreibung der einzelnen Verletzungen hatte der Reporter verzichtet, jedoch geschrieben: Das Opfer wies deutliche Folterspuren auf, die an Grausamkeit kaum noch zu überbieten waren.

„Dabei könnte es sich um die dritte Frau handeln, die auf *sein* Konto geht. Wo wurde sie gefunden?"

Anton griff nach der Maus und scrollte im Text weiter nach unten.

„Ah, da. Am Bootsanleger des", er stutzte, „Möhnesees?"

„Ihre Leiche muss angetrieben worden sein und verfing sich in einem Schiffstau." Ich hatte die Stelle ebenfalls gefunden. „Die Polizei hat das gesamte Ufer abgesucht, ohne irgendwelche Spuren zu finden. Wie kann das sein?"

„Wahrscheinlich hat er sie vom Auto aus direkt ins Wasser geworfen. Und seine Spielchen machte er irgendwo anders mit ihr." Judith blickte uns der Reihe nach an. „Das heißt, er kann sich seiner Opfer überall entledigt haben. Wir liegen mit unserer Vermutung, dass er dafür hier an den Kanal kam, total daneben."

„Nicht unbedingt." Ich hielt einen Moment inne, um meine Gedanken neu zu ordnen. „Am Anfang war *er* eher unorganisiert, hat zugeschlagen, wo sich *ihm* die Möglichkeit bot. Ich denke sogar, dass *er* noch keinen festen Platz hatte, wo *er* sie versteckte. Vermutlich ist *er* in irgendeinem Wald im Sauerland mit ihr gewesen, hat sie dort gejagt und getötet und die Leiche sofort ins Wasser geworfen. Wann ist sie entführt worden, an einem Samstag?"

Steffen scrollte zurück zum Anfang des Artikels. „Ja, sie verließ die Feier gegen halb elf. Der Reporter schreibt, dass es in diesem Jahr noch ungewöhnlich warm war für Oktober. Lara, du hast recht, der hat sich wahrscheinlich spontan ein Opfer gesucht, sich mehrere Stunden mit ihm vergnügt und es dann getötet. Vielleicht hat ihn das auf den Geschmack gebracht und er suchte sich einen festen Standort, von dem aus er agierte."

„Oder man hätte ihn beinahe erwischt und dadurch wurde ihm bewusst, dass er vorsichtiger zu Werke gehen muss." Judith zuckte mit den Schultern. „Zum Beispiel, als er sie ins Wasser werfen wollte. Was weiß denn ich! Aber möglich wäre es schon."

„Und dann, auf den Geschmack gekommen, hat *er* sich sofort ein sicheres Versteck besorgt, das *er* regelmäßig nutzte?" Ich verzog skeptisch das Gesicht. „Wenn unsere Annahme stimmt, hat *er* schon sechs Monate später wieder zugeschlagen."

„Genügend Zeit, eins zu finden." Sie ließ sich nicht beirren. „Denk dran, Herr Jühlen hat auch von diesem Muster gesprochen. Und wir gehen schließlich davon aus, dass er nicht vor dir geprahlt, sondern all diese Frauen tatsächlich umgebracht hat."

„Passt meiner Meinung nach." Anton sah mich fragend an und sagte, als ich widerstrebend nickte: „Opfer Nummer drei ist demnach identifiziert."

Sie war aus einem der äußeren Stadtteile entführt worden, genau wie ich. „Vielleicht sollten wir uns bei den Vermissten, die infrage kommen, auf die Randgebiete konzentrieren. Am besten auf Frauen, die nach einem Restaurantbesuch oder einer Feier verschwunden sind."

„Überlegt ihr weiter und lasst mich recherchieren." Steffen klickte die Seite weg und gab einen anderen Suchbegriff ein.

Anton zog mich zurück an den Tisch. „Was ist mit der zweiten Frau? Hat er irgendetwas dazu gesagt?"

Ich seufzte laut und anhaltend. „Nein. Ich habe euch alles erzählt, was mir im Gedächtnis geblieben ist. Das, was *er* von sich gegeben hat - kannst du dir vorstellen, dass das schon mehr war, als ich damals hören wollte?"

Judith dachte in eine ganz andere Richtung. „Was meint ihr? Hat er die Hütte lediglich bei Laras Entführung benutzt oder schon vorher?"

„Die Polizei hat das gesamte Grundstück und den Wald nach Leichen abgesucht. Vergraben war jedenfalls da keine. Und irgendwelche Anhaltspunkte, dass *er* dort andere Personen gefangen gehalten hat, fanden sich nicht."

„Das wäre auch nach der langen Zeit ein unglaublicher Zufall gewesen!"

„Ich vermute eher, wir liegen mit unserer Annahme richtig, dass er einen festen Stützpunkt hatte, den er nicht regelmäßig nutzen konnte, Judith. Lara hat er im Hochsommer in seine Gewalt gebracht. Das ist bestimmt der Grund, warum er sie nicht dorthin brachte." Anton überlegte mit gerunzelter Stirn. „Nein, irgendetwas muss sich geändert haben, diese neue Entführung passt ebenfalls nicht in den Zeitrahmen."

Bevor wir weiter darüber nachgrübeln konnten, meldete sich Steffen mit einem neuen Ergebnis. *Sein* erster Mord war tatsächlich am Kanal geschehen, anlässlich eines Festes, das dort stattfand. Das Opfer hatte mit Freunden gefeiert, alle waren mehr als angetrunken gewesen. Auf dem gemeinsamen Heimweg hatten sie mehrere Pausen eingelegt, in denen sie sich ins Gras setzten oder legten. Das sechzehnjährige Mädchen hatte sich zum Wasserlassen hinter einen Busch verzogen – und war nicht wieder aufgetaucht. Als den anderen endlich auffiel, dass ihre Freundin ziemlich lange brauchte, hatte *er* sie bereits verschleppt.

„Was mir bei dieser Geschichte auffällt, ist, dass er ziemlich hartnäckig ist und dabei reichlich risikobereit vorgeht", sagte Anton. „Der muss denen eine ganze Weile gefolgt sein und hat dann die erstbeste Gelegenheit ergriffen. Was, wenn sie geschrien hätte?"

Eine weitere Erinnerung durchzuckte mich. Wie hatte ich sie bloß vergessen können? „*Er* hat ihr den Mund zugehalten, bis sie schlaff wurde und sie danach weggetragen. *Er* machte sich darüber lustig, dass *er* die anderen hat nach ihr rufen hören und so genau wusste, wo die suchten. *Er* musste einfach in die entgegengesetzte Richtung gehen. Das ist mir gerade erst wieder eingefallen", setzte ich entschuldigend hinzu.

„Du solltest morgen noch einmal eine neue Liste erstellen. Vielleicht ergeben sich daraus weitere Flashbacks." Judith nahm mich vorsichtig in den Arm. „Das ist sicherlich sehr schwer für dich, wäre aber äußerst wichtig."

41

Ich war, erschöpft durch die körperliche Anstrengung, schnell eingeschlafen. Judiths Wecker, der um sechs klingelte, riss mich in die Gegenwart zurück. Sofort nahm ich den Gedanken wieder auf, der mir seit unserem gestrigen Brainstorming durch den Kopf geisterte: Unser Vorgehen war vollkommen unlogisch!

Ich hatte genügend Zeit, sämtliche Argumente, die für oder gegen unsere Annahmen sprachen, in Ruhe zu prüfen, da erst Judith, anschließend Steffen und zuletzt Anton das Bad benutzten. Als ich aufstand, um zu duschen, hatte ich mir bereits einen Plan zurechtgelegt, den ich direkt nach ihrem Aufbruch umsetzen wollte.

Bei der morgendlichen Debatte hielt ich mich zurück und bemühte mich, einen traurigen Eindruck zu machen, sodass Anton mir sogar versprach, sich regelmäßig bei mir zu melden. Das war nun genau das Gegenteil von dem, was ich erreichen wollte. „Das ist nicht nötig", wehrte ich ab. „Du hast genug zu tun und ich eigentlich auch. Lass uns mit unseren Berichten warten, bis wir alle wieder hier versammelt sind."

Zu Judith wurde ich deutlicher. „Ich rufe gleich meine Mutter an. Danach stelle ich das Handy ab. Ich will mich ganz auf meine Gedanken konzentrieren können."

„Quäl dich nicht zu sehr", sie drückte meinen Arm. „Gönn dir ruhig zwischendurch eine Pause."

Augenblicklich fühlte ich mich schlecht. Hätte ich nicht vielleicht doch andeuten sollen, was ich vorhatte? Nein, lieber nicht. Sie würden mich bestimmt davon abhalten wollen.

Kaum hatten die drei das Haus verlassen, setzte ich den ersten Teil meines Plans um und tätigte meinen Anruf. Ich kam nicht über das Vorzimmer hinaus. Sie bedaure, sagte die Sekretärin. Herr Kröger habe Anweisungen gegeben, allen entsprechenden Personen mitzuteilen, er hätte seiner Aussage, die er letztes Jahr bei der Polizei gemacht habe, nichts hinzuzufügen.

Und wenn ich es bei ihm zu Hause versuchte?

Ich geriet an den Anrufbeantworter. Ich beendete die Verbindung, ohne darauf zu sprechen. Es hätte sowieso niemand zurückgerufen.

Blieb als letzte Möglichkeit Frau Meierling.

Sie meldete sich nach dem dritten Klingelton. Ich war so überrascht, dass ich ins Stottern geriet und das Sprüchlein, das ich hatte aufsagen wollen, vergaß.

„Sie sind die junge Frau, die von diesem Perversen auf unserem Grundstück festgehalten wurde?", fragte sie nach.

Anscheinend hatte ich mich doch einigermaßen verständlich ausgedrückt. „Ja, und so wie es aussieht, hat *er* schon wieder eine Frau entführt. Meine Freunde und ich glauben, dass *er* damals irgendwoher wusste, dass Ihr Garten nicht mehr genutzt wurde. Und wir fragen uns, ob es nicht andere Objekte in der Nähe gibt …" Mist, jetzt hatte ich mich echt verhaspelt. Aber ich konnte schlecht auf dem direkten Weg um Auskunft über die Krögers bitten. „Dürfte ich zu einem persönlichen Gespräch vorbeikommen?" Welcher Teufel hatte mich da bloß geritten? Ich, die ich mich bisher nicht einmal allein in die Stadt oder ein Café getraut hatte, wollte eine wildfremde Frau irgendwo in der Einöde besuchen, in deren Nähe sich mein Martyrium abgespielt hatte?

„Wann wären Sie denn hier? Meine Enkelin will mich gleich besuchen. In einer Stunde? Dann können wir uns zu dritt unterhalten."

Bevor ich einen Rückzieher machen konnte, sagte ich zu.

Kaum hatte ich das Gespräch beendet, wurde mir angst und bange. Es gab niemanden, den ich mitnehmen konnte, ich war auf mich allein gestellt. Judith, Steffen, meine Eltern, selbst Katharina arbeitete und Anton war anderweitig beschäftigt. Sonst fiel mir keiner ein, an den ich mich hätte wenden können. Wie sollte ich diesen Ausflug bewältigen?

Ein Taxi, ich bestelle mir ein Taxi und lasse den Fahrer vor der Tür warten. Nein, das ging auch nicht. So viel Geld hatte ich nicht bei mir.

Meine Güte, jetzt mach dich nicht verrückt, schimpfte ich mit mir. Die alte Frau hat ebenfalls Bedenken, sich mit dir zu treffen, sonst hätte sie nicht behauptet, ihre Enkelin käme gleich. Ich wusste schließlich, dass sie keine eigenen Kinder hatte. Sie war bestimmt genauso nervös wie ich.

Und es war die einzige Möglichkeit, mit unserer Ermittlung voranzukommen. Dass Anton am Kanal fündig werden könnte, hielt ich mittlerweile für ausgeschlossen. Ja, der Abschaum hatte eine Unterkunft, die *er* zweimal im Jahr scheinbar unbesorgt nutzte. Doch dass diese am Wasser lag, war nicht vonnöten. Zu der Zeit, als die sechs Frauen verschwanden, hatte *er* ein Auto zur Verfügung und konnte die Leichen mit diesem zu einem See oder eben dem Kanal bringen und dort verschwinden lassen. Anton hatte selbst gesagt, dass *er* risikofreudig war. *Er* benötigte nur einen Ort, wo *er* ungestört *seinen* Gelüsten nachgehen konnte. Angst davor, auf der Fahrt in eine Kontrolle zu geraten, hatte *er* sicherlich nicht, dafür war *er* viel zu sehr von sich und *seiner* Unbesiegbarkeit überzeugt.

Ein Blick auf die Uhr: Wenn ich pünktlich sein wollte, musste ich langsam bei der Taxizentrale anrufen. Ich nahm meine Handtasche und kontrollierte mein Portemonnaie. Glück gehabt, das Geld reichte locker für die Hin- und Rückfahrt.

Der Fahrer, ein älterer Mann, warf mir einen scheelen Seitenblick zu, als ich meine Tasche fest umklammernd auf dem Beifahrersitz Platz nahm. Meine Nervosität war zu offensichtlich. „Warenburgstraße zehn", stieß ich hervor.

Er nickte und fuhr los. „Das ist ziemlich weit draußen." Er musterte mich kurz, bevor er seinen Blick wieder auf die Straße richtete.

„Ja, ich weiß." Ich wandte den Kopf ab und starrte aus dem Seitenfenster.

Er verstand den Wink und konzentrierte sich auf den Verkehr, der immer dichter wurde. „Ich nehme die Umgehungsstraße, okay? Das ist zwar eine etwas längere Strecke, aber dafür sind wir schneller."

„Ja, in Ordnung." Ich musste meine gesamte Kraft aufwenden, um mich nicht andauernd zu vergewissern, dass wir nicht verfolgt wurden. Natürlich war das albern, ich kam trotzdem nicht dagegen an. Ich zitterte und schwitzte und mir war übel, was ich versuchte, durch gezieltes Atemtraining in Schach zu halten, damit ich dem Impuls, einfach aus dem Auto zu springen, widerstand.

„Stellen Sie sich irgendwo vor?" Jetzt hatte er seine Neugier nicht mehr unter Kontrolle. „Ich meine nur, weil Sie so nervös sind."

„Ich besuche meine Tante, die ich vor Jahren das letzte Mal gesehen habe", fabulierte ich drauflos. Immerhin hielt er mich anscheinend nicht für eine Betrügerin, die ihn um das Fahrgeld prellen wollte.

„Na, die wird Ihnen schon nicht den Kopf abreißen."

„Unsere Familien haben sich zerstritten, deshalb weiß ich nicht, wie sie darauf reagiert, dass ich bei ihr auftauche", setzte ich hinzu. Mir war ein grandioser Gedanke gekommen. „Wenn ich Ihnen zehn Euro extra gebe, könnten Sie dann fünf Minuten vor dem Haus warten? Nicht dass sie mich gleich wieder rausschmeißt und ich sehen muss, wie ich von dort wegkomme."

„Kein Problem, junges Fräulein." Er lächelte mich beruhigend an. „Wir schaukeln das schon."

Da hatte er ein gutes Thema gefunden, an das er anknüpfen konnte. Lang und breit ließ er sich über seine große Verwandtschaft und seine eigene Familie aus und die Schwierigkeiten, die sich ergaben, wenn sich kleinere Feindseligkeiten auftaten. „Meine Frau und ich halten uns meist aus allem raus. Wir halten den Kontakt oberflächlich. Meine Töchter dagegen sind mit ihren Cousins und Cousinen regelrecht befreundet. Die laden die auf jede ihrer Feiern ein. Na ja, muss halt jeder selbst wissen, wie er das regelt."

Der Monolog ging weiter, er erzählte von einer Tante, die sich mit ihrer Mutter überworfen hatte und einem Onkel, der sich in der Familie durchschmarotzte, und wechselte danach nahtlos zu seinem Bruder, der vor kurzem arbeitslos geworden war und nun nicht wusste, wie er seinen Kredit für das Haus abbezahlen sollte. „Und ich sag noch … Ha!" Im letzten Moment riss er das Steuer herum und bog in eine kleine Straße ein, die sich einen Berg hochschlängelte.

„Warenburgstraße." Mein Herz begann zu rasen. Ich konnte nur hoffen, dass ich in der Lage war, auszusteigen und den Weg zur Tür zurückzulegen.

„Da drüben." Er wies auf ein Mehrfamilienhaus, das sich an den Hang schmiegte. „Ist das Ihre Tante, die auf den Stufen steht?"

Ich hatte Frau Meierling nie gesehen, nahm jedoch an, dass sie es war. „Ja, Sie brauchen nicht zu warten. Anscheinend ist sie genauso froh wie ich, dass wir uns treffen."

Er hielt in der Parkbucht. „Das macht achtundzwanzig Euro fuffzig. Und ich kann ruhig noch einen Moment stehenbleiben. Ist sowieso Zeit für meine Pause."

Ich drückte ihm einen Fünfer zusätzlich in die Hand. „Danke, stimmt so." Dann holte ich tief Luft und stieg aus.

42

Sie wartete, bis ich direkt vor ihr stand und musterte mich ausführlich.

„Frau Meierling?"

„Hätten Sie etwas dagegen, wenn wir in das Café über die Straße gehen? Meine Enkelin scheint sich zu verspäten. Ich habe ihr einen Zettel hingelegt, wo sie mich finden kann." Das kam wie ein langer Satz. Es stimmte, Frau Meierling war genauso nervös wie ich.

Ich nickte und wir stiegen nebeneinander die Stufen hinab. Ich gab meinem Fahrer, der mich mit Argusaugen beobachtete, ein Zeichen. Der hochgereckte Daumen signalisierte, dass alles in Ordnung war.

„Es ist eigentlich ein Altenheim." Frau Meierling schien die Stille zwischen uns unangenehm zu sein. „Aber ich bin schon oft dort gewesen. Und wir können uns in Ruhe unterhalten."

„Das ist perfekt", stimmte ich zu. Ein Altenheim! Das war für mich genau der richtige Ort. Hier würde mir garantiert nichts passieren.

Wir nahmen an einem kleinen Tisch an der Seite Platz und bestellten beide Kaffee und Kuchen, obwohl ich mir nicht sicher war, ob einer von uns beiden Hunger verspürte. Meine Kehle war immer noch wie zugeschnürt. „Ich danke Ihnen, dass Sie zu einem Gespräch mit mir bereit waren." Nein, das klang viel zu steif. „Sie sind meine letzte Hoffnung", begann ich von neuem. „Dieser Kerl, der mich damals vergewaltigt hat. Ich glaube, *er* hat wieder zugeschlagen."

„Das sagten Sie bereits am Telefon", nickte sie. Ihre Anspannung schien verschwunden zu sein. Sie wirkte wesentlich gelöster. „Ich verstehe allerdings nicht, wie ich Ihnen helfen kann."

In der Todesanzeige ihres Mannes hatte gestanden, dass er mit sechsundsiebzig gestorben war, sie kam mir nicht älter vor als Anfang sechzig: Kurzgeschnittene graue Haare, ein freundliches Gesicht mit erstaunlich wenig Falten und aufmerksamen Augen, die mich nicht aus dem Blick ließen. Sie würde ich nicht mit ein paar nichtssagenden Sätzen abspeisen können, dafür war sie viel zu wachsam.

Ich holte tief Luft: „Bis vor kurzem war ich durch das, was mir passiert ist, nicht in der Lage, normal zu leben. Na ja, wenn ich ehrlich sein soll, bin ich das immer noch nicht. Nur war es da wesentlich schlimmer. Dank der Unterstützung von meinen Eltern, meinen Freunden und meiner Therapeutin bin ich jetzt auf einem guten Weg. Zu dieser Therapie gehörte, dass ich mich dem, was damals passiert ist, stellen musste. Dadurch ist mir klargeworden, dass einiges von dem, was der Täter mir erzählte, seltsam ist. Außerdem …"

„Wie meinen Sie das?" Sie schwieg einen Moment, bis die Bedienung Teller und Tassen verteilt hatte. „Was ist seltsam?"

„*Er* hat behauptet, *er* hätte insgesamt zehn Frauen umgebracht und mit den letzten sechs ähnliche Spielchen veranstaltet wie mit mir. Das heißt, *er* muss sie ebenfalls länger in *seiner* Gewalt gehabt haben."

„Davon stand nichts in der Zeitung. Und die Polizisten, die mit meinem Mann und mir sprachen, haben auch nichts darüber verlauten lassen."

„Ich vermute, die Ermittler glaubten mir nicht. Ich war zu diesem Zeitpunkt nicht gerade vertrauenswürdig. Ich konnte keinen Mann in meiner Nähe ertragen und selbst die Ermittlerin musste x-mal nachbohren, bis ich ihr die ganze Geschichte erzählt hatte. Dazu war ich wahrscheinlich ziemlich hysterisch. Ich habe ständig nach meiner Mutter gerufen und bin immer wieder weinend zusammengebrochen."

Frau Meierling nickte verständnisvoll. „In den Artikeln stand, er hat Sie eine Woche lang aufs Übelste gequält. Wer wäre dadurch nicht traumatisiert."

„Ich habe es fast überwunden beziehungsweise ich bin auf einem guten Weg dorthin", gestand ich ehrlich. Ja, mit der Wahrheit würde ich bei ihr am ehesten punkten. „Ich will einfach, dass der Kerl geschnappt wird, so schnell wie möglich."

„Das kann ich verstehen. Nur, wie kann ich Ihnen helfen?"

„Dieses Versteck in Ihrem Garten, *er* muss gewusst haben, dass *er* da ungestört agieren kann. *Er* hat die Entführung vorbereitet, hatte Lebensmittel gekauft und alles andere ebenso, was *er* benötigte. Es kann kein Zufall gewesen sei."

„Wie hieß er noch?"

„Pascal Güssel", quetschte ich hervor. Es bereitete mir regelrecht Übelkeit, *seinen* Namen auszusprechen.

„Stimmt, ich erinnere mich wieder. Die Polizei hat auch nach ihm gefragt." Sie schüttelte entschieden den Kopf. „Ich kenne niemanden dieses Namens."

„Das Grundstück gehört Herrn Kröger", versuchte ich es auf einem anderen Weg. „Wieso hat er es an Ihren Mann verpachtet? Es liegt so einsam. Wie kamen Sie auf die Idee, dort einen Garten anzulegen?"

Sie lachte auf. „Ich bin der Gartenfreak, mein Mann war der Jäger. Er und Walter, das war der alte Herr Kröger, teilten sich die Jagd, dafür bekam ich mein eigenes Kleinod. Wir sind früher jedes Wochenende rausgefahren. Bis seine Krebserkrankung schlimmer wurde." Sie sah von ihrem Kuchen auf, den sie begonnen hatte, in kleine Häppchen zu zerlegen. „Es ist dann ganz schnell mit ihm bergab gegangen. Er kam ins Krankenhaus und war zwei Wochen später tot."

Ich hatte immer noch keinen Hunger, nahm aber einen Schluck von meinem Kaffee, während ich mir überlegte, wie ich die nächste Frage stellen sollte. Die Wahrheit, erinnerte ich mich. Damit kommst du bei ihr am besten weiter. „Leider ist es uns nicht gelungen, mit Herrn Kröger selbst zu sprechen. Daher bin ich auf Sie verfallen. Wir haben mithilfe eines Detektivs ermittelt, dass der Täter regelmäßig im Herbst und Frühjahr zuschlug. Haben Sie vielleicht …?"

Ich brauchte den Satz nicht zu Ende zu bringen. Sie wurde blass und legte eine Hand auf ihr Herz. „Mein Mann und Walter Kröger waren Freunde seit ihrer Jugendzeit. Und sie blieben es bis zuletzt, obwohl Walter in ganz anderen Kreisen verkehrte als wir. Da ich mich mit seiner Frau ebenfalls gut verstand, fuhren wir jedes Jahr zusammen ein paar Tage weg. Wir buchten diese Reisen stets lange im Voraus, eine Ende April, die andere Anfang Oktober. Walter war ein Schatz, er bestand immer darauf, uns einzuladen."

Obwohl ich ja durch unsere Internetrecherche wusste, dass der Senior nicht mehr lebte, tat ich erstaunt: „War? Lebt Her Kröger nicht mehr?"

„Nein, er ist eine Woche nach unserer letzten Oktoberreise an einem Herzinfarkt verstorben. Kurz darauf hat sein Sohn uns die Pacht aufgekündigt." Sie lachte grimmig. „Gott sei Dank hatte Walter das vorausgeahnt und einen wasserdichten Vertrag aufgesetzt. Sie müssen sich das mal vorstellen. Der Eberhard wusste, dass mein Mann bald sterben würde. Als wenn er es nicht abwarten konnte. Daraufhin sind wir ab dem Frühjahr jeden Tag rausgefahren, zum Teil, weil wir die Stunden, die uns gemeinsam blieben, genießen wollten, zu einem anderen Teil aber auch, weil wir wussten, dass sich Eberhard darüber ärgern würde."

„Ihre Geschichte bestärkt mich noch mehr in meiner Vermutung, dass der Täter Bescheid wusste." Aus diesem Grund hatte *er* sich dort so sicher gefühlt. „Wann sind Sie das letzte Mal im Garten gewesen?"

Sie runzelte die Stirn und dachte angestrengt nach. „Mit meinem Mann zusammen Anfang Juli. Er hatte sich erkältet und kam nicht mehr auf die Beine. Ich bin dann noch einmal mit meinem Neffen hingefahren, damit ich unsere Sachen zusammenpacken konnte. Wie gesagt, dass es plötzlich so schnell ging, damit hatten wir beide nicht gerechnet."

„Haben Sie den Garten danach sofort ganz aufgegeben?"

„Das war mit Eberhard so besprochen. Deshalb habe ich mich ja so über ihn geärgert. Als wenn er die paar Monate nicht hätte abwarten können! Ja, ich gab telefonisch Bescheid, nachdem mein Neffe die Hütte leergeräumt hatte. Das war Ende Juli", setzte sie hinzu.

„Und im August bin ich entführt worden."

Bevor sie antworten konnte, klingelte mein Handy, das ich natürlich nicht gewagt hatte auszuschalten. Anton! „Habt ihr was gefunden?"

„Bisher leider nicht. Ich wollte …" Er stutzte. „Wo bist du?"

Die Hintergrundgeräusche hatten ihm verraten, dass ich nicht in seinem Haus auf ihn wartete. Wir waren ja nicht die einzigen Gäste, obwohl wir etwas abseits saßen, konnte man hören, dass sich im Raum mehrere Menschen unterhielten. „Ich sitze mit Frau Meierling zusammen in einem Café."

Er hatte sich gut unter Kontrolle. „Aha."

„Es hat sich so ergeben", rechtfertigte ich mich. „Zu Hause wäre mir die Decke auf den Kopf gefallen."

„Wie kommst du zurück?"

„Ich nehme mir ein Taxi. Unser Gespräch wird sicher nicht mehr lange dauern."

„Nein?", fragte die alte Dame sichtlich erstaunt. „Ich dachte, wir beide besuchen gleich zusammen Frau Kröger."

Mir blieb die Erwiderung im Hals stecken. Mit dieser Wendung hatte ich nicht gerechnet.

43

Ich beendete das Telefonat mit Anton hastig, indem ich versprach, ihn auf dem Laufenden zu halten, und wandte mich wieder Frau Meierling zu. „Wie haben Sie das gerade gemeint?"

„Sie wollen doch Antworten auf Ihre Fragen. Und die wird Annemarie Ihnen sicherlich geben können."

„Das ist die Frau von Walter Kröger?", vergewisserte ich mich.

„Ja, sie ist mir weiterhin eine gute Freundin. Ich kann sie anrufen." Sie beugte sich vor. „Ehrlich gesagt möchte ich genau wie Sie wissen, was dahintersteckt. Dass diese Frauen ausgerechnet dann verschwanden, wenn wir im Urlaub waren, lässt darauf schließen, dass der Täter diese Information hatte. Also denke ich, dass Annemarie mehr wissen könnte."

Das war eine Entwicklung, mit der ich nicht gerechnet hatte. Insgeheim war ich bereits davon ausgegangen, nur über Herrn Jühlen weitere Ergebnisse zu bekommen. „Ist Ihnen, wenn Sie aus dem Urlaub zurückkamen, irgendetwas aufgefallen? Gab es irgendwelche Spuren von Vandalismus oder standen Dinge anders als zuvor?" Irgendwie konnte ich mir nicht vorstellen, dass man nicht merken sollte, dass Fremde sich im eigenen Häuschen und auf dem Grundstück aufgehalten hatten.

„Wer sagt denn, dass er unseren Garten nutzte?" Sie zwinkerte mir zu. „Das Jagdhaus war genauso geeignet. Und Männern fällt es nicht auf, ob alles genau wie vorher ist."

Jaaa, daran hatte ich nicht gedacht. „Ist der Sohn kein Jäger?"

„Nein, der lebt für sein Geschäft." Sie zog ein modernes Handy aus ihrer Handtasche, scrollte durch die Namensliste und drückte auf Wählen. „Hallo, Annemarie, hier ist Hedda. Bist du zu Hause? Ich würde gern mit einer Bekannten kurz vorbeikommen. Wir haben ein paar wichtige Fragen an dich. Was? Ja, ich denke, das ist sogar noch besser. Dann bis gleich. Tschüss." Sie lächelte zufrieden. „Wir treffen uns im Goldenen Krug. Das Lokal liegt auf halbem Weg zwischen ihr und mir. Außerdem ist gleich Mittag. Dann können wir dort essen."

So spät schon? Ich blickte auf meinen Kuchen, den ich bis jetzt nicht angerührt hatte. Mein Magen zog sich zusammen und grummelte verlangend.

„Nur zu", ermunterte mich Frau Meierling und nahm ebenfalls ihre Gabel auf. „So viel Zeit bleibt uns noch."

Das Personal, das bereits für das Mittagessen eindeckte, war sichtlich froh, uns loszuwerden. Ohne dass ich es bemerkt hatte, hatte sich der Raum geleert, außer uns saßen lediglich zwei alte Männer in Rollstühlen an einem Tisch und warteten offensichtlich schon auf ihre nächste Mahlzeit.

„Kommen Sie." Hedda Meierling schritt energisch vor mir her. „Die Bushaltestelle ist nicht weit."

Mit dem Bus? Ich? Nein, das schaffte ich nicht.

Sie drehte sich um, als sie merkte, dass ich langsamer wurde. Ein Blick in mein Gesicht sagte ihr genug. „Sollen wir lieber ein Taxi nehmen?"

Ich schluckte und straffte meine Schultern. „Nein, der Bus ist in Ordnung." Langsam musste ich anfangen, mich der Wirklichkeit zu stellen. Immerhin hatte ich eine resolute Dame an meiner Seite. Und außerdem waren neben dem Fahrer bestimmt viele weitere Menschen in meiner Nähe. Ich durfte bloß den Gedanken an *ihn* nicht zulassen. Irgendwie würde ich diese Fahrt schon überstehen.

Frau Meierling war ganz anders, als ich sie mir vorgestellt hatte. Nicht nur dass sie wesentlich jünger war als vermutet, sie vermittelte wirklich den Eindruck einer mitten im Leben stehenden Person, die sich ihrer Haut zu wehren wusste. Geschickt bahnte sie sich einen Weg durch die Wartenden und zog für sich und mich je eine Fahrkarte. Dann erzählte sie mir allerhand Nebensächlichkeiten aus ihrer Vergangenheit. Ich merkte, wie ich mich tatsächlich etwas entspannte. Nicht viel, aber genug, um nicht allzu sehr aufzufallen. Als der Bus direkt vor uns hielt, war ich in der Lage, mich hocherhobenen

Hauptes in der Menge vorwärtsschieben zu lassen und direkt hinter ihr einzusteigen.

Sie zog mich zu einem freien Vierersitz und überließ mir den Fensterplatz. „Es sind fünf Haltestellen. Der Goldene Krug liegt direkt an der Hauptstraße. Wir fahren direkt daran vorbei." Und wieder plauderte sie fröhlich weiter. Ich erfuhr, dass es früher Usus gewesen war, sich dort einmal im Monat zu treffen. Die Frauen hatten nach dem Tod ihrer Männer diesen Brauch beibehalten. Nur dass sie sich meist mittags statt abends trafen. „Anschließend gehen wir im nahegelegenen Park spazieren. Wir sind nicht so lauffaul wie unsere Männer."

Ich schaute aus dem Fenster, betrachtete die vorbeiziehenden Häuser und konzentrierte mich gleichzeitig auf ihre Stimme, bis ich die Nebengeräusche ausblenden konnte. Dafür war ich mir der Nähe der vielen Menschen um mich herum deutlich bewusst. Obwohl ihr Körper mich von den meisten abschirmte, hatten sich all meine Muskeln verhärtet. Ich saß sprungbereit da, bereit, sofort die Flucht zu ergreifen, falls irgendetwas passierte.

Den Bus verlassen zu können war eine Wohltat. Zum ersten Mal atmete ich, trotzdem ich auf einer öffentlichen Straße mit reichlich Verkehr stand, befreit auf und entspannte mich ein wenig.

„Sie sind ganz blass", stellte Frau Meierling fest. „War es zu viel für Sie?"

„Nein, es war genau die richtige Entscheidung. Irgendwann muss ich ja anfangen, mich nicht mehr von der Vergangenheit beeinflussen zu lassen."

„Sie sind eine sehr mutige junge Frau. Nein, nein", kam sie meiner Erwiderung zuvor. „Ich kann mir nicht vorstellen, was Sie durchgemacht haben, nur erahnen, wie schlimm es für Sie gewesen sein muss. Und ich finde es sehr mutig von Ihnen, sich in diese neue Ermittlung einzubringen. Ich weiß nicht, ob ich dazu fähig wäre."

„Es ist zum Teil Selbstschutz", gab ich zu. „Ich spiele seit einigen Tagen mit dieser Idee, sie ist durch die Entführung akut geworden.

Ich will, dass *er* gefasst wird. Ich finde keine Ruhe, bis ich nicht weiß, dass *er* hinter Gittern ist. Das ist vermutlich albern", fuhr ich rasch fort. „Doch es bedeutet mir viel, *ihn* zu stellen."

„Hat die Polizei nichts herausgefunden?"

Ich lachte bitter. „Die dachten, *er* hätte sich ins Ausland abgesetzt. Ich dagegen glaube mittlerweile, dass *er* sich die ganze Zeit über hier in der Nähe versteckt hielt."

Ohne dass ich darauf geachtet hatte, standen wir vor dem Restaurant. Frau Meierling sah auf die Uhr. „Wir sind zu früh. Na, macht nichts. Wollen Sie lieber draußen oder drinnen sitzen?"

Ich sah mich um. Der Restaurantbereich schien relativ groß zu sein. Die Fensternischen waren alle besetzt, mehr konnte ich von draußen nicht erkennen, Aber die hin und her eilenden Kellner bestätigten meine Vermutung, dass viele weitere Gäste auf ihr Essen warteten.

Auf der Terrasse, die einen wunderbaren Blick auf die dahinterliegende grüne Anlage gestattete, der Ausläufer des Parks, wie ich vermutete, standen circa zwanzig Tische, die zur Hälfte belegt waren. Bei dem Wetter sicher die bessere Alternative. Allerdings erinnerte sie mich zu stark an die der Gaststätte, in der ich mich mit Katharina und Marina getroffen hatte. „Lieber drinnen."

Sie nickte und ging voraus. Kaum hatte ich die Schwelle übertreten, atmete ich auf. Ja, ich hatte mich richtig entschieden. Der Betrieb hielt sich in Grenzen, die Gäste hatten sich über den gesamten Raum verteilt, sodass genügend ruhige Inseln zur Verfügung standen. Wir würden uns ungestört unterhalten können.

Frau Meierling steuerte einen Tisch in der Nähe der Fenster an und nahm sich zufrieden umblickend Platz. „Nicht so leer, dass man sich einsam fühlt, aber nicht so voll, dass man sein eigenes Wort nicht versteht. Die Küche hat einen guten Ruf", fügte sie erklärend hinzu. „Hier werden mehr geschäftliche Meetings abgehalten, als Sie sich vorstellen."

Ich setzte mich ihr gegenüber. Ja, das war mir ebenfalls aufgefallen. Zu zweit, zu dritt und teilweise zu viert saßen Männer in gutgeschnittenen Anzügen vor riesigen Platten und führten ernsthafte Gespräche, während draußen ein eher gemischtes Publikum wesentlich preisgünstigere Gerichte genoss.

„Wir halten schließlich auch ein Geschäftsessen ab." Frau Meierling lächelte vergnügt. „Bitte bringen Sie uns ein Wasser und nein, zwei Wasser, bitte", bestellte sie auf mein Nicken bei dem wartenden Kellner. „Wir erwarten noch jemanden. Ah", sie begann zu winken. „Da ist sie ja schon."

44

Frau Kröger entstammte eindeutig der Oberschicht, was sich nicht nur in ihrer Kleidung, einem sommerlichen Kostüm von hervorragendem Schnitt, sondern sogar in ihrer Haltung und ihrer Art zu sprechen und sich zu geben, wie ich kurz darauf feststellen konnte, ausdrückte.

„Hallo, Hedda." Nach einer Umarmung und flüchtigen Wangenküssen wandte sie sich mir zu.

„Lara Caspary", stellte ich mich vor und gab ihr die Hand zur Begrüßung.

„Sie ist das ehemalige Opfer von diesem Pascal Güssel", ergänzte Frau Meierling, während wir alle wieder Platz nahmen. „Und sie braucht unsere Hilfe."

Ich wurde unter hochgezogenen Augenbrauen gemustert. „Erzähl!"

„Warte einen Moment." Ihre Freundin deutete mit dem Kopf auf den sich nähernden Kellner. „Wir sollten uns vielleicht zuerst der Speisekarte widmen und bestellen. Es ist eine längere Geschichte."

Die beiden Frauen entschieden sich für eine Grillplatte, ich nahm lediglich einen gemischten Salat. Bei all den Aufregungen dieses Tages wollte ich meinem Magen nicht zu viel zumuten.

Kaum hatte der Kellner sich entfernt, nickte Frau Kröger ihrer Freundin zu. „Leg los."

Frau Meierling gab ziemlich genau das wieder, was sie von mir erfahren hatte. „Findest du nicht auch, dass der Mann nicht nur gewusst haben muss, dass wir gemeinsam in den Urlaub fahren, sondern ebenso, dass unser Garten damals nicht mehr genutzt wurde?", fragte sie.

Frau Kröger nickte langsam. „Ja, er muss diese Information von irgendjemandem aus unserem Betrieb bekommen haben. Ihn selbst kenne ich nicht", richtete sie ihre Aufmerksamkeit auf mich. „Die Polizei hat uns damals ebenfalls über ihn befragt. Wir kennen niemanden dieses Namens, weder mein Sohn noch ich noch seine Frau."

„Es hat am Samstag eine neue Entführung gegeben", setzte ich hinzu. „Wir, das heißt meine Freunde und ich, sind uns ziemlich sicher, dass derselbe Täter dahintersteckt. Ich möchte helfen, *seinen* Bestimmungsort zu finden. Vielleicht können wir sie noch retten."

„Sie denken, er hat sich ein anderes Objekt von uns ausgesucht." Trotz ihres hohen Alters, ich schätzte sie auf Mitte siebzig, war ihr Verstand scharf geblieben. Denn es war keine Frage, sondern eine Feststellung gewesen, und offensichtlich dachte sie angestrengt nach.

„Der Verdacht liegt zumindest nahe", bestätigte ich. „Meine Freunde verfolgen eine andere Spur. *Er* hat mir gegenüber betont, dass *er*, um keine Spuren zu hinterlassen, *seine* Opfer ins Wasser warf. Wir haben herausgefunden, dass *er* eine der Toten in einem See versenkte, die andere im Kanal. Deshalb kontrollieren sie das Gebiet ringsherum."

„Aber weder der Garten noch die Jagdhütte liegen in der Nähe von Wasser", wandte sie ein.

„Es ist nur eine von mehreren Möglichkeiten. Daher wollte ich eine der anderen überprüfen." Hoffentlich fragte sie nicht nach, welche weiteren es sonst noch gab. „Der Täter kann sie genauso mit dem Auto zu einem See oder etwas Ähnlichem transportiert haben. Und als *er* mich entführte, musste *er* keine Angst mehr haben, anhand von Spuren überführt zu werden. *Ihm* war bewusst, dass *er* gesucht wurde. *Er* benötigte bloß einen ruhigen unauffälligen Platz, um *seine* Gelüste auszuleben."

Sie verzog missbilligend das Gesicht, dabei hatte ich mich schon äußerst zurückhaltend geäußert.

„Er ist ein Sadist, ein Psychopath der übelsten Sorte", kam Frau Meierling mir zu Hilfe. „Er muss gestoppt werden."

„Ob *er* tatsächlich die Jagdhütte für die Frauen vor mir genutzt hat, ist natürlich nicht bewiesen. Der Detektiv, den mein Vater nach der

Entführung beauftragte, ist sich jedoch sicher, dass diese Termine, Ihr gemeinsamer Urlaub und das Verschwinden der Frauen zum selben Zeitraum, zusammenhängen könnten." Das hatte er zwar so nicht gesagt, aber ich merkte, dass ich Frau Kröger noch lange nicht überzeugt hatte.

„So, Ihr Vater hat einen Detektiv eingeschaltet." Diese Tatsache schien sie mehr für mich einzunehmen, als die Bestätigung, dass Her Jühlen in eine ähnliche Richtung dachte. „Eigeninitiative ist immer gut."

„Leider hat auch er *ihn* nicht finden können." Ich legte so viel Bedauern wie möglich in meine Stimme. „Ich habe gestern noch mit ihm telefoniert", wieder eine Lüge. „Er ist wie wir der Meinung, das Tatmuster dieser neuen Entführung entspricht dem des Gesuchten. Das würde bedeuten, *er* hält sich nach wie vor in der Nähe auf und hat ein Versteck gefunden, in dem *er* relativ sicher vor Entdeckung ist."

„Es gibt tatsächlich ein weiteres leerstehendes Gebäude." Sie runzelte die Stirn. „Ich wüsste nicht, wie er darauf aufmerksam geworden sein könnte."

„Wo?" Frau Meierling und ich waren gleichermaßen elektrisiert. Genau diesen Moment hatte sich der Kellner ausgesucht, um das Essen aufzutragen. Ich spürte, wie mir der Schweiß ausbrach und mein Herz zu rasen begann. Ungeduldig schaute ich ihm zu, wie er den Damen das Gewünschte auf ihre Teller legte, nein, nicht legte, er zelebrierte das Vorlegen richtig. Kaum hatte er sich mit einer Verbeugung verabschiedet, kam der nächste und brachte meinen Teller.

„Ja", Frau Kröger nahm Messer und Gabel zur Hand und sah uns an. „Du kennst doch diesen Schuppen, neben dem wir früher das geschlagene Holz aufbewahrt haben, Hedda. Dort übernachteten die Arbeiter ab und zu, wenn sie mit der Arbeit nicht zeitgerecht fertig wurden. Meinst du, das wäre eventuell eine Möglichkeit?"

„Ja, genau." Ihre Freundin ließ vor Aufregung beinahe ihr Besteck fallen. Sie beugte sich vor. „Das ist das ideale Versteck, mitten im Wald gelegen und sehr einsam. Die Zufahrt ist wahrscheinlich längst überwuchert. Wie lange nutzt ihr das Gebäude schon nicht mehr?"

Frau Kröger hatte angefangen, in aller Ruhe ein Stückchen Fleisch abzuschneiden, und schob es gerade zusammen mit einer Portion Gemüse auf die Gabel. „Schon ewig. Mindestens seit drei, vier Jahren nicht mehr", präzisierte sie.

„Ist das der einzige Unterschlupf, der Ihnen einfällt?" Heimlich hatte ich schon das Handy aus meiner Tasche geangelt und hielt es griffbereit.

„Die alte Fabrik am Hafen wird seit zwei Wochen umgebaut." Sie nahm den nächsten Bissen. „Die Arbeiter hätten es gemeldet, wenn sich dort jemand aufhielte."

„Der Schuppen, den Sie ansprachen. Wo genau befindet der sich?"

„Ja, wie soll ich das erklären?" Sie sah auffordernd zu ihrer Freundin.

„Das Waldgebiet zieht sich über drei Berge hin." Frau Meierling nahm ihr Messer zu Hilfe und zeichnete ein X auf die Tischdecke. „Hier war unser Garten und hier das Jagdhaus. Und hier", sie malte ein drittes X, „ist ungefähr die Hütte. Man fährt an der ersten Abbiegung vorbei und nimmt die dritte. Dann kommt irgendwann eine Schranke", sie blickte zu Frau Kröger, die zustimmend nickte. „Dahinter beginnt die ehemalige Zufahrt zum Holzlager. Es ist ziemlich schwer zu beschreiben."

„Würden Sie es wiederfinden?"

„Natürlich. Ich war oft genug dort. Mein Mann führte den Arbeitstrupp über mehrere Jahre an."

Ich holte das Handy hervor und wählte eins, eins, null. Jetzt zählte jede Minute. „Ich habe eventuell Informationen, wo sich der Entführer der jungen Frau von Samstagabend befindet", platzte ich heraus, sobald sich der Beamte gemeldet hatte. „Es handelt sich um das Waldgebiet der Krögers, in dem *er* schon einmal jemanden versteckt hielt."

Statt elektrisiert, reagierte er betont sachlich. „Sagen Sie mir bitte zuerst Ihren Namen", verlangte er. „Wie kommen Sie darauf, dass es sich um den gleichen Täter handelt?", lautete seine nächste Frage.

„Weil es genau *seiner* Vorgehensweise entspricht." Meine Güte, ich hätte am liebsten laut geschrien. Konnte er nicht einfach einen Streifenwagen hinschicken? Stattdessen raufte ich mir die Haare und versuchte, sachlich zu bleiben. „Ich bin Herrn Güssels letztes Opfer und konnte nicht anders, als auf eigene Faust zu ermitteln. Frau Kröger, die Besitzerin des Waldes, in dem *er* mich gefangen hielt, hat mir gerade erzählt, dass es ein weiteres schwer zugängliches leerstehendes Gebäude in dem Gebiet gibt. Das sollten Sie sich dringend ansehen."

Endlich schien er etwas interessierter. „Können Sie mir eine genaue Beschreibung geben?"

„Ich verbinde Sie lieber mit ihr selbst." Ich drückte der verdutzten Frau mein Handy in die Hand.

Sie funkelte mich wütend an, meldete sich aber. Dann lauschte sie eine Weile dem, was der Beamte ihr mitzuteilen hatte. „Wenden Sie sich an Herrn Brenner, ich gebe Ihnen gleich seine Nummer. Der kann Sie an der Straße erwarten und Ihnen den Weg zeigen." Sie lauschte kurz, verabschiedete sich und drückte die Austaste, bevor sie mir mein Handy zurückgab. „Alles geklärt, wir können in Ruhe essen."

Frau Meierling war genauso sprachlos wie ich. Wie sollten wir nach dieser aufregenden Wendung an Essen denken?

45

Wir saßen zu Hause, Anton, Judith, Steffen und ich und warteten. Bisher war nichts an die Öffentlichkeit gedrungen. Selbst Her Jühlen, den ich auf der Rückfahrt im Taxi sitzend informiert hatte, hatte sich nicht bei uns gemeldet.

Zuerst war es relativ einfach gewesen, die Wartezeit zu überbrücken. Ich hatte ausführlich von meinem Besuch bei Frau Meierling und dem anschließenden Gespräch mit ihrer Freundin erzählt und mir jede Menge Vorwürfe ob meines eigenmächtigen Handelns anhören müssen.

Alle waren sichtlich verärgert, dass ich sie nicht an meinen Überlegungen hatte teilhaben lassen. Die Männer nahmen kein Blatt vor den Mund, nur Judith war gnädiger und verteidigte mich sogar, indem sie behauptete, sie würde ähnlich reagiert haben, da man vorher gar nicht wissen konnte, ob diese Spur uns weiterbrachte.

„Wenn du mir gesagt hättest, was du vorhast, wäre ich mitgekommen", sagte Anton zum wiederholten Mal.

„So war es besser", widersprach ich. „Sonst hätte ich bestimmt nicht so viel herausbekommen. Ich bin das Opfer, also ist man bereit, mir zu helfen. Selbst wenn man meine Gedankengänge als Hirngespinst abtut."

„Außerdem wurde dadurch die Polizei sofort eingeschaltet", nickte Judith. „Wie ich dich kenne, hättest du dich sonst lieber selbst überzeugt, ob an der Geschichte was dran ist."

Anton warf ihr eine Kusshand zu. „Stattdessen haben wir uns einen völlig unnützen Vormittag gemacht, indem wir die Kanalufer absuchten."

„Das konnte zu dem Zeitpunkt niemand wissen." Trotzdem hatte ich ein schlechtes Gewissen wegen meines heimlichen Vorgehens. Andererseits war ich allerdings auch stolz auf mich. Zum ersten Mal seit langem hatte ich ganz allein einen Ausflug gewagt.

„Diese verdammte Warterei", stöhnte Judith. Sie sprang auf und aktualisierte die Computernachrichten. „Immer noch nichts."

„Soll ich Frau Meierling anrufen?" Die alte Dame hatte mir ihre Handynummer gegeben und mich gebeten, sie über alles Weitere zu informieren. Nach dem Essen waren wir gemeinsam zur Bushaltestelle gegangen, sie fast genauso aufgeregt wie ich.

„Hoffentlich stimmt Ihre Vermutung", hatte sie zum Abschied gesagt. „Das wäre für die Entführte genauso ein Glücksfall wie für Sie. Dann kämen Sie endlich zur Ruhe." Wir hatten es gerade noch geschafft, unsere Telefonnummern auszutauschen, dann war schon der Bus gekommen.

Ich hatte für die Rückfahrt wieder ein Taxi genommen, fast zeitgleich mit mir erschien ein erschöpfter Anton, der ziemlich sauer auf mich war. Bis ich ihn beruhigt hatte, traf Judith ein und kurz darauf Steffen. Wir aßen die Reste von gestern und saßen anschließend herum, unfähig, irgendetwas Sinnvolles zu tun.

„Ich glaube, ich rufe doch eben meine Eltern an und informiere sie, was sich ergeben hat." Viel lieber hätte ich ihnen das hoffentlich endgültige Ergebnis mitgeteilt. Nur, wenn es bis morgen dauerte, wären sie zu Recht sauer auf mich, dass ich mich nicht gemeldet hatte.

Meine Mutter war entsetzt über meine Vorgehensweise. „Kind, das sind alles reine Mutmaßungen!"

„Ja und? Es ist zumindest eine Alternative, ein Ort, auf den die Polizei nie gekommen wäre", verteidigte ich mich.

Sie beruhigte sich und ich musste ihr jede Einzelheit mitteilen. „Wir schauen gleich die Nachrichten." Mittlerweile war sie genauso aufgeregt wie ich. „Ich bin gespannt, ob sie etwas darüber bringen."

„Vielleicht auch erst morgen", versuchte ich, ihre Erwartung zu dämpfen. „Das ist ein riesiges Waldgebiet. Vielleicht muss die Polizei es durchkämmen."

Wir tauschten ein paar Belanglosigkeiten aus und ich beendete das Gespräch. Zwei Minuten später klingelte mein Handy. In der Erwartung, dass meine Mutter mir noch etwas mitteilen wollte, schaute ich nicht auf das Display, sondern meldete mich mit: „Na, noch was vergessen?"

Das irritierte Schweigen meines Gesprächspartners sagte mir genug. Mein Herz machte einen aufgeregten Satz, als die Stimme von Frau Meierling ertönte. „Frau Caspary?"

„Oh, entschuldigen Sie bitte. Ich habe gerade mit meiner Mutter telefoniert und dachte … Gibt es Neuigkeiten?" Warum sollte sie wohl sonst anrufen!

„Ja, ich erhielt gerade einen Anruf von Annemarie. Man hat die junge Frau gefunden, sie ist tot."

„Tot", hauchte ich, kaum noch imstande, einen Ton hervorzubringen. Meine Kehle war plötzlich wie zugeschnürt. Unbewusst nahm ich wahr, wie jemand neben mir scharf die Luft einsog.

„Sie ist eine Felswand hinabgestürzt. Der Arbeiter, der meine Freundin informierte, meint, der Arzt, der die Leiche untersuchte, hätte gesagt, die Frau sei schon länger tot."

Mir schossen die Tränen in die Augen. Alles umsonst!

„Die Polizei hat zuerst den Schuppen kontrolliert. Es machte den Anschein, dass bis vor kurzem jemand dort wohnte", fuhr sie fort. „Daraufhin haben sie eine Hundestaffel angefordert. Einer der Hunde führte die Beamten zu der Felskante. Ein anderer hat eine weitere Spur verfolgt, die quer durch den Wald zur Straße führte. Sie vermuten, dass der Täter mit einem Auto geflohen ist."

Die Enttäuschung drückte meine Brust zusammen. „Also ist *er* weg."

„Mehr weiß ich leider nicht. Meine Freundin rief mich an, sobald ihr Arbeiter sich bei ihr meldete. Sie hat der Polizei auch gesagt, dass Sie den Verdacht haben, es müsse jemand in ihrem Betrieb sein, der die Informationen über die unbenutzten Gebäude an den Täter weitergab. Dem gehen die Beamten ebenfalls nach."

Ich bedankte mich für die Informationen und versprach, mich bei ihr zu melden, falls ich Neuigkeiten erfühlte. Dann schlug die Erkenntnis mit aller Macht zu. *Er* war immer noch auf freiem Fuß und hatte ein weiteres Opfer hinterlassen.

Judith eilte an meine Seite und führte mich zur Couch. „Leg dich hin. Du bist ganz blass."

Ich kauerte mich mit hochgezogenen Beinen in eine der Ecken. „*Er* ist entkommen."

Es dauerte lange, bis ich in der Lage war, das wenige, was Frau Meierling mir berichtet hatte, weiterzugeben. Danach saßen wir stumm nebeneinander, jeder mit seinen eigenen Gedanken beschäftigt.

„Willst du deine Eltern informieren?", fragte Anton nach einer Weile.

Ich nickte, schüttelte aber gleich darauf den Kopf. „Ich kann nicht."

„Ich rufe sie an." Steffen griff nach meinem Handy. Er erzählte ihnen, was passiert war, ließ allerdings aus, wie schlecht es mir ging. „Nein, sie will hierbleiben", hörte ich ihn sagen. „Ich habe morgen Urlaub, ich kümmere mich um sie."

Die folgende Diskussion zwischen Anton und ihm glitt an mir vorbei, ich war nicht in der Lage, mich darauf zu konzentrieren. Erst als Judith aufstand und begann, die Rollläden herunterzulassen, wurde ich aufmerksam. „Ich kann nicht allein schlafen."

„Musst du nicht." Steffen setzte sich neben mich und nahm meine Hand. „Entweder lege ich mir eine Matratze vor dein Bett oder wir schlafen nebeneinander hier im Wohnzimmer."

Ich entschied mich für Letzteres. Ich musste einfach jemanden ganz dicht bei mir haben, seinen Atem und seine körperliche Nähe spüren, Dinge, die ich noch heute Morgen kaum ertragen hätte. Es war, als könne ich ohne jemanden an meiner Seite nicht mehr weiterexistieren. Ich klammerte mich geradezu an seine Gegenwart, unfähig, auch nur einen Moment ohne Gesellschaft auszukommen.

Judith begleitete mich ins Badezimmer und wartete vor der Tür, bis ich mich umgezogen und meine Abendtoilette beendet hatte. In der Zwischenzeit brachten Anton und Steffen zwei Matratzen nach unten und legten sie dicht nebeneinander auf den Teppich im Wohnzimmer.

Steffen löschte das Licht bis auf eine kleine Lampe. „Gut so?"

„Mhm." Ich würde in dieser Nacht sowieso kein Auge zumachen können.

„Willst du eine Schlaftablette?" Judith tauchte noch einmal im Türrahmen auf.

„Nein, danke." Damit würde ich garantiert nicht wieder anfangen.

Steffen rückte auf seiner Seite dicht an mich heran. „Egal, was ist: Weck mich, wenn du Albträume hast oder Angst bekommst."

„Könntest du vielleicht rüberrutschen und mich in den Arm nehmen?" Ich wusste selbst nicht, woher diese Anwandlung kam, doch ich hatte das Gefühl, nur in seinen Armen sicher zu sein.

Er lüftete seine Decke und ich kuschelte mich an ihn.

46

Wider Erwarten schlief ich in dieser Nacht ein paar Stunden und sogar ohne Albträume. Seine Gegenwart, seine Wärme und sein ruhiger Herzschlag entspannten mich, sodass ich tatsächlich zur Ruhe kam.

Am Morgen löste ich mich von ihm und krabbelte von der Matratze. Er blinzelte und setzte sich ruckartig auf. „Ist was?"

„Nein. Ich höre Judith und Anton oben im Bad. Es ist Zeit zum Aufstehen." Ich konnte ihm nicht in die Augen sehen. Ich hatte mich benommen wie ein kleines Kind. Klar, er war ein guter Freund, mehr aber nicht. Dass ich mich derart an ihn gedrängt hatte, entsprach nicht unserem Verhältnis und war mir schlichtweg peinlich. Was musste er von mir denken!

Er gähnte und reckte sich völlig unbefangen. „Du scheinst auch geschlafen zu haben, richtig?"

Ich konnte spüren, dass ich rot wurde. „Ja, es war sehr nett von dir, diese unbequeme Lage für mich zu ertragen."

„Nett?" Er grinste. „Ich dachte, wir sind Freunde. Da ist das selbstverständlich."

Ich floh vor seinem Blick in Richtung Bad. Heute Morgen fühlte ich mich wesentlich besser, der gestrige Schock wirkte immer noch nach, meine Angst, dass ich zurück in meinen alten Zustand verfiele, hatte sich zum Glück nicht bestätigt. Hoffentlich konnte ich mein Leben ungefähr da fortsetzen, wo ich zuletzt gestanden hatte. Es wäre ein Albtraum, wenn ich all die Fortschritte, die ich gemacht hatte, wieder einbüßen würde. Ja, ich hatte trotz der unternommenen Anstrengungen die junge Frau nicht retten können. Sie war tot. Ich dagegen lebte weiter und musste zusehen, dass weder die alte noch die neue Geschichte es schafften, mich daran zu hindern, wieder zu meinem früheren Selbst zurückzufinden.

„Du brauchst nicht hierzubleiben", sagte ich beim Frühstück zu Steffen. „Ich komme klar."

„Ich will bleiben. Außerdem habe ich meinem Chef schon Bescheid gesagt, dass ich heute nicht komme. Du wirst mich nicht los."

„Es ist wirklich besser, du bist nicht allein." Judith trank einen letzten Schluck Kaffee und sprang auf. „Ich muss gehen. Fangt bloß keine neue Suche an, hört ihr? Macht euch einen ruhigen Tag!"

Anton und Steffen sahen sich verständnisinnig grinsend an. Ich konnte nicht anders, ich tat es ihnen nach. Judith musterte uns und stieß ein verächtliches ‚Pfff' aus, bevor sie aus dem Zimmer stürmte.

„Ich bin den ganzen Tag im Studio erreichbar." Auch Anton erhob sich. „Wenn es was Neues gibt, meldet euch bitte."

Steffen und ich blieben sitzen und tranken eine weitere Tasse Kaffee. Wieder fiel mir auf, dass er ein verdammt gutaussehender Mann war. Nicht dass ich irgendein Interesse an ihm verspürte, dazu war ich noch viel zu gestört. Allein der Gedanke, mich auf diese Art und Weise anfassen zu lassen, drehte mir den Magen um und ließ mich in Schweiß ausbrechen. Trotzdem, warum hatte er eigentlich keine Freundin? Bevor ich mich versah, platzte ich mit dieser Frage heraus.

Jetzt war er es, der rot wurde. „Ich habe die Richtige bisher nicht gefunden." Er hob die Schultern und ließ sie wieder fallen. „Es stellte sich immer relativ schnell heraus, dass wir doch nicht so gut zueinanderpassten, wie wir gedacht hatten. Nach dem dritten Versuch bin ich vorsichtig geworden. Dieses Mal gehe ich die Sache langsamer an."

Mit wem, wollte ich nachfragen. Hast du schon jemanden ins Auge gefasst, beschloss dann, lieber nicht weiter in ihn zu dringen. Wenn er wollte, konnte er es mir ja erzählen.

Wollte er offenbar nicht. Er stand auf und begann, den Tisch abzuräumen. „Du könntest gleich einmal bei Herrn Jühlen anrufen. Mal sehen, wer besser informiert ist, du oder er."

Die Sekretärin stellte mich durch, sobald ich meinen Namen gesagt hatte. „Hallo, Frau Caspary. Haben Sie gehört, dass sein letztes Opfer tot aufgefunden wurde?"

„Ja, ich bin gestern Abend von Frau Meierling informiert worden. *Ihm* ist wieder einmal die Flucht gelungen." Wir hatten zwar den Computer noch nicht hochgefahren und die aktuellen Meldungen gelesen, aber die Nachrichten im Radio gehört. Es war die Topmeldung des Tages.

„Ich bin gestern leider nicht mehr dazu gekommen, mich bei Ihnen zu melden", entschuldigte er sich. „Ich hatte ein sehr, sehr langes Gespräch mit einem Klienten. Mein Mitarbeiter legte mir Ihre Nachricht auf den Schreibtisch. Ganz ehrlich? Sie könnten, wenn Sie wollten, sofort bei mir anfangen. Ich habe mich schwarz geärgert, dass ich diese Verbindung nicht selbst gezogen habe."

„Es war ein Schuss ins Blaue", wiegelte ich ab. „Und ich hatte den Vorteil, dass Frau Meierling und ich uns sofort gut verstanden haben. Dass Sie sich gleich mit Frau Kröger in Verbindung setzen würde, war wirklich Glück." Leider waren wir viel zu spät darauf gekommen. Die Entführte war bereits seit mindestens zwei Tagen tot, hatte es im Radio geheißen. Ich vermutete, dass *er* sie bei einem *seiner* Spielchen in die Enge getrieben hatte und sie sich, nach dem, was sie erlebt hatte, lieber in die Tiefe stürzte, statt sich von *ihm* fangen zu lassen.

„Oder sie war so in Panik, dass sie einen Fehltritt getan hat", meinte Herr Jühlen, nachdem ich meine Vermutung laut ausgesprochen hatte. „Oder er hat sie gestoßen, weil sie nicht dem Opfertyp entsprach, den er sich vorgestellt hatte. Es gelingt nicht vielen, diese Tortur auszuhalten."

Ja, das war mir auch schon in den Sinn gekommen, ich hatte es aber vermieden, diesen Gedanken weiterzuverfolgen. „Die Polizei wird es hoffentlich herausfinden."

„Viel wichtiger erscheint mir, dass sie den Täter endlich schnappen. Hat die Kripobeamtin zu Ihnen Kontakt aufgenommen?"

„Nein, damit rechne ich auch nicht." Die hatte ganz andere Dinge zu tun.

„Sollten Sie lieber. Die wird genau wissen wollen, wie Sie zu diesem Verdacht gekommen sind."

„Also gibt es keine Hinweise, wer *ihm* das Versteck besorgt hat?" Das durfte nicht wahr sein! Sie mussten es längst herausbekommen haben!

„Zumindest gibt es keine dementsprechenden Verlautbarungen." Wir beendeten das Gespräch mit dem Versprechen, in Verbindung zu bleiben.

„Und denken Sie an die Rechnung", fiel es mir im letzten Moment ein. „Für Ihre Recherchen."

„Das geht aufs Haus." Ich hörte deutliche Entrüstung aus seiner Stimme heraus. „Sie haben uns wie Trottel aussehen lassen. Da werde ich nichts berechnen."

„Es gibt wesentlich mehr nette Menschen, als ich gedacht hätte", sagte ich zu Steffen, der immer noch die Küche aufräumte.

Bevor ich ihm erzählen konnte, was Herr Jühlen gesagt hatte, klingelte mein Handy.

„Das nächste Mal lassen Sie bitte uns ermitteln", fauchte Frau Winkler. „Das geht schneller."

„Ich habe sofort bei der Polizei angerufen, nachdem ich den entsprechenden Hinweis erhalten hatte", widersprach ich. Ihr aggressiver Tonfall, fand ich, war der Situation nicht angemessen.

„Sie haben seinen Bruder aufgesucht und mit ihm gesprochen. Was haben Sie sich eigentlich dabei gedacht?"

Dass die Polizei anscheinend nicht daran interessiert ist, den Fall zu lösen. „Es erschien mir sinnvoll, ihn zu befragen. Ich habe die Unterlagen eingesehen, die der Detektiv meines Vaters damals erstellte. Daraus ging hervor, dass *er* keinen Kontakt mehr zu *seinem* Bruder hatte. Ich wollte dessen Meinung zu *ihm* hören, um einschätzen zu können, welche Möglichkeiten es gäbe, *ihn* zu finden."

„Nun, wie es aussieht, sind Sie an den Falschen geraten. Es hat sich herausgestellt, dass seine Freundin diejenige war, die von den leerstehenden Gebäuden bei den Krögers wusste."

Ich war sprachlos. Wolf Güssel hatte seinen Bruder versteckt?

„Wir haben die Verbindung damals leider nicht gezogen, weil uns nicht bekannt war, dass er mit der Frau, die über ihm wohnt, ein Verhältnis hat", fuhr sie fort. „Erst jetzt, als wir alle infrage kommenden Personen überprüften, ist sie uns aufgefallen. Sie gibt an, von der Verbindung ihres Freundes zu seinem Bruder nichts gewusst zu haben und ich glaube ihr sogar. Er ist äußerst geschickt vorgegangen, sodass sie keinen Verdacht schöpfte."

Mir knickten die Beine weg, ich tastete nach dem nächsten Stuhl und ließ mich darauf fallen. Steffen, der mein Entsetzen sah, kam näher und nahm meine freie Hand. ‚Was ist passiert', formten seine Lippen. Ich schüttelte den Kopf. Ich musste zuerst das Gespräch mit Frau Winkler durchstehen.

47

„Wir sind nicht schuld an ihrem Tod, da bin ich mir ganz sicher."
Steffen hatte sich neben mich gesetzt und den Arm um mich gelegt.
„Sie hat bestimmt nicht gesagt, dass er sein Opfer tötete, weil wir
mit Wolf Güssel gesprochen haben. Das wäre", er suchte nach dem
richtigen Wort. „Höchst unprofessionell", schloss er lahm.
Natürlich hatte Frau Winkler diesen Vorwurf nicht direkt ausgesprochen, aber ich hatte aus ihren Worten herausgehört, dass sie
sich diese Möglichkeit durchaus vorstellen konnte. Daher schwieg
ich. Er wollte mich nur trösten.
„Nein, es ist mein Ernst." Er hatte bemerkt, welche Gedanken ich
hegte. „Er war absolut überzeugend. Keiner von uns hätte gedacht,
dass er uns hereinlegt. Überleg doch, selbst die Polizei, die nach
deinem Wiederauftauchen die komplette Familie überprüfte, hat
nicht gemerkt, dass er mit dieser Frau zusammen war. Der fühlte
sich sicher."
„Anton meinte von Anfang an, er sei nicht ganz sauber", erinnerte
ich ihn.
„Damit, dass er euch dermaßen belog, hat selbst er nicht gerechnet", war er sich sicher. „Warum erzählte Herr Güssel euch überhaupt von dieser Freundin, wenn offiziell keiner von ihr wusste?"
„Ich glaube, das lag daran, weil ich Herrn Jühlen erwähnte. Ich habe
behauptet, der sei mitinvolviert. Ich schätze, er hatte Angst, dass der
durch seine Untersuchung auf sie stoßen würde. Deshalb hat er uns
eben die halbe Wahrheit erzählt, in der Hoffnung, wir würden dem
Detektiv glaubhaft versichern, dass er keinen Kontakt zu seinem
Bruder hätte."
„Hm." Er kratzte sich nachdenklich am Kopf.
„Also unsere Schuld", beharrte ich. „Er wird den Abschaum direkt
nach unserem Gespräch angerufen haben, woraufhin der sich ent-
schloss, *sein* Vergnügen abzukürzen und das Weite zu suchen."

„Kann ich mir bei dem abgebrühten Kerl nicht vorstellen. Im Gegenteil, der wird sich ins Fäustchen gelacht haben, dass wir denken, wir finden ihn."

Steffen konnte erzählen, was er wollte. Ich blieb skeptisch. Er kannte *ihn* nicht so gut wie ich. „Seine Freundin arbeitete als Halbtagskraft auf dem Bauernhof", wechselte ich das Thema. „Die lebt nicht vom Sozialamt, sondern von ihrem Lohn und dem Kindergeld ihrer diversen Sprösslinge. Von Wolf Güssel stammt übrigens nicht eins. Noch eine Lüge, die er uns erzählt hat."

„Wie ist die Polizei auf sie gekommen?"

„Die Beamten haben jeden der Angestellten überprüft. Als bei ihr dieselbe Adresse auftauchte wie bei Wolf Güssel, wurden sie misstrauisch und erkundigten sich bei den Hausbewohnern nach den beiden. Die wussten natürlich Bescheid."

„Das ging ganz schön schnell. Hat man sie verhaftet?"

„Die haben gestern noch angefangen zu recherchieren. Und nein, sie wurde vernommen, eine Beteiligung zur Beihilfe, den Flüchtigen zu verstecken, konnte ihr nicht nachgewiesen werden. Wolf Güssel ist mit seinem Lastwagen unterwegs. Er wurde zur Fahndung ausgeschrieben."

„Was für ein Schlamassel! Was ist mit dem Rest der Familie? Hat die Polizei sie noch einmal überprüft?"

„Das hat Frau Winkler mir nicht mitgeteilt. Das, was ich weiß, erfuhr ich nur deshalb, weil sie mir unter die Nase reiben wollte, wie unvorsichtig und gefährlich unser Eingreifen war." Ich lachte bitter. „Ohne uns hätten die weder die Tote noch *seinen* Unterschlupf so schnell gefunden."

„Das ist die richtige Einstellung", er drückte mich kurz an sich und ließ schon wieder los, bevor mein Abwehrinstinkt erwachte. Auf unverhoffte Umarmungen reagierte ich noch ziemlich heftig.

„Sie wollte mich übrigens auch warnen", fuhr ich fort. „Sie vermutet, dass *er* versuchen könnte, mich ausfindig zu machen."

„Quatsch! Weswegen? Weil sie denkt, dass er denkt, du hättest ihn auffliegen lassen? Hast du nicht. Also, warum sollte er dich suchen? Wenn er es auf dich abgesehen hätte, wären garantiert genug Möglichkeiten da gewesen, dich zu schnappen. Machen wir uns nichts vor", er drehte behutsam meinen Kopf, dass ich ihn anschauen musste. „Dieser Kerl ist ein Psychopath der übelsten Sorte. Wenn der einen Weg gesucht hätte, dich zu schnappen, wärest du längst wieder in seiner Gewalt."

Richtig überzeugt war ich nicht, was er mir wohl ansah.

„Ich lasse dich die nächsten Tage nicht aus den Augen und bleibe ständig in deiner Nähe. Sobald der Bericht des Pathologen vorliegt, wirst du sehen, dass sie eher ermordet wurde als gedacht. Diesen Gedanken, dass er sich an dir rächen will, hat dir Frau Winkler eingepflanzt."

„Wie kannst du so sicher sein?"

„Lara, du bist ihm damals entkommen und vermutlich war er richtig wütend auf dich. Typen wie der sind unberechenbar und natürlich kann ich mich nicht in seine Lage versetzen. Aber ich denke, wenn er seinen Hass auf dich geschürt hätte, wärest du das Opfer gewesen und nicht diese junge Frau. Dann hätte nichts ihn davon abhalten können, dich zu suchen, zu finden und erneut zu entführen."

Er hatte recht, er konnte sich nicht in *ihn* hineinversetzen. Vielleicht hatte der Abschaum - es fiel mir immer leichter *ihn* so zu betiteln - sich zuerst ein einfacheres Opfer gesucht, an dem *er* sich austoben konnte, bevor *er* mich ins Visier nahm. Vielleicht hatte der Anruf *seines* Bruders, der *ihn* auf meine Aktivitäten hinwies, *ihn* nun noch mehr in dieser *seiner* Absicht bestärkt. *Er* war niemand, der sich besiegen ließ, ohne denjenigen die Konsequenzen spüren zu lassen. Und da *er* jetzt noch erfahren hatte, dass ich ebenfalls nicht daran dachte zu vergessen und *ihn* stattdessen meinerseits jagte - nein, das würde *ihn* nur noch mehr aufstacheln. *Er* würde mich für die Schmach, die ich *ihm* mit meiner geglückten Flucht angetan hatte, bestrafen müssen. So tickte *er*!

Steffen erhob sich. „Ich rufe kurz Herrn Jühlen an und teile ihm die Neuigkeiten mit. Ich hoffe nämlich, dass er sich dahinterklemmt und uns über die weiteren Ermittlungen aufklärt", fügte er hinzu. „Von Frau Winkler wirst du garantiert nichts mehr hören."

Anschließend schlug er vor, wir sollten zusammen einkaufen gehen und gemeinsam kochen. Ich drehte mich weg, damit er mein amüsiertes Grinsen nicht entdeckte. Das tat er mir zuliebe, damit ich erstens sah, dass er es für nicht gefährlich hielt, sich in der Öffentlichkeit zu bewegen, und damit ich zweitens durch die Aufgabe auf andere Gedanken kam.

Wider Erwarten gestaltete sich unsere Zusammenarbeit harmonisch. Wir hatten uns für eine Lasagne entschieden, dazu gab es frischen Salat und als Nachtisch eine Schokocrème. Steffen konnte tatsächlich kochen. Allerdings unterschieden sich sein und mein Rezept erheblich. Daher übernahm er das Hauptgericht und ich den Rest.

Wir waren sogar noch zwei Stunden vor Judiths Rückkehr fertig. Anton hatte angerufen und erklärt, er komme kurz zum Essen, müsse danach jedoch sofort wieder zurück. Steffen und ich hatten beschlossen, das heutige Training ausfallen zu lassen. Weder er noch ich fühlte sich dazu bereit, zur Normalität zurückzukehren.

Beinahe hätte ich den Termin bei meiner Therapeutin vergessen. Ein Tag war aufregender als der andere gewesen und sie gehörte für mich mittlerweile eindeutig zur Normalität. So kurzfristig konnte ich allerdings nicht absagen. Also sagte Steffen Anton und Judith Bescheid, dass sie allein essen mussten, während ich den Backofen einschaltete und den Salat mit der bereitstehenden Soße vermischte.

Anschließend versuchte ich, Katharina zu erreichen, um ihr die Neuigkeiten zu erzählen. Ich erreichte leider nur den Anrufbeantworter und sprach ihr eine kurze Nachricht darauf und dass ich mich später noch einmal melden wolle.

Wir hatten noch Zeit, in aller Ruhe zu essen. „Köstlich." Ich leckte mir genießerisch die Lippen. „Wie vom Italiener." Seine Lasagne schmeckte eindeutig besser als meine.

Steffen schien kaum Hunger zu haben. Er nahm ab und zu einen kleinen Bissen zu sich, das Salatschüsselchen leerte er sogar komplett, aber im Endeffekt hatte er seine Portion fast vollständig auf dem Teller gelassen.

„Ich denke, es war ein Riesenfehler, dass wir dich genötigt haben, an dieser Suche teilzunehmen. Wir hätten dich außen vor lassen sollen. Ich gebe mir genauso die Schuld daran wie meinem Vater. Wir …"

„Ich habe mich entschieden, gemeinsam mit Anton zu ermitteln." Ich schüttelte energisch den Kopf. „Es war mein Wille, das zu tun."

„Wir haben dich unter Druck gesetzt. Du wolltest zuerst gar nicht."

„Doch, innerlich bereitete ich mich schon seit Tagen darauf vor. Mir war längst klar, dass ich versuchen musste, den Fall auf eigene Faust zu lösen, damit ich Ruhe finde." Ich wusste nicht, wie ich ihm meine Reaktion vernünftig erklären sollte. „Es kam alles so plötzlich. Ihr habt mich nicht dazu gedrängt. Ich hätte genauso gut Nein sagen können."

Wir redeten die ganze Fahrt über weiter über dieses Thema. Als ich an seiner Seite die Praxis betrat, hoffte ich, dass er wirklich verstanden hatte. Seitdem ich endlich Fortschritte machte, war das für mich ein wichtiger Punkt, wahrscheinlich sogar der allerwichtigste: Ich würde mich von niemandem mehr herumschubsen lassen oder irgendetwas tun, hinter dem ich nicht selbst stand, nur weil andere dies von mir erwarteten.

48

„Hass, glühender Hass, das beschreibt am besten, was ich empfinde."

Meine Therapeutin sah mich schweigend an, als erwarte sie weitere Bekenntnisse.

Wie immer war ich von der Sprechstundenhilfe durchgewunken worden. Seitdem ich gleich beim ersten Mal eine heftige Panikattacke im Wartezimmer bekommen hatte, weil ich in einem Mann an der Anmeldung *ihn* zu erkennen glaubte, hatte ich darauf bestanden, nicht eine Minute vor dem Termin zu erscheinen und diese Maßnahme gegen meine Mutter durchgesetzt, die sonst nach dem Motto handelte: Fünf Minuten vor der Zeit ist des Kunden Höflichkeit. Allerdings waren es bei ihr normalerweise zehn bis fünfzehn Minuten.

Kaum saß ich meiner Therapeutin gegenüber, hatte ich losgelegt. Und bitte, wenn sie noch mehr Statements von mir wollte, die konnte sie gern haben. „Monatelang war ich ein zitterndes Bündel voller Angst, das sich nicht traute, sein Leben zu leben. Die Albträume, die sinnlos vergeudeten Tage, in denen ich nicht fähig war, etwas Vernünftiges zu tun, das Misstrauen und die Panik, sobald ich die Wohnung verließ. Das ist vorbei. Ich lasse nicht länger zu, dass *er* diese Macht über mich hat. Ich muss lernen, wieder Vertrauen zu fassen. *Er* ist eine Ausnahme, normale Menschen sind nicht so wie *er*. Und Rache! Ich will Rache! *Er* soll für das, was *er* mir angetan hat, büßen." Ich hielt inne, um Luft zu schöpfen. Die Sätze waren aus mir herausgebrochen wie eine nicht enden wollende Flut. Ich setzte erneut an, schüttelte dann jedoch den Kopf. „Das war alles."

„Das war schon ganz schön viel. Wie stellen Sie sich diese Rache vor?"

„*Er* soll endlich gefasst und für immer weggesperrt werden. Das würde mir schon reichen. Natürlich habe ich Fantasien, in denen ich *ihm* gegenübertrete und ich die Starke bin und *er* der Schwache", gab ich zu. „Aber das sind eben nur Fantasien. Ich kann es gegen *ihn* nicht aufnehmen. *Er* ist vollkommen irre. *Dem* wäre es egal, wenn *er* selbst verletzt wird bei einem Kampf. Und *er* ist stark, viel stärker als ich. *Ihn* kann man nicht mit normalen Maßstäben messen."

„Meinen Sie nicht, Sie überbewerten seine Fähigkeiten im Nachhinein?"

Hatte sie mir nicht zugehört? Hatte sie nichts aus meinen Aufzeichnungen gelernt? „*Er* ist ein Freak", versuchte ich, mit mühsam erzwungener Ruhe zu erklären. „*Ihn* interessieren ausschließlich *seine* Bedürfnisse. Und *er* geht Risiken ein, um diese zu befriedigen. Denken Sie an die Szene, als *er* uns Frauen überfiel. *Er* nahm es mit drei Personen gleichzeitig auf, weil *er* sich in den Kopf gesetzt hatte, mich zu entführen. Und *er* ließ mir einen großen Vorsprung, obwohl *er* damit rechnen musste, dass jeden Moment ein weiterer Parkplatzbesucher auftauchen konnte – einzig und allein wegen *seines* Bedürfnisses nach einer kleinen aufregenden Jagd. Für *ihn* war von vornherein klar, dass ich nicht entkommen konnte. Der Reiz, dass ich es versuchte, das war der Grund, warum ich so lange am Leben blieb. *Er* hatte Spaß mit mir."

„Ihre Gedanken kreisen ständig um den Täter, richtig?"

Was sollte das jetzt? „Nein, erst seitdem *er* diese andere Frau entführt hat", log ich. „Vorher war ich damit beschäftigt, mein in Scherben liegendes Leben wieder zu kitten."

„Steht denn fest, dass er es war?"

„Ich bin heute von der Kripobeamtin, die meinen Fall bearbeitet, angerufen worden. Sie wollte mich warnen. Sie vermutet, dass *er* es nun auf mich abgesehen hat."

Sie war sichtlich verwirrt. Ja, woher sollte sie auch wissen, was sich in den letzten Tagen zugetragen hatte. Eigentlich Wahnsinn, dass nicht einmal eine Woche vergangen war. Ich lehnte mich zurück und erzählte ihr die ganze Geschichte.

Sie fing sich relativ schnell. „Hat Sie diese Jagd auf ihn befriedigt?“, kehrte sie zu ihren üblichen Therapeutenfragen zurück, ohne eine einzige Bemerkung zu meinen Aktivitäten abzugeben.

„Ich bin entsetzt über den Ausgang“, wich ich einer direkten Antwort aus. „Mir wäre es lieber gewesen, wenn wir die Frau hätten retten können.“ Über ihre eigentliche Frage musste ich in Ruhe nachdenken, und zwar allein. Meine Gefühle bei unseren Ermittlungen waren eher zwiespältig gewesen. Allerdings hatte ich bisher keine Zeit gehabt, auf mich und meine Befindlichkeiten zu achten. Ich fühlte mich getrieben, alles zu geben, jedem Hinweis nachzugehen, um *ihn* schnellstmöglich zu finden. Lag meine Priorität vielleicht sogar mehr auf *seiner* Ergreifung als auf der Befreiung *seines* Opfers?

„Wir? Sie geben sich die Schuld daran, dass die Frau starb?“

„Nein, natürlich nicht.“ Meine wahren Gefühle würde ich ihr nicht offenbaren, das hätte nur eine weitere langwierige Diskussion losgetreten. „Trotzdem hätte ich mir ein anderes Ende gewünscht.“ Ich war ja schon froh, sie von dem eigentlichen Thema abgebracht zu haben. „Sie ist tot und *er* untergetaucht“, fuhr ich deshalb fort. „Das ist schon ziemlich schwer zu verkraften.“

„Ja, besonders, wenn man sich so engagiert hat wie Sie.“

„Zumindest hatten wir bessere Ansätze als die Ermittler.“

„Ihr Zutrauen zur Polizei ist demnach nicht sehr groß?“

„Wie sollte es? Die haben es schließlich nicht geschafft, *ihn* zu fassen.“ Mir gelang es nicht, den verächtlichen Tonfall aus meiner Stimme herauszuhalten. „Die haben nicht einmal richtig nach *ihm* gesucht, weil sie der Meinung waren, *er* hätte sich ins Ausland abgesetzt.“ Ich schnaubte, um mein Missfallen noch deutlicher zu zeigen. „Wahrscheinlich haben die mir sowieso nicht geglaubt, dass *er* eine tickende Zeitbombe ist.“

„Was setzt Ihnen mehr zu? Dass er weiterhin auf freiem Fuß ist oder dass die Polizei Ihrer Meinung nicht genug tut, ihn zu fassen?“ Sie sah mit ehrlichem Bedauern auf die Uhr. „Denken Sie bitte über diese und meine andere Frage, ob die Jagd Sie befriedigt hat, bis zu unserm nächsten Treffen nach. Ich bin gespannt auf Ihre Antworten."

Mist, sie hatte sich nicht täuschen lassen. Immerhin hatte ich eine Woche gewonnen, um mit mir ins Reine zu kommen.

„Wie ist sie denn so?" Steffen hatte meine Therapeutin neugierig gemustert, als sie mich an der Tür verabschiedete.

„Wesentlich intelligenter als sie aussieht." Ich brachte ein kleines Lachen zustande. „Komm, sie hat mich genug gequält. Lass uns über was anderes reden."

„Geht es dir gut?" Er warf mir einen besorgten Blick zu. „Du wirkst sehr angespannt."

„Sagte ich doch, sie hat mich heute ziemlich zum Grübeln gebracht. Ich muss das Ganze erst selbst verarbeiten. Also bitte Themenwechsel."

Während der Rückfahrt unterhielten wir uns über die normalen Aufreger: die Wirtschaft, die Politik, die Steuern. Es gab immer genügend Punkte, über die man sich auslassen konnte. Dabei wurde mir immer mehr bewusst, dass es sich bei Steffen nicht nur um ein gutaussehendes Exemplar handelte, sondern auch um ein sehr sympathisches, mit dem ich gut harmonierte. Leider wurde für mich immer deutlicher, dass er mehr von mir wollte, als mir lieb war. Ich spürte, dass er ein tiefergehendes Interesse an mir hatte und, viel schlimmer, dass es bei mir im Prinzip genauso war. Hätten wir uns vor dieser Geschichte kennengelernt, wäre ich bestimmt voll auf ihn abgefahren, wie man so schön sagt.

Nein, halt! Da hatte es ja Mark noch gegeben. An ihn dachte ich eigentlich kaum noch. Seltsam, mittlerweile konnte ich nicht mehr verstehen, was ich in ihm zu sehen geglaubt hatte. Gut, dass diese Beziehung vorbei war. Immerhin konnte ich endlich erkennen, welche Qualitäten ich von meinem Zukünftigen erwartete.

Ich bemühte mich, diese lästigen Gedanken abzuschütteln und mich wieder auf unser Gespräch zu konzentrieren. Eine richtige Freundschaft, dazu war ich überhaupt noch nicht fähig. Alles in mir verkrampfte sich bei dem Gedanken, wie es wäre, Sex zu haben. Selbst eine Umarmung oder ein Kuss stellten ein im Moment unüberwindliches Hindernis für mich dar. Weg mit diesen Vorstellungen!

Anton war schon wieder zum Studio gefahren, Judith saß im Garten und genoss die wärmenden Sonnenstrahlen. Sie legte das Buch, in dem sie gelesen hatte, zur Seite, als wir auf die Terrasse traten.

„Und, was gibt es für Neuigkeiten?"

Ich überließ es Steffen, ihr von dem Anruf der Kripobeamten zu erzählen und wanderte lieber ein wenig im Garten herum. Der Sport, der mittlerweile ein fester Bestandteil meines Lebens geworden war, fehlte mir. Am besten, ich würde gleich morgen Anton wieder bei seinen Kursen unterstützen.

„Lara?"

„Hm?" Ich hatte gar nicht mitbekommen, dass Steffen zum Ende gekommen war.

„Hast du keine Angst, dass er wirklich versucht, dich anzugreifen?"

Ha, Judith dachte wie ich! „Doch", sagte ich ohne Umschweife. „Ich rechne sogar damit, dass *er* auftaucht. *Er* wird von *seinem* Hass auf mich angetrieben. Es ist nur logisch, dass *er* Rache nehmen will."

So wie es umgekehrt bei mir war.

„Dass du bei dem Gedanken so ruhig bleiben kannst."

Ja, das verstand ich selbst nicht. Ich wusste, was mich erwartete, und meine einzige Reaktion bestand darin, dass sich meine Furcht in glühenden Hass verwandelte. Wäre *er* jetzt direkt vor mir erschienen, ich hätte alles gegeben, *ihn* zu töten.

49

Ich bin allein im Haus. Judith und Steffen sind bei der Arbeit, Anton ist zum Einkaufen gefahren. Ich habe versucht, mich mit den Fragen meiner Therapeutin auseinanderzusetzen, aber ich bin zu unruhig, um mich konzentrieren zu können. Auch das Buch, das meine Freundin auf dem Couchtisch hat liegen lassen, kann mich nicht reizen. Nach der dritten Seite weiß ich nicht mehr, was ich am Anfang gelesen habe.

Nervös laufe ich im Wohnzimmer auf und ab. Obwohl es ein großer Raum ist, kommt er mir viel zu klein vor. Ich brauche dringend frische Luft. Ich trete auf die Terrassentür zu und schaue in den Garten. Es ist wieder ein ausnehmend freundlicher Tag. Die Sonne sendet ihre warmen Strahlen bis auf den Teppich zu meinen nackten Füßen. Ihre Wärme tut mir gut, ich beginne, mich zu entspannen.

Ich greife nach dem Türgriff und will ihn drehen, als er urplötzlich vor die Scheibe springt und mich angrinst. Ich schaue in das irre Leuchten seiner Augen. Ich weiche zurück, gerate vor lauter Hast ins Stolpern, will mich umdrehen und wegrennen, da hat er schon das Glas zerschlagen, es zerspringt mit einem lauten Klirren.

Endlich kann ich meine Starre überwinden. Auf dem Küchentisch liegt noch das Brotmesser mit der gezahnten Klinge. Ich werde ihn gebührend empfangen.

Ich schaffe es nicht einmal aus dem Wohnzimmer. Er packt mich und wirbelt mich herum. „Ha!"

Dieses widerliche Grinsen direkt vor meinem Gesicht. Ich trete nach seinen Beinen, will ihm mein Knie in die Hoden rammen, kämpfe wie noch nie zuvor in meinem Leben. Doch er ist viel zu stark, hält mich mit eisernem Griff und dreht sich so, dass meine Füße ihn nicht erreichen.

Er schiebt mich vorwärts und drückt mich gegen die Wand. „Hast du wirklich gedacht, ich wäre fertig mit dir?"

Ich gebe nicht auf, winde mich hin und her, um mich aus seiner Umklammerung zu lösen, versuche, mich zu Boden fallen zu lassen. Er hält mich mühelos aufrecht. Jetzt greift seine Hand unter mein Kinn, seine Finger quetschen meine Wangen zusammen, dass ich fühle, wie die Knochen sich verschieben. Die Schmerzen strahlen bis in den Kopf aus, ich kann nicht verhindern, dass mir Tränen in die Augen schießen.

„Das Haus ist unser Spielplatz", flüstert er mit heiserer Stimme. „Auf zur letzten Jagd."

Ich habe wahnsinnige Angst, mein Herz schlägt wie rasend, aber noch bin ich nicht bereit, mich geschlagen zu geben. Ich kenne die Räume, weiß, wo ich Waffen finde. Ich kann mich wehren, muss mich nicht wie ein chancenloses Wild fühlen.

Er drückt noch fester zu und beißt mir in die Lippe. Gegen meinen Willen schreie ich laut auf. Er lacht, rammt mir sein Knie zwischen die Beine und schaut fasziniert auf das Blut, das aus meiner Wunde am Mund fließt. „Oh, ja, wir werden jede Menge Spaß haben", zischt er in mein Ohr. Dann beißt er auch dort zu.

Ich spüre, wie meine Beine unter mir nachgeben. Der Schmerz ist so heftig, dass ich beinahe ohnmächtig werde. Ich ringe schluchzend nach Luft. Tränen verschleiern meinen Blick, mein Ohr brennt wie Feuer.

„Ich zähle bis zehn." Er gibt mich frei und tritt zwei Schritte zurück. „Lauf!"

Ich taumele, komme kaum vom Fleck. Die Zeit rennt, ich muss es bis in die Küche schaffen. Mit letzter Kraft reiße ich mich zusammen, stürme auf die offene Tür zu und hindurch. Der Tisch! Aber wo ist das Messer? Ich kann es nirgendwo sehen. Panisch beginne ich, die Schubladen aufzureißen. Eine Schere, ein Schraubenzieher oder ein anderes Werkzeug, es muss sich doch irgendetwas finden! Etwas streift meinen Rücken und ich erstarre.

„Los, dreh dich um!" Seine Stimme klingt amüsiert, fast sanft.

Ich gehorche. Auf dem Boden vor mir liegt das kleine Zierkissen, das er nach mir geworfen hat. Er steht im Rahmen und lächelt vergnügt. „Eine gute Idee. Fast hättest du es geschafft. Dachtest du ernsthaft, ich ließe dir Zeit, eine Waffe zu finden?"

Es ist wie damals. Er hat langsam angefangen zu zählen und, kaum dass ich aus seinem Sichtfeld verschwunden bin, die restlichen Zahlen heruntergerattert, um sich an meine Verfolgung zu machen.

„Ich gebe dir einen zweiten Versuch. Das war zu einfach. Mir war sofort klar, dass du es in der Küche versuchen würdest." Er tritt zurück in die Diele und winkt mir, ihm zu folgen.

Zögernd gehe ich auf ihn zu. Ich rechne damit, dass er sich wieder eine seiner Gemeinheiten einfallen lassen wird. Stattdessen weicht er weiter zurück, bis er vor dem Wohnzimmer steht und deutet zur Treppe. „Lauf!"

Ich sprinte ansatzlos vorwärts, nehme zwei Stufen auf einmal und halte mich nicht damit auf, mir einen Plan zurechtzulegen. Den habe ich bereits. Oben angekommen schwenke ich ins erste Zimmer ab und Richtung Fenster. Ich werde hinunterspringen und noch in der Luft anfangen zu schreien. Irgendjemand muss in der Nähe sein und wird mich hören und Hilfe holen.

Der Flügel schwingt auf und er reißt mich zurück, so heftig, dass ich auf den Boden knalle. Er versetzt mir zusätzlich zwei Tritte in die Rippen. Der Schmerz und die Enttäuschung sind zu viel. Ich krümme mich stöhnend zusammen.

„Das ist langweilig", tönt er. „Ich will eine richtige Jagd. Du machst es mir zu einfach. Ich weiß immer genau, was du vorhast. Los, steh auf! Wir versuchen was anderes."

Er zieht mich hinter sich her von Zimmer zu Zimmer und lässt die Rollläden herunter. Erst als überall bis auf die in der Diele brennende Deckenleuchte tiefschwarze Dunkelheit herrscht, gibt er sich zufrieden. „Das ist ideal. Die Haustür ist verschlossen, den Schlüssel habe ich eingesteckt. Du kriegst deinen Vorsprung und versteckst dich gut. Wehe, ich finde dich zu schnell!"

Er schaltet die letzte Lampe aus und ich schleiche los. Wo würde er mich zuallerletzt vermuten? Im Keller? Im Schlafzimmer unter den Betten? Einem Impuls folgend presse ich mich an die Dielenwand zwischen Küche und Gästetoilette. Vermutlich folgt er mir auf dem Fuße und orientiert sich an den leisen Geräuschen, die sich nicht vermeiden lassen. Ich muss warten, bis er sich weit genug von mir entfernt hat.

Ich höre leises Atmen neben mir und halte die Luft an. Verdammt! Warum ist er nicht in die andere Richtung gegangen!

Er tastet sich langsam vorwärts und ich presse mich noch enger gegen die Wand, damit er mich nicht aus Versehen streift. Er ist vorbei und nimmt die Treppe. Nein! Gut, dass ich mich nicht bewegt habe. Es ist eine Finte. Ich höre, ihn wieder näherkommen. Er schwenkt um und untersucht den Platz unterhalb der Stufen, der mit Kartons vollgestellt ist.

Das ist der ideale Moment, nach einem geeigneten Versteck zu suchen. Er muss die Kartons hin und her schieben, damit er sich sicher sein kann, dass ich nicht dahinter hocke. Ich will schon losschleichen, als mir ein viel besserer Einfall kommt. Ganz, ganz vorsichtig setzte ich einen Fuß vor den anderen und erreiche die Treppe. Was er kann, kann ich auch. Ich stelle mich auf die zweite Stufe und warte, bis ich ihn an mir vorbeigehen höre. Dann taste ich mich vorwärts und schiebe mich hinter die größte Kiste. Dort hat er bereits nachgesehen und wird sich nicht vorstellen können, dass ich kaltblütig abgewartet und ihn direkt an mir vorbeigelassen habe.

Mit gespitzten Ohren hocke ich in meinem Versteck und lausche auf die Geräusche, die er macht. Jetzt hat er das Wohnzimmer durchsucht und geht in die Küche, öffnet jeden Schrank, nimmt allerdings das Licht des Kühlschranks zu Hilfe, wie ich sehen kann. Danach ist das Gästebad dran. Von irgendwoher hat er eine kleine Lampe geholt, ihr bleistiftdünner Strahl gleitet blitzschnell durch den kleinen Raum.

Ich ducke mich tiefer hinter die Kartons und halte wieder den Atem an. Hoffentlich geht er endlich nach oben, bete ich. Dann habe ich eine reelle Chance, ihm zu entwischen. Der Keller, dessen Tür von der Diele abgeht, hat einen Ausgang in den Garten. Das scheint er nicht zu wissen.

Und wirklich, er schleicht fast lautlos zur Treppe und erklimmt die Stufen. Ich zähle leise bis zehn, ich muss sicher sein, dass er weit genug weg ist. Es gelingt mir, ohne jedes Geräusch hinter der Kiste hervorzukrabbeln. Zwei Schritte und ich habe die Kellertür erreicht. Hoffentlich quietscht sie nicht.

Sie ist abgeschlossen! Sie ist doch sonst immer offen! Ich erstarre mitten in der Bewegung, denn die Lampe in der Diele flammt auf. In langen Sätzen stürmt er auf mich zu. Ich flüchte in die Gästetoilette. Mir gelingt es, das Blatt zu schließen und den Riegel vorzulegen. Leider dient er nur dazu, dem Davorstehenden zu signalisieren, dass das Bad besetzt ist. Er wird beim ersten kräftigen Schlag brechen.

Deshalb halte ich mich nicht damit auf, sein Eindringen zu verhindern, ich hätte es allerhöchstens hinauszögern können. Ich bin mit einem Schritt neben der Toilette, reiße den Rollladen hoch, höre es hinter mir Krachen, springe auf den Sitz und öffne gleichzeitig den Fensterflügel. Ich zwänge mich durch den schmalen Spalt. Er erwischt meine Beine und zieht mich zurück.

Mit funkelndem Blick beugt er sich über mich, seine Hände graben sich hart in meine Oberarme. Ich kann seine Erregung spüren, sehe in seinen Augen die Vorfreude auf das, was mich erwartet. Ich kann nicht anders, ich schreie meine Angst und mein Entsetzen hinaus.

50

„Lara!"

Arme umschlingen mich, wollen mich festhalten. Ich kämpfe dagegen an und schreie, schreie, schreie.

Plötzlich blendete mich helles Licht. Ich krümmte mich zusammen, die Arme um die Beine geschlungen, das Gesicht tief im Kissen vergraben. Kissen?

Dann war Judith schon an meiner Seite. „Lara! Es war ein Traum, ein Albtraum. Wir sind hier. Alles ist gut."

Sie setzte sich neben mich und streichelte mir über das Haar. Immer noch ungläubig schaute ich sie an. Dann schüttelte mich ein Weinkrampf.

Judith blieb neben mir sitzen, nahm meine Hand und redete beruhigend auf mich ein, bis sie irgendwann energischer wurde. „Lara! Du bist total durchgeschwitzt und zitterst wie Espenlaub. Du musst dir was Trockenes anziehen. Du holst dir sonst noch den Tod."

Sie klang genau wie meine Mutter, sodass ich unwillkürlich lächeln musste, obwohl mir immer noch die Tränen über die Wangen liefen.

„Raus!" Dieser Befehl ging an die beiden Männer, die fassungslos über die Heftigkeit meines Ausbruchs im Türrahmen standen und nicht wussten, wie sie helfen sollten. „Und du, Steffen, holst ihr bitte von oben ein frisches T-Shirt und eine andere Decke."

Sie wartete, bis wir allein waren. „Das ist deine Reaktion auf die Geschichte", versuchte sie, mich zu trösten, als sie merkte, dass ich immer noch völlig fertig war. „Ich schlafe den Rest der Nacht bei dir. Morgen sieht die Welt wieder besser aus."

Leider war das nicht der Fall. Schon als Judith die Rollläden hochziehen wollte, bekam ich die nächste Panikattacke. Wir frühstückten im Licht der Deckenlampe, obwohl ich kaum einen Bissen hinunterbrachte. Darüber reden, was ich geträumt hatte, konnte ich nicht. Jedes Mal, wenn ich nur daran dachte, wurde mir schlecht.

„Ich dachte, es wäre richtig, dich zu wecken und in den Arm zu nehmen. Ich bin erst durch dein heftiges Stöhnen aufmerksam geworden", entschuldigte sich Steffen. „Doch als ich dich berührte, bist du ausgeflippt."

Ich betrachtete den Kratzer unterhalb seines Auges. „War ich das?"

„Ja, du hast wie wild um dich geschlagen. Ich habe dich einfach nicht wach bekommen."

„Tut mir leid." Ich hatte den Blick wieder auf meinen Teller gesenkt und zerkrümelte meinen Toast. Meine Finger zitterten, ich war nicht fähig, sie ruhig zu halten.

„Es gibt keinen Grund, sich zu entschuldigen. Du hast einen richtigen Zusammenbruch gehabt. Es war alles zu viel für dich."

„Ich möchte nach Hause. Kannst du mich bitte fahren?"

Er war fassungslos. „Aber wieso? Ich nehme mir für heute einen weiteren Tag Urlaub. Das ist kein Problem. Ich möchte dich nicht allein lassen."

„Ich …" Es hatte keinen Zweck, ich musste ihnen zumindest einen Teil meines Traumes erzählen, damit sie verstanden. „*Er* ist hier eingedrungen. Hat einfach das Glas der Terrassentür eingeschlagen und mich durch das Haus gejagt. Ich kann nicht bleiben."

Steffen öffnete den Mund, um mir zu widersprechen. Wahrscheinlich wollte er mir logisch erklären, dass es unmöglich sei, mich zu erwischen, weil er mich ja nicht allein ließe. Zum Glück ließ ein Kopfschütteln von Anton ihn innehalten. „Wir bringen dich gleich gemeinsam nach Hause. Ist jemand da, der dich empfängt?"

„Nein, meine Eltern sind beide arbeiten. Es wäre nett, wenn ihr mit nach oben kommen könntet und wir uns gemeinsam davon überzeugen, dass niemand eingedrungen ist."

„Du wärest ganz allein." Judith legte mir die Hand auf den Arm. „Willst du das wirklich?"

„Ja." In Wahrheit wäre ich am liebsten bis ans Ende der Welt gerannt. Ich würde nie sicher sein. *Er* konnte mir überall auflauern.

Der Weg zum Auto war trotz der Männer an meiner Seite ein Spießrutenlauf. Ich atmete erst auf, nachdem Anton losgefahren war – mit verriegelten Türen natürlich.

Wir wechselten während der Fahrt kein Wort, ich war viel zu angespannt für eine Unterhaltung und die Männer wollten wohl aus Rücksicht auf mich kein Gespräch beginnen. Erst als der Wagen vor der Tür hielt, fragte Steffen: „Wollen wir sofort gemeinsam hochgehen oder soll ich erst allein nachschauen?"

„Nein, alle zusammen." Gegen zwei kam *er* hoffentlich nicht an. Mit Anton allein hätte ich wie auf dem Präsentierteller gesessen.

Wir erreichten ungehindert den Eingang. Steffen schloss auf und sie nahmen mich in die Mitte. Selbst vor der Tür blieb Anton wachsam. Wie gewohnt hatte meine Mutter zweimal abgeschlossen und den Zusatzriegel vorgelegt. Wir traten ein. In der Diele roch es nach Kuchen. Anscheinend hatte meine Mutter gestern noch gebacken. Seltsam, dass mir das trotz meiner Anspannung auffiel.

Wir betraten den nächstgelegenen Raum, das Schlafzimmer meiner Eltern. Steffen blieb an meiner Seite, während Anton das Fenster überprüfte, unter den Betten nachsah und die Türen des großen Wäscheschranks öffnete, der sich über die gesamte hintere Wand erstreckte.

„Ihr bleibt hier. Ich rufe euch, wenn ich fertig bin." Anton wandte sich ab und verließ den Raum.

Ich blieb genau da stehen, wo ich stand, und lauschte auf jedes Geräusch, bereit, sofort die Flucht zu ergreifen, sollte *er* sich zeigen. Steffen hatte die Tür hinter uns nicht wieder verschlossen, sondern nur den Riegel vorgelegt, den ich mit einem Handgriff aufschieben konnte. *Er* würde mich nicht kriegen, zumindest nicht heute!

„Es ist alles in Ordnung!", rief Anton und wir wechselten ins Wohnzimmer.

Was mir wie eine Ewigkeit vorgekommen war, hatte gerade einmal zehn Minuten gedauert, wie ich mit einem Blick auf die Uhr feststellen konnte. Als wir eintraten, ließ er gerade die Rollläden vor der

Tür und dem danebenliegenden Fenster herunter, die auf den Balkon hinausführten. „Gut so?"

„Ja." Dass ich vorhatte, komplett im Dunkeln zu sitzen, musste ich ihnen nicht sagen.

„Soll ich nicht doch lieber hierbleiben?"

„Nein, Steffen, ich möchte allein sein." Ich wollte im Moment überhaupt keine Gesellschaft, sondern mich unter meiner Decke verkriechen und den Tag irgendwie überstehen.

„Informierst du deine Mutter oder soll ich das tun?"

„Ich rufe sie gleich an." Meine Güte, geht endlich, flehte ich stumm. Wie auf Stichwort packte Anton seinen Sohn am Arm und schob den Widerstrebenden aus dem Zimmer. „Schließ hinter uns ab."

„Ich melde mich heute Abend bei dir." Steffen gab einfach nicht auf.

„Ja, ist gut. Und danke für alles."

„Keine Ursache."

Ich schloss hinter den Männern ab und schob den Riegel vor. Hinter der Gardine stehend wartete ich, bis das Auto außer Sichtweite war, und schloss sämtliche Rollläden, dafür schaltete ich in allen Zimmern das Licht an. Ich ließ mich auf die Couch fallen und kuschelte mich in die bereitliegende Decke. Nur nicht denken müssen! Die Uhr schlug eins und mir fiel siedend heiß ein, dass ich nicht mit meiner Mutter gesprochen hatte. Jetzt war sie wahrscheinlich schon auf dem Nachhauseweg.

Ich raffte mich auf und zog die Rollläden hoch, sie musste jeden Moment eintreffen. Dann tigerte ich unruhig durch die Wohnung, lauschte auf jedes Geräusch und sah immer wieder aus dem Fenster. Ich entdeckte sie schon, als sie in unsere Straße einbog. Ihr Anblick reichte aus, dass ich mich besser fühlte. Noch bevor sie den Schlüssel ins Schloss stecken konnte, rief ich ihr durch die Tür zu, dass ich zurück sei, damit sie keinen Schreck bekam.

„He!" Sie war freudig überrascht, bis sie mich näher betrachtete. „Was ist passiert?"

„Nichts. Zumindest nicht richtig." Wie sollte ich ihr erklären, was ich selbst nicht verstand?

„Komm!" Sie nahm meine Hand und führte mich in die Küche. „Wir trinken zusammen einen Kaffee und du erzählst mir alles."

Nach der halben Geschichte wechselten wir ins Wohnzimmer. Dort saßen wir, bis mein Vater von der Arbeit zurückkehrte.

„Willst du lieber eine Tiefkühlpizza oder holst du uns ein Schnitzel aus der Pommes-Bude?" Meine Mutter wusste, wie sie ihn zu nehmen hatte.

Er warf mir einen kurzen Blick zu, nahm ihre Bestellung entgegen und machte sich auf den Weg.

„Ich habe keinen Hunger."

„Dann isst du eben so viel, wie du schaffst."

Während des Essens unterhielten wir uns über Nebensächlichkeiten, anschließend verschwand ich in meinem Zimmer und überließ es ihr, ihm zu erklären, was geschehen war. Ich legte mich in mein Bett und zog die Decke halb über mich, sodass ich wie in einem geschützten Kokon lag. Für heute wollte ich nichts mehr sehen und hören.

51

Die Tage verstrichen, ich erholte mich nur langsam. Es war, als läge eine ständige Bedrohung über mir, die mich zwang, mich zu verkriechen.

„Du hattest eine Art Nervenzusammenbruch", versuchte meine Mutter, mir zu erklären. „Das dauert seine Zeit."

Sie verstand nicht, ich verstand mich ja selbst kaum. Der Einzige, der anscheinend halbwegs nachvollziehen konnte, wie ich mich fühlte, war Steffen. Nachdem er am Freitagabend angerufen hatte und ich mich weigerte, mit ihm zu sprechen, stand er Samstagmittag vor der Tür, wo meine Mutter ihn erfreut in Empfang nahm und ihn, ohne mich zu fragen, in mein Zimmer ließ. Er nahm in dem Sessel neben meinem Bett Platz und saß Stunde um Stunde stumm neben mir, als wenn er gewusst hätte, dass mir seine Gegenwart reichte und ich nicht sprechen wollte.

Am Sonntag kam er wieder, und in der Woche jeden Tag nach der Arbeit. Irgendwann fing er an, von sich zu erzählen, Episoden aus seiner Kindheit, seinem Studium, die Geschichte seines ersten selbstständigen Autokaufs, die ihm ein Vehikel einbrachte, das mehr in der Werkstatt stand, als dass es fuhr, die Trennung von seiner Freundin, mit der zusammen er seine erste eigene Wohnung bezogen hatte, seine Vorbehalte gegen Judith, weil er der Mutter geglaubt hatte, statt den Vater nach seiner Version zu fragen.

Irgendwann ertappte ich mich dabei, dass auch ich begann, von mir zu berichten, von meiner Kindheit und Jugend und von Ereignissen, die mir aus dieser Zeit wichtig waren. Alles, was die nahe Vergangenheit betraf, blendeten wir in stillschweigender Übereinstimmung aus. Stattdessen weiteten wir unsere Unterhaltungen auf andere Themen aus: unsere Vorlieben und Abneigungen, die aktuelle Politik, die neuesten Nachrichten in den Zeitungen. Das gab genug Stoff für anregende Diskussionen. Ich erfuhr von Steffen in diesen knapp drei Wochen mehr, als mir mein Freund Mark in all den Jahren unseres Zusammenseins mitgeteilt hatte.

Am Montag nach meinem Zusammenbruch bat meine Mutter unsere Hausärztin um einen Besuch, da ich mich schlichtweg weigerte, die Wohnung zu verlassen. Nachdem die beiden sich unterhalten hatten – ich war nicht bereit, mich mitzuteilen -, wollte Frau Dr. Kunze mich überreden, in eine Klinik zu gehen. Ich lehnte ab. „Ich brauche bloß etwas Ruhe. Ich schaffe das schon."

Sie war deutlich skeptisch, konnte jedoch gegen meinen Willen nichts ausrichten. Unter der Voraussetzung, dass ich mich in einer Woche persönlich bei ihr vorstellte, schrieb sie mich weiterhin krank.

Natürlich versprach ich es ihr. Ich wollte nur so schnell wie möglich wieder in Ruhe gelassen werden. Es blieb dann meiner Mutter überlassen, dafür zu sorgen, dass ich, wenn auch widerstrebend, den Termin einhielt.

Das war das erste Mal, dass ich mich wieder auf die Straße traute. Das Gespräch mit meiner Therapeutin hatte ich persönlich absagen müssen, weil meine Eltern der Meinung waren, ich solle sie aufsuchen. Dass ich dazu im Moment nicht in der Lage war, schienen sie nicht zu begreifen.

„Du musst jede Hilfe annehmen, die du bekommen kannst." Meine Mutter, die sonst immer auf meiner Seite gewesen war, stellte sich plötzlich quer. „Dir geht es genauso schlecht wie damals und du schaffst es eben nicht, dich wieder zu fangen. Sprich mit ihr!"

Mein Vater ging es etwas netter an. „Kind, du hattest so gute Fortschritte gemacht. Sie war dir dabei eine große Hilfe. Sie kann dich unterstützen, diese Krise zu bewältigen."

Steffen war der Einzige, der mich verstand. „Du musst dich nicht zwingen. Entscheide selbst, was dir guttut. Ich bin mir sicher, du packst das."

„Wie fühlen Sie sich?", fragte Frau Dr. Kunze und musterte mich kritisch.

„Besser." Das war nicht einmal gelogen. Immerhin hatte ich mich überreden lassen, sie aufzusuchen und im Wartezimmer gesessen, ohne schreiend davonzulaufen.

„Sie waren am Donnerstag nicht bei Ihrer Therapeutin?"

Woher wusste sie davon? Hatte sie etwa mit meiner Mutter gesprochen? Gab es nicht so was wie ärztliche Schweigepflicht? Ich war deutlich über achtzehn! „Ich bin noch nicht fähig, mich einer Analyse zu stellen", sagte ich kurz ab.

„Das wird sie verstehen. Sie sollten den nächsten Termin wahrnehmen."

„Die meinen alle, sie wüssten viel besser als ich, was gut für mich ist", beschwerte ich mich bei Steffen, der wie gewöhnlich abends vorbeikam.

„Hat sie dich krankgeschrieben?"

„Ja, aber nur bis Donnerstag. Ich muss mich am Freitag bei ihr melden und ihr berichten, was die Therapeutin gesagt hat."

„Ich begleite dich", schlug er vor. „Nimm mich mit zu der Sitzung. Sag, du bräuchtest mich als Unterstützung."

Frau Dietrich war nicht begeistert, dass wir gemeinsam eintraten.

„Ich möchte, dass er an unserem Gespräch teilnimmt." Ich sah sie kampfeslustig an.

Sie musste an meinem Gesicht abgelesen haben, dass es mir ernst war, denn sie nickte und wies ihn an, den Stuhl von der Wand neben meinen zu rücken. „Wie geht es Ihnen?"

„Schlecht", gab ich unumwunden zu. „Ich weiß auch nicht, warum. Ich war doch eindeutig auf dem Weg zurück in ein normales Leben."

„Haben Sie über meine Fragen nachgedacht?"

Ich wusste, dass sie darauf zurückkommen würde! „Nein. Ich blende im Moment jeden Gedanken an alles, was mit *ihm* zu tun hat, aus."

„Sie müssen sich dem stellen. Es ist in Ihrem eigenen Interesse. Sie dürfen nicht zulassen, dass er die Macht, die er lange Zeit über Sie hatte, zurückerlangt."

Steffen nahm meine Hand fest in die seine. Das gab mir den nötigen Rückhalt. „Ich werde mich damit beschäftigen, sobald ich dazu in der Lage bin."

Sie gab sich mit dieser Aussage zufrieden und wandte sich ihm zu. „Was für einen Eindruck haben Sie? Macht Frau Caspary Fortschritte?"

„Ja." Er drückte leicht meine Hand. „Anfangs hat sie kaum gesprochen, mittlerweile können wir uns völlig normal unterhalten. Es ist sozusagen von Tag zu Tag besser geworden. Allerdings klammern wir in unseren Gesprächen alles aus, was mit dem bewussten Thema zu tun hat."

Sie stellte noch einige weitere Fragen, die er zu ihrer offensichtlichen Zufriedenheit beantwortete. Deshalb wagte er es wohl, die Frage zu stellen, die uns beide bewegte, die ich jedoch niemals ausgesprochen hätte, weil ich nicht wusste, ob ich für die Antwort bereit war. Was, wenn sie nun sagte, ich müsse mein ganzes weiteres Leben damit rechnen, immer wieder in alte Verhaltensweisen zurückzufallen?

„Wie konnte es passieren, dass es zu diesem extremen Rückfall kam?"

Bevor sie antwortete, sah sie mich auffordernd an.

Ich nickte, wenn auch widerstrebend. Jetzt, da er es laut ausgesprochen hatte, wollte ich die Wahrheit wissen.

„Sie waren durch das, was Sie erlebt haben, schwer traumatisiert", wandte sie sich direkt an mich. „Es hat fast ein halbes Jahr gedauert, bis Sie fähig waren, ihre Erinnerungen zuzulassen und darüber zu sprechen. Das war ein riesengroßer Fortschritt." Sie hielt inne.

„Den ich durch mein Vorpreschen zunichte gemacht habe", warf ich ein. „Ich bin also selbst schuld."

„Es geht hier nicht um Schuld." Sie funkelte mich an. „Ich würde es eine Verquickung von Umständen nennen, auf die Sie nur bedingt Einfluss hatten. Dass Herr Güssel ausgerechnet zu dem Zeitpunkt, da Sie bereit waren, sich mit dem Geschehenen auseinanderzusetzen, eine weitere Frau entführte, war purer Zufall. Dass Sie beschlossen, aufgrund Ihrer Erfahrung mit ihm und Ihres Wissen über ihn mitzuhelfen, ihn zu fassen, spricht eher für Sie. Es zeigt, dass Sie durchaus auf dem richtigen Weg sind. Hätten Sie die Frau retten können und Herr Güssel wäre gefasst worden, würden Sie sich ausgesprochen gut fühlen. Es wäre nie zu diesem Rückschritt gekommen. Ein Rückschritt, so müssen Sie es sehen. Es ist normal, sich schlecht zu fühlen, wenn man einen derartigen Fehlschlag erleben muss."

„Ich fühle mich nicht schlecht, ich fühle mich beschissen", verbesserte ich sie. „Das Schlimmste für mich ist die Angst vor *ihm*, die ich schon überwunden glaubte."

„Völlig normal", behauptete sie. „Da Sie sich mitten im Prozess befanden, sich mit alldem auseinanderzusetzen, was er Ihnen angetan hatte. Der Hass, den Sie verspürten, hat lediglich die Angst überdeckt. Sie waren noch längst nicht geheilt. Deshalb reden wir von einem Rückschritt."

„Ich kann nicht einmal mehr rausgehen", protestierte ich. „Ich war schon viel weiter."

„Sie haben sich mit Krücken beholfen, die Ihnen ein Gefühl von Sicherheit gaben", widersprach sie. „Das einzige Mal, dass Sie sich trauten, allein etwas zu unternehmen, war die Fahrt mit dem Taxi zu dieser Frau Meierling. Und selbst da waren Sie ja nicht wirklich allein. Trotzdem sagten Sie mir, dass es Sie große Überwindung gekostet hat, genauso wie die Busfahrt mit der älteren Dame an Ihrer Seite und der Besuch des Restaurants."

Sie schwieg und ich ließ das Gesagte auf mich wirken. Nein, so richtig einverstanden war ich nicht. „Meine Angstzustände sind wieder schlimmer geworden."

„Das war zu erwarten", nickte sie. „Ihnen ist bewusst geworden, dass Sie dieses Gefühl der Ohnmacht nicht loswerden können. Brutal ausgedrückt: Gegen einen Täter wie ihn kommen Sie mit normalen Mitteln nicht an. Er ist zu stark, als dass eine Frau ihn besiegen könnte, zudem verhilft ihm seine Skrupellosigkeit und sein amoralisches Verhalten zu einer besonderen Art von Gefährlichkeit, gegen die kaum anzukommen ist, was Ihr Gefühl der Hilflosigkeit wiederum verstärkt."

„Sie wollen mir also erklären, dass ich gegen *ihn* keine Chance habe?" Ich hatte vieles erwartet, aber nicht das. Statt mich aufzubauen, trieb sie mich immer tiefer in die Depression.

52

Dank meiner Mitarbeit wurde ich von Frau Dr. Kunze für weitere zwei Wochen krankgeschrieben. Sie gab mir auch ein neues Rezept für Schlaftabletten, das ich nicht einlöste.

Die Worte meiner Therapeutin hatten mich aufgerüttelt, was vermutlich genau das war, was sie erreichen wollte. Ich würde aufstehen und kämpfen, statt mich zurückzulehnen und über mein Schicksal zu jammern.

Ich begann direkt am Samstag damit, indem ich einem Besuch bei Katharina zustimmte. Sie hatte x-mal bei uns angerufen und sich nicht beirren lassen, es immer wieder zu versuchen, obwohl ich anfangs gar nicht und später immer nur kurz mit ihr sprach.

„Schön, dich zu sehen." Sie hatte mich unten vor der Haustür erwartet, rollte jetzt neben mir her zum Aufzug und strahlte richtig. „Ich freue mich riesig, dass du gekommen bist."

Ich war viel zu beschäftigt, meine Ängste zu unterdrücken, als dass ich auf ihren leichten Plauderton hätte eingehen können. Daher schwiegen wir, bis wir ihre Wohnung erreicht hatten.

„Wie schaffst du es, dich draußen normal zu bewegen?", fragte ich, nachdem ich mit einem Getränk versehen auf der Couch Platz genommen hatte. „Hast du überhaupt keine Angst mehr?"

„Es ist schwer zu erklären." Sie schwieg und ich sah ihr an, dass sie sich bemühte, ihre Gedanken zu sammeln. „Dieser Typ ist einer von den absolut Irren. Gegen die kann man sich nicht schützen. Nein, lass mich ausreden." Sie hatte erkannt, dass ich einen Einwurf machen wollte. „Ob du Opfer eines terroristischen Anschlages wirst oder jemand plötzlich durchdreht oder du vielleicht sogar bloß aus Versehen in die Schusslinie gerätst - so was kann dir heutzutage jederzeit und überall passieren. Davor bist du nie sicher." Sie grinste. „Genauso wenig übrigens wie vor einem Zugunglück, einem Flugzeugabsturz oder einem Autounfall, egal ob als Lenker, Fußgänger oder Fahrradfahrer. Die Chance einer Beteiligung gleich welcher Art bei Letzteren ist übrigens viel größer."

„Ha, ha", machte ich pflichtschuldigst, konnte jedoch nicht verhindern, dass ihre Sichtweise mich beeindruckte.

„Das Leben ist voller Gefahren", fuhr sie fort. „Du kannst sie nicht alle eliminieren beziehungsweise würdest du das wollen, müsstest du dich zu Hause einigeln und dürftest nichts mehr unternehmen, was Spaß macht. Nur – würdest du das noch Leben nennen?"

Ich schnitt eine Grimasse. So unverblümt hatte noch keiner mit mir gesprochen. Und irgendwo gab ich ihr auch recht. Schließlich wollte ich die Normalität zurück. Aber es war so schwer, sich dementsprechend zu verhalten.

„Bei dir liegt der Schwerpunkt auf der seelischen Gesundheit. Du hast viel mehr durchgemacht als ich. Nein", schnitt sie mir wieder das Wort ab. „Ich bin vielleicht auf lange Sicht gestrafter als du, was wir allerdings jetzt gar nicht mit Bestimmtheit sagen können, weil keiner von uns beiden weiß, wie es mit dem Einzelnen weitergeht. Äh – was wollte ich sagen?"

„Ich habe mehr durchgemacht als du", wiederholte ich brav.

„Genau. Du hast ein echtes Trauma erlitten. Für mich war es eher wie ein Überfall, kein Leiden über Tage hinweg. Wobei ich jetzt nicht sagen will, dass ich nicht gelitten hätte." Sie lachte. „Du verstehst schon, was ich meine."

Ja, es war eine nette Umschreibung meines eine Woche lang dauernden Martyriums.

„Jedenfalls habe ich mich am Anfang wahnsinnig schwergetan, mich damit abzufinden, dass ich für immer im Rollstuhl sitzen muss. Malte war mir eine große Hilfe."

Sie vermied es, bewusst zu sagen: im Gegensatz zu Mark.

„Er hat mich aufgebaut und mir das Gefühl vermittelt, ich sei nach wie vor die eine für ihn. Irgendwann habe ich dann verstanden, dass das Leben weitergeht und ich mich entscheiden muss, wie." Sie zuckte die Schultern. „Ich will mich von einem Psycho nicht unterkriegen lassen. Dafür gibt es noch viel zu viel zu erleben."

Klar, das sah ich auch so. Nur fehlte mir anscheinend der nötige Mumm.

„He, wer ist der Typ, der dich abgesetzt hat?", riss sie mich aus meinen Gedanken, bevor ich in Trübsal und Selbstanklage versinken konnte. „Der ist total süß."

„Der Sohn des Lebensgefährten meiner Arbeitskollegin." Die nächste Stunde verging mit meiner Schilderung, wie ich ihn und Anton kennengelernt hatte.

Katharina amüsierte sich prächtig. „Frag ihn, ob er nicht mal einen Kurs für Schwerbehinderte anbieten kann. Das wäre was für mich."

Besonders gelungen fand sie meine Einteilung zu den Kindern. „Da kommst du gleich auf den Geschmack."

Ich nahm ihr ihre Worte nicht übel, das war eben typisch Katharina. Sie hatte eine besondere Art, alles zu kommentieren.

Als sich der Schlüssel im Schloss drehte, merkten wir beide auf.

„Das ist Malte", sagte meine Freundin schnell, die sah, dass ich zusammenzuckte.

Ja, mir war es tatsächlich gelungen, mich in unserer Unterhaltung zu entspannen, sodass ich keinen Gedanken an den Abschaum verschwendet und mich sicher gefühlt hatte. Das Geräusch an der Tür versetzte mich sofort wieder in Alarmbereitschaft. Meine Muskeln lockerten sich erst, als ich ihn allein eintreten sah.

„Hallo, Lara. Schön, dich mal wiederzusehen. Alles klar?"

Katharina verdrehte die Augen über die blöde Art ihres Freundes. Doch ich wusste, dass er mich mochte und auf diesem Weg versuchte, mir sein Mitgefühl auszudrücken. Deshalb antwortete ich ehrlich. „Halb und halb. Halb geht es mir besser, halb verfalle ich immer noch in längst vergessen geglaubte Panik."

Er bückte sich und gab Katharina einen flüchtigen Kuss, bevor er sich in den Sessel warf und die Beine von sich streckte. „Ist das jetzt deine Reaktion auf den selbstgemachten Stress oder was?"

Das ging meiner Freundin entschieden zu weit. „Malte!", zischte sie empört.

„Nein, ist okay. Du solltest Psychologie studieren", stichelte ich. „So was Ähnliches hat meine Therapeutin auch gesagt."

„Lara, es tut mir leid. Du weißt, meine Worte sind manchmal schneller als meine Gedanken."

„Im Endeffekt hast du recht. Dass die Frau starb und *er* entkommen konnte, sind die Knackpunkte. Ich hatte so sehr gehofft, dass die Polizei *ihn* endlich kriegt. Habe so viel dafür riskiert, bin sozusagen über mich hinausgewachsen. Und dann war alles umsonst." Steffen und ich hatten lange über Frau Dietrichs Anregungen diskutiert, ich zuerst voller Empörung, bis er mich überzeugen konnte, in mich zu gehen und zu prüfen, ob ihre Fragen irgendein Echo in mir auslösten. Beschämt hatte ich feststellen müssen, dass sie mal wieder genau richtig gelegen hatte.

„Wenn du noch einmal die Chance hättest, bei seiner Verhaftung mitzuhelfen, würdest du es wieder tun?"

„Mit meinen Freunden an der Seite, ja. Obwohl ich hoffe, dass die Polizei vielleicht endlich mal mit ihrer Fahndung Erfolg hat."

„Weißt du, wie es läuft?", erkundigte sich Katharina. Ihr musste ihre bisherige Zurückhaltung zu diesem Thema schwergefallen sein. Ich kannte ihre Neugier.

„Herr Jühlen, der Detektiv, hält uns auf dem neuesten Stand. Angeblich ist *er* dieses Mal wirklich ins Ausland geflüchtet. *Sein* Bruder, der, dessen Freundin bei den Krögers gearbeitet hat", ich musste nicht ins Detail gehen, Katharina und dadurch auch Malte kannten die Einzelheiten aus mehreren Telefonaten, die wir geführt hatten, „soll *ihn* in seinem Lastwagen versteckt mitgenommen haben. Man hat entsprechende Spuren im Inneren entdeckt."

„Hat man den Bruder festgenommen?"

„Nein, er darf nur nicht mehr ins Ausland. Die anderen Brüder und die Eltern sind ebenfalls erneut befragt worden", fuhr ich fort, bevor sie sich dazu äußern konnte. Ich hatte mich schon genug über unser Rechtssystem aufgeregt. Der konnte gemütlich warten, bis ihm der Prozess gemacht wurde, dazu war es unwahrscheinlich, dass man ihn überhaupt zu einer Haftstrafe verurteilte. Angeblich hatte der Abschaum ihm damit gedroht, sich an seiner Freundin und den Kindern zu vergreifen, er hätte aus einer Zwangslage heraus gehandelt. „Keiner weiß irgendetwas. Bei keinem anderen aus der Familie hat *er* sich gemeldet."

„Und das glauben die?" Aus Maltes Stimme sprach gerechte Entrüstung.

„Nein, sowohl die Eltern als auch die Brüder haben den Ermittlern freiwillig erlaubt, Haus und Grundstück zu durchsuchen. Es wurden keine Anzeichen gefunden, dass *er* sich dort aufgehalten hat."

„Ist denn wenigstens geklärt worden, wie er damals zu diesem Garten gekommen ist und wer ihn nach seinem Sturz dort abholte?"

„Nein. Jeder Einzelne streitet weiterhin ab, nach *seiner* Flucht mit *ihm* Kontakt gehabt zu haben. Außer natürlich *sein* Bruder Wolf. Doch der war an beiden Tagen mit dem Lastwagen außerhalb Deutschlands unterwegs."

Malte warf frustriert die Arme hoch. „Ich gehe duschen. Ich muss die Wut runterspülen, die mich gepackt hat. Das hört sich an wie ein schlechter Witz."

Katharina protestierte, als ich erklärte, mich auf den Weg machen zu wollen. „Er kommt direkt vom Sport. Deswegen will er duschen. Bleib noch!"

„Ich melde mich bald." Ich rang mir ein Lächeln ab. Die Unterhaltung hatte mir gegen meinen Willen zugesetzt. Ich musste wirklich gehen.

53

Statt mich nach Hause zu bringen, fuhr Steffen mit mir zu seiner Wohnung. Sie lag am Rande der Innenstadt in einer von Bäumen begrenzten Straße, sodass man den Eindruck hatte, man befände sich in einem ruhigen Vorort.

„Hübsch." Ich musterte das Haus, vor dem wir parkten. Der sandfarbene Rauputz zeigte, dass es Mitte des letzten Jahrhunderts gebaut worden sein musste, aber es hatte zwischenzeitlich frische Farbe bekommen und auch die Fenster schienen auf dem neuesten Stand zu sein.

Seine Wangen verfärbten sich. „Es ist mein erster Schritt zu einem eigenen Haus. Komm, lass uns reingehen."

Auf jeder Etage befand sich nur eine Tür, also wusste ich bereits, bevor wir in der dritten zu seiner gelangten, dass es sich um relativ große Wohnungen handelte. Trotzdem war ich überrascht, wie großzügig sich die Räume präsentierten. Durch eine Diele, die es glatt mit unserer Küche zu Hause aufnehmen konnte, gelangte man in eine weitere, kleinere, von der vier Türen abgingen. „Das Wohnzimmer ist geradeaus." Steffen ging bereits auf den Durchgang vor uns zu.

„Wow." Der Raum war riesig, was zum Teil allerdings daran lag, dass er relativ spärlich eingerichtet war. „Wie lange wohnst du schon hier?"

„Fast ein Jahr. Die Möbel stammen noch aus der alten Wohnung. Ich bin nicht dazu gekommen …, nein, es reicht für mich allein. Ich brauche eigentlich nicht so viel Platz. Es ist in erster Linie eine gute Geldanlage. Und schau", er nahm mich bei der Hand und führte mich zu der Schiebetür, die auf den Balkon führte. „Allein dafür lohnte es sich, sie zu erwerben."

Ich trat an den zwei Liegen und einem runden Tisch mit vier Klappstühlen vorbei, die nicht einmal die Hälfte der Fläche einnahmen, und beugte mich über das Geländer. Der Garten war ein Traum mit einem Kaskadenspringbrunnen und farbenfrohen Blumenbeeten, die gerade einmal schmale Wege freiließen.

„Sobald es dunkel wird, schalten sich die Lichter ein", er deutete auf die ziemlich versteckt angebrachten Lampen. „Unser Miteigentümer hat ein besonderes Händchen für Gestaltung, von dem wir anderen ebenfalls profitieren."

„Und ruhig ist es hier", stellte ich fest. Ich hatte so nahe an der Stadt mit einem wesentlich höheren Verkehrsaufkommen gerechnet.

„Wir haben das Glück, dass die Straße etwas abseits liegt und das Viertel aus einem Gewirr von Sackgassen besteht. Selbst unter der Woche ist nicht viel los. Möchtest du was trinken?" Er zog mich wieder hinein.

„Nein, Katharina hat mich ausreichend versorgt."

„Was ist vorgefallen?" Er kannte mich so gut, dass er meine Stimmungen spüren konnte.

„Ihr Freund brachte die Sprache auf unser gemeinsames Abenteuer." Ich versuchte, mir meine Anspannung nicht anmerken zu lassen, und fuhr rasch fort: „Dafür hatte ich vorher ein interessantes Gespräch mit Katharina." Ich bemühte mich, es ihm fast Wort für Wort widerzugeben. „Genau diese Einstellung will ich auch bekommen", schloss ich. „Ich werde von nun an gezielt darauf hinarbeiten."

„Übernimm dich bloß nicht." Er hatte neben mir auf der Couch Platz genommen und griff nun nach meiner Hand. „Es dauert eben seine Zeit, das Geschehene zu verarbeiten. Du kannst es nicht willentlich beschleunigen. Du siehst ja, was sonst passiert. - Ich muss dir etwas sagen", setzte er nach einer kleinen Pause hinzu. Er sah definitiv schuldbewusst aus.

Ich versteifte mich innerlich. Hatte er mich deshalb mit in seine Wohnung genommen? Was war so schlimm, dass er es mir nur in dieser Umgebung mitteilen konnte?

„Ich möchte nicht, dass deine Eltern davon erfahren. Ob mein Vater mit Judith redet, weiß ich nicht."

Oh je! Das hörte sich nicht gut an.

„Mein Vater kennt durch das Studio einige Leute, die", er hüstelte, „die es mit dem Gesetz nicht so genau nehmen. Er ist gemeinsam mit ihnen zu der Werkstatt von Fred Güssel, dem ältesten Bruder, gefahren, um mit ihm zu sprechen. Er war nach einer kurzen Diskussion bereit, mit ihnen zu reden."

Ich konnte mir lebhaft vorstellen, wie diese ausgesehen hatte.

„Das sind keine Menschen wie du und ich", verteidigte er sich, obwohl ich gar nichts gesagt hatte. „Für die gilt das Gesetz des Stärkeren. Kommst du dementsprechend rüber, nehmen sie dich ernst und dann erfährst du, was du wissen willst."

„Was hat er denn nun gesagt?", versuchte ich, ihn auf den Punkt zu bringen. Wie er die Neuigkeiten herausgebracht hatte, interessierte mich weniger. Auch wenn ich froh war, dass ich erst im Nachhinein davon erfuhr. Sonst hätte ich wahrscheinlich aus Angst um Anton dagegen gestimmt.

„Es gibt in dieser Familie eine ungesunde Struktur", begann er umständlich zu berichten. „Irgendwie haben es die Eltern geschafft, dass ihre Kinder sich weiterhin ihnen und untereinander zugehörig fühlen und sie fast alles füreinander tun würden."

„Sie sind eine Einheit und alle anderen sind gegen sie." Ich wusste, was er meinte.

„Ja, genau. Jedenfalls hat die Mutter nach der Festnahme des Abschaums verbreitet, er wäre unschuldig. Die Frau hätte ihn zu dieser Art von Sex angestiftet und ihr armer Sohn, der sich gegen seine Überzeugung dazu habe verleiten lassen, sei Opfer der Umstände geworden, sprich: Er wäre, ohne es rechtzeitig zu bemerken, über das Ziel hinausgeschossen. Der Staat stelle ihn nun als üblen Straftäter dar, dabei sei es reine Naivität gewesen, die ihn veranlasst habe, dieses Spielchen mitzuspielen."

Ich schüttelte angewidert den Kopf. „*Seine* Brüder haben das geglaubt?"

„Keine Ahnung, vielleicht trauten sie sich nicht, ihr zu widersprechen. Her Güssel gab nicht direkt zu, dass er anderer Meinung war. Ich habe das Gefühl, bei denen ist es so, dass die Mutter das eigentliche Familienoberhaupt ist und alle sich verpflichtet fühlen, ihr zu gehorchen. Nachdem er beschlossen hatte, bei diesem ersten Freigang aus der Klinik zu fliehen, rief Pascal Güssel seinen Vater an und beorderte ihn zu einem Treffpunkt. Von dort aus fuhren sie gleich zu dem Garten, was der Bruder natürlich angeblich erst viel später erfuhr, sonst hätte er selbstverständlich der Polizei Bescheid gesagt."

Ja, alles konnte man mit Drohungen und wahrscheinlich körperlichen Repressalien nicht aus jemandem herausquetschen, bei dem sich Gewalt schon durch sein gesamtes Leben zog.

„Die Mutter sorgte dafür, dass der arme Junge mit allem Nötigen versorgt wurde. Und natürlich warst du selbst schuld. Du bist auch so eine, die sich gern quälen lässt und anschließend deinen eigenen Teil an den sexuellen Eskapaden verleugnest."

Ich holte tief Luft. Damit hatte ich nicht gerechnet. Wie konnte man derart die Tatsachen verdrehen! „*Er* hat auf meine zwei Freundinnen eingestochen, um meiner habhaft zu werden, und eine davon in den Rollstuhl gebracht!"

„Du kannst sie nicht für voll nehmen, das muss dir klar sein. Außerdem", fuhr Steffen schnell fort, bevor ich etwas sagen konnte, „hast du ihren armen Kleinen schwer verletzt. Er soll neben diversen Prellungen und Schnittwunden einen komplizierten Bruch des Fußgelenks erlitten haben, der ihn beinahe zum Krüppel machte."

„Nur beinahe?" Ich war enttäuscht.

„Wolf Güssel hat ihn tatsächlich mit seinem Lastwagen außer Landes gebracht, damit er sich in ärztliche Behandlung begeben konnte. Dafür musste jeder in der Familie seinen Anteil beisteuern."

„Wann ist *er* wiedergekommen und wie?"

„Erneut mit dem Lastwagen seines Bruders, und zwar vor ungefähr vier Wochen. Da hat er sich sofort darangemacht, alles für sein nächstes Opfer vorzubereiten. Das letzte ist eine Vermutung von mir", kam er meiner Frage zuvor. „Das würde Herr Güssel doch nie zugeben. Er behauptet sogar, bis zu dem Mord nicht gewusst zu haben, dass sein Bruder zurück ist."

Das Klingeln des Handys kam meiner Antwort zuvor. „Malte meint, der Typ ist nie und nimmer ins Ausland geflohen", platzte Katharina, ohne sich zu melden, heraus. „Gegen den liegt ein internationaler Haftbefehl vor. Und er kennt dort niemanden. Malte hat nicht eher Ruhe gegeben, bis ich dich anrief. Er denkt, diese Aussage soll die Polizei auf eine falsche Fährte locken."

Ich hatte den Hörer so gehalten, dass Steffen mithören konnte. Jetzt nickte er und hob anerkennend den Daumen.

„Danke, guter Hinweis, wir werden uns überlegen, ob und was wir unternehmen können."

Wir sahen uns an. „Das würde heißen, trotz Antons guter Argumente hat auch dieser Bruder uns angelogen", sagte ich langsam. „Die halten alle zusammen."

Steffen nickte mit verkniffenem Gesichtsausdruck. „Vielleicht sollten wir uns zu einem neuen Brainstorming mit meinem Vater, Judith und eventuell Herrn Jühlen zusammensetzen. Ich glaube, wir haben uns in die falsche Richtung schieben lassen."

54

Der Detektiv hatte sich tatsächlich als Verbindungsmann zur Polizei betätigt und aufgrund seiner guten Kontakte einiges erfahren. Mittlerweile war es zweifelsfrei erwiesen, dass es sich bei dem Täter um den Abschaum handelte. Dieses Mal hatte *er* keinen Wert darauf gelegt, *seine* Spuren zu beseitigen, obwohl *er* laut der Spurensicherung und des Pathologen genügend Zeit zur Verfügung gehabt hatte. Denn die junge Frau war bereits einen Tag nach ihrer Entführung gestorben, wie die Obduktion ergab. Die Ermittler gingen davon aus, dass *er* wahrscheinlich erst einige Stunden vor dem Aufmarsch der Polizei das Weite gesucht hatte.

Herr Jühlen legte sich, wie mein Vater so treffend bemerkte, mächtig ins Zeug. Er war entsetzt über meinen Zusammenbruch gewesen und hielt uns seitdem ständig auf dem Laufenden. Leider gab es bisher keine wirklich guten Neuigkeiten. Die Spur des Abschaums verlor sich an der Straße, an der *er* aus dem Wald gekommen war. Der Polizei war es nicht gelungen, Zeugen zu finden, die *ihn* danach noch gesehen hatten. Und nach der Aussage *seines* Bruders Wolf waren sich die zuständigen Ermittler sicher, dass *er* nicht so bald zurückkehren würde.

„Warte, lass uns von vorn beginnen." Ein Brainstorming war eine gute Idee, trotzdem wollte ich vorher meine Gedanken ordnen. „Was hat dieser Fred Güssel sonst noch gesagt?"

„Nicht viel. Angeblich hat er seinen Bruder nur selten gesehen, und zwar immer dann, wenn der ihm wieder ein Auto zum Ausschlachten vorbeibrachte, also so ungefähr zweimal im Jahr."

„Was?" Ich wurde hellhörig. „Das würde heißen, der Abschaum hat *seine* Opfer jeweils im eigenen Auto zu *seinem* Versteck transportiert und anschließend die Leiche ebenfalls darin weggebracht."

„Und dann sofort den Wagen seinem Bruder zum Ausschlachten gegeben", nickte Steffen.

„Fand Her Güssel das nicht seltsam? Wer wechselt schon zweimal im Jahr das Auto?"

„Angeblich machte sich sein Bruder damit einen kleinen Nebenverdienst. Der kaufte sich ein altes kaputtes Vehikel mit wenig TÜV, fuhr es ein paar Monate und verkaufte danach die noch funktionierenden Teile mithilfe von Bruder Fred weiter. Es soll einen großen Markt für gebrauchte Autoteile geben, der Abschaum hatte wohl ein Händchen dafür, die richtigen Modelle auszuwählen."

„Die Käufer sind vermutlich nicht mehr zu ermitteln."

„Natürlich nicht, es gab Ware gegen Bares."

„Hat Anton ihn gefragt, ob er eine Ahnung davon hatte, was sein Bruder trieb?"

„Als wenn er darauf eine vernünftige Antwort erhalten hätte! Aber nein, auch auf wesentlich geschickter gestellte Fragen ergab sich nichts. Nur eines war bemerkenswert. Her Güssel ließ im Verlauf des Gesprächs fallen, er glaube nicht, dass sein Bruder versuchen würde, sich an ihn zu wenden, er wäre mit nichts zu erpressen." Er sah mich bedeutungsvoll an.

Im ersten Moment war ich irritiert. Hatte Fred Güssel nicht Frau und Kind? Dann ging mir ein Licht auf. „Das würde bedeuten, der Abschaum wusste etwas über *seinen* Bruder Wolf und drohte, ihn wegen irgendetwas auffliegen zu lassen, wenn der *ihm* nicht half?" Das war die einzig mögliche Lösung.

Steffen nickte wieder. „Die Frage ist allerdings, was von dem, was er der Polizei erzählte, ist wahr? Kann man überhaupt auf irgendeine seiner Aussagen bauen?"

„Dasselbe könntest du auf den anderen Bruder anwenden. Der ist mit Sicherheit nicht mit allem rausgerückt, was er weiß."

„Und genau deshalb möchte ich, dass wir uns mit Judith, Anton und Herrn Jühlen treffen. Letzterer hat die Familienverhältnisse der Güssels durchleuchtet. Vielleicht finden wir gemeinsam einen Anhaltspunkt, der uns weiterbringt."

Für Steffen stand bereits fest, dass wir nicht lockerlassen würden. Ich horchte in mich hinein. Wollte ich weiterhin dazugehören? Im Moment war ich wieder Feuer und Flamme, aber gelang es mir, die Bilder aus der Vergangenheit genügend zurückzudrängen, sodass ich nicht erneut in diesen Zustand der Angst fiel, der es mir unmöglich machte, normal zu reagieren?

Zu viel war heute auf mich eingestürmt. Ich musste in Ruhe überlegen, ob ich mich dem ein zweites Mal aussetzen wollte. „Es ist spät und ich bin müde", sagte ich zu Steffen. „Wir verschieben weitere Überlegungen auf morgen."

„Dann zeige ich dir besser das Gästezimmer. Deine Eltern wissen Bescheid!", rief er mir über die Schulter zu, schon auf dem Weg in die Diele.

Der Raum war genauso karg eingerichtet wie das Wohnzimmer: Ein französisches Bett, ein Schrank, ein Stuhl, das reichte für die Bedürfnisse des Schläfers aus. Überflüssiger Schnickschnack wie Bilder an den Wänden, Blumen auf der Fensterbank oder gar eine Gardine fehlten.

„Im Schrank findest du ein Nachthemd und Unterwäsche." Er grinste. „Ich bin mir sicher, dass Judith nichts dagegen hat, dass du dich bedienst. Sie und mein Vater übernachten ab und zu hier, wenn sie abends ausgehen."

Ja, es hatte schon seine Vorteile, wenn der Sohn in der Nähe der Innenstadt wohnte.

„Das Bad ist gleich nebenan." Er war im Türrahmen stehen geblieben und wies nach rechts. „Ich lasse dir den Vortritt."

Dieser Raum konnte mich überreden, häufiger vorbeizukommen: Weißgraue Fliesen an den Wänden, mehrere Töne dunkler auf dem Boden, eine ebenerdige Dusche, daneben eine kleine Eckbadewanne, ein modernes Hängeklo und ein überbreiter Spülstein, darüber ein flacher Spiegelschrank, in der Ecke ein Regal mit den diversen Kleinigkeiten, die man benötigte. Morgen früh würde ich zumindest die Dusche ausprobieren.

Jetzt nahm ich mit einer Katzenwäsche vorlieb und putzte meine Zähne mit der eingepackten Minibürste, die Steffen bereitgelegt hatte. Ich war viel zu sehr mit mir selbst beschäftigt, um heute Abend Vergnügen an einem Verwöhnprogramm zu finden. Nein, ich musste in Ruhe meine Gedanken sortieren.

Katharina hat vollkommen recht, dachte ich, sobald ich unter die Bettdecke gekrabbelt war. Hundertprozentige Sicherheit gibt es eben nicht. Nur hielt man sich das normalerweise nicht regelmäßig vor Augen. Man lief wesentlich unvorsichtiger und sorgloser herum, setzte sich auch Situationen aus, die man im Nachhinein, wenn man darüber nachdachte, lieber gemieden hätte, dachte jedoch nicht groß darüber nach, denn es war ja nichts passiert. Man sorgte sich nicht wegen jeder Kleinigkeit, reagierte gelassener, weniger ängstlich, wenn man keinerlei böse Erfahrungen gemacht hatte. Und statt sein Glück zu genießen, lebte man jeden Tag, ohne sich dessen bewusst zu sein. Was man verloren hatte, wusste man erst später.

Leider wirkte das Geschehene, mit dem ja niemand gerechnet hatte – es passierte immer anderen, niemals einem selbst –, lange nach. Die Mieter der Parterrewohnung im Haus meiner Eltern waren das beste Beispiel dafür. Bis zu dem Einbruch waren sie eher unvorsichtig gewesen, hatten ihre Fenster auf Kippe gelassen, wenn sie kurz weggingen, und gemurrt, wenn andere, unter anderem meine Mutter, sie darauf hinwiesen, dass die Haustür nachts abgeschlossen werden solle. Da war es fast ein Wunder, dass der Einbrecher nicht diese relativ häufige Gelegenheit nutzte, sondern durch das Schlafzimmerfenster eindrang, während das ältere Paar vor dem Fernseher saß.

Wegen der Hitze war der Rollladen auf Spalt und die Flügel dahinter offen. Obwohl das Fenster zur Straße lag, nutzte er die Dunkelheit, schob die Lamellen hoch und durchsuchte in aller Ruhe den Raum, ohne dass die beiden durch Geräusche auf ihn aufmerksam wurden. Erst als sich die Frau nach dem Film, den sie geschaut hatte, eine leichte Jacke holen wollte, wurde sie des Chaos' gewahr. Sämtliche

Kleidungsstücke lagen im Zimmer verstreut, Schmuck und Bargeld waren verschwunden. Die herbeigerufene Polizei argumentierte, sie sollten froh sein, dass er sich mit dieser Beute begnügt hätte. Es würde oft genug vorkommen, dass die Eindringlinge die Wohnungseigentümer bedrohten oder ihnen körperlichen Schaden zufügten. Sie hätten noch Glück im Unglück gehabt.

„Obwohl ich mir diese Bemerkung immer wieder vor Augen halte, hilft sie mir nicht weiter", vertraute die Nachbarin meiner Mutter an. „Ich habe jedes Mal ein schlechtes Gefühl, wenn ich zurück nach Hause komme, und muss mich überwinden einzutreten. Geschlossene Türen gibt es bei uns seitdem nicht mehr, jeder Raum soll sofort einsehbar sein. Gelüftet wird nur noch, wenn sich einer von uns in dem jeweiligen Zimmer befindet, und trotzdem fühlen wir uns nicht mehr richtig sicher. Dieses Erlebnis wirkt selbst nach Monaten nach."

Damals hatte ich sie nicht verstehen können, hatte gedacht, sie sei besonders empfindlich. Mittlerweile, nach meinem eigenen Erlebnis, sah ich das anders. Man verlor diese Unbeschwertheit. Plötzlich war man sich bewusst, dass an allen Ecken Gefahren lauerten.

„Du steigst jeden Tag in dein Auto, obwohl du weißt, dass es ein gewisses Risiko birgt", hörte ich Katharinas Stimme in meinen Gedanken. „Und du fliegst in den Urlaub, auch wenn kurz zuvor ein Absturz gemeldet wurde. Es gibt sogar Menschen, die sich freiwillig in Krisengebiete begeben. Das Leben birgt vielfältige Gefahren."

Trotz all dieses Wissens war mein Gehirn leider nicht in der Lage, auf ‚normal' umzuschalten. Es zu wissen und es selbst zu erleben, waren eben zweierlei Seiten.

55

„… hat einen neuen Freund, der sich rührend um sie kümmert“, hörte ich die Stimme meiner Mutter, als ich am nächsten Tag gegen Mittag nach Hause kam. „Er ist jeden Tag vorbeigekommen und hat es nach und nach erreicht, dass sie wieder aus sich herauskam. Ja, ich denke, sie ist eindeutig auf dem Weg der Besserung. Gestern ist sie bei ihrer langjährigen Freundin gewesen und anschließend hat sie sogar bei ihm übernachtet. Ich denke, dass …“

Ich wollte nicht wissen, was sie dachte, deshalb schloss ich geräuschvoll die Tür hinter mir und rief laut: „Ich bin wieder da!“

Kurz darauf steckte meine Mutter ihren Kopf aus der Wohnzimmertür, das Telefon noch in der Hand. „Ich telefoniere gerade mit Tante Cordula“, das war ihre Schwester. „Essen ist fertig, wir können gleich anfangen.“

Ich wich ihrem schuldbewussten Blick aus und ging in Richtung meines Zimmers. „Ich ziehe mich eben schnell um. Dann komme ich.“ Das Wetter war umgeschlagen, statt milder zwanzig Grad hatte eine Wolkenwand mit heftigen Regengüssen einen Temperatursturz bewirkt, sodass ich in meinem T-Shirt und der dünnen Hose fror. Steffen hatte mir für den Weg ein Sweatshirt von sich geliehen, doch da wir uns in drei Stunden bei Anton und Judith treffen wollten, nutzte ich die Gelegenheit zu einem Kleiderwechsel.

Dass meine Mutter meinen Gesundheitszustand mit ihrer Schwester diskutierte, fand ich nicht weiter schlimm. Tante Cordula war ein Teil der Familie und in meiner Kindheit und Jugend ein gern gesehener Gast. Ein spätes Glück hatte sie nach Holland geführt, trotzdem rief sie regelmäßig an, um auf dem Laufenden zu bleiben. Sie würde sich für mich freuen, dass ich langsam wieder zu mir fand.

Und das hast du tatsächlich in erster Linie Steffen zu verdanken, wurde mir bewusst. Anfangs hatte ich kaum mit ihm gesprochen, seine Anwesenheit mehr oder weniger ertragen. Beharrlich war er jeden Tag wiedergekommen, hatte sich zu mir gesetzt und begonnen, drauflos zu plaudern, um das Schweigen zwischen uns zu brechen. Schon bald ertappte ich mich dabei, dass ich auf seinen abendlichen Besuch wartete und mehr über sein Leben erfahren wollte. Er war ein guter Erzähler, wahrheitsliebend und selbstironisch und, wie ich etwas später erfuhr, auch ein guter Zuhörer. Ohne ihn wäre ich längst nicht in so kurzer Zeit so weit gekommen.

Einfühlsam, das war ein weiteres Attribut, das auf ihn zutraf. Er spürte genau, wann ich für den nächsten Schritt bereit war. Da nahm er mich mit auf einen Spaziergang in einen belebten Park und ließ mich die Natur neu entdecken. Und ich merkte, wie blind ich selbst in der Zeit herumgelaufen war, in der ich dachte, es ginge mir schon viel besser. Es war wie ein Erwachen aus einem langen Schlaf.

„Du hättest Therapeut werden sollen", sagte ich, als er mir die Tür von Antons Haus öffnete. Ich war zum ersten Mal seit langem selbst gefahren und unheimlich stolz auf mich. „Das habe ich alles nur dir zu verdanken."

„Nein, Frau Dietrich hat diese gute Arbeit geleistet und du selbst", wehrte er ab. „Ich habe das getan, was ein guter Freund macht, dich auf deinem Weg unterstützt."

Ja, das war ein weiteres Thema, das wir demnächst besprechen mussten, dachte ich, während ich hinter ihm herlief. Das, was er für mich tat, ging weit über eine reine Freundschaft hinaus, das wusste er genauso gut wie ich. Meine Güte, ich fühlte mich ebenfalls zu ihm hingezogen, aber ich war meilenweit davon entfernt, eine neue Beziehung eingehen zu können. Ob es mir wohl gelang, ihm dies klarzumachen, ohne dass das Band zwischen uns riss?

Anton, Judith und Herr Jühlen saßen auf der Couch und sahen mir entgegen.

„Wir haben schon ohne dich angefangen", Judith rückte etwas zur Seite, damit ich neben ihr Platz nehmen konnte, während Steffen, der mich eingelassen hatte, einen Sessel nahm. „Dieses Brainstorming war eine super Idee."

„Ja", der Detektiv nickte. „Ich hätte mich spätestens am Montag bei Ihnen gemeldet. Da die Polizei nun auf den internationalen Haftbefehl hofft und ihre Kollegen in Italien informiert hat", dorthin hatte Wolf Güssel seinen Bruder angeblich mitgenommen, „kommen wir wohl nicht umhin, uns selbst weiter um den Fall zu kümmern. Ich glaube nämlich nicht, dass dieser sich tatsächlich abgesetzt hat. Da hätte es Ihrer Befragung nicht bedurft", wandte er sich an Anton.

Der zuckte ungerührt mit den Schultern. „Schlecht war es trotzdem nicht. Allein schon dieser Satz mit der Erpressung bringt uns weiter."

„Er macht zumindest die Situation klarer, mit der wir es hier zu tun haben. Es gibt einen anderen Punkt, der mir mehr Kopfzerbrechen bereitet."

„Moment", ging Judith dazwischen. „Wieso seid ihr euch alle so sicher, dass der Abschaum nicht doch ins Ausland abgetaucht ist? Ich dachte, die Polizei habe seine Spuren im LKW des Bruders gefunden?"

„Hier hat *er seine* Familie, die *ihm* anscheinend immer noch in der einen oder anderen Form hilft", übernahm ich es, ihr die Zusammenhänge zu erklären. „In einem fremden Land wäre *er* völlig auf sich gestellt. Genügend Geld für einen Neuanfang konnten *ihm* vermutlich weder *seine* Eltern noch *seine* Brüder zur Verfügung stellen. Und die Fingerabdrücke? Vielleicht hat *er* für einen Tag in dem abgestellten Lastwagen Unterschlupf gefunden. Oder *sein* Bruder hat *ihn* im Laderaum versteckt in eine andere Unterkunft gebracht." Ich nickte Herrn Jühlen zu. „Was wollten Sie sagen?"

„Warum hat Her Güssel ausgerechnet an dieser Kleingartenanlage zugeschlagen? Verstehen Sie, worauf ich hinauswill? War es zufällig oder wusste er von der Veranstaltung? Die Polizei vermutet, sein ursprüngliches Ziel sei der Autostrich gewesen, der sich drei Straßen weiter befindet. Das setzt allerdings voraus, dass er ein eigenes Fahrzeug besaß. Warum nahm er dann den Wagen seines Opfers?"

„Genial", ich war beeindruckt. Darüber hatte ich überhaupt nicht nachgedacht. „Sie meinen, *er* hat irgendwie von dieser Verlobungsfeier erfahren und lauerte gezielt auf dem Parkplatz?"

„Diese Erklärung scheint mir zumindest sinnvoller als jede andere."

„Also muss es eine Verbindung zwischen dem, der die Party organsierte, und den Güssels geben", Anton nickte.

„Oder er hat wiederum durch Bruder Wolf davon gehört", ergänzte Judith.

„*Er* war auch vorher nicht im Ausland." Endlich sah ich den Zusammenhang. „Frau Kröger sprach von einer verlassenen Fabrik am Hafen, die seit zwei Wochen instandgesetzt wird. Wetten, dass *er* sich die ganze Zeit dort aufgehalten hat?"

„Besitzt die Familie noch andere leerstehende Gebäude?" Steffen wirkte, als wolle er sofort lossprinten.

„Nein, wohl nicht. Ich könnte trotzdem Frau Meierling anrufen – nur um sicher zu sein." Auf das Nicken von Herrn Jühlen griff ich zum Handy.

„Da kann ich Ihnen leider nicht helfen", ihr Bedauern war echt. „Ich versuche, meine Freundin zu fragen. Das wird jedoch erst morgen möglich sein. Sie ist heute bei ihren Kindern."

„Tun Sie das bitte. Und rufen Sie mich wenn möglich umgehend an. Es könnte wichtig sein."

„Ich gebe mein Bestes, Liebes."

„Wir bekommen unsere Antwort nicht vor morgen", verkündete ich in die Runde.

„Kümmern wir uns um den Gastgeber." Steffen sprang auf. „Ich werde herausbekommen, um wen es sich dabei handelt. Begleitest du mich?"

Das war an mich gerichtet. „Nein, ich überlege mit den anderen zusammen, ob sich nicht noch mehr Ansätze finden lassen." Neben dem Gastgeber kamen im Prinzip alle anderen genauso infrage. Vielleicht hatte sogar das Opfer selbst mit den falschen Leuten darüber gesprochen.

„Lassen Sie mich diese Aufgabe übernehmen." Herr Jühlen erhob sich ebenfalls. „Ich stelle mich in offizieller Funktion vor und frage ihn gleich nach einer Gästeliste."

Na, zumindest meine Kombinationsgabe war gut wie eh und je.

Nachdem der Detektiv verschwunden war, stellten wir wilde Mutmaßungen an, die uns alle nicht weiterbrachten. Anton tendierte dazu, Wolf Güssel als den Hauptverdächtigen anzusehen, der seinen Bruder ständig mit Informationen und allem Notwendigen versorgte. Steffen mahnte, wir sollten die restlichen Familienmitglieder nicht außer Acht lassen. Für ihn waren sie ebenso verdächtig, weil man denen kein Wort glauben könne, wie er betonte. Judith pflichtete ihm bei und bemängelte, dass wir versäumt hätten, Informationen über die Eltern und den letzten Bruder einzuholen. Keiner von uns wusste, ob Herr Jühlen sich darum gekümmert hatte.

Meine Gedanken gingen in eine ganz andere Richtung. „Wir können *ihn* ganz einfach aus der Reserve locken. Ich gebe ein Zeitungsinterview und beschreibe, was *er* mir angetan hat. Dabei stelle ich *ihn* als den Irren dar, der *er* ist. So bringe ich die Leser auf meine Seite und wir erhalten vielleicht entscheidende Hinweise, wo *er* sich aufhält. *Er* wird ausrasten, wenn *er* diese Tatsachen über sich liest, und auf Rache sinnen. Das heißt, *er* wird leichtsinnig werden."

Ich musste selbst schlucken, nachdem ich diesen Vorschlag hervorgesprudelt hatte. War ich denn plötzlich ganz und gar verrückt geworden? Ich bot mich *ihm* sozusagen auf einem Silbertablett an!

Anton schüttelte entschieden den Kopf. „Wie sollen wir dich schützen?"

„Du weißt, wie gefährlich er ist", fiel Steffen ein. „Du dürftest dich nicht mehr frei bewegen und keine Minute allein bleiben."

„Und für wie lange?", übernahm nun auch noch Judith. „Einen Tag oder zwei hältst du diese Strapaze durch. Was ist, wenn er erst in einer Woche angreift oder in zwei?"

Ich gab mich geschlagen, obwohl mir dieser Weg weiterhin als der sinnvollste erschien. *Er* hätte diese verbale Attacke garantiert nicht hingenommen und wäre unvorsichtig geworden.

Ja, ich hatte nach wie vor wahnsinnige Angst vor *ihm*. Trotzdem wäre ich bereit gewesen, den Köder zu spielen - unter entsprechendem Schutz natürlich. *Er* sollte endlich hinter Gittern landen!

56

Als Herr Jühlen zurückkam, schwenkte er triumphierend ein Blatt, die Gästeliste. „Das Geburtstagskind war sehr entgegenkommend. Er ist mit mir die Namen bereits durchgegangen. Auf den ersten Blick findet sich keine Verbindung zu den Güssels. Wir müssen tiefer graben."

Was er darunter verstand, zeigte er uns kurz darauf. Er hatte seinen Laptop aus dem Büro mitgebracht und verglich jetzt seine damals gesammelten Daten der Familie Güssel mit den neu aufgetauchten Namen.

„Nichts", enttäuscht lehnte sich Anton, der mitgelesen hatte, nach einer Weile zurück. „Keinerlei Übereinstimmungen. Wäre ja auch zu schön gewesen."

„Und die anderen Kleingartenbesitzer", fiel es mir ein. „Zumindest die direkten Nachbarn wussten bestimmt von dieser Verlobungsfeier."

„Die nächsten waren sogar eingeladen." Herr Jühlen überlegte. „Gehen wir davon aus, dass er auf die Möglichkeit, ein Opfer abzugreifen, hingewiesen wurde? Nein", beantwortete er sich seine Frage selbst. „Was bleibt dann noch?"

Steffen war es, der als Erster reagierte. „Er fand Unterschlupf in einem der Häuschen und erfuhr durch ein belauschtes Gespräch davon. Oder er hörte am Abend der Feier die Musik und die vielen Stimmen und wurde dadurch aufmerksam. Und nutzte diesen Umstand gleich, um zuzugreifen. "

„Nun müssen wir doch die Polizei einschalten. Allein kommen wir nicht schnell genug weiter." Herr Jühlen schien entgegen seiner Worte, Erleichterung zu empfinden.

Wieso hatte er uns dann geholfen, war sogar an einem Sonntagnachmittag bereit gewesen, sich mit uns zu treffen? Ich war irgendwie enttäuscht.

Meine Enttäuschung stieg ins Unermessliche, als ich durch Zufall die Unterhaltung zwischen Anton und dem Detektiv mitbekam, während Ersterer seinen Gast zur Tür brachte. Ich hatte kurz die Toilette aufgesucht und war von dem Aufbruch des Detektivs überrascht worden. Eigentlich wollte ich mich von ihm verabschieden und mich persönlich für sein Engagement bedanken, noch während ich auf sie zutrat – sie standen mit dem Rücken zu mir – hörte ich, wie Anton sagte: „Schicken Sie mir Ihre Rechnung an die Adresse meines Sportstudios. Ich denke, das war es für uns. Falls nicht, melde ich mich wieder bei Ihnen."

Ich trat umgehend den Rückzug an. „Anton hat Herrn Jühlen angeheuert", platzte ich heraus, sobald ich im Wohnzimmer war.

„Nein!" Judith fuhr hoch. „Das hätte er mir gesagt."

„Doch, er bat ihn gerade um die Rechnung." Ich ließ mich zwischen ihr und Steffen auf die Couch fallen. „Herr Jühlen macht das nicht aus reiner Nächstenliebe, er wird dafür bezahlt."

Judith schmerzte Antons Verrat offensichtlich mehr. „Wieso hast du mir nicht gesagt, dass du ihn engagiert hast?", fauchte sie ihn an, als er zurückkam.

„Weil du es umgehend Lara mitgeteilt hättest, die der Meinung gewesen wäre, sie müsse selbst für die Rechnung aufkommen", konterte er ungerührt. „Mir war klar, dass wir seine Hilfe benötigen würden, mindestens für die Hintergrundrecherchen. Wir haben das Ganze angestoßen und Lara mit hineingezogen. Da liegt das Bezahlen in meiner Verantwortung."

„Nein, sag mir Bescheid, wie hoch der Betrag ausfällt. Ich übernehme ihn natürlich." Das kam überhaupt nicht infrage, dass meine Freunde sich nun auch noch finanziell belasteten. Sie taten sowieso schon mehr für mich, als ich jemals erwartet hatte.

„Siehst du, genau aus dem Grund wollte ich nicht, dass du davon erfährst", grinste Anton. „Und nein, ich denke nicht daran, dich an den Kosten zu beteiligen. Es war mein eigener Wunsch, Klarheit zu gewinnen. Außerdem macht mir Herr Jühlen einen Sonderpreis. Ich bekomme den gleichen Nachlass, den er damals deinem Vater gab. Also revidiere gleich mal deine Meinung, er ist ein netter Kerl, der den Abschaum genauso gern hinter Gittern sehen will wie wir."

„Komm, wir müssen los." Steffen bedeutete mir aufzustehen. „Ich wollte kurz mit deinen Eltern sprechen."

Es wurde ein hastiger Aufbruch, er ließ mir kaum genug Zeit, mich von Anton und Judith zu verabschieden. „Wir sehen uns morgen", sagte ich zu ihr. „Auf der Arbeit."

Dann hatte er mich schon hinter sich her nach draußen gezogen. „Sie ist zurecht sauer auf ihn", erklärte er, während wir zu unseren Autos gingen. „Ich stimme ihm zu, dass das, was er getan hat, richtig ist. Nur hätte er sie informieren müssen. Geheimnisse voreinander zu haben, ist niemals gut."

Er hatte in der Einfahrt zur Garage geparkt, ich auf der Straße. Ich wandte mich ab und ging kommentarlos zu meinem Fiat, denn ich war ja mit meinem eigenen Auto gekommen. Ein erster Forstschritt, obwohl ich gestehen musste, dass es mir schwergefallen war, ganz allein unterwegs zu sein. Deshalb hatte ich Steffens Angebot angenommen, mir auf dem Rückweg zu folgen.

Ich hatte eine ähnliche Ansicht wie er, doch glich unser Aufbruch einer Flucht und das wäre in meinen Augen nicht nötig gewesen. Judith und Anton waren zivilisiert genug, mit ihrem Streit zu warten, bis wir gegangen waren.

„Ich hasse Auseinandersetzungen zwischen Paaren." Er hatte sich in eine enge Lücke gequetscht, in die ich mich nie hineingetraut hätte, und mir geholfen, ein paar Meter entfernt eine etwas größere zu nehmen. „Deshalb habe ich wohl etwas überreagiert. Ich ´ …" Er schüttelte den Kopf. „Zwischen meinen Eltern war ständiger Kampf angesagt, seitdem ich in der Pubertät war. Meine Mutter nahm nie Rücksicht darauf, ob wir danebenstanden. Versuchte mein Vater, dem aus dem Weg zu gehen, lief sie hinter ihm her und schrie erst recht."

„Judith ist anders." Langsam verstand ich seine Reaktion, gut hieß ich sie trotzdem nicht. „Man ist in einer Beziehung nicht immer einer Meinung und beide müssen es aushalten können, dass es mal zu Auseinandersetzungen kommt. Das Wie ist wichtig, wie redet man miteinander? Man kann seine Ansicht auch klarmachen, ohne dass es eskalieren muss."

Er seufzte tief. „Das weiß ich. Bei der Umsetzung hapert es leider noch."

Gut, war er wenigstens nicht ganz so perfekt, wie ich angenommen hatte. Neben einem perfekten Partner fühlte man sich wahrscheinlich zunehmend minderwertig. Ich hatte schon leichte Komplexe bekommen mit meinen ständigen Panikattacken und Stimmungsschwankungen.

‚Du bist nicht mit ihm zusammen', ermahnte ich mich. ‚Er ist ein guter Freund, mehr nicht. Du bist viel zu kaputt für eine Beziehung.' Irgendwie tat ich mir plötzlich selbst leid. Hätte ich ihn unter anderen Umständen kennengelernt … Meine Güte, das überlegte ich nun schon zum zweiten Mal! Gingen meine Gefühle für ihn tiefer, als ich es wahrhaben wollte?

„Du willst tatsächlich morgen wieder zur Arbeit?", unterbrach er meine Grübeleien, bevor ich tiefer in meinen Gefühlen forschen konnte.

„Ja, es geht mir gut. Zu Hause würde mir die Decke auf den Kopf fallen. Ich möchte endlich zurück in ein normales Leben." Na ja, wenigstens mit dem beginnen, was dem am nächsten kam.

„Schön", erwiderte er zu meiner Überraschung. „Ich treffe mich abends mit ein paar Freunden und würde mich freuen, wenn du dabei wärest."

Ausgehen? An einen öffentlichen Platz? Ich wollte schon Nein sagen, gab mir jedoch einen Ruck. Warum eigentlich nicht? „Gern, holst du mich ab?" Im Dunklen allein zu meinem abgestellten Auto zurückzukehren, war mehr, als ich mir zutraute.

„Klar." Er gab mir zum Abschied einen leichten Kuss auf die Wange. „Ich bin gegen sechs da."

Ich war so verdattert, dass ich Mühe hatte, den Schlüssel ins Schloss zu stecken. Mein Herz flatterte aufgeregt, mein Verstand arbeitete auf Hochtouren. Nein, das war viel zu früh! Ich konnte mich ihm nicht öffnen, nicht auf die Weise, wie es verliebte Paare taten.

Oder reagierte ich über? War es nur als nette Geste gedacht? Ich atmete ein paar Mal tief durch, bevor ich die Wohnung meiner Eltern betrat. Ihnen würde ich nichts von den widerstreitenden Gefühlen in mir verraten. Ich musste mich bemühen, völlig normal zu erscheinen.

Aber kaum war ich allein in meinem Zimmer, drehte sich meine Gedankenspirale weiter, bis ich mir energisch Einhalt befahl. Es war ein einziger Kuss auf die Wange! Ich sollte aufhören, zu viel hineinzuinterpretieren.

„Herr Jühlen hat es geschafft, die Polizei von unserer Ansicht zu überzeugen", begrüßte Steffen mich, als er pünktlich auf die Minute erschien. „Zumindest wollen die Ermittler prüfen, ob er sich dort aufgehalten haben könnte. Von der Theorie, er sei ins Ausland geflüchtet, weichen sie jedoch weiterhin nicht ab."

„Immerhin unternehmen sie überhaupt etwas." Ich war ein bisschen enttäuscht, dass er mit keinem Anzeichen hatte erkennen lassen, dass er in mir mehr sah als eine gute Freundin. Hatte ich mich umsonst verrückt gemacht?

Gegen Mittag hatte er mich auf der Arbeit angerufen und gefragt, wie ich es verkrafte, wieder im alten Trott zu sein. Nach fünf Minuten Plaudern war ihm ein dringendes telefonisches Gespräch dazwischengekommen und er hatte mich auf heute Abend vertröstet.

Hm, im Prinzip, sollte ich zufrieden sein, dass ich ihn nicht zurückweisen musste. Dann wäre unsere Freundschaft garantiert zu Ende gewesen. Es war besser, es blieb, wie es war. Mit dem Verstand sah ich es ein, trotzdem blieb die Enttäuschung.

57

Am Donnerstag kam Anton am späten Vormittag ins Büro ge-
stürmt. „Ha! Wir hatten recht! Der Abschaum hatte sich in einem
Schrebergarten eine Reihe weiter eingenistet."
Judith unterbrach ihre Arbeit und winkte ihn näher heran. „Nicht so
laut!", zischte sie. „Dich hört die ganze Etage."
Er schloss die Tür hinter sich und ließ sich auf dem Besucherstuhl
vor ihrem Schreibtisch nieder.
„Haben sie *ihn* erwischt?" Ich gab es auf, meinen angefangenen Satz
auf dem Monitor zu Ende bringen zu wollen, und drehte meinen
Drehsessel in seine Richtung.
„Nein, der ist wohl seit dem Überfall auf die Frau nicht mehr dort
gewesen." Anton war genauso enttäuscht wie ich.
„Mist!", schimpfte Judith.
„Wessen Garten war es?" Hoffentlich hatte er weitere Informatio-
nen erhalten.
„Das ist etwas kompliziert." Anton verzog das Gesicht zu einer
Grimasse. „Die Oma der Freundin von Wolf Güssel hat eine Tochter, also deren Tante, die ist Alkoholikerin. Und für die hat der
Freund der Mutter diesen Schrebergarten gepachtet, beziehungsweise eigentlich war es seiner. Sie hat sich kümmern sollen, weil er es
nicht mehr schaffte. Anfangs ist sie, also die Tochter, regelmäßig
hingegangen und hat teilweise ganze Wochenenden dort verbracht.
Mit den Nachbarn gab sie sich nicht ab, sie blieb für sich und saß
meist auf ihrer Veranda.
Irgendwann kamen die anderen Gärtner dahinter, dass sie sich
komplett in dem Häuschen eingerichtet hatte. Das hätte die nicht
einmal gestört, nervig war dagegen der Besuch, der einige Zeit später auftauchte: laute Stimmen und trunkenes Gelächter und Streit,
der regelmäßig ausbrach. Man versuchte, mit ihr zu reden, was jedoch zu nichts führte, das Treiben ging weiter wie zuvor. Daraufhin
riefen die Nachbarn fast jeden Abend wegen der Ruhestörung die

Polizei und zeigten sie zusätzlich an, denn offiziell wohnen darfst du in diesen Gärten nicht."

„Lass mich raten." Judiths Augen blitzten. „Es tat sich nichts. Ich kenne unseren Amtsschimmel."

„Irgendwann wäre man gerichtlich gegen sie vorgegangen. Nur wurde sie zwischenzeitlich wegen eines Selbstmordversuchs in die Psychiatrie eingewiesen, wo sie wegen einer akuten Psychose verblieb. Wolf Güssels Freundin brachte ihre Oma mehrere Male zu Besuchen in die Klinik. So erfuhr er von dem Versteck."

„Wann war das? Hast du die genaue Zeit ihrer Einlieferung in Erfahrung bringen können?" Vermutlich hatte der Abschaum sich seit meiner Flucht dort aufgehalten.

„Vor etwa sieben oder acht Wochen", Anton schien zu ahnen, woran ich dachte. „Er muss vorher einen anderen Unterschlupf gehabt haben. Und er konnte nicht dorthin zurück, weil die Tochter mittlerweile wieder entlassen wurde."

„Wäre *er* sowieso nicht. *Er* hat sicherlich vermutet, die Polizei würde gründlicher bei der Überprüfung der Kleingartenbesitzer vorgehen. Doof ist *er* nicht." Ich musste daran denken, was Frau Meierling mir bei ihrem Rückruf erzählt hatte. Krögers Halle am Hafen sei abgerissen worden, der Sohn wolle ein neues moderneres Gebäude bauen. Und ja, die Arbeiten hätten exakt am ersten vor zwei Monaten begonnen. Ob es eventuelle Spuren von Eindringlingen gegeben hätte, wisse sie leider nicht.

Demnach hatte mich mein anfänglicher Instinkt nicht getrogen. Der Abschaum war vom Garten der Meierlings zur verwaisten Fabrik der Krögers gewechselt, bis *sein* Bruder *ihn* vor dem drohenden Abriss warnte. Kurz darauf hatte dieser *ihm* ein anderes vorübergehendes Versteck besorgt, vielleicht *ihm* zuerst sogar diese Waldhütte angeboten, in der *er* sein letztes Jagdspiel veranstaltete. Also lag es nahe, dass er *ihn* nun erneut untergebracht hatte. Den letzten Gedanken äußerte ich laut.

„Frau Winkler ist ähnlicher Ansicht. Wolf Güssel ist verhaftet worden und muss sich den neuen Anschuldigungen stellen."

„Und seine Freundin?"

„Konnte glaubhaft versichern, dass sie von nichts wusste."

Judith war nicht überzeugt. „Ich bitte dich! Die erzählt ihm frei heraus von sämtlichen zur Verfügung stehenden Objekten der Familie Kröger? Wer glaubt das denn!"

„Die Polizei." Anton verschränkte die Hände hinter dem Kopf und lehnte sich zurück. „Ihr kennt die nicht. Laut Herrn Jühlen ist sie eine Frau, die redet wie ein Wasserfall. Aus der sprudeln sämtliche Informationen über alles, was sie betrifft, heraus, ohne dass man großartig nachhaken muss. Der Güssel brauchte nur zuzuhören, sie liebt es, über die Herrschaften zu reden, bei denen sie angestellt ist."

„Was macht sie denn da?", gelang es mir einzuwerfen.

„Sie ist Haushälterin, sprich Köchin und Putzfrau in einem." Anton grinste. „Dadurch war sie immer auf dem neuesten Stand. Sie lebt mit und durch ihre Arbeitgeber. Sie hat keine Freunde, keine Bekannten, außer eben Wolf Güssel. Dem erzählte sie haarklein alles weiter, was sie erfuhr, egal ob es um den Streit des Sohns ging, der die Meierlings kündigen wollte, weil sie durch die Krankheit des Mannes das Grundstück sowieso nicht mehr nutzten, oder um die Auseinandersetzung mit der Mutter, die nicht wollte, dass die alte Halle abgerissen wurde. Und das …"

„Halt, warte! Seit wann ist sie dort beschäftigt?"

Wieder ahnte er, warum ich nachfragte. „Schon seit fünfzehn Jahren. Und zwei Jahre später zog sie in das Haus, in dem Wolf Güssel lebt und wurde bald darauf seine Freundin. Wobei, wie die Beziehung genau läuft, kann ich nicht sagen. Immerhin hat sie tatsächlich mehrere Kinder von unterschiedlichen Vätern, das Kleinste ist vier."

„Seltsam", murmelte ich mehr zu mir selbst.

„Sehe ich genauso", stimmte Judith mir zu. „Die nahm anscheinend jedes Abenteuer mit. Oder war deren Beziehung rein platonisch?"

„Das ist eine Frage, die mich ehrlich gesagt nicht interessiert." Anton erhob sich. „So, die Damen. Ich habe euch lange genug von eurer Arbeit abgehalten. Kommst du morgen ins Studio, Lara?"

Ich hatte gar nicht auf seine Worte geachtet. Etwas anderes war mir plötzlich durch den Kopf geschossen. „Der Beifahrer! Hat er nicht einen dabei, wenn er nach Italien unterwegs ist?"

Anton verharrte, die Klinke schon in der Hand. „Gute Idee. Sein Kollege hätte es bemerken müssen, wenn sie einen blinden Passagier transportieren. Ich werde gleich Herrn Jühlen anrufen, damit er noch einmal mit der Polizei spricht."

„Und die sollen versuchen herauszufinden, warum Wolf Güssel seinem Bruder derart half", trug ich ihm auf. „Selbst die Ermittler müssen einsehen, dass dieser Einsatz über reine Geschwisterliebe weit hinausgeht."

Den restlichen Tag gelang es mir nicht, mich auf meine Abrechnungen zu konzentrieren. Es war wie verhext. Warum schaffte es der Abschaum immer wieder, rechtzeitig zu entkommen? Ich hatte gedacht, dieses Mal würde die Polizei *ihn* endgültig schnappen. Ich fühlte nicht bloß tiefe Enttäuschung, sondern gleichzeitig auch wieder diese Unsicherheit, die ich überwunden zu haben glaubte. Konnte ich denn nur gesunden, wenn *er* wieder hinter Gittern saß?

Ich bemühte mich, allen gegenüber meinen Zustand zu verbergen, was mich sehr viel Kraft kostete. Oft ertappte ich meine Mutter und Steffen dabei, wie sie mich prüfend anblickten, Letzterer fragte jeden Tag, wie es mir ginge. Ich behauptete stets, es sei alles in Ordnung und strengte mich noch mehr an, normal zu erscheinen, obwohl ich das Unheil wie eine drohende Wolke über mir schweben spürte. Ich war mir vollkommen sicher, dass mein schlimmster Albtraum irgendwo in der Nähe lauerte, bereit, bei der nächsten passenden Gelegenheit wieder zuzuschlagen.

Die Ermittlungen kamen nicht voran. Wolf Güssel mauerte und behauptete, von seinem Bruder immer wieder unter Druck gesetzt worden zu sein. Eine heiße Spur von dem Verdächtigen fand sich nicht. Das Einzige, was sich ausgesprochen positiv entwickelte, war mein Verhältnis zu Steffen. Es wurde immer deutlicher, dass er und ich wie füreinander geschaffen waren.

Seit diesem einen Wangenkuss hielt er sich merklich zurück, traf sich jedoch weiterhin regelmäßig mit mir, nahm mich mit zu seinen Freunden, lockte mich an den Wochenenden hinaus ins Freie und setzte dann wie selbstverständlich voraus, dass wir den Tag mit einem gemeinsamen Abendessen beendeten.

Ein Leben ohne ihn würde schrecklich sein, das wollte ich unter allen Umständen vermeiden. Andererseits war ich unsicher, inwieweit mein zurückliegendes Trauma mir gestattete, eine neue Beziehung einzugehen. Meine Therapeutin war mir bei dieser Frage auch keine große Hilfe. „Sie müssen es ausprobieren. Sprechen Sie mit Ihrem Freund, vereinbaren Sie ein eindeutiges Stopp-Signal, falls die Panik zu groß wird."

Ausprobieren! Ich traute mich nicht einmal an einen simplen Kuss heran. Außerdem – vielleicht schätzte ich die Situation zwischen uns ja falsch ein und er war gar nicht in der Weise an mir interessiert, wie ich vermutete. Vielleicht fand er mich einfach sympathisch und wollte mir helfen, mein Trauma zu überwinden, als normaler Freund und nicht als Liebender.

Ich schwankte zwischen Zuversicht und abgrundtiefer Traurigkeit und vergaß über diese Grübeleien manchmal sogar den Abschaum. Sonst blieb *er* jedoch mein ständiger Begleiter. Es war nicht so, dass ich immer noch meinte, *ihn* in meiner Nähe zu sehen, oder dass ich in jeder größeren Menschenansammlung nervös wurde. Diese diffusen Angstgefühle hatten sich enorm gebessert. Aber ich wartete förmlich darauf, dass *er* wieder zuschlug.

58

Ich hüpfte geradezu die Treppe hinunter. Gerade hatte Steffen angerufen und mich gebeten, mit ihm in die Stadt zu fahren. Er wolle ein Geburtstagsgeschenk für Judith kaufen, die uns beide zu ihrer Feier am nächsten Wochenende eingeladen hatte. Da ich selbst bisher nicht dazu gekommen war, nach einem angemessenen Präsent zu suchen – immerhin hatte ich einen Großteil dessen, was ich geschafft hatte, ihr zu verdanken –, war ich sofort einverstanden gewesen. Ja, und dann hatte er ganz nebenbei gefragt, ob ich anschließend nicht bei ihm übernachten könne. Angeblich, weil wir für den nächsten Tag einen Ausflug geplant hatten und früh loswollten. Doch ich hatte eine gewisse Unsicherheit bei ihm bemerkt, die nur eines bedeuten konnte: Heute würde er sich mir offenbaren.

Vier Wochen waren mittlerweile vergangen, ohne dass es vom Abschaum irgendwelche Neuigkeiten gab. Das wertete ich als gutes Zeichen. Vielleicht hatten wir uns alle geirrt und *er* war tatsächlich im Ausland untergetaucht. *Sein* Bruder war jedenfalls bei dieser Aussage, er habe *ihn* im Lastwagen nach Italien geschmuggelt, geblieben. Er kenne, so sagte Wolf Güssel, genügend Grenzübergänge, an denen man verlässlich durchgewinkt würde. Auch die Frage, wie er es geschafft habe, seinen Beifahrer zu täuschen, hatte er zufriedenstellend beantwortet. Sein Bruder sei frühmorgens auf dem Hof der Firma eingestiegen und habe sich bis zu seinem Bestimmungsort nicht gemuckst. Für Essen, Trinken und einen Behälter für die menschlichen Bedürfnisse sei gesorgt gewesen. *Er* habe den Lastwagen an einer Tankstelle verlassen, während der Beifahrer auf der Toilette war. Sogar den Namen des Ortes wusste er noch. Die Ermittler neigten dazu, ihm zu glauben, besonders, da sich ja tatsächlich Fingerabdrücke und DNA-Spuren im Inneren gefunden hatten, die dem Flüchtigen zugeordnet werden konnten, wie es so schön im Amtsdeutsch hieß. Damit hatten wir zumindest eine kleine Atempause, denn zurückkehren würde der Abschaum auf jeden Fall, das war nicht nur meine Meinung.

An diesem Tag hatte ich den Gedanken an *ihn* ganz weit nach hinten geschoben. Wir stellten das Auto ausnahmsweise in der Parkgarage am Marktplatz ab, da wir mit den vielen Einkäufen, die wir zu tätigen gedachten, nicht bis zu Steffens Wohnung laufen wollten.

„Außerdem können wir, wenn es zu viel wird, einen Teil im Kofferraum lagern und weitershoppen", hatte er mir augenzwinkernd erklärt.

Auf meine Frage, was er denn noch alles zu kaufen gedachte, hatte er mit einem vagen Dies und Das geantwortet. Und ich genoss den Ausflug mit ihm viel zu sehr, um auf einer Antwort zu beharren.

Das Geschenk für Judith war schnell gefunden. Wir befanden uns in einer Seitenstraße der Fußgängerzone, als ich ihn entdeckte: ein kaskadenartiger Springbrunnen mit einem großen Becken darunter.

„Schau mal!" Ich zog Steffen darauf zu. „Sie wird ihn lieben."

„Für drinnen und draußen geeignet", las ich von dem Schild ab, auf dem auch der Preis angegeben war. Ziemlich teuer, aber wenn er und ich zusammenwarfen?

„Genau das, was auf der Terrasse fehlt." Steffen lachte mich an. „Wir nehmen ihn."

Gut, dass sich das Auto in der Nähe befand! Ich trug den Plastikbottich, der wegen seiner Größe ziemlich unhandlich war, und Steffen hatte an dem steinernen Brunnen ganz schön zu schleppen. Wir waren beide froh, als wir alles im geräumigen Kofferraum verstaut hatten.

„Auf ein Neues." Steffen nahm meine Hand und ließ sie auf dem gesamten Weg nicht mehr los.

Wir schlenderten durch die Geschäfte, ohne dass ich mich auf die ausgestellten Waren konzentrieren konnte. Ich spürte seine Finger um meine, das war viel schöner als irgendwelche Sonderangebote zu betrachten. Ihm schien es ähnlich zu gehen. Auch er blieb nirgendwo stehen, obwohl er ab und zu auf ein Kleid oder ein T-Shirt deutete und mich fragte, ob ich es nicht anprobieren wolle.

Wollte ich nicht, dazu hätte ich ihn ja loslassen müssen!

„Sollen wir uns eine Bratwurst im Brötchen holen? Eigentlich gedachte ich, mit dir essen zu gehen, doch anscheinend hatten all die anderen Menschen um uns herum dieselbe Idee", witzelte er. „Lass uns lieber gleich nach Hause fahren und wir kochen gemeinsam, okay?"

Ich hätte gut auf das Hotdog verzichten können, mein Magen war wie zugeschnürt: Vor Freude, weil unsere Beziehung sich endlich dem annäherte, was ich mir erhoffte, und gleichzeitig vor ängstlicher Erwartung, ob es mir und ihm gelang, meine Abwehr zu durchdringen, die mich bisher daran gehindert hatte, körperliche Nähe zu ertragen. Was, wenn er enttäuscht über meine Reaktion war und sich von mir abwandte?

Unsinn, schalt ich mich, während er sich in der Schlange anstellte. Er kennt dich lange genug, er weiß, was du durchgemacht hast. Wenn er nun signalisiert, dass er mehr von dir will, ist ihm klar, dass er behutsam vorgehen muss.

Ich konnte mich so weit beruhigen, dass ich eine halbe Wurst mit Brötchen essen konnte. Den Rest gab ich Steffen. Der vertilgte diesen mit drei großen Happen, wischte sich die Hände ab und wollte die Serviette in den Mülleimer werfen.

„Halt! Du hast noch Soße unter der Nase." Ich nahm ihm das Tuch ab, befeuchtete es mit etwas Spucke und wischte an der Spur herum, die bis zu seiner Oberlippe gelaufen war, wobei ich nicht verhindern konnte, dass meine Finger bebten. Nie zuvor war ich ihm so nahegekommen. Na ja, bis auf unser gemeinsames Schlafen während meiner Panikattacke. Aber da war ich viel zu sehr in meine Ängste verstrickt, um in seiner Nähe etwas anderes als tröstliche Anteilnahme zu sehen.

„Fertig?" Steffen hatte ebenfalls bemerkt, dass ich mich mit dem Säubern länger aufhielt als nötig. Er hielt meine Finger fest, küsste die Spitzen und entwand mir die Serviette. „So gern ich dich gewähren lassen würde, wir haben einen Termin, bei dem wir pünktlich sein müssen."

Ich lief rot an, was er zum Glück nicht bemerkte, weil er sich zum Papierkorb umdrehte. „Wohin gehen wir?"

„Zu einem Freund, der ein paar Dinge in seinem Equipment hat, die wir benötigen." Er sah auf die Uhr, nahm meine Hand und zog mich mit sich. „Wir sind spät dran."

Fast im Laufschritt hasteten wir an den Läden vorbei und bogen kurz darauf in eine kleine Einkaufspassage ab. Steffen steuerte das Geschäft neben einem Telefonanbieter an, das anscheinend auf Jagdwaffen spezialisiert war. Erst beim Eintreten entdeckte ich den Zettel an der Tür, der darauf hinwies, dass es hier auch Pfefferspray zu kaufen gab.

Der Mann, der auf uns zukam, war etwa in Steffens Alter, jedoch wesentlich stämmiger und mit einem runden Gesicht, das sich jetzt zu einem Lächeln verzog. „Pünktlich auf die Minute. Ich bin Harry." Er gab mir die Hand, umrundete mich dann und drehte einen Schlüssel im Schloss. „Feierabend. Kommt mit nach hinten."

Ob er mein gemurmeltes „Lara" gehört hatte, ließ er nicht erkennen. Er wandte sich ohne weitere Aufforderung um und führte uns an den Vitrinen mit Waffen und Ständern mit Jagdbekleidung vorbei in einen großen Raum, der mit Regalen, die bis zur Decke reichten, bestückt war.

„Alles besorgt." Er deutete auf den Schreibtisch, der von zig Kartons umstellt war. Selbst darauf stapelten sich unzählige Schachteln, die den modernen Computer fast zudeckten.

Mit einem mulmigen Gefühl im Bauch trat ich näher. Steffen war hoffentlich nicht auf die Idee gekommen, mir eine Schusswaffe zu besorgen. Weder konnte ich mit so einem Ding umgehen noch wollte ich mich damit vertraut machen müssen. In einer echten Gefahrensituation würde ich wahrscheinlich sowieso nicht schnell genug danach greifen können.

Harry griff zwischen die Kartons und förderte ein kleines Sprühfläschchen zutage. „Einmal Pfefferspray für die Handtasche. Ich habe dir gleich drei davon besorgt. Du musst unbedingt vorher üben, damit du lernst, richtig zu zielen. Und falls du gezwungen bist, es draußen zu verwenden, achte auf den Wind, damit die Wolke dich nicht aus Versehen selbst trifft. Und die Menge reicht bestenfalls für einen heftigen Hieb. Deshalb habe ich dir zusätzlich eine etwas größere Ausführung besorgt. Die ist perfekt für das Auto oder die Wohnung. Und hier ist der Elektroschocker, über den wir gesprochen haben", das war an Steffen gerichtet. „Willst du lieber einen oder zwei?"

Ich schluckte, das durfte einfach nicht wahr sein! „Ich möchte gar nichts von diesen Dingen." Ich musste aufpassen, dass meine Stimme nicht zu scharf klang. Es war gut gemeint, aber was sollte ich damit? „Es ist lieb von euch, dass ihr euch derart Sorgen um mich macht. Ich glaube nur nicht, dass ich im Falle eines Angriffs überhaupt dazu komme, irgendetwas davon einzusetzen."

„Lara, du wirst dich sicherer fühlen, wenn du eine Möglichkeit, dich zu wehren, bei dir hast", widersprach Steffen. „Bist du zum Beispiel allein unterwegs, kannst du das Pfefferspray griffbereit in der Hand halten. Der Elektroschocker passt in jede Jackentasche. Wir üben gemeinsam, wie du am besten vorgehst. Ich denke wirklich, du solltest dich auf diese Hilfsmittel einlassen."

„Sehe ich genauso", sprang Harry ihm bei. „Das gleicht zumindest ein bisschen das Kräfteverhältnis aus."

Ich zwang mich zu einem Lächeln. „Danke für deine Mühe. Ich nehme alles mit. Ich verlasse mich da auf deine Empfehlung." Für mich stand bereits fest, dass ich nicht einen dieser Gegenstände verwenden würde.

59

„Du bist nicht begeistert." Steffen sah mich prüfend an.

Nachdem wir in seine Wohnung zurückgekehrt waren, hatten wir gemeinsam gekocht, gegessen und aufgeräumt. Jetzt saßen wir vor den auf dem Tisch aufgebauten Utensilien, die ich nach seinem Dafürhalten immer mit mir führen sollte.

„Ich weiß aus bitterer Erfahrung, dass es nichts bringt." Wie sollte ich ihm meine Verweigerungshaltung erklären? „Bei einem Angriff aus dem Hinterhalt schaffst du es nicht, schnell genug zu reagieren."

„Dir ist es gelungen wegzulaufen", erinnerte er mich. „Hättest du das Pfefferspray dabeigehabt oder noch besser den Elektroschocker, wäre es dir gelungen, ihn abzuwehren. Außerdem hast du mittlerweile die Grundbegriffe der Selbstverteidigung gelernt", fuhr er fort, da ich mich nicht äußerte. „Du bist nicht hilflos."

Ich verkniff mir ein lautes Aufseufzen. „Gut, meinetwegen lass uns nach draußen gehen."

Harry hatte uns sogar vier von den kleinen Fläschchen gegeben, zwei davon sollte ich zu Übungszwecken benutzen, um den richtigen Umgang zu lernen.

Ein lautes Donnergrollen ließ Steffen seinen Plan ändern. „Wir probieren es morgen nach unserer Wanderung aus", bestimmte er. „Das ist sinnvoller, als jetzt von einem Regenguss überrascht zu werden." Er beugte sich über den Elektroschocker, um mir zum x-ten Mal seine Funktion zu erklären.

Ich bemühte mich, ein interessiertes Gesicht zu machen, dabei hatte ich das Prinzip längst verstanden.

„Und das große Pfefferspray funktioniert genauso wie das kleine."

Wie es aussah, war er endlich zum Schluss gekommen. Ich beugte mich vor. Die Flasche sah aus wie ein kleiner Feuerlöscher und hatte einen großen Auslöseknopf. Ich nickte, damit würde ich umgehen können. „Alles klar. Die ist wirklich ideal fürs Auto." Ich rutschte näher an ihn heran und drehte seinen Kopf zu mir. „Danke. Ich weiß es zu schätzen, dass du dich so um mich sorgst." Bevor er etwas darauf erwidern konnte, hatte ich meine Lippen auf seine gelegt.

Einen Moment versteifte er sich, dann legte er seine Arme um mich und zog mich näher an sich. Die Welt um uns versank in einem Strudel des Glücks.

Bestimmt zwei Stunden später kamen wir langsam wieder zu uns. Dabei hatten wir nichts anderes getan, als miteinander zu schmusen. Steffen hielt sich angestrengt zurück, jeder Impuls musste von mir ausgehen, worüber ich einerseits natürlich dankbar war, so konnte ich mich langsam vortasten, in genau dem Tempo, das ich mir zutraute. Trotzdem hätte ich mir andererseits mehr Initiative von seiner Seite her gewünscht. Ach, es war zum Haareraufen! Der eine Teil von mir drängte nach Erfüllung, der andere schreckte immer noch jedes Mal davor zurück, sich berühren zu lassen, ohne die Kontrolle zu haben, was ihm bestimmt nicht verborgen geblieben war. Wie konnte ich da erwarten, dass er es wagte, von sich aus mehr zu fordern, als ich vielleicht bereit war zu geben?

„Danke." Ich löste mich von ihm und sah in seine Augen. „Dass du dich derart zurückgehalten hast. Ich würde ja gern weitergehen." Ich musste den Blick abwenden, weil ich spürte, wie ich errötete.

„He. Es ist toll mit dir." Er hob mein Kinn an. „Ehrlich gesagt hätte ich nicht gedacht, dass es so einfach sein würde, dich zu küssen. Alles andere wird nach und nach kommen. Wir haben alle Zeit der Welt. Du gibst das Tempo vor."

Ich kuschelte mich wieder an ihn. „Mehr. Mach genau da weiter, wo du aufgehört hast."

Am nächsten Morgen hatte ich fast das Gefühl, in einer echten Beziehung zu leben. Zwar hatte ich im Gästezimmer geschlafen und es war auch nicht zu echten sexuellen Handlungen gekommen, aber unser Umgang miteinander hatte sich wesentlich gelockert. Die Spannung, die gerade in den letzten Tagen unaufhörlich gestiegen war, war einem angenehmen Gefühl der Zusammengehörigkeit, der Zweisamkeit gewichen.

„Du solltest stolz auf dich sein." Steffen lächelte mich liebevoll an und öffnete die Tüte mit den Brötchen, die er gerade erstanden hatte, während ich noch duschte.

Ein verführerischer Duft stieg mir entgegen. Ich griff zu und biss, ohne mich damit aufzuhalten, es mit einer der diversen Köstlichkeiten zu belegen, die er aus dem Kühlschrank gezaubert hatte, hinein, dass es krachte. „Hm, hervorragend."

„Nein, im Ernst." Er hielt meine Hand fest. „Jede andere Frau, der dasselbe passiert ist, würde sich für immer in ihrem Zimmer einsperren und sich nie wieder daraus hervortrauen. Ich finde es erstaunlich, wie sehr du dich in dieser kurzen Zeit erholt hast und wie sehr du dich bemühst, dein Leben wieder zu normalisieren. Du bist eine starke Frau."

„Was willst du der starken Frau heute bieten?", lenkte ich ab. Das Thema war mir peinlich. Ich sah mich nicht als etwas Besonderes, im Gegenteil, ich fand es schrecklich, dass ich immer noch nicht in der Lage war, normal zu reagieren.

Er spürte meine Abwehr. „Ich dachte, wir gehen einmal um den See. Schaffst du das?"

Die Temperaturen hatten sich nach dem abendlichen Schauer auf angenehme zwanzig Grad abgekühlt. Das war eine gute Idee, obwohl ich wusste, dass eine Umrundung fast drei Stunden dauerte. „Ich bin fitter als du", stichelte ich. „Im Gegensatz zu dir nehme ich regelmäßig an Antons Training teil."

Aufgrund starker Arbeitsbelastung und weil er mehr Zeit mit mir verbringen wollte, wie ich vermutete, kam Steffen nur noch einmal in der Woche vorbei, um bei dem Selbstverteidigungskurs auszuhelfen.

„Na, mal sehen, wer zuerst stöhnt."

Wir langten herzhaft zu und packten uns einen kleinen Proviant für unterwegs ein. Steffen liebte es genauso wenig wie ich, sich in einem vollbesetzten Ausflugslokal an den letzten freien Tisch zu quetschen.

„Hast du alles?"

Ich klopfte prüfend die Taschen meiner Jacke ab, die ich mir lose um die Schultern gelegt hatte: Etwas Kleingeld, ein Taschentuch, zwei Streifen Kaugummi, mein Handy, mehr brauchte ich nicht. Für den Inhalt des Rucksacks war er verantwortlich. „Hast du die Flasche Wasser eingesteckt?", fragte ich trotzdem.

„Ja. Dann los." Er hielt mir die Tür auf, damit er hinter mir abschließen konnte.

Ich trat durch den Rahmen und wurde an der Schulter gepackt und herumgerissen. Ein Arm drückte mir den Kopf nach hinten und ich spürte, wie ein Messer leicht in meine Kehle schnitt. „Zurück, marsch, marsch!" Ich versteifte mich, als ich die mir wohlbekannte Stimme hörte, mein Herz begann zu rasen und meine Füße drohten, unter mir nachzugeben. *Er* hatte mich gefunden!

„Denk nicht mal dran!" Seine Worte galten Steffen, der Anstalten machte, sich auf ihn zu stürzen. „Ich zieh sofort durch."

Ich konnte in dessen Augen sehen, wie er sich fühlte. Das, womit er nie gerechnet hatte, war eingetreten und er konnte nichts tun.

„Los, zurück in die Wohnung", befahl der Abschaum mit leiser Stimme.

Steffen gehorchte und wich langsam zurück. Ich spürte einen Druck im Rücken und setzte mich ebenfalls vorsichtig in Bewegung. Etwas Buntes, Eingepacktes schlitterte an mir vorbei. Er hatte es mit einem Fußtritt in die Diele befördert. Erst später sollte ich erkennen, dass es sich dabei um einen aufwändig verpackten Blumenstrauß handelte, mit dem er sich Einlass verschafft hatte.

„Weiter, weiter!" Er trieb uns vor sich her bis ins Wohnzimmer. „Hier!" Ein Paar Handschellen flog in Richtung Steffen. „Mach dich an der Heizung fest. Und wage es ja nicht, irgendwelche überflüssigen Geräusche zu produzieren, deine Freundin wird es büßen müssen."

Er wartete, bis Steffen seinem Befehl gefolgt war und angekettet neben dem Rohr auf dem Boden hockte. Dann gab er mir einen heftigen Schubs, der mich unsanft in den Sessel beförderte. „Na, Fotze? Dachtest du echt, du bist mich los?" Er lachte und begann, im Zimmer auf und ab zu marschieren. „Du hättest dich nicht einmischen sollen. Hast mir alles kaputt gemacht. Dachtest du echt, ich weiß nichts davon?"

Warum war mir entfallen, wie hoch und schrill seine Stimme klang, wenn er sich aufregte? Und diese Körperspannung, die deutlich signalisierte, wie sehr er unter Strom stand, wie hatte ich das vergessen können?

„Eigentlich wollte ich dich nur umbringen." Er blieb vor meinem Sessel stehen und baute sich drohend vor mir auf. „Zack und fertig. Aber deine Nachfolgerinnen haben mich enttäuscht, kein Pfeffer, keine Spur von Trotz. Langweilig, langweilig, langweilig."

Trotz meiner Angst war es mir gelungen, die Lähmung, die mich ergriffen hatte, abzuschütteln. Ich verspürte Wut und Hass, die mich wie eine Welle auf ihn zu tragen würden und ihn ...

Steffen räusperte sich und schüttelte fast unmerklich den Kopf. „Und die Letzte ist lieber freiwillig in den Tod gesprungen, als dich zu ertragen", sagte er, um ihn von unserem stummen Austausch abzulenken.

„Halt die Fresse!" Mit zwei Schritten war der Abschaum bei ihm und schlug ihm mit voller Wucht ins Gesicht, fuhr blitzschnell herum und drohte mir mit dem Messer.

Steffen sank in sich zusammen und ich verlor allen Mut. Wieder einmal hatte er gewonnen.

60

„Mach mir was zu essen. Ich sterbe vor Hunger." Er riss mich aus dem Sessel und schubste mich in Richtung Diele, dachte jedoch vorher noch daran, Steffens Handy einzufordern, sodass mir diese kleine Hoffnung ebenfalls genommen war. „Du kennst ja die Regeln. Kein Wort, bis ich dich dazu auffordere."

Ich marschierte vor ihm in die Küche und überlegte fieberhaft, wie ich uns retten konnte. Steffen war außer Gefecht gesetzt, es hing alles von mir ab. Denn eines war mir klar, sobald er seinen ‚Spaß' gehabt hatte, würde er uns beide umbringen.

„Räum den Kühlschrank leer." Er lehnte an der Spüle und betrachtete mich mit zynischem Lächeln. „Versuch es gar nicht erst. Ich kann in dir lesen wie in einem offenen Buch."

Arschloch, dachte ich, kniete mich aber brav vor die geöffnete Tür und holte alles an Wurst und Käse hervor, was ich fand, dazu noch den Nudelsalat und die hartgekochten Eier, die für das Abendessen gedacht gewesen waren.

„Stell alles auf den Tisch. Und vergiss die Brötchentüte nicht." Mit dem Kopf wies er auf den Schrank. „Und nen Kaffee koch auch eben!"

Ich stellte die Vorräte auf den Küchentisch, befüllte die Kaffeemaschine und schaltete sie ein. Dann holte ich einen Teller und eine Tasse aus dem Schrank und wollte gerade die Besteckschublade öffnen, als er mir mit Wucht auf die Finger hieb. „Klar, das hast du dir wohl gedacht." Er zog einen der Stühle bis vor den Herd und bedeutete mir, mich darauf zu setzen. „Den Rest mach ich lieber selbst."

Während er das Brötchen ausgehungert hinunterschlang, betrachtete ich ihn zum ersten Mal, seitdem er uns gefangen genommen hatte, richtig. Er wirkte abgerissen, so, als hätte er die letzten Tage auf der Straße verbracht. Seine Kleidung starrte vor Dreck, die Haare, die er vor längerem hellblond gefärbt hatte und die ihm in wirren Strähnen bis auf die Schultern hingen, waren komplett durchgefettet und die dunklen Bartstoppeln in seinem Gesicht verdeckten nur schwach die Müdigkeitsfalten, die sich tief in seine Züge eingegraben hatten.

Er schlürfte und schmatzte sich durch unsere Vorräte. Zwischendurch musterte er mich wieder mit diesem irren Lächeln, das ich aus der Vergangenheit kannte. „Vorfreude ist doch die schönste Freude."

Endlich war er satt und zündete sich befriedigt eine seiner stinkenden Zigaretten an, deren Geruch in mir sofort wieder die altbekannte Übelkeit hervorrief. Ich musste mir dringend etwas einfallen lassen, wie ich ihn auf Abstand halten oder noch besser, wie ich ihn besiegen konnte. Das Pfefferspray und der Elektroschocker lagen im Gästezimmer. Ich hatte das Equipment gestern in meine Tasche geräumt, die nun neben dem Bett stand. Also nutzlos. Bis dorthin konnte ich es nie schaffen.

Hier in der Küche saß ich zu weit von allem entfernt, was sich als Waffe verwenden ließ. Bis ich mir ein Messer aus der Schublade geholt hätte, wäre er längst bei mir. Verdammt, ich wollte mich nicht kampflos geschlagen geben!

Ein Poltern aus dem Wohnzimmer ließ ihn aufschrecken. Sofort war er von seinem Stuhl herunter, packte mich und schleifte mich vor sich her zu Steffen zurück. Diesem war es irgendwie gelungen, sich den schweren Krug von der Fensterbank zu angeln, er schlug verbissen mit dem Boden auf seine Handfesseln ein.

Der Abschaum schleuderte mich auf das Sofa und trat Steffen mit voller Wucht in den Bauch, sodass ihm der Krug aus der Hand fiel und zu Boden polterte. Er trat und trat wie von Sinnen auf ihn ein. Ich sprang hoch, griff nach der halbvollen Wasserkaraffe auf dem Tisch und knallte sie ihm von hinten auf den Schädel. Doch statt wie in den Filmen üblich über seinem Opfer zusammenzubrechen, taumelte er nur etwas und wandte sich mir zu. „Du Fotze!"

Ich wich zurück, drehte mich um und rannte in die Diele. Er erreichte mich, bevor ich sie halb durchquert hatte, schlug seine Hände in meine Schultern und riss mich so heftig zurück, dass ich mit dem Kopf gegen seinen Brustkorb prallte.

„Ja", seine heisere Stimme verursachte mir einen Kälteschauer. „Genauso liebe ich das. Der Auftakt ist schon mal gelungen."

Bevor ich wusste, wie mir geschah, lag ich am Boden. Ich trat um mich und versuchte, auf sein Geschlecht zu zielen, wie man es uns im Selbstverteidigungskurs beigebracht hatte. Er wich mir mühelos aus, fasste mich an meinen Knöcheln und zog mich zurück ins Wohnzimmer.

„Du darfst zusehen, wie ein richtiger Mann es deiner Freundin besorgt", verkündete er mit diesem irren Lächeln in Steffens Richtung, der halb betäubt auf dem Boden lag. „Ist sie bei dir auch so ein Wildfang?" Er kicherte. „Ich habe an sie die besten Erinnerungen."

Ich versuchte, mich auf den Bauch zu drehen, er nagelte mich mit Händen und Füße auf dem Teppich fest. „Du hast mich fast umgebracht, weißt du das? Es hätte nicht viel gefehlt und ich wäre draufgegangen. Bloß weil sich mein Fuß an diesem Busch verfing, bin ich nicht kopfüber unten aufgeprallt. Aber die Schmerzen danach, die waren nicht von schlechten Eltern. Ich habe dich verflucht, obwohl – es war ein fairer Kampf, den du gewonnen hast. Ich hatte es akzeptiert. Wieso musstest du unbedingt versuchen, mich zu erwischen? Das hier hast du dir selbst zuzuschreiben."

Trotz meiner heftigen Gegenwehr gelang es ihm, mir Hose und Slip herunterzustreifen. Er packte meine Bluse und riss daran, sodass die Knöpfe absprangen. Die Hand mit dem Messer näherte sich meinem Bauch, die Klinge strich sanft darüber, dann schnitt er mit einer raschen Bewegung den BH auf. „Wow, die sind größer als in meiner Erinnerung."

„Wie viele waren es?", warf Steffen krächzend ein. „An wie vielen Frauen hast du dich anschließend vergangen?" Er bemühte sich, ihn davon abzuhalten, mich zu nehmen, wollte mir einen kleinen Freiraum verschaffen. Nur, für was? Ich sah keine Möglichkeit, ihn zu entwaffnen, geschweige denn, ihn zu überrumpeln.

„Drei." Der Abschaum ließ sich tatsächlich ablenken. „Zwei Huren, die mein Bruder mir besorgt hat, und die blöde Fotze aus der Kleingartenanlage. Was für ein Reinfall! Die hat gejammert und gefleht, mit der war nichts anzufangen. Und dann läuft das Trampel direkt auf den Abgrund zu. Blöder geht es nicht. He!"

Das Letzte galt mir. Ich hatte den kleinen Moment seiner Unachtsamkeit ausgenutzt und ihm das Messer aus der Hand gerissen. Ich stieß nach seiner Brust, er griff gleichzeitig danach, sodass ich genau die Mitte der Handfläche traf, seine Finger schlossen sich um die Klinge, während seine andere Hand sich um mein Gelenk legte und brutal zudrückte. „Lass los!"

Es blieb mir nichts anderes übrig, als zu gehorchen. Er setzte sich fester auf meine Beine, um mich unter Kontrolle zu halten, und begutachtete seine Hand, von der das Blut herabrann. „Verdammte Scheiße!"

Ich spürte, wie mich Panik überfiel. Vorbei! Meine einzige Chance war dahin. Von jetzt an würde er vorsichtiger sein. Ich würde keine zweite bekommen.

Er nahm meinen zerschnittenen BH und drückte ihn auf die Wunde, behielt das Messer aber ebenfalls in der Hand. „Das musst du verbinden." Er rappelte sich hoch und winkte mir aufzustehen.

„Wo hast du Verbandszeug?", fragte ich in Steffens Richtung.

Er schlug mir so fest ins Gesicht, dass mein Kopf nach hinten flog. „Schnauze! Du sprichst, wenn ich es dir erlaube. Habe ich das? Nein. Wo?", wollte er von Steffen wissen.

Es hätte albern gewirkt, wäre mir nicht dieses gefährliche Funkeln in seinen Augen aufgefallen. Er war aufs Äußerste gereizt.

„Im Schlafzimmer, in dem kleinen Schränkchen hinter der Tür." Steffen bemühte sich, matt und teilnahmslos zu wirken, als wäre er kaum in der Lage zu sprechen.

Er sah auch verheerend aus. Mehrere Tritte hatten sein Gesicht getroffen. Das Blut aus der Platzwunde über dem Auge hatte sich mit dem von der Oberlippe vermischt und die Nase war auf fast doppelte Größe angeschwollen. Er atmete sehr flach und vorsichtig. Anscheinend hatte er weitere Verletzungen im Bereich der Rippen. Trotzdem konnte ich erkennen, dass sein Kampfgeist nicht erloschen war, was mir Mut machte. Irgendwie würde es uns gelingen, den Abschaum zu besiegen.

„Versuch ja nicht, noch mal so 'n Krach zu machen", befahl dieser. „Und denk nicht dran, loszuschreien. Bis die Polizei hier ist, habe ich euch beide abgemurkst. Mir ist es egal, ob sie mich erwischen, Hauptsache, ihr beide sterbt vor mir."

Glaube ihm nicht, sagten Steffens Augen. Er hat wirklich nichts mehr zu verlieren, versuchte ich, ihm zu signalisieren. Dann hatte er mich schon hochgerissen und schob mich aus dem Raum. „Wo ist das Schlafzimmer?"

Ich zeigte in die entsprechende Richtung und setzte mich auf seinen Befehl hin in Bewegung.

„Stopp!" Er drückte die Tür zu und befahl mir, mich auf den Boden vor das Bett zu setzen.

Wieder nichts! Ich hatte meine Hoffnung auf die Verbandsschere gesetzt, die Steffen als ordentlicher Mann bestimmt besaß.

Er zerrte Kompressen und Binden aus dem Schränkchen und warf sie mir vor die Füße. „Sei ja vorsichtig."

Er ließ mich nicht einen Augenblick aus seinem Blick und verfolgte jeden meiner Handgriffe, das Messer griffbereit in der Linken.

Ich nahm eine der Kompressen aus ihrer Verpackung und drückte sie auf die Wunde, während ich mich bemühte, einen einigermaßen festsitzenden Verband zu konstruieren. „Ich brauche ein Pflaster, um das Ende zu befestigen."

„Stopf es drunter, das reicht." Er betrachtete mich mit einem lüsternen Blick. „Ich will nicht länger warten."

Jetzt hatte ich keine Chance mehr, ihm zu entkommen.

61

Er fiel gleich an Ort und Stelle über mich her. Ich lag vollkommen regungslos unter ihm und ließ mich weder durch Bisse noch durch gezielte Hiebe aus meiner Lethargie reißen. Vielmehr bemühte ich mich, ihn auszublenden, an etwas anderes zu denken, es über mich ergehen zu lassen, wie eine Krankheit, gegen die man nichts tun konnte, als sie auszuhalten. Selbst als er mir die Hände um den Hals legte und begann, mich zu würgen, reagierte ich nicht. Ich hatte mit allem abgeschlossen.

„Scheiße", fluchte er, als er endlich von mir herunter rollte. „Das war nicht im Ansatz so gut wie früher."

Ich schnappte keuchend nach Luft, seltsamerweise enttäuscht, dass es noch nicht vorbei war. Ich hatte gemerkt, wie mir die Sinne schwanden, hatte die Dunkelheit begrüßt, mich danach gesehnt, hinüberzugleiten in das Nichts. Stattdessen lag ich besiegt auf dem Boden vor dem Bett.

Ich drehte meinen Kopf zur Seite, um ihn nicht länger ansehen zu müssen. Während er sich an mir austobte, hatte er mir gedroht, mir die Augen auszustechen, wenn ich es wagen würde, sie zu schließen.

Das Messer! Er musste es beiseitegelegt haben, als er mich würgte!

Wie schon so oft war er mir voraus. Er hatte es bereits wieder in der Hand.

Grenzenlose Enttäuschung stieg in mir auf. Ich Idiot! Warum hatte ich nicht besser aufgepasst und diese Chance ergriffen! Es konnte nicht weit von meinem Körper entfernt gelegen haben. Ich hätte mich auf ihn konzentrieren und auf die kleinste Unaufmerksamkeit lauern müssen. Zu spät! Schon wieder zu spät!

Er richtete sich schnaufend auf. „Hoch mit dir!"

In dem Moment entdeckte ich den Feuerlöscher, der unter dem Bett an der Wand lag. Aufpassen! Jetzt bloß keinen Fehler machen!

Ich imitierte einen nicht enden wollenden Hustenanfall, krümmte mich zusammen, was mich näher an mein Zielobjekt brachte, aber noch nicht nah genug. Unter Keuchen und Spucken schob ich mich unauffällig zentimeterweise vorwärts, ihn dabei nicht aus den Augen lassend, die ich wie im Krampf halb geschlossen hielt. Meine Fingerspitzen ertasteten einen kühlen Gegenstand. Noch ein kleines Stückchen!

„Hör auf mit dem Theater und steh endlich auf." Gedankenverloren betrachtete er sein Messer.

Er würde mich erstechen, so oder so. Ich schob mich mit dem Fuß vorwärts und trat anschließend nach ihm aus, während ich fühlte, wie sich meine Finger um den Griff schlossen.

„Fotze!" Er rieb sich das Schienbein, packte meinen Knöchel und zog mich mit Schwung auf sich zu.

Während ich den Feuerlöscher hochriss, löste ich bereits den Sicherungshebel und drückte im selben Moment auf den Auslöser, in dem ich den Schlauch auf ihn richtete. Hoffentlich funktionierte er!

Das weiße Pulver schoss mit Druck aus der Düse. Ich hatte zu tief gezielt, schaffte es jedoch, den Strahl zu korrigieren, bevor er sich auf mich stürzen konnte, sodass er direkt in sein Gesicht traf.

Brüllend taumelte er zurück und ließ sich zur Seite fallen, um dem Pulver zu entkommen. Ich rappelte mich auf und korrigierte erneut. Mund, Nase, Augen, bis die Flasche leer und sein Gesicht kaum noch als solches zu erkennen war.

Die Stille war bedrückend und meine Nerven bis zum äußersten angespannt. Bevor er sich regen konnte, nahm ich all meine Kraftreserven zusammen und schlug ihm den Feuerlöscher gegen den Kopf – einmal, zweimal, dreimal, viermal, bis er mir aus den zitternden Fingern glitt.

Er saß gegen die Wand gelehnt und rührte sich nicht mehr. Ob er tot war? Ganz langsam und vorsichtig beugte ich mich tiefer, riss ihm das Messer aus der Hand, sprang zurück und rannte, so schnell ich konnte, aus dem Raum durch die Diele und ins Wohnzimmer.

„Steffen!" Ich kniete mich neben ihn und wollte mit dem Messer das Schloss aufhebeln. Doch ich zitterte mittlerweile wie Espenlaub.

„Gib es mir. Schließ die Tür ab, der Schlüssel steckt. Und schiebe alles davor, was du schaffst." Er entwand mir das Messer und machte sich an die Arbeit.

Ich schaffte es gerade noch, den Schlüssel zu drehen, dann gaben meine Beine unter mir nach. „Ich … ich glaube … er ist tot." Stockend berichtete ich ihm, was ich getan hatte.

„Nimm das Handy vom Tisch und ruf die Polizei!" Er hatte das Schloss immer noch nicht auf. „Du musst nur den Notrufknopf drücken."

Ich haspelte meinen Text herunter, völlig hysterisch und kaum in der Lage, mich auf die Stimme am Ende der Leitung zu konzentrieren. „Hilfe ist unterwegs, bleiben Sie bitte am Telefon. Legen Sie nicht auf."

„Ja, ja. Bitte beeilen Sie sich."

„Ich gehe nachschauen." Plötzlich stand Steffen neben mir. „Bleib du hier."

„Nein, warte. Die Polizei ist auf dem Weg."

„Schatz, ich bin vorsichtig. Und ich habe das hier", er hielt das Messer hoch. „Noch einmal lasse ich mich von ihm nicht überraschen."

„Nimm wenigstens das Pfefferspray mit!", rief ich hinter ihm her.

Er nickte, aber ich konnte sehen, dass er sich direkt auf die Schlafzimmertür zubewegte. Hatte ich sie hinter mir geschlossen? Ich war mir nicht sicher.

„Hallo, sind Sie noch dran?"

„Ja, mein Freund will nachgucken, ob der Täter …" Ich hielt den Atem an, als Steffen das Türblatt mit Wucht aufstieß, sodass es mit einem lauten Knall gegen die Wand prallte.

„Hallo? Warten Sie bitte auf die Beamten. Sie müssen jeden Augenblick ankommen."

Jetzt schlich er mit erhobenem Messer vorwärts. Oh Gott! Ich wollte mich umdrehen und wegrennen, mich irgendwo verstecken und konnte doch nur mit angehaltenem Atem zusehen, wie er eintrat und im Zimmer verschwand.

In der nächsten Minute wäre ich fast gestorben vor Angst um ihn. Was, wenn ich nicht fest genug zugeschlagen hatte und der Abschaum so getan hatte, als sei er bewusstlos? Oh Gott! Ich hielt das Warten nicht aus!

„Lara, er ist schwer verletzt."

Ich war schon fast am Türrahmen angekommen. Es war, als hätten sich meine Beine selbstständig in Bewegung gesetzt.

Steffen hatte ihn flach auf den Boden gelegt, kniete neben ihm und säuberte ihm das Gesicht. Das Blut aus der Kopfwunde hatte sich mit dem weißen Pulver vermischt. Es sah aus, als hätte er eine rosa Paste überall im Gesicht kleben. „Willst du ihn nicht lieber erst fesseln?" Ich hielt einen Meter Abstand und blieb wachsam.

„Habe ich schon." Er zeigte auf die Arme, die hinter dem Rücken verschwanden. „Ist eine reine Vorsichtsmaßnahme. Er ist wirklich schwer verletzt. Ich glaube, er hat einen Schädelbruch."

„Trotzdem, sei lieber vorsichtig!" Obwohl ich das viele Blut entdeckt hatte, das sich auf dem Boden befand, war ich weiterhin auf der Hut. Ihm traute ich alles zu.

Es mochten vielleicht zwei, drei Minuten vergangen sein, bis es dröhnend an der Tür pochte. „Frau Caspary? Polizei! Machen Sie bitte auf!"

Die beiden Männer warfen nur einen Blick auf den Verletzten und bestellten sofort einen Krankenwagen mit Notarzt zum Tatort, außerdem ihre Kollegen von der Kripo.

„Möchten Sie sich nicht etwas überziehen?" Der Ältere, ruhig und besonnen im Gegensatz zu seinem aufgeregten Partner, nickte mir zu.

Erst in diesem Moment fiel mir auf, dass ich bis auf die zerrissene Bluse nackt war.

Nachdem ich mir ein T-Shirt und eine lange Hose übergestreift hatte, fühlte ich mich besser. Langsam wichen die Aufregung und Anspannung und das Zittern legte sich.

„Warten Sie bitte im Wohnzimmer", wies mich der jüngere Beamte an.

Steffen lag auf der Couch. Bei meinem Anblick versuchte er sich an einem Lächeln, das in einer schmerzverzerrten Grimasse endete. „Vielleicht hätte ich ihm lieber ein paar zusätzliche Tritte verpassen sollen, statt ihm zu helfen."

„Oder ich ihn totschlagen." Ich setzte mich neben ihn, bemüht, ihn nicht zu berühren, und streichelte seine Hand, eines der wenigen unversehrten Körperteile. „In der Aufregung habe ich überhaupt nicht nachgedacht. Ich hatte solche Angst, dass er wieder aufsteht."

„Hat er dich …?" Steffen brachte den Satz nicht zu Ende.

Ich nickte.

Er stöhnte auf. „Oh Schatz!" Seine Finger legten sich um meine.

Ich zwang mich zu einem Lächeln. „He, wir haben überlebt, das ist das Wichtigste."

62

Steffen und ich wurden nach einer kurzen Befragung ebenfalls ins Krankenhaus gebracht. Bei ihm stellten die Ärzte Rippenbrüche, großflächige Prellungen und einen Nasenbeinbruch fest, alles sehr schmerhafte Verletzungen, aber kein Grund, ihn stationär aufzunehmen. So konnten wir nach einer weiteren Vernehmung nach Hause zurückkehren.

Wir hatten unsere Angehörigen nicht über das, was vorgefallen war, informiert. Stattdessen bestellten wir meine Eltern, Judith und Anton in Steffens Wohnung, um sie schonend aufzuklären.

Es wurde ein langer Abend. Alle waren gleichermaßen entsetzt, nur dass Anton sich noch zusätzlich Vorwürfe machte, er hätte durch seine verbissene Jagd diese Katastrophe ausgelöst. Er glaubte uns bis zuletzt nicht, dass der Abschaum mich auf jeden Fall erneut heimgesucht hätte.

Ich dagegen war davon überzeugt. Man durfte dem, was *er* erzählt hatte, nicht zu große Bedeutung zukommen lassen. *Er* war ein notorischer Lügner, das hatte ich damals mehrfach feststellen können.

Am nächsten Tag mussten wir erneut zu einer polizeilichen Befragung. Ich landete bei Frau Winkler, Steffen bei ihrem Kollegen. Wieder verlangte sie eine genaue Schilderung der Ereignisse.

„Wieso lag eigentlich dieser Feuerlöscher griffbereit unter dem Bett?", fragte sie, nachdem ich geendet hatte.

„Nicht griffbereit, sondern hinten an der Wand", verbesserte ich sie. Den wahren Grund dafür würde ich ihr sowieso nicht nennen. Steffen hatte vorsichtshalber das gesamte Schlafzimmer aufgeräumt, nachdem ich zugesagt hatte, das Wochenende bei ihm zu verbringen. „Herr Roeder hatte seinem Vater eine dieser kleineren Ausführungen für sein Büro im Studio besorgt und es darunter geschoben, damit es nicht im Weg lag. Er wollte ihm den Feuerlöscher am Montag zum Training mitbringen."

„Wussten Sie davon?"

„Nein, es war ein Glücksfall, dass ich ihn entdeckte."

„Demnach hatten sie keine Ahnung, ob er funktionsbereit war?"

Ich schüttelte nachdrücklich den Kopf. „Ich habe es einfach riskiert. Es schien mir die letzte Chance, die ich haben würde, bevor *er* Steffen und mich umbrachte."

„Gut", sie machte sich eine Notiz. „Das war alles für heute, Frau Caspary."

„Wird *er* es überleben?", fragte ich. So sehr ich *ihm* den Tod gewünscht und in meinen Träumen mir alle nur möglichen Szenarien vorgestellt hatte, wie es passieren konnte, schreckte mich nun die Vorstellung, ich könnte *ihn* tödlich verletzt haben, ab. Seltsam, nicht wahr? Eigentlich hätte ich eher eine tiefe Befriedigung erwartet, dass ich meine Rache ausgelebt hatte. Stattdessen hoffte ich, *er* würde es schaffen.

„Herr Güssel hat einen Schädelbruch, schwebt allerdings nicht in Lebensgefahr." Sie schenkte mir ein aufmunterndes Lächeln. „Sie haben ihn übel zugerichtet. In Anbetracht der Umstände kann er froh sein, dass Sie nicht überreagierten."

Wenn sie gewusst hätte! In einem solchen Moment dachte man nicht nach, man handelte vollkommen irrational, bemüht, die schreckliche Situation ein für alle Mal zu klären. „Ich wollte *ihn* lediglich außer Gefecht setzen", versicherte ich.

„Das ist uns bewusst. Ihre Handlung wird keinerlei gerichtliche Maßnahmen nach sich ziehen."

Das wäre ja auch noch schöner! Ich verkniff mir wohlweislich eine dementsprechende Bemerkung. „Wie geht es jetzt weiter?"

„Herr Güssel ist noch nicht vernehmungsfähig. Sobald wir die Erlaubnis des Arztes haben, werden wir ihn zu dem, was Sie ausgesagt haben, befragen. Nur machen Sie sich keine zu großen Hoffnungen. Ich denke nicht, dass er sich freiwillig belasten wird."

„Und *sein* Bruder? Können Sie den nicht endlich festnageln? Immerhin hat der Täter", ich brachte es immer noch nicht über mich, *ihn* beim Namen zu nennen, „vor Zeugen bestätigt, dass er *ihm* half.

Und was ist mit diesen Prostituierten, von denen *er* sprach? Es müsste sich doch klären lassen, ob *er* sie tatsächlich umgebracht hat."

„Wir ermitteln und geben Ihnen Bescheid, sobald wir Genaueres wissen", versprach Frau Winkler.

Damit war ich entlassen.

Steffen wartete bereits auf mich. „Wie ist es gelaufen?"

Ich verzog das Gesicht. „Sie machen sich keine großen Hoffnungen, dass *er* eine Generalbeichte ablegt. Und Wolf Güssel können sie nichts ans Zeug flicken, solange der Abschaum ihn nicht ebenfalls als Helfer benennt."

„Ich habe dem Beamten den Tipp gegeben, sie sollen in Höhe der Kröger-Fabrik den Kanal mit Tauchern absuchen", Steffen legte den Arm um mich. „Vielleicht haben sie ja Erfolg."

Es dauerte gute zwei Wochen, bis wir das nächste Mal von der Polizei hörten. In der Zwischenzeit hatte die Zeitung die Nachricht schon in großen Lettern herausgeschrien: Sexualstraftäter ein Serienmörder?

Man hatte tatsächlich die Leichen von zwei bestialisch zugerichteten Frauen gefunden, die mit Steinen an den Füßen auf dem Grund des Wassers direkt in Höhe der ehemaligen Fabrikhalle lagen. Sie wurden als zwei seit längerem vermisste Prostituierte identifiziert. Kurz darauf meldete sich eine Zeugin, die gesehen hatte, wie ein Auto neben einer der Vermissten hielt, genau an dem Abend, als sie verschwand. Es handelte sich um eine Kollegin der Frau, die in einer Nische in der Nähe gestanden hatte. Sie konnte sogar eine ungefähre Beschreibung des Fahrers abgeben.

Wolf Güssel wurde zu einer neuerlichen Vernehmung und einer Gegenüberstellung auf das Revier gebracht. Doch die Vorwürfe gegen ihn blieben mager. Ja, er habe Kontakt zu seinem Bruder gehabt, von dem Moment an, als dieser geflohen sei, gab er zu. Es wäre eine Ausnahmesituation für ihn gewesen. Sein Bruder habe gedroht, sich seine Freundin und deren halbwüchsige Tochter vorzunehmen, wenn er nicht spure. Die beiden Prostituierten seien freiwillig zu ihm ins Auto gestiegen und er habe sie vor der Fabrik abgesetzt. Dann sei er nach Hause gefahren, mehr wisse er nicht.

Auf die Frage, woher denn das Geld stamme, mit dem er den Flüchtigen versorgte, antwortete er, es hätte sich dabei um das Ersparte seines Bruders gehandelt, das dieser vor dem Aufenthalt in der Forensik in einem sicheren Versteck aufbewahrte. Das bei dem Abschaum sichergestellte Handy stellte sich als das verlorengegangene Mobiltelefon der ältesten Tochter seiner Freundin heraus.

„Er hat mich die ganze Zeit über unter Druck gesetzt. Ich habe mich nicht getraut, die Polizei zu informieren. Die hätten den sowieso nicht gekriegt. Dafür ist er zu schlau. Ich bin ebenfalls ein Opfer von ihm." Diese seine Worte standen am nächsten Tag in der Zeitung.

Das Gegenteil, also dass er *ihm* freiwillig geholfen hatte, konnte nicht bewiesen werden.

„Der hat bestimmt Dreck am Stecken", meinte Steffen. „Der Abschaum hat ihn mit irgendetwas in der Hand."

Leider hielt der dicht. *Er* nahm überhaupt nicht zu den Vorwürfen Stellung, sondern zog es vor zu schweigen.

„Er kommt nie wieder raus. Das kann ich Ihnen versprechen." Frau Winkler war bei unserem nächsten Gespräch ausnehmend nett. „Er wird sein restliches Leben sicher untergebracht in der Forensik verbringen."

„Haben Sie herausgefunden, ob *er* für die Morde, die *er* mir damals gestanden hat, verantwortlich ist?" Nach dem Fund der beiden Frauenleichen war mir persönlich klar, dass *er* in diesem Falle nicht gelogen hatte.

Frau Winkler schüttelte bedauernd den Kopf. „Ein Team ist an sämtlichen Orten gewesen, an denen er sich aufgehalten haben könnte. Wir fanden keine relevanten Spuren."

„*Er* hatte damals ein Auto zur Verfügung, nein, mehrere wechselnde", verbesserte ich mich. „Die hat *er* bei dem Bruder, der die Werkstatt besitzt, jeweils kurz nach der Tat zum Ausschlachten abgegeben. Sie müssen nicht an den vermeintlichen Tatorten begraben sein."

Sie fragte nicht nach, woher ich diese Information hatte, sondern schüttelte nur leicht den Kopf. Deshalb setzte ich hinzu: „Und denken Sie daran. *Er* hoffte, dass Wasser sämtliche *seiner* Spuren beseitigt. Es muss irgendeinen See in der Nähe des Jagdhauses geben, den *er* nutzte, um *seine* Opfer verschwinden zu lassen."

Die Ermittler schlossen sich nämlich auch endlich unserer Überzeugung an, dass *er* das ehemalige Jagdhaus der Krögers für *seine* besonderen Spielchen verwendet hatte. Steffen und Herr Jühlen waren gemeinsam mit sämtlichen Unterlagen einen Tag nach unserer Befragung zu Frau Winkler und ihrem Kollegen gegangen und hatten sie ihnen präsentiert. Die Information, die Anton aus dem ältesten Güssel-Sohn herausgequetscht hatte, ließ er dabei natürlich unter den Tisch fallen. Es wäre schwer zu erklären gewesen, wieso dieser ihnen Auskunft gab.

„Wir werden der Spur nachgehen", versprach Frau Winkler zum Abschied.

Und sie hielt ihr Wort. Schon einen Tag später rief sie mich an. „Sie hatten recht. Es gibt in der Nähe des Waldes eine ehemalige Kiesgrube. Wir sind gerade dabei, die Leichen zu bergen."

Eigentlich hätte ich nun erleichtert sein müssen, dass sich alles geklärt hatte. Doch es blieb ein schales Gefühl zurück. „Wie kann es möglich sein, dass man jemanden wie *ihn* nur durch Zufall fasst und selbst die Experten nicht erkennen, wie *er* wirklich ist?", fragte ich Steffen.

„Ich denke, niemand, zumindest kein normaler Mensch, kann die Abgründe, die in so jemanden schlummern, wirklich verstehen." Er nahm mich in den Arm und drückte mich an sich. „Immerhin ist er jetzt für immer in sicherem Gewahrsam. Einer weniger, vor dem wir uns fürchten müssen."

63

Ungefähr sechs Monate später kam es zur Gerichtsverhandlung.

Da der Abschaum bis zuletzt stoisch geschwiegen hatte, mussten Steffen und ich vor Gericht als Zeugen aussagen. Ich hatte das Erlebte nicht vergessen, aber ziemlich gut verarbeitet. Die Beziehung mit meinem Freund lief bestens, ich war vor drei Monaten fest bei ihm eingezogen. Natürlich ging ich weiterhin einmal in der Woche zu meiner Therapeutin, es gab vieles, was noch aufgearbeitet werden musste. Auch an Antons Selbstverteidigungskursen nahm ich regelmäßig teil. Er hatte sich dazu entschieden, es nicht bei der Einführung zu belassen, sondern bot nun nachfolgende Veranstaltungen an, die sich großen Zulaufs erfreuten.

Meine Freundin Katharina hatte es sich nicht nehmen lassen, ebenfalls zu den Verhandlungsterminen zu erscheinen. Sie war mir in der letzten Zeit eine große Hilfe gewesen. Immer und immer wieder hatten wir zusammen die Ereignisse Revue passieren lassen. Ich brauchte einfach jemanden neben Steffen, mit dem ich darüber reden konnte, wenn mich das Geschehene zu erdrücken versuchte.

Die Albträume hatten nachgelassen, ich war in der Lage, mich relativ frei zu bewegen. Allerdings konnte ich es mir nicht abgewöhnen, meine Umgebung genauestens zu mustern. Jedes Mal, wenn ich die Wohnung verließ, holte ich tief Luft und umklammerte das Pfefferspray, das zu meinem ständigen Begleiter geworden war und wie selbstverständlich im Auto neben mir lag. Auch den Elektroschocker nahm ich überallhin mit. Ich fühlte mich tatsächlich sicherer mit meinen Hilfsmitteln in Griffweite.

Nein, die Ängste waren nicht verschwunden, jedoch gelang es mir nach und nach immer besser, sie zu ignorieren, sodass sie am Rande lauerten und nicht mein gesamtes Leben bestimmten. Und außerdem hatte ich ja Steffen, der mich behütete und beschützte, wobei ich aufpassen musste, dass er es nicht übertrieb. Irgendwann würde ich das Schreckliche, was mir widerfahren war, komplett hinter mir zurücklassen können.

Er sah anders aus, als ich *ihn* in Erinnerung gehabt hatte, irgendwie kleiner, schmächtiger, mit kurzgeschnittenen dunkelblonden Haaren, *seiner* Originalfarbe, sauber rasiert und bekleidet mit einem langärmeligen Hemd, das *seine* Tattoos überdeckte. *Sein* Blick blieb starr auf *seine* gefesselten Hände gerichtet, *er* wirkte völlig teilnahmslos, als sei nicht *er* die Hauptperson, wegen der hier verhandelt wurde.

Bisher hatte *er* sich nicht selbst geäußert, außer zur Personenfeststellung, wurde mir von meinen Eltern, die den Prozess ebenfalls verfolgten, berichtet. Alles Weitere erledigte *sein* Anwalt.

Bei meiner Zeugenaussage fiel mir eine ältere Frau auf, die mich hasserfüllt anstarrte. Kaum durfte ich im Zuschauerraum Platz nehmen, der aufgrund der pausenlosen reißerischen Berichterstattung überfüllt war, wies ich Steffen auf sie hin.

„Das ist seine Mutter. Hast du sie nicht von Herrn Jühlens Fotos wiedererkannt?"

Nein, ich hatte mich bemüht, sie nicht zu beachten, genauso wie ich *ihn* ausgeblendet und nicht einmal in *seine* Richtung geschaut hatte.

„Hält sie immer noch zu *ihm*?"

„Was glaubst du denn?" Er schnaubte leise. „Sie ist die Einzige, die sich hertraut. Die anderen sind wohlweislich weggeblieben."

Bis auf Wolf Güssel, der gegen seinen Bruder aussagen musste. Er gab zu, diesem mehrere Verstecke und Vorräte besorgt und *ihm sein* verstecktes Geld gebracht zu haben. Aber er blieb dabei, dass er von dessen Aktivitäten nichts gewusst hätte und dieser ihn unter Drohungen dazu gezwungen habe, *ihm* zu helfen. Noch bevor die Entführte aufgefunden worden sei, hätte er *ihn* mit seinem Lastwagen außer Landes gebracht, so dachte er zumindest. Dass sein Bruder bereits eher ausgestiegen war, habe er nicht geahnt. Nach der Flucht sei der Kontakt abgerissen.

Da der Verdächtige eisern schwieg, kam leider nie heraus, wie es wirklich gewesen war und wo *er* die letzten Tage, bevor *er* zu Steffens Wohnung kam, verbracht hatte.

Wie *er* mich gefunden hatte? Durch unsere Ermittlungen, meinte Frau Winkler, genauer gesagt: Dadurch, dass ich persönlich mit Wolf Güssel gesprochen habe, sei ich erneut in seinen Fokus geraten. Was jedoch nichts anderes als eine Mutmaßung von ihr blieb, genauso wie mein Verdacht, *er* habe von Anfang an vorgehabt, sich an mir zu rächen. Denn *er* selbst äußerte sich nicht dazu und es konnte nicht ermittelt werden, wie *er* vorgegangen war und ob *ihm* jemand geholfen hatte.

Die Morde an den sechs aufgefunden Toten konnten *ihm* ebenfalls nicht nachgewiesen werden, genauso wenig wie eine Verbindung zu *seinem* ersten und dritten Opfer. Über das zweite wurde nichts weiter bekannt.

Die Anklage beschränkte sich auf meine Entführung und die der anderen jungen Frau, der Morde an den beiden Prostituierten, an denen entgegen *seiner* Hoffnung, das Wasser würde alle Spuren vernichten, eindeutige Beweise gefunden wurden, und *sein* Eindringen in Steffens Wohnung mit den daraus resultierenden Folgen. Dafür wurde *er* zu lebenslänglicher Haft in einem forensischen Gefängnis verurteilt.

Er nahm das Urteil regungslos hin. Doch kaum nahmen die Wachtmeister *ihn* in die Mitte, um *ihn* abzuführen, drehte *er* sich zu mir um. „Es gibt andere wie mich!", rief *er* mit schriller Stimme. „Du wirst nie sicher sein!"

„Genau", gab ich genauso laut zur Antwort. „Und gerade weil ich das weiß, genieße ich jetzt mein Leben umso mehr."

Romane von KJ Weiss

Opfer-Leid

Er hat sein Kind nicht schützen können!
Als Michael erfährt, dass seine Tochter jahrelang missbraucht wurde, bricht seine Welt zusammen. Er sinnt auf Rache.
Doch dann geschieht ein Mord - der ursprüngliche Täter wird zum Opfer. Und plötzlich steht Michael im Fokus der Ermittlungen.

In ohnmächtiger Wut

Ein ausländischer Schüler wird brutal zusammengeschlagen. Der engagierte Lehrer Jens Baumgard kann nicht länger tatenlos zusehen und bewegt die einzige Zeugin zur Aussage. Dadurch rückt er selbst in den Fokus einer rechtsradikalen Gruppierung, die nun alles daransetzt, sein Leben und das seiner Familie zu zerstören.

Im Schatten des Vergessens

Einst waren Ulrike und Gabi ein Paar. Doch ihre Liebe reichte nicht aus, die Unterschiede zu überwinden. Heute ist Gabi mit einem Mann verheiratet und hat mit ihm zwei Kinder.
Eines Tages steht Timo, Ulrikes Sohn, vor der Tür und bittet sie um Hilfe. Seine Mutter wird des Mordes an ihrem Mann verdächtigt. Nur widerwillig lässt sich Gabi in die Ermittlungen mit hineinziehen, hin und her gerissen zwischen dem Wunsch, dem jungen Mann zu helfen und der Angst, dass ihr lang gehütetes Geheimnis dabei aufzufliegen droht. Denn um erfolgreich zu sein, müssen sie in die Vergangenheit eintauchen.

Liebe-Trennung-Mord

Ohne Vorwarnung wird Heike Kilian nach vierundzwanzigjähriger Ehe von ihrem Ehemann Martin verlassen. Von einem auf den anderen Tag steht sie völlig mittellos da. In den nächsten drei Monaten verwickelt er sie in einen Trennungskrieg und lässt nichts unversucht, ihr zu schaden.

Ein halbes Jahr später, sie hat sich mittlerweile ein neues Leben aufgebaut, erhält sie die Nachricht, dass ihr Mann ermordet wurde. – Und alle Indizien deuten auf sie als Täterin hin.

Sie flieht vor der Polizei und versucht gemeinsam mit ihren Söhnen, sich von dem Verdacht zu entlasten. Denn sie ahnt schon bald, wer der wirkliche Täter ist.

Albtraum - Tod eines Kindes

Der elfjährige Felix stirbt bei einem Treppensturz. Seine Mutter, die alleinerziehende Daniela, bricht völlig zusammen.

Kurz darauf wird ihr Nachbar wegen Totschlags an ihrem Sohn verhaftet. Doch sie weiß, dass er es niemals gewesen sein kann. Für sie ist schnell klar, dass die angeblichen Zeugen, die ihn bei der Tat beobachtet haben wollen, lügen. Nur - wie kann sie die Wahrheit ans Licht bringen?

Von ihrem Bruder unterstützt, nimmt sie eigene Nachforschungen auf.

Flickenteppich: Diagnose Schizophrenie

Wer hat Sarah überfallen? Nicole Wellmann ist entsetzt, als sie erfährt, dass ihre Schwester schwer verletzt im Krankenhaus liegt. Denn eigentlich hatte diese sich gerade erst zu einem Urlaub gen Süden verabschiedet. Doch bald schon stellt sie fest, dass Sarah ein Leben geführt hat, das voller Widersprüche steckt. Nichts ist so, wie es zu sein scheint.

Während ihre Schwester im künstlichen Koma liegt, versucht Nicole, mühsam Stückchen für Stückchen dieses Lebens wieder zusammenzusetzen. Aber nichts passt zueinander.

Erst nur ein leiser Verdacht wird es schließlich zur bitteren Gewissheit: Sarah leidet an paranoider Schizophrenie. Als einzige nahe Verwandte wird Nicole zur Pflegerin ihrer Schwester. Kann Sarah jemals wieder ein eigenbestimmtes, selbstständiges Leben führen?

Lukas, Irrwege eines Hochbegabten
Lukas ist zwar etwas zurückhaltend, aber sonst ein ganz normales Kind, meinen seine Eltern. Doch schon kurz nach der Einschulung beginnen die Probleme.

Schließlich, als auch Lukas Leistungen rapide nachlassen, findet ein Psychologe die Wahrheit heraus: Lukas ist hochbegabt.

Ein langer Leidensweg durch mehrere Schuljahre beginnt; Lukas kann sich nicht anpassen, die Schulen, die Lehrer können ihm nicht helfen. Lukas wird zum Schulversager, droht völlig zu scheitern. Auch seine beiden kleineren Geschwister, ebenfalls hochbegabt, bekommen zusehends Probleme. Da finden die verzweifelten Eltern endlich den rettenden Ausweg.

die Richie-Reihe von Karin Franke

Eigentlich weilt Richie nicht mehr unter den Lebenden. Doch er konnte sich bisher nicht von seiner Familie, seiner Frau und den beiden Kindern, trennen. In Katharina, die ihn als Einzige sehen und mit ihm sprechen kann, hat er eine gute Freundin gefunden. Seine Unsichtbarkeit erweist sich als wertvoller Trumpf in ihren Ermittlungen.

Am eigenen Leib: Richies erster Fall

Zusammen haben die Pfarrersfrau Katharina und der frühere Klein-kriminelle Richie schon einige kleinere Verbrechen gelöst. Als Richies ehemaliger Schwiegervater entführt und missbraucht wird, will dieser den Fall unbedingt aufklären. Aber schon bald finden sie heraus, dass es sich hierbei um eine ganze Serie von Vergewaltigungen handelt – immer an Richtern begangen.

Warum ausgerechnet diese und warum wird darüber nicht in den Medien berichtet? Während die beiden eine Spur nach der anderen verfolgen, entdeckt Richie noch ein weiteres abscheuliches Verbrechen …

Je tiefer du gräbst: Richies zweiter Fall

Simon Glaser wird Opfer eines Unfalls. Kurz danach wird in seiner Wohnung eingebrochen. Kein Zufall, sagt Richie und wittert einen neuen Fall.

Die Ermittlungen führen ihn und Kathi in mehrere Richtungen, unter anderem zu einem Internat für hochbegabte Kinder. Je tiefer sie graben, desto deutlicher wird ihre Gewissheit: Sie sind auf der richtigen Spur.

Zwischen Lüge und Wahrheit: Richies dritter Fall

Katharina nimmt ein neues Pflegekind auf. Die Mutter des kleinen Justus wurde von ihrem Ex-Freund entführt - nur eine Sache von Tagen, bis die Polizei ihnen auf die Spur kommt, meint die zuständige Sozialarbeiterin.

Richie hat ganz andere Probleme, seine totgeglaubte Mutter ist wieder aufgetaucht und hat sich bei seiner Exfrau gemeldet, was nur zu gewaltigen Schwierigkeiten führen kann. Trotzdem lässt er sich von Kathi überreden, ihr bei eigenen Ermittlungen im Fall der verschwundenen Frau zu helfen. Als dieser jedoch kurz darauf eine erschreckende Wendung erfährt, sind sie plötzlich die Einzigen, die Schuld oder Unschuld beweisen können.

Jeder Tod hat seinen Preis: Richies vierter Fall

Der plötzliche Tod von Michaela Brück stellt die Polizei vor ein Rätsel. Auf den ersten Blick erscheint dieser Mord völlig sinnlos. War vielleicht ihre an Alzheimer erkrankte Mutter das eigentliche Ziel des Anschlags?

Kathi und Richie schalten sich in die Ermittlungen ein. Doch dann führen neue Spuren in eine völlig andere Richtung. Das Altenheim, in dem Michaela gearbeitet hat, rückt immer stärker in den Fokus ihrer Nachforschungen.

Inmitten der Krise: Richies fünfter Fall

Heinz Gruber, ein streitsüchtiger Besserwisser, wird ermordet aufgefunden. Kurz darauf verhaftet die Polizei einen Asylbewerber und beschuldigt ihn der Tat.

Unmöglich, sagt Richie, hat er diesen doch an dem besagten Tag auf einer Sauftour begleitet und ihn keinen Moment aus den Augen gelassen.

Um den Unschuldigen zu entlasten, nehmen Kathi und ihr Freund eigene Ermittlungen auf. Schnell rückt das Flüchtlingsheim in den Fokus ihrer Untersuchung.

Kinderseelen-Hölle: Richies sechster Fall

Anita Lehmann, eine Psychologin, die Familiengutachten erstellt, wird hinterrücks erschlagen aufgefunden. Ihre Freundin bittet Kathi um Hilfe bei der Aufklärung des Verbrechens.

In den Unterlagen der Toten zu einem aktuellen Fall entdeckt Richie eine Randnotiz: Verdacht auf Kindesmissbrauch. Für ihn steht sofort fest, dass dieser Verdacht oberste Priorität besitzt. Er klinkt sich aus der Ermittlung aus, um den Täter zu stellen. Doch was er dann entdeckt, ist jenseits seiner Vorstellungskraft.

Schwarze Teufelin: Richies siebter Fall

Das erste Mal, dass sie getrennte Wege gehen müssen - und es stellt sich schwieriger dar als gedacht.

Eine psychisch kranke Frau wird verdächtigt, ihre Nachbarin erstochen zu haben. Die Nichte bittet Kathi um Hilfe.

Richie recherchiert derweil zusammen mit einem gerade ermordeten Jungpolitiker in einem ganz anderen Fall.

Erst als ein dritter Mord geschieht, kommen ihre Ermittlungen endlich voran.